U0009161

大唐雙龍傳
【修訂版】
黃易
作品集
卷
十八

【目錄】

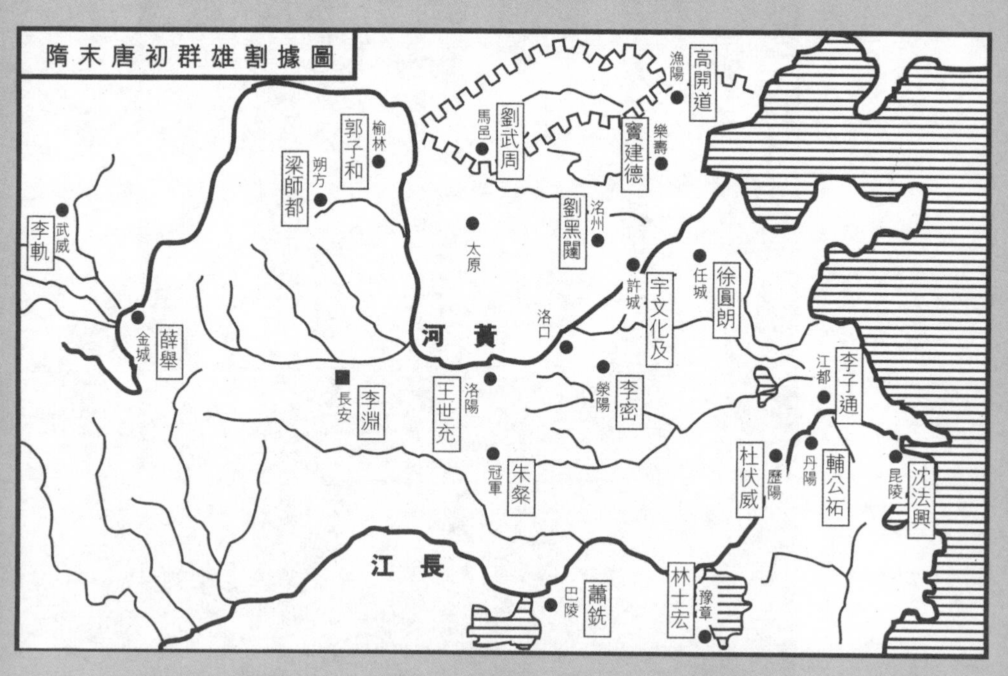
隋末唐初群雄割據圖
高開道
漁陽
劉武周
馬邑
竇建德
樂壽
郭子和
榆林
梁師都
朔方
劉黑闥
洺州
太原
李軌
武威
徐圓朗
任城
宇文化及
許城
薛舉
金城
河
黃
洛口
李密
滎陽
李淵
長安
王世充
洛陽
李子通
江都
杜伏威
歷陽
輔公祏
丹陽
朱粲
冠軍
沈法興
毘陵
江
長
蕭銑
巴陵
林士宏
豫章

第一章 唯一破綻

第一章　唯一破綻

「我說的話，或是眞的，或是假的。」面對空寂無人的幽居，徐子陵心中不斷響起石青璇這幾句話。小屋依舊，可是石青璇隔簾梳粧的動人情景一去不返。山風流動吹拂的聲音變得空空洞洞，雖有好友陪伴身旁，他卻生出失去一切生機的絕望情緒！與石青璇的一切，憧憬中平淡眞摯，充滿男女愛戀的幸福生活，至此告終！努力的爭取化爲徹底的失敗，石青璇變成令人心碎的回憶，餘生只能在孤獨寂寞中度過。生亦何歡，死又何懼？熱切的希望卻帶來慘痛的失望。

正透窗朝屋內盡最後努力搜尋石青璇倩影的侯希白以近乎嗚咽的聲音道：「她根本沒有來過，會不會仍留在巴蜀的小谷中？」

徐子陵頹然在屋門外兩塊平整方石其中之一坐下，搖頭道：「她當晚立即離谷，我能感覺到她不想在谷內逗留片刻的決心。」

侯希白移到另一方石坐下，把手埋在雙掌內，茫然道：「怎辦好？」

徐子陵淡淡道：「你立即去找雷九指，設法安頓好韓澤南和他的妻兒，此乃不容有失的事。否則讓香家發現他們，我們會爲此內疚終生。」

侯希白把臉孔抬高，駭然道：「我去後你一個人怎麼行？」

徐子陵微笑道：「有甚麼不行的？我會留在這裏安心療傷，設法在沒有青璇的簫音下忘記身負的傷痛，你辦妥一切後趕回來，然後我們回去與寇仲會合。捨此你能有更好的提議嗎？」

侯希白愕然無語。

來的果然是天從人願的跋鋒寒和能令寇仲絕處逢生的援軍，合共四千人，騾車一百三十輛，其中二十車裝載的是救命的火器。四千兵員有三千是精挑出來的精銳騎兵，一千是戰鬥力較薄弱的輜重兵，少帥軍內的新兵種。領軍的是熟悉這一帶地理環境的白文原，他的前主朱粲，曾稱雄西北方不遠處的冠軍，朱粲雖成明日黃花，但白文原對這帶山川河道的認識，仍可發揮最大的用途，令援軍神不知鬼不覺的潛來，避開唐軍探子。

跋鋒寒率領一支百人部隊作開路先鋒，在林道與寇仲相遇，自有一番歡喜之情。寇仲忙發出命令，著隨後而來的隊伍於隱蔽處紮營休息，以免被敵人學他般看到揚起的塵頭。寇仲爲手下們打氣後，與白文原和跋鋒寒登上附近一座小山之頂觀察形勢，商量大計，更派出無名到高空巡察。

寇仲見跋鋒寒及時趕到，心情轉佳，分析形勢後總結道：「現在於我們最有利的，是屈突通注意力全集中在鍾離，其防禦策略主要是針對鍾離來的軍隊，而你們則來得正是時候，我們探清楚屈突通的布置後，可趁其大興土木，陣腳未穩的一刻，先以火器來個下馬威，再內外夾擊，保證可打他娘的一個落花流水，不亦樂乎。」

跋鋒寒道：「那批火器以毒氣火箭爲主，射程遠達千餘步，生出大量紫色的毒煙，雖未能厲害至令人中毒身亡，卻可使人雙目刺痛，淚水直流，呼吸困難，皮膚紅腫，半天時間始能復常，大幅削弱敵人的戰鬥力。」

寇仲訝道：「你找人試過嗎？否則怎知道得這麼清楚？」

白文原道：「我們抓來一頭野狗作過實驗，事後本想宰來吃掉，卻怕牠身體帶毒，遂饒牠狗命。」

寇仲嘆道：「可憐的狗兒，幸好沒傷牠性命。」又問道：「這樣的毒煙火箭有多少根？」

白文原道：「共有二千五百枝，若全數施放，該可籠罩方圓三、四里的廣闊範圍，風吹不散，能製造這麼有威力火器的人的腦袋眞不簡單。」

跋鋒寒道：「在兩軍對壘時這種毒煙箭作用不大，偷營劫寨時用以對付聚集的敵人肯定能收奇效。我們本還擔心如何能用這批東西來防守營寨，幸好李世民知情識趣，派屈突通來讓我們試靶，當然是另一回事。」

白文原道：「除二千五百枝毒煙箭，尚有五百個火油彈，八百個毒煙地炮。前者點燃後用手擲出，隨著爆炸火油四濺，能迅速把大片林野陷進火海中；後者預先放在地上，敵人踏破立即噴出毒煙，純以毒煙的分量計，會比毒煙箭更有威力。」

寇仲咋舌道：「我們眞的爲李淵擋過一劫，因這批火器本應由他親自消受的。」

跋鋒寒道：「我們必須趁屈突通未砍光營寨附近一帶樹木前發難，否則火油彈會變成廢物。」

寇仲當機立斷道：「文原你先回營地準備一切，我和老跋立即去探路，事不宜遲，今晚將是我們行動的最佳時機。」白文原領命而去。

跋鋒寒問道：「有沒有子陵的消息？」

寇仲搖頭頹然道：「希望他吉人天相，大吉大利啦！」

徐子陵放棄打坐，他無法忘記嚴重的內傷，因爲那是一種揮之不去的隨身感覺，令他無時無刻不感到虛弱和來自全身經脈的難受痛楚，氣血不暢的情況更是煩厭的重壓。精神愈集中，這種受傷的感覺愈清晰，令他不能進入忘我的境界。眼前此刻的自己只能是個默默忍受苦楚的人。

他走進屋內，隔簾瞧進石青璇曾留下倩影的閨房，心中忽然充滿溫柔，勾起他對那動人的邂逅的美麗回憶，對石青璇的少許怨憾立即雲散煙消。既然愛惜她，就該爲她著想，尊重她任何決定。個人的得失又如何？當撒手人世，過去生命只像刹那間的發生。他的心神情不自禁地沉醉在初識石青璇的情景裏，往事一幕一幕的重現心湖，既實在又虛無，除師妃暄外，他從未如此用心去思念一個人。如果生命和一切事物均會成爲不可挽回的過去，便讓石青璇成爲過去的部分吧！

不知不覺中，他發覺自己走出屋外，在大門旁的方石坐下，太陽沒入山後，四周叢林的蛩蟲似知嚴冬即至，正盡力奏出生命最後的樂章，交織出層次豐厚的音響汪洋。他沉醉在這平日顧此失彼下忽略的天地，渾然忘我間，終於從對石青璇深情專注的思憶，忘情地投身到蟲鳴蟬唱的世界，其中的轉接渾然天成，不著痕跡。在忘情忘憂忘我的境界中，他成功從心中的百般焦慮和擾人的傷勢解脫出來，精神與大自然的殘秋最後一絲生機結合爲一，茫不曉得兩腳湧泉穴寒熱催發，先天氣穿穴而入，從弱漸強的緩緩貫脈通經，滋養竅穴。時間在他神識混沌中以驚人的速度溜跑，當他被一種強烈的危險感覺從深沉至似與天地同遊中醒覺過來，睜眼一看，殘月早移過中天，黑絨氈幕般的夜空嵌滿星辰。究竟哪一顆是石青璇死後的歸宿？自己的歸宿又會否是最接近的另一顆星辰，長伴在她左右，完成生前塵世未竟的宿願？

生命是否受前世今生的因果影響，既是如此，第一個因是怎樣種下來的？

「這是甚麼地方?誰會在此結廬而居?」徐子陵收回望著星空的目光,落在負手傲立身前的蓋代邪人「邪王」石之軒身上,微笑道:「邪王因何如此有雅興光臨山居?」

石之軒學他般朝夜空張望,好整以暇的道:「子陵睜目後牢牢瞧著天空,究竟看甚麼?」

徐子陵淡淡道:「我在想人死後的歸宿,是否會回歸本位的重返天上星辰的故鄉?」

石之軒露出一絲苦澀的笑容,語氣卻冷酷平靜,柔聲道:「子陵曉得我來殺你嗎?」

徐子陵聳肩灑然道:「邪王既不曉得這是何人的地方,當然非是專誠來訪,而是跟蹤我們來到此處。事實上邪王一直有殺我之心,只是不願當著希白眼前下手而已。」

石之軒神情不動,低頭凝望徐子陵,輕輕道:「石某人不是沒有給你機會,若你肯留在幽林小谷陪伴青璇,不過問塵世間事,我絕不願傷你半根毫毛。可是你現在的所作所爲,與石某人對你的期望背道而馳。子陵可知你和寇仲已成我聖門統一天下最大的障礙,今晚不狠下辣手,明天恐怕悔之已晚。我故意待至你內傷盡去才現身動手,是希望子陵你死能瞑目,不會怪我邪王乘人之危。」

接著又嘆道:「如此一日間傷勢盡癒,我石之軒不得不寫個『服』字,可正因如此,逼我不得不痛下決心。今晚子陵先行一步,下一個將輪到寇仲。」

徐子陵長身而起,一種全新與新生的感覺充盈全身,他再感覺不到體內眞氣運動流轉,一切發乎自然,就像空氣般任他呼吸吞吐,大海汪洋般讓他予取予求。失而復得後果然是全新的另一層境界。

石之軒目露訝色,沉聲道:「子陵的武功終臻入微的境界,令石某人心中響起警號,這番出手再不會有任何心障,子陵小心。」

徐子陵曉得此乃生死關頭,必須施盡渾身解數,方有保命機會,卻淡然自若道:「邪王不是有興趣知道這是誰的幽居？爲何不尋根究柢，追問下去？」

石之軒無法掩飾地露出震駭神色。

徐子陵兩手高舉過頭，緊扣如花蕾，無名指斜起，指頭貼合，重演當年眞言大師傳他九字眞言印訣的第一起手式，暗捏不動根本印，禪喝道：「臨！」

石之軒容色再變，應聲後撤三步。

自徐子陵數次與石之軒交手以來，尚是首次將石之軒逼到下風，一小半是靠大幅提升的眞言禪力，大半是覷準石之軒唯一的破綻，他心底永遠的破綻——石青璇。石之軒那如堵石牆的眞氣直逼而來，令他無法再作寸進，乘勢強攻。

石之軒一手負後，另一手前揮，五指綴合成刀狀，鋒銳遙指徐子陵。雙目精芒大盛，長笑道：「好！自我石之軒出道以來，還是首次有人能令我甫動手立即屈處下風，雖嫌有點取巧，可是高手交鋒，無所不用其極，當然應算是你的本事。」

徐子陵不由心中佩服，石之軒的心胸氣魄，大家風範，確異於常人。雙手緊攏胸前，狀如蓮花，不動根本印轉爲大金剛輪印。自得眞言大師傳法以來，從沒有一刻，他比此時更體會到眞言印法與精神相輔相乘，結合無間後的神妙禪力。對不死印法他有更進一步的認識，此法本身根本是無隙可尋，破綻惟在石之軒心內。

眼前一花，石之軒現身左側，手刀彎擊而來，取點是他左頸側要穴。徐子陵自知永比不過他的幻魔身法，只能以靜制動，手蓮鮮花般盛放，變化出無窮無盡的手印，每個手印均妙至毫巔，似有跡可尋，又似順乎天然，微妙處沒法以任何筆墨去形容。「波！」徐子陵一指點出，正中石之軒掌鋒。石之軒往後飛退，徐子陵也被他震得氣血翻騰，踉蹌跌退近丈。自石之軒現身後，他還是初次把注意力轉回到經脈內，生出另一種新鮮的奇異感覺。

石之軒沒有乘勢追擊，反兩手負後，卓立遠處，訝道：「子陵竟能封死我後著，教石某人不得不退，此事傳出去，足可教任何人對你刮目相看。不過有利必有弊，坦白說，直到此刻，我始能狠下決心拋開一切，全力出手，直至子陵倒地身亡方始罷休。否則若再給你一年光陰，說不定我『邪王』石之軒也無法置你於死地。奈何！」

徐子陵微笑道：「原來邪王要下決心是這麼困難。我有一事不解，可否請邪王指點？」

石之軒容色平靜，雙目射出冷酷無情的目光，淡淡道：「說吧！」

徐子陵清楚感應到眼前的石之軒再沒有任何阻止他殺死自己的心障，且正在找尋最佳的出擊機會，只要自己心神稍有波動，不能保持「劍心通明」的至境，將招來他排山倒海，至死方休的可怕攻擊。緩緩道：「邪王因何要放過婠婠？」

石之軒皺眉道：「你該想到原因，婠兒乃聖門繼我之後最傑出的人才，如虛彥沒有背叛我，我對她絕不容情，現在卻是愛之惜之仍恐不及。你若擔心我會去對付她，現在該可放下心事。」

徐子陵嘆道：「邪王有沒有感到自己陷於眾叛親離的處境？在統一聖門的鬥爭上，控制大局的再非邪王你，而是依附突厥的趙德言，又或是得李淵信任的楊虛彥，更怕是最後的得益者是突厥的頡利。」

石之軒長笑道：「若出現子陵描述的情況，受到最大打擊的勢將是以慈航靜齋爲首的所謂白道。我聖門本來一無所有，故天下愈亂愈好，危機下見生機，大亂後始有大治，此爲歷史循環的法則，屢驗不爽。我聖門飽經憂患，應付危機的靈活遠勝任何人，子陵若想以甚麼民族大義來說動我，實是枉費心機。」

徐子陵灑然道：「算我說了一番廢話，邪王請賜招。」

石之軒忽然環目巡視，目光透窗朝屋內瞧去，面露驚疑不定的神色。徐子陵的精氣神全集中在他身上，立時生出感應，豈肯錯過如此良機。「乒！」眞言吐發，寶瓶氣意到手到，一拳隔空擊出。

「轟！」石之軒隨意封擋，兩手盤抱，氣柱捲旋而來，硬撞寶瓶氣勁，雙方眞氣均是高度集中，其中絕無轉圜或假借餘地。石之軒後退三步，徐子陵卻像斷線風箏般拋跌往後，恰巧穿門滾入屋內，落地後仍收不住勢子，破簾跌入石青璇的閨房。石之軒如影隨形的追入屋內，進門後一震停步。徐子陵弓背彈起，手揑外獅子印，嘩的一聲噴出一口鮮血。

石之軒冷冷瞧著他，並以衣袖抹去唇角洩出的血跡，點頭道：「寧道奇那次不算數，自我練成不死印後，尚是首次有人能令我受傷，足可令你自豪。」

徐子陵當然曉得自己傷得更重，剛才他中了石之軒的奸計，以爲他因想到這可能是石青璇的避世處，心神露出破綻，豈知竟是石之軒故意布下的破綻，使他從上風落回絕對的下風，從天上回到凡間，再不能保持之前無人無我、抽離凡軀的神妙境界。

兩人隔簾對峙。徐子陵深吸一口氣，勉力提聚功力，道：「邪王不是說過再出手便至死方休，爲何又停下來？」

「邪王」石之軒雙目殺機劇盛，厲喝道：「這是否青璇另一個隱居之所？」

簫音在屋外響起。

少帥軍依寇仲和跋鋒寒的計畫，潛伏在最有利發揮火器的上風位置。敵人尚未有時間設立木寨哨崗，主力大軍避開山地林區，在天城峽南路出口西南半里處的草原暫設「六花營」，以屈突通的帥帳為中軍統攬大局，帥帳兩旁是左右虞候，屬屈突通直接指揮的親兵，另四軍分別在前後左右立營，形如六瓣花朵。雖是無險可恃，但不怕火攻，只要在附近制高點有戰士輪番放哨，可迅速動員反擊任何來襲的敵人。另有兩軍各約二千兵員，於南路出口外一遠一近結營，均位於丘陵高地，相隔數千步，互為呼應。

三處營地總兵力超過一萬五千人，火把處處，照得天城峽外亮如白晝。大批的工事兵集中在出口外伐木施工，清除障礙，砍下來的木材可用作建設堅固的木寨。少帥軍兵分三路，進軍至敵人火光不及的密林區，等待寇仲突襲的命令。寇仲和跋鋒寒親自指揮攻襲對方主力軍營地的部隊，帶備最易使用的毒煙箭，蓄勢以待。

寇仲和跋鋒寒躍上一株高樹之巔，遙察三千步許外屈突通六花營地的情況。

寇仲笑語道：「屈突通不愧身經百戰的名將，若再多給他兩天工夫，恐怕毒煙火箭也奈何他不得。試想若他於高地立寨，配以壕塹，我們能有多少枝毒煙火箭射進他營地去？」

跋鋒寒欣然道：「現在他卻是任我們魚肉，恐怕他做夢也沒想到我們正伏在此處，帶備火器準備襲營，兄弟，我等得不耐煩哩！」

寇仲哂道：「你在沙漠百天修行是怎麼度過的？連這麼點耐性都沒有。首先我們的戰士需時間喘氣休息，其次你看敵人忙得多麼辛苦，白天趕路，晚上仍未能歇下來，怎可不讓他們再累些兒，我們才發動攻擊。最好的時刻是黎明前半個時辰，那樣天明後峽內的兄弟可與我們對敵人前後夾擊，殺他娘的一個落花流水，對嗎？」

跋鋒寒啞然失笑道：「你是龍頭，當然由你當家作主，對極哩！」

兩人相視而笑，伸手緊握。他們早受夠李世民的打擊和挫折，現在終爭取到反擊的良機。

徐子陵和石之軒同時劇震。竟是天竹簫的簫音，瞬又消去，似乎沒有任何事情發生過，但已在兩人的心海激起滔天巨浪。石青璇終於守約來會徐子陵，更曉得石之軒要殺徐子陵，故以簫音介入。

石之軒瞬即回復平靜，且戾氣全消，沒有出手之意，移到窗前，目光投向星夜下的原野去，似在搜索女兒的蹤影，淡然自若的道：「子陵可知對中土百姓最大的威脅不是我聖門，而是突厥人？」

徐子陵對石之軒忽然討論起突厥人的古怪所爲完全摸不著頭腦，幸好他正爲石青璇的出現心中塡滿火熱和狂喜，哪會跟他計較，揭簾而出，來到石之軒背後三步許處，道：「願聞其詳。」

石之軒道：「那是經歷無數世代積下來的血仇，起因是雙方貧富懸殊，對突厥人來說，只有最強的人方有資格擁有最好的土地，得不到便強搶和破壞。若取得天下的是我聖門，必盡力使中土興旺，好鞏固權力。所以我說中土眞正的禍患是突厥而非我們。」

徐子陵沉聲道：「可是貴門派的趙德言與頡利不是正合作愉快嗎？」

石之軒嘆道：「趙德言打的是另一個算盤，他要明刀明槍的藉助頡利的力量剷除異己，若頡利眞能征服中原，不得不以漢制漢，倚賴趙德言去爲他管治江山，完成他的帝皇美夢。你若幹掉他，我絕不會皺半下眉頭。」

徐子陵道：「邪王爲何要對我說這番話？」

石之軒沒有答他，續道：「突利雖與你們稱兄道弟，可是他終究是突厥人，絕不會忘記與漢人的仇恨，那是族與族間的仇恨，沒有人能化解。若我沒有猜錯，終有一天你們須與突利兵戎相見。」

徐子陵默然無語，石之軒的話一針見血，充滿飽經歲月千錘百鍊而成的智慧。

石之軒嘆道：「我為何要提醒你？因為我怕你因太重兄弟之情而吃虧，唉！我要走啦！子陵保重。」說罷就那麼跨步出門，沒入暗黑深處。

徐子陵掠到屋外，寒風撲面而來，蒼穹嵌滿無有窮盡的星辰，蛩蟲鳴唱不休，孤寂的荒原不再孤寂。簫音再起，似有若無，與四周的秋蟬悲鳴渾融無間，隨著呼呼風嘯若隱若現，就像輕雲遮著的明月；令人耳迷神蕩的動人簫音彷似在九天外處翩翩而起，把肅殺的殘秋轉化為充盈生機光輝燦爛的天地，明麗的音符一時獨立於天地之外，與萬物緊密湊合。徐子陵尋寶似的往簫音起處掠去，心中諸般情緒被簫音全體沒收，只剩下說不盡的溫柔和愛意，石青璇的簫音有如一株神奇的忘憂草，服用後再想不起外間人世殘酷冷血的戰爭。

徐子陵奔上一道山坡，石青璇的倩影出現在小山頂一塊大石上，彷若夢境中徘徊在空山靈谷的仙子。簫音倏然而止，石青璇生輝的美目顧盼多情的朝他瞧來，微笑道：「獃子來早啦！」

徐子陵來到她旁坐下，忘情地呆看著她。石青璇上穿淡紫色的綾羅長襖，香肩搭著色澤素雅的披肩以禦風寒，下配杏黃色的綾羅裙子，秀外慧中的玉容仍帶著一貫抑壓下透出來的憂鬱神情，別具冰雪冷凝的美態。不施半點脂粉，可是其文靜嫻雅的舉止，輕盈窈窕的體態，能令任何人心迷神醉。她隨手把天竹簫放在另一邊，徐子陵注意到她有個隨身的小包袱。

石青璇目光投往山下起伏的小屋，香唇輕啓，輕柔的道：「戰爭是怎樣子的呢？」

徐子陵想不到她有此一問，發呆半晌，苦笑道：「我不知該不該向你如實道出呢！」

石青璇唇角逸出笑意，輕輕道：「既然可怕至令人不敢吐露，爲何仍有那麼多人樂此不疲？」

徐子陵嘆道：「原因太複雜哩！」

石青璇朝他瞧來，美目深注的道：「子陵很疲倦，戰爭定把你折磨得很慘哩。」

徐子陵生出投入她香懷的衝動，只有在那裏他才能尋到亂世中的避難所。

石青璇續道：「人家乘船東來，大江沿岸的城鎮非常緊張，人心惶惶，可是誰都不知該逃到哪裏去。戰爭的消息和謠言每天有新的花樣，一時說少帥軍在洛陽之戰全軍覆沒，一時說宋缺的大軍和唐軍正面交鋒，一時說杜伏威起兵叛唐，與竇建德夾攻李世民爲你們報仇，令人不知信誰說的好。」

徐子陵心中一熱，以石青璇對世事一向的不聞不問，肯這麼留意戰事的發展，顯然是因對他的關心，忍不住問道：「青璇在擔心我嗎？」

石青璇淡淡道：「你說呢？」旋又忍俊不住的「噗哧」嬌笑道：「獃子！」

徐子陵心中湧起灼熱的情緒，轉眼又被無奈的痛苦替代，幸福的生活對他仍是遙不可及的美夢。沒有一刻他比現在更清楚心內的矛盾，寇仲爭霸天下之戰令他泥足深陷，可是對石青璇的愛戀又是不能自拔。他已失去師妃暄，再不能錯過眼前這夢縈魂牽的好女子。她的人就如她簫音般是這充滿鬥爭仇恨的人海汪洋中晶瑩純淨的清流，黑夜中一點永恆不滅散射的燄光，失去她他將一無所有，生命再沒有任何意義。

幽林小谷的輕吻、離別，像燒紅的烙印般在他心中留下永不會磨滅的痕跡，可是直至眼前並肩私語的一刻，她仍是那副似有情若無情的樣子。若他徐子陵吐露眞情，她會不會像她說過般消受不起，受驚小鳥般遠走高飛？他不能不顧慮她心中的感受和淒涼的往事。

石青璇優美如仙樂的聲音在他耳畔響起道：「獃子又心不在焉了！」

徐子陵一顫醒來，朝她望去，石青璇把下頷枕在兩手探前環抱的雙膝間，整個人似嵌進夜空去，變成星夜最奪目的星辰，詭祕難測。她別過頭來瞥他一眼，又重把目光投向遠方星空和山巒交接處，嘴角浮現一絲他無法明白的慧黠笑意。夜色輕紗般蒙上她的嬌體，既近在眼前，又似隱身在與人間有別的仙界。

徐子陵情不自禁的道：「我在想你。」

石青璇唇角笑意擴大，化作燦爛的笑容，把她似是與生俱來的憂鬱驅散，頑皮的道：「哄人的！是否正想到你不敢向青璇描述的戰事，你的眼睛可比你的人坦白。」

徐子陵的目光無法從她的俏臉移離，柔聲道：「青璇是看到我心內的矛盾，一邊是我自幼同甘共苦的好兄弟，一邊是……」

石青璇坐直嬌軀，轉身探手把一對玉指按在他唇上，制止他說下去，顧盼生妍的美目深深注視他的眼睛，好半晌始垂下按唇的玉手，平靜的道：「夜啦！子陵到屋裏好好睡一覺如何？做個乖孩子嘛！」

徐子陵仍被她以指按唇的親暱動作震撼心神，聞言愕然道：「屋裏不是只有一張榻子嗎？」

石青璇露出個沒好氣的表情，白他一眼道：「人家還有事去辦嘛！」

徐子陵心叫慚愧，不過石青璇肯讓自己睡她的香榻，擺明大有情意。尷尬的道：「是我想歪啦！」話出口立知不妥當，卻收不回來。

石青璇霞生玉頰，嗔怪地瞪他一眼，垂首低罵一聲「壞蛋」。徐子陵給罵得心神俱醉，飄然雲端，男歡女愛，就該是眼前這樣子，幸福從未與他這麼接近，假如他可拋開一切，與她永不分離，人生復有何求？

石青璇又回復嫻雅端莊，輕輕道：「爲甚麼不問人家要去辦的事呢？」

徐子陵生出危機的感覺，問道：「青璇要去辦甚麼事？」

石青璇緩緩道：「我想到慈航靜齋拜祭娘親，然後回來終老。」

徐子陵不解道：「青璇離開小築後爲何不直接到靜齋去？」

慈航靜齋四字激起他心湖的重重浪濤，師妃暄似在觸手可及處，在這時刻想起另一位令他傾心的美女，簡直是不可饒恕的罪行！

冰雪聰明的石青璇若無其事，又或是看穿他心內的震盪只是不加說破，淡淡道：「獃子！」

徐子陵摸不著頭腦的道：「獃在何處？」

石青璇笑意盈盈沒好氣的道：「人家是怕你這獃子來早了，所以特地到此留言，讓你不會誤會人家騙你。嘻！卻想不到竟會遇上你。」

徐子陵熱血上湧，劇震道：「青璇！」

石青璇俏臉泛起神聖的光輝，輕輕道：「子陵不用再到這裏來，因爲此地再非避世的桃花源，青璇或者會在靜齋陪娘一段日子。下山之日，將是青璇來尋你徐子陵之時，有甚麼話，留到那時再說好嗎？」

接著緩緩起立，一手提簫，另一手把小包袱掛在香肩上，俯首細審他的臉龐道：「每一個人都有他的負擔和包袱，既拋不開更躲避不了！今晚的事冥冥中自有主宰，青璇哪想得到會碰上他呢？子陵請好好珍惜自己的生命，讓我們能有再見之日。子陵不用送我，把離別延長徒添感傷，對嗎？」

少帥軍在黎明前半個時辰發動突襲，毒煙箭一批接一批的射進三個敵方營地，冒起的毒煙迅速擴散，籠罩天城峽口外方圓一里之地，敵人立即亂成一片。戰馬野性大發，狂嘶亂闖，令亂勢一發不可收拾。由於不曉得毒煙能否致命，敵人四散狼奔鼠突，逃出營地，防禦和反擊的力量徹底崩潰，應驗了跋鋒寒任由魚肉的預言。埋伏的少帥軍乘勢在煙霧外設陣襲擊，以強弓勁箭，無情地對付逃離毒煙場的敵人，狠狠打擊削弱對方的鬥志與實力，到毒煙消散，寇仲和跋鋒寒親率三千人組成的騎兵隊，殺入敵人聚集處，縱橫衝突，待到敵人四散奔逃，潰不成軍，峽道處在跋野剛和邴元眞率領下兩千騎兵殺將出來，屈突通終下達撤退的命令，往西急撤。

寇仲與跋野剛等會合後，追殺敵人殘兵十餘里，斬敵過千之衆，大獲全勝，解去南路的威脅。回途上，寇仲心有不甘的道：「如非李世民兵壓北路，我們乘勢追擊，必可奪下襄陽，扭轉整個形勢。」

跋鋒寒道：「敵人雖是傷亡慘重，可是能邊逃邊重整軍伍，是敗而不亂，我們還是應放手時且放手。」

跋野剛在另一邊策馬緩行，同意道：「李世民大軍已至，正在北路山寨部署攻勢，聲勢浩大，山寨若被破，一切徒然。」

後面的邴元眞道：「我們必須爭取時間，在南路外建設營壘，以防再被敵人封我們後路。」

寇仲笑道：「三位所言甚是，我則是給勝利沖昏小腦袋。哈！這回最妙是得到敵人大批戰馬兵器弓矢和糧食，加上運來的輜重，該足夠我們吃上數年。哈！我又誇大哩！」

此時南路出口在望，唐軍留下空營處處，代表他們戰勝的成果。隨援軍來裝滿糧草兵器的騾車，排成長龍，陸續駛進峽道，陳老謀神情興奮的在指揮大局。

寇仲等甩蹬下馬，陳老謀迎上來大笑道：「這叫天無絕人之路，我們成功哩！」

寇仲待要說話，驀地蹄聲急響，一名戰士氣急敗壞的從西面全速策騎奔來，滾落馬背，惶然報告道：「少帥不好！西面出現一支唐軍的萬人部隊，正向我方推進。」寇仲等人人大吃一驚。

跋野剛沉聲問道：「離我們有多遠。」

戰士道：「離我們只有五里遠。」

眾人你眼望我眼，値此大戰之後人疲馬倦之時，實無法迎擊實力雄厚的敵人。

寇仲當機立斷道：「立即發動所有人手，能搬多少就搬多少進峽內。」陳老謀二話不說，領命而去。

跋鋒寒嘆道：「這叫不幸中的大幸，若唐軍生力軍來早一個時辰，將輪到我們吃不完兜著走。」

寇仲頹然道：「費盡九牛二虎之力，千辛萬苦解去南路的封鎖，可是轉眼間勝利的果實竟給敵人摘去。」

跋鋒寒安慰道：「至少援軍成功抵達天城峽，更得到敵人大批物資，我們就和李世民來個攻防戰，看看大唐軍厲害還是我們少帥軍夠硬？」

寇仲苦笑道：「還有別的選擇嗎？」

勝利的喜悅，在殘酷的現實下立告雲散煙消，了無遺痕。

石青璇去後，徐子陵仍留在山石上打坐用功，不但眞元盡復，且進入另一番新境界，心靈通明剔透，圓通自在。睜眼時秋陽移至中天，雲層厚而低，刮著西北風，令人感到殘秋即逝，嚴冬來臨。

他離開大石，走下山坡，距小屋過五百步之遙，隱隱感應到屋內有人。究竟會是誰？理該不是侯希白，沒十天八天工夫，他休想能辦妥徐子陵託他的事。

很快他便曉得答案，石之軒卓立窗後，正專情地凝視著他和石青璇談心的大石，似是大石本身的「存在」，足值他全心全意的觀賞。徐子陵感到此刻的石之軒，沒有絲毫惡念。石青璇昨夜的簫音命中這魔門第一高手的要害。

徐子陵跨步入屋，來到石之軒背後，淡淡道：「邪王既沒膽量面對，爲何去而復返？」

石之軒答非所問的道：「青璇的簫吹得比她的娘還要好，這是令人難以置信的神跡，沒聽過我絕不肯相信。就像子陵你絕不相信有人可超越青璇的簫道，那不再是一種技藝，而是音樂的禪境。」

徐子陵聽得心中佩服，石之軒可能是魔門有史以來最出類拔萃的高手，傑出如婠婠者，仍沒可能超越過他，若非他做盡殘害江湖和禍國殃民的事，滿手血腥，只是他的識見，足可令人崇慕至五體投地，他對石青璇簫藝的評論，簡直是一針見血。微笑道：「邪王原來一直留在附近。」

石之軒別頭往他瞧來，柔聲道：「現在子陵該相信我的話，若你聽不出簫音的愛意，不如乾脆回鄉下耕田了事。」

徐子陵一呆道：「愛意？」

石之軒哈哈笑道：「原來徐子陵眞是個獃子，青璇你白費心機哩！」

徐子陵駭然道：「你竟偷聽我們的對話？」

石之軒毫無愧色道：「不是偷聽而是旁聽，但看卻眞的是偷看。我還是第一次看到她長大後的樣子，具備她娘所有優秀的品質，另有比她娘更俏皮的一面，使她能把秀心的優點更生動活潑的發揮出來。言歸正傳，你可知自己仍非青璇的知音人？」

徐子陵回復冷靜，淡然道：「邪王爲何如此著意於此事上？」

石之軒目光重投窗外秋意深濃的原野，雙目黯然的輕輕道：「因爲我希望我這作爹的，能爲她的未來幸福盡一點心力，那比統一魔門、統一天下更重要。我願以任何事物去換取她的幸福，而你徐子陵是這世上唯一能令青璇傾心的男子，石某人這麼說，子陵明白嗎？」

徐子陵苦笑道：「我是首次感到你老人家字字出於肺腑，不用疑神疑鬼。」

石之軒淒然道：「青璇令我感到驕傲，我是不應該偷看她的。秀心啊！我終於要向你俯首稱臣啦！你可知我輸得不但心服，更非常開心。」

徐子陵愕然以對，難道石之軒生出退隱之心？又隱隱感到並非如此。

石之軒接著露出一絲苦澀的笑容，嘆道：「子陵可知李世民差點輸掉洛陽這場仗？」

徐子陵重新感到石之軒的難以捉摸，怎會出其不意的岔往這風馬牛不相及的話題上，一時說不出話來。

石之軒回復絕對的平靜，雙目稜芒閃閃，沉聲道：「李世民最艱苦的時刻，是當洛陽未破，建德南下大河的一刻，包括李淵在內，均主張取消攻洛計畫，還軍退兵。只有李世民獨排衆議，還說誰敢再提退兵就斬誰。李世民確是不世將才，可惜出了個寇仲。」

徐子陵苦笑道：「邪王是否錯愛寇仲？從開始他便在挨揍，到今天仍沒有還手之力。」

石之軒淡淡道：「因爲寇仲缺乏一個顯赫的出身，更欠強大的後盾和一個屬於自己的雄厚班底，但現在原本欠缺的這所有至關重要的條件，他皆已齊備。」

徐子陵嘆道：「邪王若指的是宋缺的大軍和寇仲的少帥軍，前者遠水救不了近火，後者則在兩條不同戰線上掙扎求存，覆滅在即。」

石之軒悶哼一聲，道：「你們是當局者迷，我是旁觀者清。說到軍事才能，天下誰不懼宋缺？宋缺絕不會讓李世民把寇仲宰掉，他讓寇仲在北方獨撐大局，是要把他培養成可與李世民抗衡的超凡人物，爲寇仲建立無敵將帥的聲譽形象。當李世民被迫退守洛陽黃河，以宋缺的威勢加上寇仲的本領，長江兩岸的城鎮豈敢不望風景從？此乃上兵伐謀，不戰而屈人之兵的最高明策略。」

徐子陵心中翻起千重巨浪，石之軒眼光獨到，識見確非他徐子陵能及。他雖想到宋缺是置寇仲於死地而後生，以他的方式栽培寇仲成材，卻沒想到背後有更深的用意。

石之軒續道：「當這情況出現時，將是慈航靜齋直接介入到寇仲和李世民的戰爭的時刻，因爲宋缺配合寇仲，李世民只有吃敗仗的份兒。那時勝負關鍵決定於洛陽的得失，守不住洛陽李閥將失去天下。」

徐子陵大惑不解道：「在這種情況下，慈航靜齋可以做甚麼？」

石之軒搖頭道：「我不知道。可是梵清惠再無別的選擇，因爲若一旦成南北對峙之局，準備充足的頡利必乘虛而入，亂我中土，這是梵清惠最不想見的事。她教出來的好徒弟隨意一著，就把我石之軒辛苦建立的大好形勢扭轉過來。待到我聖門千辛萬苦重佔上風，又被寇仲和宋缺來個大搗亂。」

徐子陵沉聲道：「邪王爲何要告訴我這些事？」

石之軒往他瞧來，微笑道：「現在形勢發展微妙，且非在我聖門控制範圍之內，子陵你更變成能影響雙方的舉足輕重人物。我向你分析形勢，是希望子陵能置身紛爭之外，陪青璇共度避世退隱的田園生活，因爲不論你助哪一方，另一方將受到傷害。既是如此，何不拋開一切，掌握轉瞬即逝的生命。石某人言盡於此，子陵好自爲之。」長笑聲中，揚長而去。

徐子陵再次生出危機的感覺，石青璇千眞萬確是石之軒唯一的破綻，石之軒只偷看她一眼，「旁聽」她與徐子陵的一席話，立即由蓋代凶人變成不惜爲女兒犧牲一切的慈父。可是石之軒同時從痛苦和內疚解脫出來，超越心障，把希望寄託在女兒身上，所以苦口婆心的向自己提出忠告。石之軒再沒有任何破綻。徐子陵暗嘆一口氣，收拾情懷，留下給侯希白的字箋，飄然去也。

寇仲和跋鋒寒立在山寨外圍牆頭上，頭皮發麻的瞧著唐軍的駭人陣容。無論他們的想像力如何豐富，親眼目睹對方壓倒性的優勢卻是另一回事。雖說是洛陽情況的重現，但洛陽城高牆厚，有足夠應付任何攻擊的防禦力量，而現在他們所立高只兩丈，闊只五尺的寨牆，實有不堪一擊之虞。外面的三重壕塹，以對方的人多勢衆，頂多個許時辰便可塡平，再不成任何障礙。唐軍兵力在五、六萬人間，在山寨面對的廣闊丘陵地帶遠近處遍設營地，連營數十里，旌旗似海，營帳如林，軍容之盛，直有鋪天蓋地之勢。

只一天一夜工夫，山寨外方圓十里的樹木被砍伐精光，以製造大批各式各樣的攻寨工具。建成的雲梯、撞車、擋箭運兵車、塡壕的蝦蟆車、投石機、弩箭機等數以百千計的推到離山寨二千餘步遠的前線，各種攻堅器械且陸續運來，唐軍就在車陣後輪番守衛，不怕少帥軍出擊。有利必有弊，山寨易於防守，也讓敵人輕易封鎖和集中力量猛攻。假如後方退路沒有被截斷，他們至不濟也可成功退走，現在卻成甕中之鱉，只有力抗到底。

跋鋒寒苦笑道：「你有把握穿透對方的轒轀嗎？」

轒轀是擋箭運兵車的正確名稱。徐子陵當日以之進行洛陽城外的越壕戰，以四輪移動，狀如可活動的小房屋，人字頂部爲巨木所製，蒙上生牛皮，不易燃燒，其下可隱藏兵士七十餘人，攻打洛陽時因受牆頭巨型投石機所制，故力有未逮，可是以之攻打簡陋的山寨卻是遊刃有餘。當撞車在寨牆撼開缺口，轒轀內藏的士兵可蜂擁入寨，少帥軍勢將完蛋。

寇仲搖頭，表示無能爲力，沉聲道：「李小子所有部署均是針對我們的刺日與射月設計，只憑櫓盾就可抵擋住我們從神弓射出的勁箭。」

櫓盾是最大的盾，以堅厚木材製成，下有尖插，可插入泥土中，加強防禦力，把守前線的唐軍正把十多塊新製成的櫓盾杜立前方，人則在盾後對他們耀武揚威，故寇仲有感而發。

跋鋒寒狠狠道：「快想辦法，否則李世民一旦發動進擊，勢將是雷霆萬鈞，晝夜不息，直至我們徹底崩潰，你再無暇想別的事情。」

寇仲苦笑道：「我的小腦袋似乎不大聽我指揮，他娘的，爲何李小子總像能按著我來揍的樣子？」

跋鋒寒道：「因爲他確是佔盡優勢，要甚麼有甚麼。現在我們雖是兵矢備，糧草足，城寨卻捱不上多久，既不能力敵，惟有鬥智。」

寇仲皺眉道：「現在擺明是打硬仗的格局，贏不了就輸。嘿！我們是否可以火油彈燒掉李小子的車陣，拖他娘的幾天？」

昨夜南路的戰役中，他們只用毒煙箭，尚餘三百多枝，五百個火油彈和八百個毒煙地炮則完封未動。不過縱使成功燒掉對方的車陣，對方在幾日間可另製一批出來，所以寇仲有最後那句話。

跋鋒寒仰首望天，緩緩道：「這是我們能想到的最佳辦法，能拖多少天就多少天，到那時說不定會有轉機，因爲初冬第一場大雪即將降下，積雪的地面會對李世民的進擊非常不利。」

寇仲環目掃射車陣形勢，微笑道：「李小子早猜到我們有此一著，故派人在陣後嚴密防守，距離更遠至二千餘步外，只要我們揮軍攻陣，防守的兵員即可對我們迎頭痛擊。幸好你有張良計，我有過牆梯。就由我兩兄弟親自出擊，把火油彈縛在箭上點燃後以神弓射出，來個遠距離破敵如何？」

跋鋒寒露出笑意，道：「好計！原來多活幾天竟能令人這麼歡欣興奮。」

寇仲笑罵道：「你奶奶的熊，我寇仲絕不會輸的，單是毒煙箭、火油彈和毒霧地炮足可令我們捱到下大雪的時刻。希望你老哥看天的本領確有作我師傅的資格，我就沒有看到快要下雪的把握。」

麻常此時來到兩人旁，道：「封鎖南路出口的唐軍證實是由王君廓指揮的部隊，屈突通重整陣腳後，與王君廓聯手把守南路，兵力達二萬之衆。」

寇仲哈哈笑道：「李世民以近十萬兵來對付我不足萬人的部隊，我們足可自豪。陳公在哪裏？」

麻常憂心忡忡的目掃寨外軍勢鼎盛的敵人，答道：「謀老在設法加強峽南的防禦，雖說敵人不敢攻入峽道，我們小心點總是好的。」說罷欲言又止。

跋鋒寒訝道：「到這時刻大家生死與共，還有甚麼是不能啓齒的？」

麻常道：「我怕敵人用火攻。」

寇仲和跋鋒寒摸不著頭腦，破寨容易燒寨難，均不明白麻常爲何有此恐懼。

麻常解釋道：「嚴格來說應是煙攻，這天氣一般是吹北風、西北風或東北風，只要敵人在近處燃燒木材，濃煙會隨風勢送入寨內，充塞峽道，那時我們只有冒險突圍，這和送死全無分別。」

寇仲倒抽一口涼氣，道：「你的擔心很有道理。」

麻常道：「若在燃燒的火堆傾入砒霜一類毒物，殺傷力將更厲害。」

跋鋒寒一震道：「麻將軍能想到此法，人才濟濟的李世民當然不會忽略，確是令人非常頭痛的問題。」

寇仲道：「說不定砒霜正在運來此處的途中，我們必須想辦法應付。」

麻常提議道：「峽道還有辦法可想，只要派人封閉峽道，由於煙霧往高處升走，可保峽道無恙。問題是山寨之外毫無阻隔，敵人乘煙霧進攻，我們肯定要吃不消。」

縱使全軍可躲進峽道避煙，但山寨勢被夷爲平地，那不如趁早逃走。

寇仲沉吟道：「情況仍未至那麼惡劣吧？我們可在煙霧掩來之際在寨外遍置毒煙地炮，乘勢反擊，說不定可佔點便宜。我和老跋都不怕毒煙，問題是峽道外的人如何避煙，這方面陳公必有辦法。」

跋鋒寒目光投向寨外連綿數里的車陣防線，回復冷靜，從容道：「若李世民用火攻，先決的條件當是守緊車陣前線，若我們能大破他這道防線，煙攻的殺著便須押後。」

麻常訝道：「如何破他們的車陣？」

寇仲解釋一番，道：「事不宜遲，麻將軍立即去挑選一批精銳箭手，爲我和老跋作掩護，入黑後我們立即行動，燒他娘的一個痛快。江南的火器豈是易與，我就給李小子來個下馬威，讓他曉得我寇仲不是好惹的。」

跋鋒寒道：「看形勢李世民當於明早開始攻寨，所以今晚是我們最後的機會。」

麻常領命去後，跋鋒寒笑道：「人才便是人才，麻常不但有膽有色，且思慮縝密，可委重任。」

寇仲欣然道：「他能爲我所用，是我的福氣。」

兩人仔細商量今晚行事的細節時，陳老謀匆匆趕至，神情興奮的道：「區區小事，包在老夫身上。」

兩人大喜，連忙問計。陳老謀露出尊敬神色，壓低聲音神祕兮兮的道：「這是魯大師戰爭卷第五章防毒煙術中提及的方法，就是以布造成圓筒，內以木架撐開，段段接合，一端通往毒煙不及地方，另一端通往密封的房子，此房子不是完全密封，而是有出氣口，一邊以鼓風機把清新空氣貫進長筒，輸入新鮮空氣，另一端亦以鼓風機把毒氣排出，兼可防止毒氣入屋。排氣屋有現成的可用，就是我們的主樓，略加改裝便成，圓筒製作簡易，加上我們人手充足，明早可以交貨。」

寇仲喜道：「請陳公立即去辦妥此事。」陳老謀昂然去了。

寇仲一把摟著跋鋒寒肩頭，道：「能多活一天便一天，唉！爲何仍不見子陵蹤影，有他在，我更有把握打這場仗。」

徐子陵戴上弓辰春的面具，在黃昏時分進入襄陽城，城防非常緊張，只在早午晚各開放半個時辰，沒有通行證者一律被拒入城，幸好徐子陵冒充馬球高手匡文通的僞證猶在，順利過關。城內城外，均瀰漫戰爭的緊張氣氛，十多營唐軍駐紮城外，入城門後，宣佈子時起戒嚴的告示張貼在當眼處，主要街道設有關卡，抽查來往行人。唐兵見徐子陵沒有武器隨身，打扮得像文質彬彬的世家子弟，沒有刁難他。

徐子陵並非要找尋刺激，特地到這唐室的軍事重鎭來冒險，實情是要打探寇仲的消息，因沒有比這四通八達的大城市更爲適合的地方。他先找客棧落腳，梳洗後到街上爲自己買兩套較慣穿的粗布麻衣，包括能禦寒的背心棉襖，這才挑最具規模的酒家晚膳。二十多張桌子只有七、八檯坐有客人，冷冷清清的，幸而其中五檯的食客談的都是與戰役有關的話題，不離竇建德兵敗身亡，洛陽失陷和唐軍與少帥軍的衝突，可惜各人的消息均是道聽塗說而來，誇張失實。到徐子陵撐滿肚皮準備離開，仍聽不到較有根據的訊息。

此時飯館大門處突傳來喝罵聲，徐子陵目光投去，兩名夥計正把一個蓬頭垢面，衣衫破爛像乞兒般的高瘦男子粗暴地推出門外，其中一名夥計粗話連珠爆發，怒喝道：「我操你十八代祖宗，上回的酒錢尚未清還，如今又來搗亂，打得你不夠嗎？」

另一檯客人笑道：「這瘋子眞不簡單，無論打得他多麼厲害，過兩天又像個沒事人的。」

徐子陵卻是全身劇震，霍地立起，喝道：「讓他進來，他是我的朋友。」

全場愕然。兩名夥計同時回過頭來，上下審視徐子陵，顯然心中不忿，要秤秤他的斤兩。

「啪！」徐子陵隨手取出一兩金子，放在檯面，沉聲道：「我『太行雙傑』匡文通可不是好惹的，莫要敬酒不喝喝罰酒，你若不識我，可到長安打聽一下。哼！這錠金子就當是爲我的朋友清償酒債和這餐的酒飯錢。」

兩名夥計登時軟化，往兩邊讓開，高瘦男子腳步不穩的跌撞入門，似是絲毫不知徐子陵爲他解圍，在入門第一張檯坐下，拍檯啞聲道：「拿酒來！」

徐子陵瞧得心酸，不理兩名夥計爭著拿金錠，先喝道：「給我拿最上等的酒送去。」然後到高瘦男子旁坐下，低聲道：「陰兄！是我！是徐子陵！」

像乞兒般落魄潦倒的男子竟是在龍泉別後不知所蹤的陰顯鶴，哪還有半點「蝶公子」原來的風範，不但失掉佩劍，頭臉青腫處處，顯是給人狠揍多頓。陰顯鶴聞言一震，回復少許神志朝他瞧來，眼神散而不聚，一片茫然。徐子陵探手過去，抓著他沾滿泥污的手，輸入眞氣，發覺他經脈雜氣亂竄，分明是走火入魔的情況。

徐子陵明白過來，陰顯鶴是因妹子陰小紀大有可能淪爲娼妓，無法接受殘酷的事實，加上過度酗酒，終於出岔子。此時夥計恭恭敬敬的搬來大罈的汾酒，又爲兩人擺置飲酒器皿，大爺前大爺後的叫個不停，然後識趣退開。

陰顯鶴要去拿酒，徐子陵低聲喝道：「小紀成功逃出魔掌哩！」

陰顯鶴劇震，雙目神采稍復，盯著徐子陵。徐子陵把握時機，加緊用功，助他將在經脈內亂竄的眞氣重拾正軌。

陰顯鶴顫聲道：「小紀？」

徐子陵暗叫僥倖，心病還須心藥醫。若非他從韓澤南夫婦那裏得到有關陰小紀的確切消息，此刻便不能雙管齊下，令陰顯鶴神識回復過來。道：「陰兄！小弟是徐子陵，這副面目是假的。」

陰顯鶴眼神不住凝聚，皺起眉頭喃喃道：「徐子陵……徐子陵……」忽張目四顧，駭然道：「這是甚麼地方？」

徐子陵放開他的手，如釋重負的吁出一口氣道：「陰兄復原哩！萬事可放心。」

寇仲等人在山寨內枕戈蓄勢。經與跋野剛、邴元真、麻常、王玄恕等仔細研究，一致決定大舉出擊，以挫李世民的銳氣。

手下正爲寇仲穿上宣永請專人爲他打製的戰甲，小鶴兒的聲音在他旁響起道：「大哥定是仙界來的天將。」

寇仲此時才有空想到她，且是由她提醒，暗責自己滿腦子殺人放火，粗心大意，又想起若山寨被破，小鶴兒命運堪虞，笑道：「小妹子到我面前給我看看。」四周手下大感愕然，始曉得小鶴兒是女扮男裝。

小鶴兒粉臉通紅來到他身前，又喜又嗔道：「大哥揭穿人的祕密。」

寇仲歉然道：「是大哥疏忽，不過醜媳婦終須見公婆，何況妹子長得這麼標致？小妹子有沒有興趣留在我少帥軍玩兒？」

小鶴兒忘記羞窘，雀躍道：「我可以替你作甚麼事？」

寇仲召人捧來無名，道：「這是我們少帥軍在天上的眼睛，牠的安危關乎全軍的存亡，以後交由妹子照顧牠。」

小鶴兒不但絲毫不懼無名凶猛的形相，見寇仲愛憐地輕撫牠背上閃亮的棕灰色羽毛，低聲道：「我可以摸牠嗎？」

寇仲長身而起，與她走到一旁，傳她馴鷹飼鷹之法。小鶴兒冰雪聰明，迅快領會，且是愛不釋手。寇仲見無名對她沒有反感，把無名交給她，回去與跋鋒寒等會合，準備出發。

王玄恕牽著兩匹馬來到兩人旁，低聲道：「玄恕會守穩山寨，祝少帥旗開得勝。」

寇仲道：「記緊照顧我們的小妹子。」王玄恕不知如何俊臉微紅，點頭答應。

寇仲和跋鋒寒踏蹬上馬，並騎往寨門馳去。三支各二千人的部隊，分由邴元眞、麻常和跋野剛率領，正在寨門後空地嚴陣以待。天色漸暗，山寨內改以火把照明，紅紅燃燒的火燄，在寒風下閃爍竄動，更添戰爭殺伐的氣氛。其中兩軍由矛盾兵、箭手和騎兵組成，前者千人，後兩者各五百，仍以防禦爲主。

寇仲一聲令下，戰鼓齊鳴，寨門張開，寇仲高呼道：「兒郎們！今晚我們就給他們點顏色瞧瞧，讓他們曉得我少帥軍的厲害。」

三軍和營寨的守軍同聲吶喊，士氣昂揚。寇仲哈哈一笑，與跋鋒寒領先馳出寨門。敵陣方面號角聲起，蹄聲轟鳴，顯是李世民作出反應，調動軍隊，從事部署。

在客棧的房間，回復神志的陰顯鶴困擾的道：「我最後記得的事，是坐船往長安去，怎知竟會糊塗的逛到這裏來，唉！」

徐子陵安慰道：「一切已成過去，陰兄不用放在心上，陰兄先洗澡，換過衣服，我們再好好說話。」

陰顯鶴在椅內發呆片晌，搖頭道：「不！我們立即到巴東去，我要親自問清楚小紀的事，看會不會弄錯。」

徐子陵明白他的心情，道：「城門現已關閉，明早城開我們立即趕往巴東。」

陰顯鶴道：「城門關上我們可以攀牆走，誰敢阻止我就殺誰。」

徐子陵拿他沒法，暗忖要去與寇仲會合一事宣告泡湯，苦笑道：「陰兄洗澡換衣後，我們立即上路，這樣行嗎？」

陣而後戰。麻常的中軍、邴元眞的左翼軍和跋野剛的右翼軍，通過臨時的壕橋，在壕塹外結陣。十二座壕橋是陳老謀以半天時間趕工完成，以木板製成長而寬的橋面，下裝車輪，推入壕中，以下方巨型的車輪爲支持，承受橋面壓力，令己軍可迅速越壕。隨援軍前來的一千輜重兵成爲陳老謀工事兵的生力軍，人手足夠下，陳老謀要風得風，要雨得雨。布好陣勢後，左右翼軍往前推進，至敵人車陣前線千步外停止，結成偃月陣，最前方的矛盾手往左右彎入，千人分作三排，形成足可抵抗敵騎衝擊的防禦，五百箭手位於其後，在保護下作遠距離拒敵，後方的騎兵負責應付側攻的敵騎，陣勢以防守爲主。麻常所率三千人，全是輕騎兵。跋鋒寒和寇仲甩蹬下馬，另有一組五十人的精銳飛雲衛，負責供應火彈和燃點藥引。

李世民方面不敢怠慢，三隊各五千人的步兵箭手，在車陣前布防，分由羅士信、史萬寶和劉德威三人領軍，只要推前二百步，雙方可以箭矢互射。唐軍對寇仲和跋鋒寒顯然顧忌甚深，被其刺日射月的長距威脅所懾，前兩排用的都是杜地的巨型木櫓盾。李世民與諸將在車陣後布下五組輕騎兵，每組三千人，隨時可從車陣缺口衝出，投入戰場。若寇仲一方沒有非常手段，與軍力佔盡優勢的唐軍交鋒，對方又有源源不絕的後援部隊，必敗無疑。

把守山寨的王玄恕一聲令下，一隊五百人的箭手衝出山寨，駐守三道外壕橋。此時號角聲起，唐軍車陣外三支五千人的盾矛兵和箭手，在戰鼓聲中，步伐一致的向少帥軍作緩慢而穩定的推進，威勢懾人至極。寇仲和跋鋒寒待敵人推進近至理想位置，同時祭出刺日射月兩神弓，左右忙把燃著的火彈掛到兩人箭上，勾子當然由陳老謀督製。「颼！颼！」兩箭離弓射上高空，火彈火花四濺，劃過空中蔚爲奇觀，卻非投向逐漸逼近的敵人，而是射進車陣中。

「砰！砰！」燒爆竹般的兩聲鳴響，跋鋒寒的火彈在車陣上方爆開，一團團的烈燄雨瀑般往車陣和守陣的唐兵灑下去，覆蓋的範圍達方圓兩、三丈。寇仲的火球則落到一台投石機才爆炸，登時把投石機和附近兩輛撞車捲入烈燄中。被烈燄波及燒灼的唐兵嚎叫滾地，另兩個火球又從寇仲和跋鋒寒的神弓射出，找尋車陣新的目標。車陣內外的敵人怎想得到有此能於千步外襲敵的厲害火器，登時陣腳大亂，仍在推進的三支唐軍更是進退兩難。寇仲的火彈改向推進的敵人投去，跋鋒寒則專責對付車陣，一時烈燄處處，火頭四起。邴元眞和跋野剛見機不可失，連忙揮軍進擊，麻常的軍隊亦朝前推進，在寇仲後方列陣以待。

火彈不住劃破黑夜，連珠不絕的投向目標。車陣已有多截在熊熊燃燒，隱有波及全陣之勢。李世民當機立斷，命人把未被波及的車隊移後，又令三支步軍撤回陣內，改由機動性強的左右兩隊三千人組成的騎兵隊出擊，自己則留後穩住陣腳。邴元眞和跋野剛不敢追擊，後撤到寇仲和跋鋒寒左右兩旁，結陣迎敵。「砰！砰！」兩個火彈在右方衝來的敵騎前陣爆開，火球雨點般灑下，最前方的十多個騎兵立成火人火馬，東倒西歪，仆在地上，後方騎兵收勢不住，撞入烈燄中，一時人嚎馬嘶，慘況令人不忍卒睹。邴元眞和跋野剛先後大喝道：「放箭！」箭矢一排排從矛盾手後射出，無情地攻擊敵騎。寇仲和跋鋒寒收起寶弓，飛身上馬，領著麻常的三千精騎，殺將過去。

天明時分，徐子陵和陰顯鶴抵達巴東城外，均是睏乏不堪。城門尚未開啓，聚滿等待入城的商旅和趕趁墟集的農民。即使以陰顯鶴的心切入城，仍感到應多付點耐性待城門開啓，而非立即攀牆入城。徐子陵怕有人認出他，招致不必要的麻煩，戴上弓辰春的面具，與陰顯鶴在官道旁等候。

蹄聲驟起，一群勁裝武士沿官道馳來，一派橫行霸道的作風，大聲叱喝行人讓道，有人動作稍慢，帶頭的騎士立即把馬鞭揮揚頭頂，發出呼嘯破風聲，充滿威嚇的意味。本是擠在城門前輪候入城的人群忙驚避一旁，形勢頗為混亂。徐子陵看到馬兒，首先被勾起慘死戰場的愛馬萬里斑的思憶，悲從中來，黯然神傷。接著目光上移，不由心中一震，忙別轉虎軀，不讓對方看到他弓辰春的面容。

那十多名武士尚未抵達城門，守在城樓的將官早下令開城，放下吊橋，任這隊騎兵長驅直進，又把誤以為可隨之入城的人趕出來，再拉起吊橋，惹得一陣鼓譟不滿的怨聲。

陰顯鶴訝道：「子陵是否認識這批人？」

徐子陵道：「我認識領頭的兩個人，是李建成的心腹爪牙爾文煥和喬公山。只不知他們為何會到這裏來？」

他雖說出疑問，心中卻隱隱想到應與梁舜明從海沙幫接收的另一批火器有關聯。但因知陰顯鶴此刻心神全放在乃妹身上，所以把心事暗藏。巴東城是杜伏威的地盤，這個老爹雖向唐室稱臣，卻絕不會與他鄙視的李建成勾結，故而大有可能是巴東城的守將與李建成暗中有來往，遂提供某種方便給爾文煥和喬公山。只要查出巴東城由杜伏威哪一員將領主持把守，即可警告老爹，讓他心中有數。

蹄聲再起，一輛馬車沿官道緩緩開至。徐子陵心想怎麼這麼巧，駕車者赫然是侯希白和久違的雷九指。徐子陵拉著陰顯鶴，迎上馬車，侯希白和雷九指驟見徐子陵出現眼前，差點要揉眼睛，不敢相信。

馬車往一旁停下，兩人跳下馬車，滿臉疑問。待徐子陵介紹兩人認識陰顯鶴後，侯希白再忍不住，問道：「子陵竟復原哩！眞叫人難以相信，青璇終於來了嗎？」

徐子陵道：「不但功力盡復，且大有突破，至於箇中情況，則是一言難盡，可否容後細告？眼前頭等大事，是先弄清楚韓夫人所說的陰小妹，是否確是陰兄的親妹子。」

又向陰顯鶴道：「這立雷大哥就是小弟曾向陰兄提及熟悉香家的人，有他出手幫忙，沒可能的事也會變成可能。」

雷九指怎想得到一向沉默寡言的徐子陵甫見面即給他大頂高帽子，高興得合不攏嘴的笑道：「陰兄放心，無論南幫北會，各地大小幫派較有頭面的人多少和我有點交情，辦起事來很方便。巴東幫的龍頭便曾和我喝過酒賭過幾手。大家兄弟，陰兄的事就是我們的事。」

陰顯鶴似乎對這類江湖豪語不感興趣，緊皺的眉頭仍深鎖不放，木然道：「城門開哩！」

「軋軋」聲中，吊門再次放下來。不知如何，徐子陵心中忽然湧起危機將臨的預感。

寇仲和跋鋒寒是最後兩個退返山寨的人，所有壕橋全陷於烈燄中，李世民亦鳴金收兵，接近外塹的部分戰場仍隱見紫色的毒煙霧，隨風迅速消散，死傷者被帶回雙方陣內。兩方互有損失，唐軍死傷者數目近千，是少帥軍十倍之上，算是寇仲狠勝一場，先拔頭籌。

當兩隊唐軍騎兵衝擊兩翼，掩護三隊已形潰亂的步軍後撤時，寇仲方面邴元眞和跋野剛的矛盾手和箭手組成的兵陣早守穩陣腳，不讓敵人攻向壕塹的一方，而由寇仲與跋鋒寒、麻常率領的三千精騎閃電出擊，衝散和切斷敵人，且不斷來回衝殺，掩擊的唐軍立告不支，李世民見勢不妙，親率玄甲精兵和另兩個輕騎部隊合共九千人，衝出被焚毀大半的車陣，排山倒海般殺過來，同時下令在戰場上被殺得叫苦連天的騎兵撤退。寇仲深悉玄甲精兵的實力，若與之正面交鋒，必是苦戰之局，待等到羅士信等的過萬步軍重整陣腳，投入戰場，己軍必敗無疑。幸好他早有計畫，立即全軍移後，把毒煙地炮放滿地上，然後在地炮陣後嚴陣以待。李世民哪想得到他有此一著，三支騎兵旋風般衝入地炮陣，立時「砰嘭砰嘭嘭」之聲大作，毒煙四起，把唐軍前鋒騎士陷在紫色毒霧裏，戰馬首先抵受不住，發瘋地跳蹄亂闖，騎士紛被拋下馬背，人馬均吃盡毒煙的苦頭。少帥軍以千計的勁箭一排排的分從兩翼射出，對再無還手之力的敵人無情殺戮，情況慘不忍睹。李世民無奈下敲響後撤的鑼聲，本是以旋風般氣勢如虹的殺來，落得黯然收兵的結果。

寇仲見好就收，有秩序的返歸山寨。寇仲和跋鋒寒並騎進入寨門，從戰場凱旋回來的和留守的戰士歡聲雷動，齊呼少帥萬歲，為贏得漂亮的一仗喝采吶喊，士氣騰昇至沸點。

小鶴兒不知從何處撲出，歡迎兩人，興奮得粉臉通紅，高嚷道：「大哥真威風，外面那些壞人都不是大哥對手。」寇仲和跋鋒寒甩蹬下馬，相視而笑。

寇仲向小鶴兒微笑道：「他們不是壞人，卻是我的死敵。」

陳老謀、王玄恕、白文原上來祝賀。邴元真和跋野剛立下大功，更是神情興奮。這場勝利得來不易，雖未能對唐軍造成根本的傷害，卻嚴重打擊對方士氣，阻延唐軍發動攻寨的時間，至關重要。

寇仲伸個懶腰，道：「我們先要好好睡一覺，這裏交給白將軍負守衛全責，玄恕可帶小鶴兒去玩耍。」王玄恕俊臉立即刷紅，一時吶吶無言。

小鶴兒興奮的道：「有甚麼地方好玩的？」

王玄恕以蚊蚋般的聲音道：「少帥有令，我帶你去看山峽內的小瀑布。」

眾人終於察覺到王玄恕和小鶴兒間的微妙情況，不禁互視而笑。

寇仲開懷笑道：「玄恕放心領我小妹子四處觀光，如此長達兩里的峽道天下罕見，必是奇景處處，想不到在戰場上不但有瓦遮頭，更有景可遊可賞，上天眞的待我們不薄。」

跋鋒寒首度上下打量小鶴兒，微笑道：「小鶴兒的長髮烏黑閃亮，何不到清泉處暢快梳洗，必是趟動人的享受，也可讓玄恕看看你長髮垂肩的俏女兒家模樣。」

小鶴兒終領悟眾人在打趣她和王玄恕，嗔瞪跋鋒寒一眼，又不自禁的扯上王玄恕戰袍衣袖，低聲道：「我們去玩吧，不要再理會他們。」

陳老謀怪笑道：「主樓內有乾毛巾，玄恕不要忘記攜帶。」

王玄恕逃命似的和小鶴兒一溜煙跑掉。

寇仲瞧著他們遠去的背影，搖頭嘆道：「戰場上是可以發生任何意想不到之事的！我們的火器剩下多少？」

陳老謀如數家珍的答道：「剛才沒再用過毒煙箭，三百枝原封不動，火油彈剩下三百二十個，地炮損耗較多，目前數量不到三百。」

跋鋒寒道：「這該足夠我們抵擋下一回李世民全軍出動的猛攻。」

陳老謀道：「或許李世民之前想不到煙攻之術，現在也會被我們的火器提醒。且建造另一批攻城器械需時，更怕我們的毒煙火彈，所以最便宜的方法莫如煙攻。幸好我們有防範之法，假若運用得宜，說不定可帶來另一場更大的勝利。」

跋野剛沉聲道：「我們不可放過任何致勝的機會，因爲我們資源有限，損失無法補充，敵人卻有用不盡的資源人力，我軍一旦士氣低落，情況將不堪設想。」

寇仲仰首望天，道：「希望大雪會在幾日內從天而降，否則若是下雨而非下雪，我們的處境將非常不妙，老跋你有把握嗎？倘眞個下雨，我們甚麼火油彈也難起作用。」

跋鋒寒苦笑道：「我又不是神仙，怎知下哪樣東西？」

寇仲笑道：「那即是要看老天爺的意旨了，所以不用費神去想，只須作好一切準備。我要爲陣亡的兄弟舉行一個簡單而隆重的祭禮，此事由文原去辦，我還要親自問候受傷的兄弟。昨晚是漫長的一夜，感覺上卻似眨眨眼就過去了，眞矛盾。」

一隊三十人的巴東守軍從城門馳出來，粗暴地驅趕搶著入城的人，然後列隊兩旁，似在爲將要出城者開路。爾文煥、喬公山原班人馬策騎出城，中間多出一輛簾幕低垂，透著神祕意味的馬車。

徐子陵一把扯下面具，沉聲道：「韓兄夫婦大有可能在馬車內，我們在中途劫車救人。」

爾文煥等昂然在四人身旁增速馳過，揚起漫空泥塵。

陰顯鶴道：「我們追！」

徐子陵知他心焦至失去一向的耐性，拉著他道：「待他們走遠些，我和陰兄希白追上立即動手，雷九哥駕車跟來。」

雷九指認得是爾文煥和喬公山，冷然道：「下手不要留情，最好順手宰掉李建成這兩頭走狗，眞想不到李建成竟公然爲香家辦事。」

徐子陵道：「李建成不但與香家勾結，還搭上趙德言。我們走！」

寇仲步入帥房，緩緩關上房門，到床沿捧頭坐倒。他坐的是山寨內唯一的床，是陳老謀特地爲他製造的。

躺在床上另一邊的跋鋒寒勉力坐起來，道：「想甚麼？」

寇仲回頭瞥一眼，苦笑道：「你好像沒有脫鞋子。」

跋鋒寒啞然失笑道：「你還有心情計較脫鞋子或不脫鞋子？這是目前最該採用的辦法，待我們從厚載門再入洛陽時，才考慮脫鞋的問題吧！」

寇仲呻吟道：「你認爲我們會有那麼一天嗎？」

跋鋒寒沉吟道：「若是下雨而非下雪，李世民冒雨進攻，我們的毒煙火彈將無所施其技，那重返洛陽的事可能永不會發生！」

寇仲嘆道：「天上積的究竟是他奶奶的甚麼雲？」

跋鋒寒苦笑道：「是既可能下雨也可能是降雪他奶奶的烏雲，天氣說冷不冷，似仍未至於下雪，我們要作好準備。」

寇仲淡淡道：「是否該每位兄弟供應一個雨笠呢？」

跋鋒寒捧腹苦笑道：「你這小子！眞有你的。」

寇仲連靴往床上躺下，雙目卻是神光閃閃，緩緩道：「縱使下雪又如何？火器不足半天便會用光，始終要靠眞刀眞槍和李小子對著來幹。火器只能在某種特定的形勢下取巧佔點便宜，我們終究要靠實力。他娘的！只好兵來將擋，水來土掩，接著土來木剋、木來火燒，他娘的！咦！我們似乎漏一招。」

跋鋒寒訝道：「不是所有應做的事我們全做足嗎？」

寇仲道：「這招叫檑木陣，我們有大批砍下來的木幹，只要搬上城頭往下丟，滾落斜坡，你說威力是否夠厲害呢？」

跋鋒寒精神大振道：「這確是奇招，如此簡單爲何沒有人想過？」

寇仲道：「因爲我們以爲自己在守洛陽城，洛陽城外沒有斜坡，木材在四面被圍的情況下又比黃金珍貴。但在此時此地這檑木陣法卻不怕雨淋，方便有效，只要在寨外斜坡推下幾百根木頭，李小子即使能成功越壕，也過不了檑木陣，木頭曬乾後又可燒他娘一個痛快。哈！這叫天無絕人之路，只在你是否肯動腦筋。」

敲門聲響，有手下在門外高聲道：「稟告少帥！白將軍著小人來報，唐軍開始在寨外堆積木柴枯枝。」

寇仲哈哈笑道：「通知白將軍，唐軍點火時才來喚醒我吧！」又向跋鋒寒嘆道：「楊公曾說過，在戰場上不能安眠的人均非稱職的主帥。唉！楊公若仍在我身旁，那有多好呢？」

徐子陵、陰顯鶴和侯希白放開腳步，不理途人驚異的目光，朝目標追去，從巴東到淮水的主碼頭只有里許遠，若被爾文煥等先一步登船，又或與另一批敵方的人馬會合，他們便要大費周張。倘若能在中途截著馬車騎隊，則肯定可硬吃對方。

前方塵土飛揚，蹄音嘀噠。徐子陵心中剛想到加速，人已超前而出，意到氣到，行雲流水的迅速縮短與護後兩騎的距離，最精采處是衣袍貼體不揚，把破風聲減至最低。侯希白和陰顯鶴一前一後提速追至，前者落後過丈，而陰顯鶴在徐子陵發動攻擊時，仍在兩丈開外。兩敵背心分別被徐子陵凌空踢中，若非他宅心仁厚，保證可把兩敵立斃腳下，這刻只是經脈被封，倒身下馬。衆敵駭然回頭張望，徐子陵腳點其中一匹戰馬馬背，騰空而起，往馬車廂頂投去。

爾文煥大喝道：「何方小賊？竟敢劫老子的車，殺無赦！」

敵方騎士紛紛拔出兵器，衝前反擊，在馬車兩旁的騎士同時躍上車頂，夾攻徐子陵，顯露不凡的身手。他們任何一人行走於江湖上，都稱得是一流的好手，可是比之名震天下的徐子陵卻是差得遠，一個照面便給擊落地上，不但沒機會踏足車頂，還不曉得對方以甚麼手法擊敗自己，且著地後再爬不起來。爾文煥和喬公山此時才發覺除車頂的敵人外，尚有兩人啣尾殺至，他們均未見過徐子陵的眞面目，認不出是他。但侯希白在長安則是無人不識，爾喬兩人曾多次與他碰頭，見來敵之一是他，立即色變，曉得不妙。

侯希白瀟灑如散步的直追上來，美人摺扇「颼」的張開，擺出搧涼的優閒動作，笑道：「爾大人喬大人你們好，也只有你們這兩個目中無人的敢叫徐子陵作小賊，佩服佩服！」

「噹！」美人摺扇擋著一名騎士回手斬來的一劍，施展絞勁，敵人立即長劍脫手，遠遠掉進路旁密林內去。慘呼聲起，另一名騎士被陰顯鶴以精妙絕倫的手法硬奪佩劍，更被扯斷肩臼骨。此時徐子陵躍坐於御者旁邊的空位，那御者尚未有機會出手，被他一肘撞得横跌離座，滾倒地上。徐子陵勒馬收韁，逐漸拉停馬車。

爾文煥和喬公山聽得徐子陵之名，臉上血色盡褪，前者大喝道：「閃人！」竟不理夥伴，快馬加鞭的朝淮水方向逃去，尚未被擊倒的七、八名大漢見頭子如此窩囊，哪敢逞強，轉眼逃個一乾二淨。

馬車衝前七、八丈後緩緩停下。侯希白搶到車門前，一把拉開，雙目露出不能相信的神色，吃驚道：「竟是雲幫主！」

寇仲和跋鋒寒卓立牆頭，壕塹外的平原上三座堆得小山般高的木柴枯枝熊熊燃燒，送出滾滾濃煙，隨風送來，把山寨陷進令人嗆塞窒息的煙霧中。少帥軍全避進峽道和主樓內。唐軍在火堆後布成陣勢，等待攻擊的最佳時機。兩人卻是神態從容，絲毫不在意撲面而來的火屑濃煙。

跋鋒寒微笑道：「少帥的刀法大有進步，已達刀意合一的至境。」

寇仲伸個懶腰，望向煙霧中疑幻似眞的跋鋒寒道：「你才眞的厲害，在戰場上你生我死時，仍有餘暇留心我的刀法。不過我的井中月早超越刀意合一，而是臻至刀即意，意即刀的境界。到最近我才明白宋缺說的『捨刀之外，再無他物』的含意。」

跋鋒寒雄軀一震，低聲唸兩遍後，迎上寇仲目光，道：「究竟有甚麼特別意思？」

寇仲露出笑意，道：「就是眞的『捨刀之外，再無他物』，連我自己也不存在，只有刀，刀就是一切。當時宋缺還說你明白時就是明白，不明白就是不明白。哈！可笑我那時還以爲明白，到今天才知自己那時明白個他奶奶的熊，根本是不明白。」

跋鋒寒露出深思的神色，搖頭道：「你有沒有誇大？這是不可能的，你若思索，自會感到『我』的存在。」

寇仲正容道：「眞的沒有半點誇大，刀就是我，我就是刀，刀代替我去感應、去思索，隨機而行，因勢變化，箇中微妙處，怎都說不出來。」

跋鋒寒點頭道：「你這境界的體驗，對我有很大的啓發，刀即意，意即刀。」

一陣長風吹來，濃煙捲舞，對面不見人影，待煙霧稍散，跋鋒寒再現眼前，寇仲欣然道：「趁尙有點時間，你可否續說故事的第二回？」

跋鋒寒不解道：「甚麼故事的第二回？」

寇仲若無其事道：「當然是巴黛兒和你老哥纏綿悱惻的動人故事。」

跋鋒寒沒好氣道：「去你的！老子早破例向你說出童年痛心的往事，可是你竟不滿足？對不起！這方面兄弟可沒得通融。」

寇仲笑道：「我是關心你哩！好心遇雷劈。」

跋鋒寒啞然失笑道：「每一個人心中都有不願說出來的祕密，更何況我描述得如何詳細，也只是眞實過程中被我主觀扭曲挑選的部分。試試告訴我你和宋玉致或尙秀芳間的事，其中定有你不願吐露的一面。」

寇仲爲之啞口無言，與兩女間的事，的確有很多不願想起，不想提及。

跋鋒寒苦笑道：「明白嗎？」

寇仲以苦笑回報，頹然道：「明白啦！」

「咚！咚！咚！」戰鼓聲起，濃煙後傳來人聲和車輪聲，唐軍趁山寨仍是煙鎖霧困的時刻，進行塡壕的工作。

寇仲取出刺日弓，沉聲道：「看看我箭即意、意即箭的功夫，請老跋爲我掛上和燃點火油彈如何？」

第二章 宋家大軍

第二章　宋家大軍

徐子陵叩響院門門環，喚道：「韓兄請開門，是徐子陵。」

急促步音響起，門開，露出韓澤南慌張的面容，道：「不好哩！我們恐怕被發現了，這兩天屋外常有生面人逡巡。」

徐子陵讓開身軀，指著橫躺在陰顯鶴腳下的兩名大漢道：「是否這兩個？」

韓澤南愕然瞧去，陰顯鶴高軀下俯，兩手分抓兩漢頭髮，扯得他們臉向韓澤南。

韓澤南一顫道：「沒見過這兩個人。」

徐子陵心中一沉，向陰顯鶴道：「麻煩陰兄把他們藏在院內。」接著跨檻進院，偕韓澤南往屋門走去，道：「我們立即上路，幸好我們來得及時。」

韓澤南道：「我們原準備今晚趁黑出城，有徐兄幫忙，內子可以放心多哩！」

白小裳啓門迎接，喜上眉梢，小傑兒長高不少，依在娘身旁好奇地看看徐子陵，又偷看拖著兩漢到外院一角的陰顯鶴，並沒有露出絲毫害怕的神色。

徐子陵見廳內放著兩大一小三個包袱，曉得他們整理好行裝，一把抱起小傑兒，笑道：「上次沒見著你，小傑兒好嗎？」

小傑兒親熱的摟上他頸項，興奮道：「你就是那位弓叔叔變的嗎？爹娘說有叔叔在不怕給壞人欺負，外面那兩個壞人被叔叔捉住的吧？」

徐子陵愛憐地撫著他小腦袋，向韓澤南和白小裳道：「有馬車在城外等候，我們立即走。」

韓澤南和白小裳目光投往出現門後的陰顯鶴。

徐子陵道：「這位是陰小紀的親兄，嫂夫人請向陰兄描述小紀的樣貌特徵。」

白小裳沉吟片晌，道：「印象中最深刻的是小紀左臂上有個指頭般大的淺紅色胎記，還有對大而明亮的眼睛！」

陰顯鶴早淚流滿臉，顫聲道：「眞的是小紀！眞的是她！」

徐子陵道：「我們離城再說，敵人不敢動手，只因顧忌嫂夫人的武功，我們剛才下手制伏監視的人，恐怕已打草驚蛇，所以必須立即走。」

徐子陵抱著小傑兒，陰顯鶴一人包辦兩個大包袱，與韓澤南夫婦匆匆上路。當轉入通往城北的大道，立感氣氛異樣，午後時分該是人潮洶湧的街道，竟不見行人。

陰顯鶴移近徐子陵道：「看似頗爲不妙！」

另一邊的韓澤南惶恐道：「試走另一邊城門好嗎？」

徐子陵道：「另一道城門毫無分別。對方顯然有高手在後面主持大局，而巴東城的守將則與對方一鼻孔出氣。」

白小裳比韓澤南鎭定，輕輕道：「巴東城的太守叫張萬，人人知他貪贓枉法，唯一的本事是拍杜伏威的馬屁。」

徐子陵把小傑兒交給白小裳，笑道：「這就成哩！我們仍由北門出城，看看誰來攔截我們。」

陰顯鶴不解道：「敵人既有張萬站在他們一方，爲何不趁早動手？」

徐子陵道：「所謂家醜不外揚，自家事當然最好是自家來處理。但現在見形勢危急，己方高手仍在途中，只好買通貪官來對付我們。」

陰顯鶴嘆道：「剛才我們一時大意，走漏了對方的探子。」

徐子陵道：「走漏的人藏身對面的房子，我還以爲是好奇的鄰居，沒有在意。」

城門在望，忽然叱喝聲起，城門關閉，城牆上箭手現身，大街兩旁店舖擁出以百計的巴東兵士，前方把門的數十守軍則從門道衝出，剎那間四大一小五個人陷身包圍網內。

一名身穿將服的高瘦漢子在前方排眾而出，戟指喝道：「沒有半個人可以離開。本官乃巴東城太守張萬，識相的給我跪下就縛，否則必殺無赦。」

「蓬！」在逐漸稀薄的煙霧中，火油彈炸成漫天火球火星，在塡壕的唐軍工事兵頭頂煙花般盛放，再照頭照臉的灑下去，方圓兩丈內的唐兵無一倖免，紛紛四散奔走，更有人滾倒地上，企圖壓滅燃著的衣服。鳴金再起，唐軍全面後撤。

寇仲和跋鋒寒愕然以對，前者抓頭道：「李世民竟這麼識時務？」

跋鋒寒仰首望天，嘆道：「因爲李世民也懂看天時，曉得最遲今晚將有一場大雨或大雪，所以不急在一時，更不願讓你有練靶的機會。」

寇仲呆看著潮水般遠撤的敵人，欲語無言。心中沒有絲毫一箭退敵的喜悅，只是更感到李世民的高明和可怕。

徐子陵從容踏前一步，微笑道：「張太守你好！本人徐子陵，想問太守我們所犯何事，竟要勞動太守大駕？」

張萬聽得徐子陵之名，立即色變，包圍他們的巴東守軍人人愕然。雖說杜伏威向唐室投誠，可是杜伏威與寇仲、徐子陵的密切關係，江淮軍內無人不曉，若遵照張萬吩咐，攻擊徐子陵，以杜伏威的性格，與事者誰能活命？更不要說直到今天，強大如頡利、李淵、王世充等仍沒有人能奈何徐子陵和寇仲這兩位天之驕子。

徐子陵道：「若有甚麼開罪貴方，我可親自向貴上他老人家道歉賠罪。」他語氣一轉，是要營造張萬在不太失面子的情況下得下台階的氣氛。他自小在江湖混大，這方面自是出色當行。

張萬臉色數變，沉聲道：「有甚麼方法證明你是徐子陵？」

左邊敵陣中有人高聲道：「稟告太守，這位確是徐公子，屬下曾在竟陵見過他和寇少帥站在城頭上。」

張萬狠瞪那人一眼，厲聲道：「縱使你是徐子陵又如何？我軍已歸大唐，你徐子陵就是我們的敵人。」

徐子陵心中大訝，旋又想起他和爾文煥等人的勾結，曉得他不但被李建成暗中收買，更暗中與魔門有不乾不淨的關係，遂改變戰略，淡然道：「你們旗號未改，投誠的事豈算作實？現在洛陽雖破，少帥軍和大唐軍之爭仍是方興未艾，宋家大軍則隨時揚帆北上，值此時刻，識時務者無不明哲保身，靜觀其變。若太守仍是冥頑不靈，不論你他日身在何處，位居何職，我徐子陵保證你不得善終，而我們仍可安然離城，太守想試試嗎？」

張萬僵在當場，只見手下全垂下兵器，沒人有動手的意思。

徐子陵點頭讚許道：「這樣才對嘛。」別頭向韓澤南等道：「我們可以離開哩！」

再面對張萬時雙目神光電射，暗捏不動根本印，喝道：「還不給我開門？」

張萬頹然發令，軋軋聲中，城門吊橋再次放下來。

狂風捲起，天城峽外山野平原敵我雙方的旗幟無一倖免，被刮得猛拂亂揚，獵獵激響，燒剩的碎草殘枝、炭屑泥塵，直捲上半空盤旋不降，聲勢駭人至極。在大自然的威力下，縱使連營數十里，萬馬千軍，仍顯得渺小無助。山寨內的少帥軍正快速把木材運上城牆，此時不由自主的暫停工作，以免被風吹倒受傷。

寇仲、跋鋒寒本正遙察李世民一方的情況，只見新造的塡壕車、撞車、擋箭車重排前線，卻非以前的一字長蛇陣，而是分成十多組，可以想像對方發動時會作連番攻擊，前仆後繼的威勢。到大風驟起，兩人的目光移向老天爺，看看有興趣下雨還是降雪。風起雲走，一團團厚重的烏雲翻滾疾馳，瞧得人人心悸神顫。驀地「噠」的一聲，豆大的雨點落在寇仲臉上，冰寒刺骨。

寇仲呻吟道：「我的老天爺！」

風勢一轉，短促而有力，捲上高空的塵屑往下灑落，接著大雨沒頭沒腦似的從四面八方襲至，視線所及大地的輪廓變得模糊不清，山野彷似在搖晃抖顫。

跋鋒寒嚷道：「很冷！」

寇仲當機立斷，吩咐另一邊的麻常道：「全體兄弟進主樓避雨。」

麻常駭然道：「若敵人冒雨來攻如何對付？」

寇仲道：「給雨冷病也是死，不管那麼多，立即執行。」

麻常吩咐號角手吹響警號，山寨內的人如獲皇恩大赦，擁入主樓，包括在各箭塔放哨站崗的戰士。

大雨一堵堵牆般橫掃原野，肆虐大地。寇仲見麻常、跋野剛、邴元眞、王玄恕仍陪他們在牆頭淋雨，喝道：「你們立即進去避雨，這裏交給我們。」麻常等自問功力遠及不上兩人，無奈下遵令離開。

此時寇仲和跋鋒寒早渾身濕透，全賴體內眞氣禦寒抗濕，即使以他們的功力，仍感苦不堪言。

寇仲舉手抹掉臉上的雨水，苦笑道：「老天爺這回不肯幫忙。」

跋鋒寒道：「來哩！」

車輪轆轆聲中，三組敵人分三路朝壕塹推進，每組二千人，各有塡壕的蝦蟆車過百輛，擋箭車二十輛，撞牆車尚未出動。

寇仲狠狠道：「我敢保證這批人事後必大病一場，李世民眞狠。」

跋鋒寒嘆道：「生病總好過打敗仗。這場雨沒一個半個時辰不會停下來，那時三道壕塹均被塡平，只好由你我兩兄弟負責擲檑木，希望能捱到雨竭之時。」

寇仲苦笑道：「老哥有更好的辦法嗎？」

雷九指和侯希白駕車來迎，前者嚷道：「發生甚麼事？爲何城門忽然關上，接著又放下來？」

徐子陵道：「容後再說，雲幫主呢？」

侯希白跳下馬車，從白小裳手上接過小傑兒，這小子興奮得小臉通紅嚷道：「徐叔叔眞威風，壞人都怕他。」

韓澤南驚魂甫定，道：「幸好你們及時趕來，否則情況不堪設想。」

雷九指人老成精，猜出個大概，怪笑道：「天要亡香家，當然會巧作安排。」

徐子陵匆匆對韓澤南夫婦道：「此地不宜久留，我們立即登車起行。」

侯希白移到徐子陵旁，低聲道：「雲玉眞甚麼都不肯說，你去和她談吧！她仍在車上。」

之前發覺車廂內是雲玉眞後，徐子陵把她交給侯希白，自己和陰顯鶴一口氣趕回巴東城，尙未與她有機會說話。

徐子陵點頭道：「上車說。」馬車開出。

車廂寬敞，分前中後三排座位，韓澤南夫婦和愛兒居前座，陰顯鶴獨坐中間，徐子陵與神情木然的雲玉眞坐在最後排，駕車的是雷九指和侯希白。徐子陵心中生出暖意，一方面因能先一步把韓澤南一家三口從香家魔掌中拯救出來，另一方面車上是一直同心合力、肝膽相照的好友。何況陰顯鶴終能確定親妹子的去向，使他稍覺安心。

在這種心情下，他對雲玉眞再無半點恨意，只覺得她是命途多舛的可憐女子。低聲問她道：「究竟是怎麼一回事？」

雲玉眞垂下螓首，語氣平靜的輕輕道：「香玉山出賣我。」

徐子陵不解道：「你不是和他分開了嗎？」

雲玉眞一對美眸淚花滾動，舉袖抹拭眼角，淒然道：「我早心灰意冷，把仍剩下的五條船送給蕭銑，獨居巴陵不再理事。十天前香玉山派人來找我，約我在巴東城見面，說有要事商討，只要我交代清楚，以後可各行各路。我不虞有詐，到巴東城後始知踏進香玉山的陷阱，被巴東守軍埋伏所擒，卻沒見到香玉山。」

徐子陵心中恍然，原來香家是爲對付雲玉眞派人到巴東，意外地發現韓澤南夫婦的行蹤。訝道：「你既不問世事，香玉山爲何仍不肯放過你？」

雲玉眞道：「因爲我曉得他們太多祕密，兼之我和你們關係密切，香玉山自然要殺人滅口。」

徐子陵道：「他們似乎志不在殺你，更令人奇怪的是爲何香家要把你轉交給李建成的人？」

雲玉眞茫然道：「不知道。」

徐子陵心中一動道：「你和海沙幫關係如何？」

雲玉眞嘆道：「你該和我一般清楚，巨鯤幫和海沙幫一向因利益衝突勢不兩立，而又因我幫助你們令他們損傷慘重，『龍王』韓蓋天因此重傷退位。他們不敢惹你徐子陵，卻視我爲頭號敵人。若非蕭銑對我提供保護，恐怕我早被他們煎皮拆骨。做人做到像我這般本再沒有任何意思，但我從未想過自盡，倒是剛才我像貨物般由一批人的手轉到另一批人，若非穴道被制，我眞的會一死了之。」

徐子陵明白過來，爾文煥等是要把雲玉眞送給海沙幫作大禮，可能是買賣火器條件之一。這麼看，他和侯希白見到的火器交易，只是交易的一部分。這線索非常有用，讓他曉得香家、李建成和趙德言聯成一氣，密謀扳倒李世民。假若李世民擊垮寇仲凱旋返歸長安，大有可能一晚工夫便被李建成與魔門的聯軍把天策府變成焦土，此叫先發制人。

唉！不論他是因與寇仲的兄弟之情，還是爲天下萬民著想，他也不願看到寇仲被殲滅。沒有一刻，會比此時更令他感到選擇助寇仲去爭天下的決定正確無誤。

徐子陵沉聲道：「香玉山是要把你交給海沙幫，以助李建成向海沙幫購買對付李世民的歹毒火器。」

雲玉眞嬌軀劇震。

徐子陵道：「現在車上所有人，都懷有一個共同目的，就是把香家連根拔起，雲幫主肯參加我們，爲世除害嗎？」

雲玉眞愕然朝他瞧來，有點難以啓齒的道：「子陵仍肯信任我嗎？」

徐子陵微笑道：「事實上美人兒幫主對我們並非那麼差。我和寇仲對你從來狠不下心，正如你所說的大家一直是關係密切。往者已矣，還有甚麼解決不了或不信任的問題？」

雲玉眞雙目殺機大盛，目光投向車外，斷然道：「他不仁我不義，香玉山要我死，我就要他亡。但寇仲肯接納我嗎？」

徐子陵道：「沒有人比我更清楚那小子的心意，我可在此作出保證。」

雲玉眞探手過來，緊握他的手，俏臉回復充滿生機的采光，沒再說話。馬車朝大江方向馳去。

三道壕塹，在半個時辰內被逐一填平，填壕的唐兵功成身退，撤返營地，事實上他們已力盡筋疲，飽受風吹雨打，吃盡濕寒交襲的苦頭！

雨勢稍減，朔風漸斂，天地仍是一片茫茫大雨，「嘩啦」的風雨聲，掩蓋了兵士的吶喊聲和車輪的響音，第二批生力軍開始冒雨推進，清一式的步兵，由刀盾手、弓箭手和工事兵組成的五支隊伍，漫遍丘原的朝填平的壕塹逼至，目標是山寨的外牆。每個攻寨部隊均由十輛既能擋箭兼可撞牆的重型戰車和檑木車打頭陣，備有雲梯，像五條惡龍般緩慢卻穩定地逐步逼近。「咚！咚！咚！」百多個戰鼓同時擊打，指揮和調節著每個兵力達五千戰士，共二萬五千人的步伐，更添昏黑天地中殺伐的氣氛。

少帥軍在麻常、邴元真、跋野剛、白文原、王玄恕率領下，從主樓和山峽的營地衝出，沒人有半點猶豫。寇仲對他們的愛護，每回戰爭均是身先士卒，深深感動他們每一個人，令他們心甘情願爲寇仲效死力。寇仲瞧著自己八千多個兄弟，奮不顧身的飛奔到牆頭，攀上箭樓，搬石運木，架妥投石機，做好一切準備迎頭痛擊兵力在他三倍以上的敵人，哈哈笑道：「生力軍對生力軍，我們有山寨可恃，奇險可守，目標更是清楚分明，等於把戰力提升三倍，所以一個人可頂上三個人，雙方實力扯平。」

跋鋒寒一拍背上偷天劍，笑道：「再加上刺日射月，偷天井中月，剛好蓋過敵人的優勢，我們尚有何懼哉？」

此時白文原來到寇仲身邊，道：「陳公負責守南峽口，我撥四百人給他，少帥請放心。」

寇仲欣然頷首，輕鬆地問隨在白文原身後的王玄恕道：「你把小鶴兒安置到哪裏去？」

王玄恕無暇臉紅，目光投往推進至離最外一道壕塹不到千步，軍威震天撼地的敵軍陣容中，倒抽一口涼氣，答道：「小鶴妹子在主樓內，有無名和她作伴。唉！她本央求我讓她來幫忙的，可是玄恕怎敢讓她冒弓箭飛石之險。」

跋鋒寒虎軀忽然微震，雙目穿透茫茫大雨，投向遠前方，沉聲道：「兄弟！我們弄錯一點，對方兵力不是我們的三倍，而是六倍之上。」

寇仲大吃一驚，目光重投寨外丘原，失聲道：「他奶奶的熊，還有八弩箭機和飛石大礮。」

麻常來到衆人身後，接口道：「肯定是由水路從洛陽運來的。」

滂沱大雨已成過去，不過老天爺仍是餘興未消，欲罷還休的下著毛毛細雨，天上烏厚的密雲消去，灰濛濛一片，整個戰場被籠罩在如煙如霧的細雨中。在五團攻寨敵軍後方的煙雨深處，出現漫山遍野的唐軍，分成兩軍推進，各備八弩箭機十挺、飛石大礮五台和數以百計能迅速攀牆的輕便雲梯。兩軍由矛盾兵刀手和箭手組成。更遠方看不清楚的朦朧遠處，還有排成陣勢的騎兵。寇仲的心直沉下去。這一仗如何能打？卻又是不能不打。只應付對方二萬五千人的先鋒攻寨部隊，已足令己方力盡筋疲，牆破寨毀，傷亡慘重！更哪堪還有威力龐大的八弓弩箭機和飛石大礮的另一支實力更強大的集成部隊的摧殘。寇仲感到死亡正隨著敵人的接近一步一步的逼近。

雷九指到車廂內與韓澤南夫婦說話，徐子陵坐到駕車的侯希白旁，低聲問道：「有沒有聽到寇仲的消息。」

侯希白道：「沒有人眞個曉得李世民和寇仲間發生甚麼事？不過寇仲該仍在奮力頑抗，李世勣與彭梁少帥軍仍是相持不下，而洛陽的唐軍則不住由水路調赴南方，現在誰都不看好寇仲。」

侯希白瞥他一眼，見他神色平靜，心中稍安，續道：「李元吉當衆處死竇建德，實在是非常錯誤的一著，令竇軍餘部非常反感，決意擁劉黑闥與唐軍周旋到底。」

徐子陵皺眉道：「竇建德最精銳的部隊被李世民徹底擊垮，這使我想到劉大哥爲何如此不智，在劣勢下仍作困獸之鬥。唉！不過他正是這種寧死不屈的英雄好漢。」

侯希白道：「在這方面李元吉是一錯再錯，李世民不在，洛陽就由他主持，他不但不對河北軍致力安撫，還下令大舉搜捕建德舊部，逼得他們團結在劉黑闥旗下。此事更引來河北群衆極大的公憤，竇建德義釋淮安王李神通和秀寧公主的事天下皆知，李元吉殺竇建德已是不該，還要趕盡殺絕。劉黑闥能在竇建德滅亡後得到廣泛的支持，事出有因。」

徐子陵心中暗嘆，若讓李元吉這種人成爲當權者，天下將永無寧日，而無論李建成或李元吉，均不是治國材料，更非頡利的敵手。

侯希白道：「聽說劉黑闥在河北軍舊將范願、曹湛和高雅賢的擁戴下，於漳南縣舉義，餘部紛紛來歸，看來河北又再風起雲湧，掀起另一番風雨。」

徐子陵心忖若寇仲眞能捱到宋缺大軍北上，那時李世民的處境將大大不妙，須應付兩條戰線的戰爭。

侯希白續道：「劉黑闥並非沒有後顧之憂，因爲東北疆的高開道見洛陽城破，遂向唐室投降，令劉黑闥前後受敵。」

徐子陵想起高開道的大將張金樹，又聯想到山海關的杜興，岔開話題道：「我們現在到哪裏去？」

侯希白道：「爲使敵人摸不到我們的行蹤，雷大哥安排好我們直抵大江，乘船順流東行，轉入運河北上鍾離，那是少帥軍的勢力範圍，韓兄一家三口將得到充分的安全保護。」

徐子陵欲語無言，如寇仲兵敗，鍾離會比彭梁早一步受到李子通的攻擊，想是這麼想，卻不願說出口來。他多麼希望能及時趕回寇仲身邊，要死大家就死在一塊兒。可是眼前的事不能不理，至少得待韓澤南夫婦和雲玉眞抵達目的地，他才敢分身離開。而陰顯鶴更須他小心照顧，一旦舊病復發，那時大羅金仙都救不了他。

雲散雨收，星空卻被山寨內外數十處火頭送出的濃煙掩蓋，黯然無光。唐軍的先鋒部隊潮水般撤下斜坡，退回己方陣地，遺下的撞牆戰車不是損毀嚴重，便是著火焚燒，其中被毀的十一輛更是在寨內而非寨外。

寇仲這方此時亦不閒著，把受傷的過千戰士送往峽道安全處，由醫兵搶救治理，工事兵則在撲滅火頭，主樓被燒毀近半，塌掉所有箭樓，盡喪防禦的力量。寨牆再非完整，被敵人以撞車硬撼開三處缺口，堅固的大門更被摧毀，處處碎木殘石，提醒各人剛才激烈的戰況。唐軍傷死者過三千人，在寇仲方傷亡數字三倍之上，問題是參戰者只是李世民三分之一的兵力，其他蓄勢以待的部隊，正開始進行第二波的強攻。

寇仲渾身浴血的立在一截尚算完整的牆頭上，回想剛才的戰鬥，就像一場噩夢，只恨噩夢仍未過去，只有死亡才可把夢境終結。過去的個半時辰，他們先以檑木克敵，阻止敵人攻上斜坡，再以勁箭和投石，以居高臨下之勢狠挫敵人，使對方難越雷池半步。不過優勢並不能持續多久，唐軍以繩索綑套木頭後動用騾子拖走，你擲多些下來他就多些搬走，到少帥軍檑木用罄，唐軍以雷霆萬鈞之勢冒石矢攻上斜坡，然後展開撞牆攀牆之戰，少帥軍拚死反擊，寇仲和跋鋒寒更身先士卒，施盡渾身解數，仍被敵人三次攻入寨內。直到雨勢收止，在寇仲指揮下，少帥軍頑據牆頭和主樓奮力死守，再由寇仲、跋鋒寒親領兩軍，把敵人逐出寨外，此時火器再次派上用場，殺得敵人倉皇退下斜坡，李世民適時的鳴金收兵。

「咚！咚！咚！」備有八弓弩箭機和飛石大礮的一萬新增步軍和隨後的五千騎兵，在離斜坡百步許的距離停下。

寇仲隨口問道：「還剩下多少火器？」

麻常強忍著左胸的刀傷，沉聲道：「全用光哩！」

寇仲虎軀一震，朝身旁的跋鋒寒瞧去，後者目光凝望敵人後方遠處，道：「李世民終於登場哩！」

寇仲心頭再震，凝神瞧去，高舉李世民旗纛兩萬以騎兵爲主，步軍爲副的主力大軍，開始移往前線來。

麻常道：「若我們退入峽道，該可多撐兩天。」

寇仲哈哈笑道：「我就算要死，也要死得轟轟烈烈的。他娘的！何況我未必會輸。」

跋鋒寒道：「南路的機會如何？」

麻常搖頭道：「早被王君廓以土石封死，再在外邊以石寨把出路完全封閉，若要突圍，只能向前闖。」

寇仲堅決搖頭道：「我們唯一機會是守穩山寨，擊退敵人，明天即設法修補缺口。」

後面的跋野剛道：「可是如何應付對方的弩箭機和大礮飛石？」

寇仲心中暗嘆，沉聲道：「唯一方法是主動出擊，由我和老跋以勁箭遙距襲敵，先亂其陣勢，然後以三千騎兵衝擊敵陣，只要能把笨重的弩箭機和飛石大礮摧毀，敵人將戰力大減。」

衆人欲語無言。事實上爲應付剛才敵人潮水式此起彼落的衝擊戰，寨內各人早疲不能興，何況敵人有五千騎兵押陣，何懼己方騎兵的衝擊？但因沒有人能想出更好的辦法，只好閉口。寇仲曉得自己計窮力竭，但以他的性格，即使明知必死，仍要奮力鬥爭下去，直至呼出最後一口氣。

李世民的主力大軍推進至前面部隊後約五百許步處停定。對方燃起的火把數以千計，把山寨外的原野照得血紅一片，壓倒性的軍力，如虹的士氣，確能令寨內守軍心寒膽落，自忖末日將臨。

寇仲忽然苦笑道：「這或者可叫天公不作美，剛才下的若非大雨而是大雪，現在就不會是這麼一個局面。」

「噗！」剛登上城樓的邴元眞和王玄恕同時在寇仲身後跪下，邴元眞雙目含淚悲切道：「請少帥和跋爺立即突圍逃走，李世民由我們應付，少帥和跋爺將來爲我們雪此血恨。」

寇仲愕然轉身，其他人早跪滿牆頭。寇仲發呆半晌，往跋鋒寒瞧去。

跋鋒寒微笑道：「不要看我，我和你般是絕不會捨棄自己的兄弟偷生的。」

寇仲仰天笑道：「好！你們快起來，我不知要怎樣說才能表達我內心的激動。要死大家一塊兒死，但我是不會死的，我仍有把握打贏這場仗。」

「咚！咚！咚！」敵人的前鋒部隊，依著戰鼓的節奏，開始向破損的山寨推進，登坡殺至。

風帆順流東下。徐子陵和侯希白在船尾監視後方動靜，看有沒有可疑船隻跟蹤。敵人是以精於搜索情報而名著天下的香家，故不得不小心從事。操舟的是雷九指一位幫會朋友的手下，對長江水道瞭如指掌。

雷九指來到徐子陵另一邊，興奮的道：「今天的事是我們滅香大計的重要轉捩點，該是精采絕倫。」

侯希白笑道：「如何精采？」

雷九指欣然道：「香家之所以這麼緊張，發動所有人力物力全國的去搜尋韓澤南夫婦，背後是有原因的。」

徐子陵和侯希白聽得精神一振。

雷九指續道：「當韓澤南曉得白小裳身懷六甲，決定逃走，遂小心部署，包括盜走一批重要冊籍和賬簿，內裏齊備香家分布各處青樓和賭場的詳細資料，各地領導人的薪俸和姓名。若有這批賬冊在手，香氏的罪惡王國將在我們的掌握中。韓澤南夫婦逃離香家，把賬冊藏於祕處，準備必要時以之作護身符，然後逃到香家勢力不及的巴蜀一個小城鎮。之前居住的巴東城也是沒有香家開設賭場青樓的地方，沒有人比他們更清楚香家勢力的分布。」

侯希白喜道：「我們立即去把這批賬簿冊籍起出來。」

雷九指道：「這批賬簿紀錄的是舊朝煬帝時期的情況，現在已有很大的變化，只可作爲一個參考，當然仍是非常有用。」

徐子陵問道：「其間有甚麼變化？」

雷九指道：「香家強擄民女，有幾方面的作用，首先是迎合楊廣的需求，投其所好，冀得楊廣的庇護以壯大和擴展香家的勢力；其次是能有充足的『貨源』，供應各地的青樓和賭場。此外又可爲魔門各派系提供新一代的弟子，讓各派系後繼有人。除這三方面外，經訓練後的少女更可賣到權貴富家，直接賺取利錢。所以香家能在短短十多年間，勢力擴展至全國去。」

徐子陵不由往侯希白瞧去，侯希白搖頭道：「我對童年尚有清楚的回憶，與香家沒有任何關係。」

雷九指點頭道：「香家販賣人口的勾當是楊廣即位後的事，他們也猜不到楊廣敗亡得這麼快。自舊隋爲宇文化及所滅，他們再不敢明目張膽的幹這干犯衆怒的勾當。不過他們的青樓賭館已在各地生根，只要能討好當權者，自可繼續興旺拓展。在這樣的形勢下，他們看中和勾搭上最有機會成爲皇帝的李建成，故全力靠攏和擁護他。」

徐子陵沉聲道：「所以只要登上寶座的是李世民或寇仲，香家的勢力將土崩瓦解。只不知香家與聖門究竟是怎樣的關係？」

雷九指道：「眞正的關係恐怕只有香貴本人清楚。他該是魔門兩派六道合力栽培出來的人，透過他不擇手段的爲魔門囤積財富，擴張勢力。香貴有三子，你們曉得的有池生春和香玉山，可是他們的長兄，則任你們怎猜亦猜不到。」

兩人愕然。雷九指壓低聲音道：「就是被傳爲舊隋貴冑，與楊虛彥關係密切的楊文幹。他是香貴派到朝廷貼身伺候楊廣，供應他在淫樂方面需求的人。因而被楊廣賜姓楊，由香文幹搖身變爲楊文幹，創立勢力廣被關中的京兆聯。依我推估，楊虛彥因身爲魔門中人，兼又看中香家可資利用的價値，故與楊文幹同流合污，表面是全力匡助李建成，實則另懷鬼胎，只爲自己打算。」

徐子陵豁然而悟，難怪楊文幹作亂一事，牽涉到香家和魔門派系。

侯希白道：「現在香家若知韓兄夫婦與我們合作，香貴會有怎樣的反應？」

此時傑兒一蹦一跳的走來，興奮得小臉通紅的扯著侯希白的衣袖，嚷道：「娘說侯叔叔是天下最好的大畫師，叔叔啊！給傑兒、爹和娘畫一張畫像好嗎？」

侯希白無法拒絕，被他扯著去時，回頭向兩人苦笑道：「我或者不是最好的畫師，但收的潤筆費肯定是最昂貴的，不過這回是免費服務。」

一大一小去後，徐子陵沉吟道：「香家今後會作怎樣的安排？難道把所有青樓賭館全關閉嗎？」

雷九指道：「香貴至少要在勢力被連根拔起前，撤離寇仲管治的地盤。」

徐子陵仰望夜空，心中浮起寇仲的面容，在香家被連根拔起前，寇仲能否逃過同一的命運？

寇仲和跋鋒寒踏蹬上馬，面對推進至山寨斜坡下的敵人，兩人馬後是三千少帥軍的驍騎，整齊地排在寨門外斜坡頂處嚴陣以待，只待寇仲發出攻擊的命令。敵人停步布陣，其前線指揮分別為羅士信和劉德威，兩人均為身經百戰的名將，知寇仲欲先發制人，衝擊己陣，忙命手下結成防禦陣勢，以矛盾手和箭手重重保護弩箭機和飛石大礮，準備對寇仲軍來個迎頭痛擊，暫成對峙的局面。寇仲雙目神光電射，勝敗生死早置之度外，心想的是在陣亡前能予敵人多少傷害。

跋鋒寒壓低聲音向他們身後的邴元眞和跋野剛道：「我和少帥先殺進敵陣，你們伺機隨後來援，記著必須集中力量，不可分散。」

邴元眞和跋野剛點頭答應，天下間恐怕只有寇仲和跋鋒寒等寥寥數人，有膽量和能力面對敵人千軍萬馬而不懼，還敢作正面的衝鋒陷陣。

寇仲探手輕撫馬頸，嘆道：「眞對不起馬兒你哩，不過我定會為你血債血償。」

邴元眞兩人暗嘆一口氣，在敵人箭弩齊發下，寇仲和跋鋒寒能以身免已非常難得，胯下戰馬定無可倖免。兩名戰士從寨內奔出，分把兩面大盾送到寇仲和跋鋒寒手上，說是奉麻常將軍之命送來，又退回寨內去。

寇仲眞氣送入盾內，發出一下錚然清響。遙望前線敵陣後方李世民的主力大軍，哈哈笑道：「我寇仲一生經歷大小戰役無數，從沒有人能奈何我，就看李世民這回能否破例。」

跋鋒寒大喝道：「熄火！」

倏地山寨所有火把全部熄滅，山寨內外頓時陷進暗黑中，寇仲一衆戰騎像融入漆黑裏去，比對下敵陣大放光明，一明一暗，驟然形成一種壓得人透不過氣來的感覺。寇仲一夾馬腹，奔下山坡，跋鋒寒緊隨其後。邴元眞、跋野剛和寨內的麻常同聲吶喊，帶得寨內外少帥軍狂喊助威，一洗在強敵圍攻下挨打的頹氣。現在少帥軍最大的本錢，就是擁有所向無敵的兩個領袖寇仲和跋鋒寒，而成敗則在他們能否再創奇蹟，使他們逃過全軍覆沒的厄運。但即使對他們極有信心的人，在面對敵人壓倒性的優勢下，再強的信念亦難免動搖。

敵方戰鼓勁擂，箭手彎弓搭箭，凝勢以待。羅士信一聲令下，後方的戰士往前靠攏，儘量不留下任何空間，令兩人沒有從容衝進陣內的空隙。寇仲和跋鋒寒若強闖入陣，在欠缺舒展手腳空間的情況下，難免遭到被亂刀分屍之厄。

寇仲和跋鋒寒來到斜坡半途處，離最接近的敵人尙有過千步的距離，施展人馬如一之術，同時勒馬停下。戰馬仰嘶。羅士信曉得兩人要以神弓作長距攻擊，再發命令，後方騎兵各分出一千人，從左右兩翼馳出，爭取主動，同時前線兩排矛盾手和三排飛箭手，隊形整齊的往寇仲和跋鋒寒推進，戰馬奔騰的蹄音，步軍踏地的足音，構成殺伐意濃的死亡節奏。

寇仲於此千鈞一髮的時刻，仍能對跋鋒寒露齒笑道：「這次老哥若沒死掉，恐怕畢玄再非你的對手啦。」

跋鋒寒環掃分從正面攻來的步軍和從兩翼馳至的敵騎，雙目神光電射，沉聲道：「我們絕死不去。」

話猶未已，鑼聲急驟聲起，遠遠來自李世民的帥軍，竟是撤退的緊急號令。寇仲和跋鋒寒愕然以對，完全把握不到眼前發生甚麼事。

徐子陵和雷九指進入船艙，正要去看侯希白的妙筆下韓氏夫婦和傑兒會是甚麼模樣。雲玉眞的房門打開，露出她嬌美如昔的玉容，輕輕道：「我可否和子陵說幾句話？」

雷九指拍拍徐子陵肩頭，識趣的逕自去了，徐子陵只好進入雲玉眞的小艙房，憑窗坐下。雲玉眞隔几而坐，輕嘆一口氣。

徐子陵訝道：「美人兒師傅爲何仍是滿懷心事？」

雲玉眞露出苦澀的表情，嘆道：「唉！美人兒師傅！我很久沒聽過這麼悅耳的恭維了。今天雲玉眞已風光不再。子陵可體會到船在大江破浪而行的感覺？聽著吹動江水的熟悉風聲、船身輾破波浪的親切水響，一切是那麼的動人。以前我曾習以爲常，甚且感到厭倦，到此時此刻才知自己失去了多麼珍貴的東西，可惜一切已不能挽回。」

徐子陵曉得她追悔往昔令手下衆叛親離的行爲。沉思片刻，正容道：「要回復以前的情況，確是沒有可能，但美人兒師傅你卻可以另一種態度對待過去。對我來說，經歷過已足夠。美人兒師傅何不收拾情懷，對將來作出明智的抉擇，生命仍將是美好和充實的。」

雲玉眞苦笑道：「你和寇仲不同處，是實話實說。我本是沒甚麼事的，只是一時感觸，不吐不快。」略頓後別頭過來迎上他的目光，似是漫不經意的道：「你們有沒有打算過怎樣對待蕭銑？」

輪到徐子陵苦笑道：「在寇仲生死未卜之時，這樣的問題是否太遙遠呢？聽說蕭銑、李子通和輔公祏結成聯盟，合力對付杜伏威，是否確有其事？」

雲玉眞道：「蕭銑和輔公祏結盟是眞的，卻與李子通沒有關係。李子通既投降唐室，怎敢冒開罪唐室之險對付同是李唐降臣的杜伏威？」

徐子陵忍不住問道：「蕭銑和香家究竟是怎麼一回事？」

雲玉眞爽快應道：「蕭銑和香家的關係，就是巴陵幫和香家的關係，互惠互利。在舊朝時期，巴陵幫透過香家得楊廣的支持橫行無忌，勢力迅速膨脹，上任幫主『煙桿』陸抗手是個有野心的人，不但想與香家分庭抗禮，還想吞掉香家的賭館青樓生意，香貴遂與蕭銑合謀，由楊虛彥出手刺殺陸抗手，令蕭銑坐上巴陵幫幫主的寶座。」

徐子陵愕然道：「竟有此事？」

雲玉眞點頭道：「不過蕭銑和香家的關係正陷於破裂的邊緣，問題在蕭銑不肯因應形勢，與林士宏合作。子陵可知林士宏是陰癸派外最出色的新一代人物？」

徐子陵點頭表示曉得，旋又不解道：「香玉山既支持林士宏，爲何當年又指使我和寇仲去行刺欲與林士宏合作的任少名？還有楊虛彥當年行刺香玉山又是怎麼一回事？」

雲玉眞道：「此一時也彼一時也，那時香家仍以爲蕭銑是受他們操縱的傀儡，希望趁天下大亂混水摸魚，故與陰癸派作對。現在魔門各派聯成一氣，蕭銑正因顧忌魔門，故不再與香家合作。至於楊虛彥行刺香玉山，只是合演一場，否則怎會那麼巧在你們陪伴香玉山的當兒發動，捨易取難？」

徐子陵終弄清楚蕭銑與香家的複雜關係。更隱隱猜到對男女關係甚爲隨便的雲玉眞有很大可能與蕭銑暗中有過一手，故而關心蕭銑的命運。長呼一口氣道：「不論寇仲與李世民的鬥爭誰是最後的勝利者，蕭銑困守大江一隅，終逃不過被殲的命運。誰能控制巴蜀和中原，誰就有能力收拾蕭銑。若那個人是寇仲，他肯定不會放過蕭銑，幫主該比任何人更清楚箇中恩怨。」

雲玉眞淒然道：「既是如此，爲何你們肯放過我呢？」

徐子陵道：「眞正的罪魁禍首是香玉山而非是你，雲幫主不要再胡思亂想。過去的已成過去，我們之所以能有今天，幫主有很大的功勞，就讓功過相抵，只要幫主肯全力助我們爲世除害，將是莫大功德。抵鍾離後我會北上彭梁看寇仲的情況，對付香家的事由雷大哥全權負責，幫主可完全信任他。」

在寇仲和跋鋒寒乃至全體少帥軍都摸不著頭腦、瞠目相對下，本是氣勢洶洶全面發動攻勢的大唐軍潮水般後撤。要來便來，要退便退，唐軍退而不亂，盡顯其精良的訓練。先退而結陣，接著弩箭機和飛石大礮緩緩隨軍後移。李世民的帥軍亦生變化，往兩旁移開，分於兩座小山布陣，讓出空間予前線軍隊退往後方。

跋鋒寒皺眉道：「李世民在玩甚麼把戲？」

寇仲環目四顧，沉聲道：「或者他要親自上場吧！」

跋鋒寒搖頭道：「這並不合乎兵法，雖說其法度不亂，臨陣退兵要冒上極大的風險。」

寇仲苦笑道：「可惜我們無力進擊，否則可教李世民吃個大虧。」

「嘭！嘭！嘭！」撤退的鑼聲中，前線唐軍隊型整齊的撤往後方，再由前線軍變成殿後部隊，停步結陣。李世民的帥軍左右縫合，變爲前線軍，離開斜坡足有三千步之遙。

跋鋒寒淡淡道：「只要李世民以玄甲戰士爲主力，全體騎兵衝殺過來，其力足可把我們徹底擊垮。」

寇仲正要答話，李世民陣內的步軍竟開始後撤，剩下是清一色的騎兵。

寇仲一震道：「我的娘！這是怎麼一回事？難道李世民眞的要純用騎兵攻寨，那會令他傷亡大增，並不明智。」

跋鋒寒目光投往東面，黑沉沉的原野沒有任何動靜。

寇仲再震道：「我的娘！李世民是眞的撤退。」

此時李世民兩翼騎兵掉頭後撤，剩下李世民麾下的玄甲戰士。忽然敵方火把紛紛熄滅，敵我兩方的戰場全陷進漆黑中，之前被忽略的星辰零星疏落的在雲層蓋不到的夜空露出仙姿，充盈著和平和安寧的味道，與兩軍對壘將要展開惡戰的氣氛形成強烈的對比。

這回輪到跋鋒寒虎軀一顫，目光重投東方原野，失聲道：「是馬蹄聲！」

寇仲亦聽到從東面隱隱傳來馬蹄踏地的聲音，喜出望外道：「難道是宣永他們擊退李世勣的軍隊，及時來援？」

後方的麻常等聽到異響，紛紛往東面張望。寇仲一顆心不受控制的卜卜狂跳，李世民現在的奇怪行動、東面的蹄音，只有一個解釋，就是有己方人馬來援。想到這裏，掉轉馬頭，大喝道：「點火！」

山寨火把重復燃照之際，東面丘陵後出現大片火光，接著是數之不盡的騎兵，漫山遍野的從東面原野疾馳而至，旌旗飄揚，威風凜凜。

寇仲劇震道：「我的娘！竟是我未來岳父駕到。」

山寨的少帥軍絕處逢生，歡聲雷動，震盪整個戰場。「天刀」宋缺終於在最關鍵的時刻，領軍來援。

徐子陵敲門入房，陰顯鶴神情木然的呆立窗前，目光投向黑茫茫的江岸。徐子陵來到他旁，本有滿腹話要說，卻是欲語難言。腦海浮現初遇陰顯鶴時這高傲的劍客獨立在飲馬驛後院溫泉池旁煙霧水氣中的情景。當時尚不知他是傷心人別有懷抱，還以爲他生性孤獨離群，不近人情。

陰顯鶴緩緩道：「無論希望多麼渺茫，我也要踏遍天涯海角的去找小紀，徐兄不用再理會我。」

徐子陵不解道：「在這方面雷大哥會有他的辦法。當年江都兵變時，趁機逃走的女孩子有數百之衆，只要尋到其中部分人，再跟線索追尋下去，不是沒有找到令妹的機會。」

陰顯鶴苦笑道：「當時兵荒馬亂，甚麼事情都會發生，她一個弱小女孩，唉！」

徐子陵正容道：「冥冥中自有主宰，老天爺既讓我們從韓夫人處得知令妹的確切消息，該不會那麼殘忍吧！」

陰顯鶴默然無語。徐子陵倏地雙目閃亮，沉聲道：「說不定我認識當時與令妹一起逃離江都的少女群中的其中之一。」

陰顯鶴劇震一下，朝他瞧來，雙目露出像烈火般熾熱的希望，道：「是誰？」

徐子陵迎上他的目光，暗下決定，誓要盡力完成陰顯鶴的心願，道：「是長安最紅的賣藝不賣身的才女紀倩，她的名氣僅次於名聞全國的尚秀芳。」接著解釋一遍，道：「紀倩千方百計想跟我學習賭術，正是要向香家作報復，只可惜因她不信任我，故不肯吐露令妹的事。當時我的感覺她是認識令妹的。」

陰顯鶴沉聲道：「我要立即上岸，趕到長安找紀倩問個分明。」

徐子陵皺眉道：「現在長安李家與寇仲的戰爭如火如荼的進行著，關防緊張，沒有適當的安排，陰兄恐難踏入長安半步，可否讓我們先和雷大哥商量，讓他想個萬全辦法。」

陰顯鶴堅決搖頭道：「我到了長安看情況想辦法，徐兄幫我很大的忙，我會銘記於心。」

徐子陵苦笑道：「紀倩可能由於往事留下的陰影，對人疑心極重，陰兄即使摸上門去，亦恐難得她信任。」

陰顯鶴雙目射出堅定不移的神色，一字一字的緩緩道：「只要有一絲機會，我絕不錯過。」

徐子陵拿他沒法，道：「這樣好嗎？我們先送韓兄一家三口到鍾離，然後立即坐船北上彭梁，弄清楚寇仲的情況，我再陪陰兄到長安找紀倩，我有方法可神不知鬼不覺的偷進長安，然後偷偷溜走。」

山寨右方山野火光燭天，宋家一支約五千人的輕騎先鋒部隊，在丘陵高處布陣，寇仲極目掃視，仍未見「天刀」宋缺的蹤影。

在離天明尚有半個時辰的暗黑中，唐軍陣地傳來車輪輾地的聲響，顯示李世民命令手下冒黑把弩箭機和飛石大礮送往更遠處的營地。

跋鋒寒遙觀宋家騎兵部隊的陣勢，讚道：「兵是精兵，馬是良驥，這麼急奔百里的趕來，仍是推移有序，氣勢壓人，足可與唐兵爭一日之短長。」

寇仲待要說話，跋鋒寒一拍他肩頭道：「去拜見你的未來岳丈吧！現在給李世民個天作膽也不敢強攻過來，這裏由跋某人給你押陣。」

寇仲笑道：「他老人家該尚未駕臨，我還是在這裏擺擺樣子較妥當。」

跋鋒寒目光投向與暗黑原野渾融爲一的唐軍方向，道：「若我是李世民，會現在立即撤走，否則後路被封，他的人馬將永遠出不了隱潭山。」

寇仲嘆道：「這次洛陽之戰，教懂我一件事，是絕不可小覷李世民。若我所料無誤，我未來岳父的宋家軍該先解陳留圍城之厄，然後日夜兼程趕來救援我們這批在生死邊緣掙扎的殘軍。正因李世民預料到我岳父抵達的時間，所以迫不及待的全力攻寨，幸好我們能撐到此時此刻，回想起來，成敗只一線之差，想想都要出一身冷汗。」

跋鋒寒點頭道：「這次洛陽之戰跋某人的最大得益，就是從沒這麼接近過死亡，每一刻都在嗅吸著死亡的氣息。」

寇仲哂道：「你老哥似乎忘掉在畢玄手下死過翻生的滋味。」

跋鋒寒搖頭道：「和畢玄那回是不同的，一切發生得太快。這次從殺出洛陽開始，哪一刻我們不是活在死亡陰影的威脅下？若非有那批火器，我們早完蛋大吉。」

忽然宋家騎兵陣內爆起震天的吶喊歡呼聲，兩人目光投去，旗幟飄揚下，「天刀」宋缺挺坐如山，高踞馬上的雄偉身形，現身一座山丘之上，正向山寨這方面奔來，其他宋家人馬，仍各據山頭高地，按兵不動。寇仲一手抓著跋鋒寒馬韁，硬扯得跋鋒寒一起往迎。山寨內外的少帥軍掀起另一股熱潮，歡聲雷動。最艱苦的時刻，終成過去。

雷九指聽畢，點頭道：「蝶公子的情況確令人同情，我同意只要有一絲線索，無論多麼渺茫，也不應錯過。問題是你如何分身？不如由我陪他去找紀倩。」

徐子陵迎風立在船首，衣袂飄揚，嘆道：「我當然明白事情有緩急輕重之別，故先要弄清楚寇仲的情況，才作最後決定。見紀倩一事由我陪他到長安會比較妥當點。李淵禁宮內高手如雲，一旦我們行藏暴露，可不是說著玩的。在對付香家的大行動上，你老哥是統帥，我和寇仲只是搖旗吶喊的小卒，其他瑣碎的工作，由我們包辦。」

雷九指捧腹啞然失笑道：「你想說服人時語氣愈來愈像寇仲！香家結上你們兩個死敵實是自取滅亡。現在我更掌握香家整個運作和巢穴布置的祕密，寇仲一統天下的那天，將是香家整個罪惡集團覆亡的一日。」

徐子陵默然片晌，淡淡道：「雷大哥似乎一副認定寇仲會贏的樣子？對嗎？」

雷九指忍著笑站直瘦軀，右手抓上徐子陵肩胛，長長吁出一口氣，油然道：「全天下的人，包括李世民在內，均曉得宋缺絕不會讓人擊垮寇仲的，他的宋家軍會在最適當的時候出現，把整個形勢扭轉過來。」

徐子陵苦笑道：「問題是他能否在最適當的一刻出現？」

雷九指聳肩道：「那就要看宋缺能否保得住他軍事大家的神話。自宋缺坐鎮嶺南後，從沒有人能成功從他手上拿走半寸土地；他若要擴張，大江以南早成他的天下。但他竟能沉著氣直至遇上寇仲，始出嶺南爭天下，正代表他不但看透別人，更看透自己。信任我吧！論眼光和對時勢的把握，天下無人能出宋缺之右。」

徐子陵凝望茫茫大江，心底浮現師妃暄的玉容，宋缺加寇仲，有如江水般席捲中原，天下誰能與之爭鋒？當李閥優勢盡失，師妃暄會否坐看由她一手挑選的李世民遭受沒頂之禍，而智慧通天的她如何將局勢扭轉過來？

宋缺神采勝昔，坐在馬背上的他比在磨刀堂更威武從容，在戰場上神態之輕鬆自在，寇仲和跋鋒寒敢發誓從未在任何人身上得睹。他一身泥黃輕甲冑，外披素白大氅，迎風拂揚，自有一股睥睨天下的雄姿。宋缺沒有戴頭盔，在額頭紮上紅布帶，帶尾兩端左右旁垂至肩胛，英俊無匹又充滿學者風範的面容含著一絲深情溫柔的喜悅，名懾天下的天刀掛在背後，刀把從右肩斜伸出來，策馬而來的風采直如天神降世。

簇擁著他的將領中有三人形相獨特，一望而知是宋缺旗下的俚僚大將，寇仲認得的有「虎衣紅粉」歐陽倩，當年他到嶺南見宋缺，曾在暗裏偷看過她。另兩俚將一肥一瘦，肥者形如大水桶，身上甲冑緊緊包裹著他似要裂衣而出的肥肉，尤其是脹鼓鼓的大肚，偏是予人靈動活躍的相反感覺；瘦者身材頎長結實，作文士打扮，有一個超乎常人的高額，目光尖銳，蓄有一撮小鬍子，外型瀟灑好看。兩人均是四十來歲的年紀。其他全是宋家的將領和子弟兵，寇仲認識的有護送宋玉致到陳留見他的宋邦，宋家諸人中穿將領盔甲者數十人，均值壯年，人人神態驃悍，雄姿英發，使人感到宋閥人強馬壯，好手如雲。

兩方人馬在一座丘陵上相遇，勒馬停下。宋缺仰天笑道：「好！寇仲你幹得好，沒有辜負老夫對你的期望。」

寇仲苦笑道：「只要閥主遲來一步，小子可能要魂歸地府，看牛頭馬面一衆大哥的臉色做鬼，專心拍他們馬屁。」

歐陽倩忍俊不住的「噗哧」嬌笑，美目飄來，旋又感有失儀態，垂首斂笑。

宋缺啞然失笑，目光移向跋鋒寒，後者舉手致敬道：「跋鋒寒參見閥主。」

宋缺雙目射出似能把跋鋒寒看穿看透的神光，接著露出友善親切的笑容，道：「想不到畢玄後尚有你跋鋒寒，難怪突厥人能稱霸大草原。」跋鋒寒從容微笑，沒有答話。

接著宋缺把左右諸將介紹給兩人認識，胖將是番禺之主「俚帥」王仲宣，瘦者是瀧水的俚僚領袖陳智佛，加上歐陽倩，南方俚僚最響噹噹的超卓人物群集於此。宋家諸將除宋邦外，令寇仲印象最深刻的是叫宋爽和宋法亮的兩位年輕將領，無不是一流高手的氣派，可想像他們縱橫戰場所向無敵的英姿。

宋缺目光投往唐軍營地，似能視黑夜如同白晝的觀察敵人情勢，淡然自若道：「李世民正苦待白天的來臨，更期待我們大舉進擊，可是老夫怎會如他所願？」

跋鋒寒愕然道：「閥主竟不打算乘勢攻擊，任他撤出隱潭山嗎？」

宋缺微微一笑，柔聲道：「鋒寒可知我爲何選在第一場大雪降臨前來援，而非所說的明年春暖花開之時？」

跋鋒寒默然片晌，忽然嘆道：「鋒寒服啦！」

宋缺仰天大笑，道：「好！不愧是我未來快婿生死與共的超卓人物。所有人給我聽著，我不會再重複另一次，由此刻開始，宋家軍就是少帥軍，只聽少帥一人的命令。」眾將轟然應喏，氣氛熾熱。

寇仲赧然道：「這怎麼成？你老人家才是……」

宋缺截斷他道：「不要婆婆媽媽！大丈夫何事不敢爲？將來統一天下，做皇帝的是你寇仲而非我宋缺，這是你以自己的本領掙回來的。」接著露出祥和的笑意，道：「你等於我半個兒子，老夫不支持你支持誰呢？」然後仰首望天，道：「人人均認爲南人不利北戰，難耐風雪，故自古到今，只有北人征服南方，從沒有南人能征服北方。我宋缺不但不信邪，還要利用北方的風雪，助少帥登上皇帝寶座。我要證明給北人看，勝利必屬於我們。」

寇仲劇震一下，也像跋鋒寒先前般現出佩服至五體投地的神色。

宋缺欣然道：「少帥明白啦！」

寇仲點頭道：「小子愚鈍，到此刻才明白。」

宋缺目掃眾人，平靜的道：「李世民是不得不退，且要退往洛陽，憑城堅守。而這一退三個月內休想能再發兵南下，皆因風雪封路，只能坐看我們掃蕩他於洛陽以南根基未穩的戰略據點。我們就利用這珍貴的三個月時光，先取襄陽、漢中，控制大江。到明年春暖花開之時，將是我們北上之日。」

跋鋒寒沉聲道：「要攻洛陽，襄陽是必爭之地，至於漢中，因何得閥主如此重視？」

宋缺雙目射出深不可測充盈智慧的神光，道：「漢中乃形勢扼要之地，前控六路之險、後擁西川之粟，左通荊襄之財，右出秦隴之馬。任何人要守住巴蜀的北大門，必須先保漢中。巴蜀的解暉既不大聽本人的話，我就把他與李唐的唯一聯繫截斷，教解暉不敢有絲毫妄動。巴蜀既定，大江便在我們手上，哪輪得到蕭銑、杜伏威之輩稱王稱霸？」

寇仲欣然道：「杜伏威他老人家答應全力支持我。」

宋缺啞然笑道：「既是如此，會省去我們一些工夫。寇仲你可知天下已有一半落到你的手上，杜伏威既站在我們一方，敢不降者我們就以狂風掃落葉的威勢，把南方統一在我們鐵蹄之下。上戰者，不戰而屈人之兵。我們趁李唐無法南顧的好時光，統一大江兩岸，那時天下之爭，將決定於你和李世民的勝負。」

寇仲此時對宋缺的戰略五中佩服，謙虛問教道：「李世民退兵後，我們該怎辦？」

宋缺微笑道：「這次我們北上大軍，總兵力七萬之衆，隨我來者三萬人，其他留守彭梁候命，所有後勤補給由你魯叔負責。而我們的強項在水師船隊，配合你們的飛輪戰艦，可不受風雪影響，攻打水路兩旁具有關鍵性的戰略重鎮，乃至直入巴蜀，奪取漢中。少帥軍是你的，你說該怎麼辦？」

寇仲聽得心領神會，朗聲答道：「小子明白哩！李世民退我們也退，不過我們是以退為進，先返彭梁，操練和結集水師，待風雪來臨，先取江都，然後逆江而上，破輔公祏，制蕭銑，然後兵分兩路，一攻漢中，一奪襄陽，那時洛陽或長安，將任我們挑選。」

宋缺大笑道：「孺子可教也。」

跋鋒寒嘆服道：「戰爭如棋局，閥主一著棋即把李唐壓倒性的優勢改變過來，且不用動一兵一卒，若我是李淵，會自此刻每晚不能安寢。」

宋缺雙目寒芒電閃，沉聲道：「李淵算甚麼東西？不過李世民確是個人物，令我差點失算，幸好寇仲沒有令老夫失望。鋒寒可知李世民不得不追殺寇仲的形勢，正是老夫一手營造出來的？」

跋鋒寒和寇仲愕然互望，愈發感到宋缺像一位戰爭的魔法師，翻手為雲，覆手為雨。

宋缺神態回復絕對的平靜，輕輕道：「老夫這二十多年來的工夫不是白費的，天下的形勢全在我掌握中，重要的事沒一件瞞得過我。李世民讓李元吉處死竇建德實為最大失著，令河北形勢大生變數，建德大將劉黑闥再度領兵舉義，抗擊唐軍，當我們北上之時，李世民將陷於遭到南北夾擊的劣勢。李淵啊！你左擁右抱的好日子已屈指可數啦。」

此時天色漸明，遠方唐軍只餘一支萬許人的騎兵部隊列陣以待，其他人迅速往隱潭山方向撤去。

徐子陵的船在午後時分抵達鍾離，鎮守鍾離的卜天志聞訊迎上船來，不待徐子陵說話，搶著報喜道：「宋閥主的船隊五天前從大江駛上運河，直撲陳留，據剛接到的消息，李世勣詐作不敵，連夜撤返開封，閥主看破李世勣在使誘敵之計，自行領三萬精兵往援少帥。」

眾人聽得精神大振，横亙心中的憂慮一掃而空，雷九指更是面有得色，一副有先見之明的神態。

徐子陵問道：「寇仲在哪裏？」

卜天志道：「少帥在一處叫天城峽的地方結寨抗敵，全賴他拖著李世民的十萬大軍，陳留始能守得雲開見月明，等到宋家水師大軍前來解圍。」

徐子陵低唸兩次「天城峽」，一震道：「虧這小子想到這險地。」

卜天志神色一黯，慘然道：「不過少帥損失慘重，從洛陽追隨他的王世充舊將幾乎傷亡殆盡，只餘王玄恕、跋野剛和邴元眞三人，楊公亦不幸陣亡。」

徐子陵黯然無語，戰爭就是如此，看誰傷得更重！不論成王敗寇，都要付出沉重的代價，可以想像當時情況的激烈和血腥遍地。從沒有一刻，他比此刻更厭惡戰爭。

卜天志知徐子陵心中難過，想分他心神，問道：「不是有位韓兄和他妻兒隨來嗎？」

甲板上除操船的弟兄外，就只有雷九指、侯希白和徐子陵三人。雷九指辦事謹慎，早著人知會卜天志他們的來臨。

徐子陵嘆一口氣，誠懇地道：「志叔！船上除韓兄一家三口，尚有雲幫主，希望志叔看在我面上，不要再和她計較以前的恩怨，她已跟香家決裂，決心全力助我們對付香玉山。」

卜天志聽得發起呆來，好半晌苦笑道：「她落至今天如此田地，還有甚麼好跟她計較的。巨鯤幫再也不存在，希望她明白此點。」

徐子陵道：「她比任何人更明白，請志叔好好照顧她，我和希白及另一位朋友必須立即趕往彭梁，韓兄一家和雲幫主到鍾離暫居，雷大哥會向志叔解釋一切。」

卜天志以爲他心切往彭梁與寇仲會合，點頭道：「他們的事包在我身上，在我的地盤，沒有人能損他們半根毫毛。唉！坦白說，我從未想過自己竟有機會全權管治一個像鍾離般的大城，全是拜少帥和子陵所賜。」

徐子陵扯著他到一旁問道：「陳公和跋鋒寒沒事吧？」

卜天志道：「跋爺當然沒事，還是他突圍到陳留報信，並領援軍從天城峽的南路去與少帥會師。聽跋爺所言，那山寨還是陳公設計的，放心吧！我最清楚陳公，他是那種有福氣的人，經歷多次大難仍能死裏逃生，這次定可安度。」

徐子陵放下一半心事，壓低聲音道：「志叔可否幫我另一個忙，親自入房請她出來，給足她面子，因爲我不想她隨我到彭梁去。」

卜天志微笑道：「男子漢大丈夫，怎會連這點心胸也沒有？好吧！我進去和她說話，再送她入城。」說罷往艙門走去，雷九指識趣的引路。

侯希白移到徐子陵旁，後者正呆望矗立淮水北岸的鍾離城，若有所思。

侯希白訝道：「子陵在想甚麼？紀倩方面的事不用擔心，因爲小弟正是她最欣賞的人之一。」

徐子陵淡淡道：「我想的不是紀倩，而是宋缺加上寇仲的後果，更曉得李唐的敗亡迫在眉睫。」

侯希白大惑不解道：「子陵憑甚麼如此肯定？李閥有關中之險，長安、洛陽之固，大河之便，進攻退守，佔盡地利，更有李世民這天下最善守的統帥，即使寇仲加宋缺，恐仍難在短期內攻陷兩城中任何其一。」

徐子陵低嘆道：「寇仲根本不用攻打洛陽，而是直接入關攻打長安，即使守城的是李世民，能捱上三天已非常了不起。」

侯希白一震後，把聲音儘量壓下道：「楊公寶庫，對嗎？」

徐子陵苦笑道：「妃暄會不會出賣我呢？」

侯希白愕然道：「妃暄怎會出賣你？縱使她要出賣你，這事與楊公寶藏有甚麼關係？」

徐子陵搖頭不語，露出另一道充滿苦澀意味的笑容。爲了李世民的存亡，師妃暄會不會把楊公寶藏的祕密洩露出來？在一般情況下，她當然不會更不屑做這種事，但正如石之軒所說的，師妃暄或她的師尊梵清惠，都沒有另外的選擇。

在帥帳旁的空地，寇仲、跋鋒寒、麻常、白文原、邴元眞、陳老謀、王玄恕、小鶴兒和跋野剛圍著篝火團團坐地，享受著手下爲他們做的飯菜，大有歷劫餘生的感覺。他們一點也不用擔心安全的問題，因宋缺大軍的營帳在四面八方布成營陣，把他們護在核心處。能活著離開天城峽的少帥軍只有三千二百五十人，且多少帶點傷患，又趕了半天路，人人疲乏不堪，極須休息。小鶴兒不住在王玄恕耳旁說話，王玄恕則有點尷尬，又不得不專心聆聽，衆人識趣的詐作視而不見，聽而不聞。

唯一不識趣的是陳老謀，向王玄恕怪笑道：「小鶴兒換回女裝，定是個非常標致的小姑娘，老夫猜對嗎？」

王玄恕立即紅透耳根，乾咳道：「我沒見過。」

小鶴兒的臉皮顯然比王玄恕厚得多，橫陳老謀一眼，又湊到王玄恕耳旁說一番話，弄得王玄恕更狼狽。

陳老謀仍不肯放過他們，哈哈笑道：「我偷聽到小鶴兒說的話哩。」

小鶴兒沒被他唬著，笑意盈盈的道：「陳公在胡謅，我不信你聽得到。」

陳老謀傲然道：「我這對耳朵是天下有名的順風耳，你剛才對玄恕公子說的是奴家找一天穿上女裝讓公子你看看好嗎？」最後一句，他是學著小鶴兒的少女神態和語調誇張地說出來的，登時惹得滿場哄笑。

跋鋒寒啞然失笑道：「果然是胡謅。」

這麼一說，衆人均曉得跋鋒寒才是眞的竊聽到小鶴兒在王玄恕耳邊說的話的人。

陳老謀大喜道：「她說甚麼？快到我耳旁來稟告。」

小鶴兒不依道：「跋大哥不是好人。」

跋鋒寒微笑道：「從來沒有人把我當作好人，我更不要做好人。不過在此事上破例一次，爲小姑娘你嚴守祕密。」

寇仲心中湧起暖意，拿他初遇上時的跋鋒寒，與眼前的跋鋒寒相比，像兩個完全不同的人，前者心狠手辣、冷酷無情，甚麼人都不賣賬，後者卻是可捨命爲友的好兄弟。

王玄恕的臉更紅了，小鶴兒佯羞的微瞪跋鋒寒一眼，又露出喜孜孜的神情，神態天眞可愛。

陳老謀人老成精，哈哈笑道：「我猜到哩！只看小恕的神色，就知他不但看過，還……嘿！不說哩！老夫也破例保守你們的祕密。」王玄恕招架不來，求道：「陳公饒了我吧！」

跋鋒寒忽然道：「各位，我要和你們分開一段時間，到攻打洛陽時，再和各位並肩作戰。」

眾皆愕然，只寇仲像預先曉得般點頭道：「不是又要回塞外吧！那你怎能及時趕回來？」

跋鋒寒搖頭道：「我會在中原逗留一段日子，還些舊債。若子陵有甚麼三長兩短，我更要大開殺戒。」

寇仲笑道：「子陵肯定沒有事，否則他定會來找我訴冤。」

小鶴兒打個寒顫，顯是想到人死後會變成鬼魂的事。

陳老謀倚老賣老，皺眉道：「小跋欠的是甚麼債？你不似愛鬧來賭兩手的人呀！」

跋鋒寒淡淡道：「我欠的是人情債。」

寇仲大惑不解道：「人情債？」

跋鋒寒長身而起，雙目射出令人複雜難明的神色，道：「最難辜負美人恩，玄恕公子謹記此話。小姑娘有一對罕見的長腿，打扮起來必是動人非常。」眾人知他說走便走，連忙起立。

寇仲伸手抓著跋鋒寒粗壯的手臂，道：「你們繼續聊天，由我代表你們親送老跋一程。」說罷放手，與跋鋒寒並肩走出營地，經過宋家軍的營帳，宋家戰士無不肅然致敬，顯示出對兩人的崇慕尊敬。

來到營地附近一處山頭，寇仲微笑道：「我是不會攻打洛陽的，老哥你聽到我取得漢中之日，就須立即趕來與我們會合，否則會錯過在長安城內精采的巷戰。」

跋鋒寒立定愕然道：「你竟準備直接攻打長安？你憑甚麼有此膽量？」

寇仲雙目神光閃閃，沉聲道：「答案是楊公寶庫，你可知當年楊素建造寶庫，目的是要在緊急時顛覆大隋，如今換成李唐，它的作用仍沒改變，庫內不但有大批武器，且有貫通城內外的地道網。對我來說，長安等於一座不設防的城市，當李淵仍在他的龍床摟著甚麼尹德妃、張婕妤尋好夢的時刻，我們的人已佔據城內所有重要據點，打開所有城門，這場仗我是十拿十穩，必勝無疑。」

跋鋒寒動容道：「宋缺曉得此事嗎？」

寇仲道：「人多耳雜，我尚未有機會上稟他老人家。」

跋鋒寒道：「除子陵外，還有誰知道楊公寶庫的祕密？」

寇仲抓頭道：「都是追隨我多年絕不會背叛我的雙龍幫兄弟。不過婠婠到過寶庫，但我有信心她不會出賣我。」

跋鋒寒眉頭大皺道：「你竟信任婠婠？」

寇仲大力一拍他肩頭道：「當然信任。因她對子陵動了真情，害我等於害子陵，何況她再不關心魔門的事，與我作對有甚麼好處？」

跋鋒寒笑道：「若地道給人堵著，你可撤返漢中，再天涯海角的去追殺婠婠。」

寇仲搖頭道：「這樣的情況是不會發生的，但老哥尚未告訴我，要去還的是甚麼人情債？」

跋鋒寒輕鬆的道：「我要殺邊不負，這是我答應過琬晶的事。」

寇仲一呆道：「東溟公主！她已下嫁尚明那心胸狹隘的混蛋，他娘的，一朵鮮花偏插在牛糞上。」

跋鋒寒拍拍他肩頭，道：「少發嚕囌，人生不如意事十常八九，我們的不如意事已比別人少，至少我們仍好好活著。兄弟珍重。」說罷灑然去了。

寇仲呆瞧著跋鋒寒遠去的背影，心中浮現宋玉致的玉容，心中湧起強烈的衝動，回頭朝宋缺營帳方向掠去。

船經梁都關口，前後多了兩艘護航的少帥軍戰艦。少帥軍既守得住陳留，由此至江都的運河被少帥軍完全控制在手上，沒經批准的船隻，休想通過。徐子陵可以想像憑著少帥軍冒起的新建水師船，配合宋家飽經河海風浪的龐大水師，寇仲的勢力將沿運河、淮水和大江蜘蛛網般往洛陽南方蔓延，佔據每一個具戰略性的軍事重鎮，當完成整體的部署，不肯臣服的人只餘待宰的命運。

他躺在艙房床上，思潮起伏，沒法平靜下來。宋缺既出而助寇仲爭霸天下，寇仲亦因竇建德被處死，楊公和忠心隨他的眾將士的陣亡，與李唐結下解不開的血仇，寇仲攻入關中的戰爭，將是無可避免的事。也只有由寇仲當皇帝，魔門和香家的惡勢力才可徹底鏟除，同時擊退正虎視眈眈的突厥狼軍。這是包括他徐子陵在內，沒有任何人能逆轉的必然發展的形勢，在這樣的情況下，妃暄會不會放棄李世民，改而支持寇仲？唉！該是沒有可能的，可是妃暄還可以做甚麼？她會不會把楊公寶庫的祕密告訴李世民？想到這個困擾他的問題，徐子陵再沒有絲毫睡意，披上外袍，走到甲板上。

陰顯鶴瘦高的獨特背影，出現在船尾處。

徐子陵暗嘆一口氣，舉步走到他身旁，道：「陰兄睡不著嗎？」

陰顯鶴頹然道：「我剛做了一個噩夢，所以到這裏來吹吹風，希望能把心魔驅散。」

徐子陵道：「是否夢到令妹？」

陰顯鶴點頭道：「那是個很不祥的夢，徐兄請恕我不願說出來。」

徐子陵安慰他道：「據說夢裏的事往往和現實相反，例如見到出征的兒子一身光鮮，笑容滿面的在夢中來報喜，反而是兒子陣亡的大凶兆。寇仲也常作被敵人圍殲而無力抗拒的噩夢，但他到今天仍活得好好的。」

陰顯鶴一震朝他瞧來，沉聲道：「徐兄不是安慰我吧？自舍妹被擄後，我從沒作過好夢，即使夢到她與我相依爲命的美好情景，夢醒時也只是再進入另一個噩夢。」

徐子陵心中一酸，更堅定爲這好朋友尋找他妹子的決心，道：「我當然不會在這種事上胡言亂語，我還有一種感覺，陰兄必可與令妹團聚。」

陰顯鶴目光重投河水，默然片晌，道：「是否眞有命運的存在？」

徐子陵苦笑道：「這恐怕是任誰都沒能有肯定答案的問題。人年紀輕時，甚麼都不相信，只相信自己，認爲自己可改變一切，命運是以自己一雙手創造出來的。當閱歷增長，愈感謀事在人，成事在天的無奈！所以我們唯一的辦法，是不論處於如何惡劣絕望的環境，必須保持樂觀積極的態度，奮鬥到最後一刻。即使紀倩不能助我們找到小妹，我們也要另尋辦法。」

侯希白的聲音在後面響起道：「例如重金懸賞，找個能通吃四方有頭有臉的人爲我們設謀定策，不過在這種時世，這個人並不易找。」

徐子陵提議道：「何不以陰顯鶴之名縣賞千兩黃金找尋陰小紀，小妹既能在香家淫威下仍堅決維持本名，到此刻當仍不會改換姓名。」

陰顯鶴立即雙目發亮，道：「爲何我竟從沒想過這簡單的辦法。唉！不過此法知易行難，除非是能號令天下的皇帝，誰可通懸全國的去找一個人？」

徐子陵欣然道：「那就要看寇仲的本事，我們先在他的所有地盤懸紅尋人，他每佔領一個地方，第一件事就是懸紅尋人，千兩黃金可非一個小數目，此事必轟傳天下，令妹只要曉得陰兄仍然在生，必會來找陰兄。」

侯希白插入道：「說不定可省回千兩黃金。」

陰顯鶴聽得精神大振，道：「那我們還要到長安去嗎？」

徐子陵道：「要消息散播全國，可非十天八天的事，我們來個雙管齊下。」

侯希白點頭道：「懸賞的事並非十拿九穩，若令妹住的是鄉村小鎮，恐怕不易收到信息。」

陰顯鶴心生忐忑的道：「若她住的是梁都、陳留那種大城，收到消息立即趕來陳留，卻見不著我，豈非……」

侯希白大笑道：「陰兄這叫擔心者亂，只要令妹肯到陳留，自有人把她好好安頓。從陳留到長安，一來一回，以我們的腳程，半月內可辦妥一切。」

陰顯鶴伸手抓著兩人手臂，低聲道：「我眞的很感激你們，只要舍妹尙在人世，我定與她有重聚的一天。」

第三章

雙龍入蜀

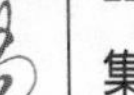

作品集

第三章　雙龍入蜀

宋缺的營帳非常講究，寬敞開闊如小廳堂，滿鋪繡上鳳凰旗的地氈，帳內一角擺著兩張酸枝太師椅，以一茶几分隔。

宋缺悠然自得安坐其中一張太師椅上，手捧茶盅品嘗香茗，見寇仲來訪，示意他在另一張椅子坐下，親自為他斟茶，微笑道：「為何不早點休息，明天到陳留後會忙得你透不過氣來。」

寇仲接過茶盅，淺喝一口熱茶，心不在焉的道：「小子剛送走跋鋒寒，這是他一貫行事的作風，說來便來，要去便去，像草原上獨行的豹子，不喜群體的生活。」

宋缺沒因跋鋒寒不告而別有絲毫不悅之色，反欣然道：「本人雖是宋閥之主，但心中喜歡和懷念的仍是獨來獨往的滋味。少帥是否有話要說？」

寇仲頹然道：「我感到很痛苦。」

宋缺微一錯愕，旋又啞然失笑，有感而發的道：「世人誰個心內沒有負擔痛苦，即使最堅強樂觀的人，也會為過往某些行為追悔不已，更希望歷史可以重新改演，予他另一個改過的機會，可惜這是永不可能實現的，人生就是如此，時間是絕對的無情。」

寇仲訝道：「閥主心內竟有痛苦的情緒？」

宋缺英俊無匹的面容露出一絲充滿苦澀的神情，柔聲道：「生命的本質既是如此，我宋缺何能倖免？所以如可為自己定下遠大的理想和目標，有努力奮鬥的大方向，其他的事均盡力擺在一旁，會使生命易過一些。」

寇仲感到與這高高在上的武學巨人拉近不少的距離，坦然說出心內感受，道：「我在戰場上兩軍對壘的時刻，確可進入捨刀之外，再無他物的境界，只恨一旦放下刀槍，胡思亂想會突然來襲，令我情難自禁。」

宋缺回復古井不波的冷靜，朝他瞧來，眼神深邃不可測度，淡淡道：「說出你的心事吧！」

寇仲痛苦的道：「致致不肯原諒我的行為！唉！怎說好呢？她不願嫁給我，她……」

宋缺舉手截斷他的說話，單刀直入的道：「你是否另外有別的女人？」

寇仲想不到他有這句話，呆了一呆，苦笑道：「若說沒有，是欺騙閥主，不過我一直堅持著，從沒背叛過致致。我是真的深愛致致，不想傷害她，可惜現實的我卻是傷害得她最重的人。」

宋缺一拍扶手，哈哈笑道：「這已非常難得，誰能令少帥心動？」

寇仲道：「是有天下首席才女之稱的尚秀芳，唉！」

宋缺沉吟不語，好半晌道：「你最想得到的女人，就是你曉得永遠得不到的女人，終有一天你會明白我這兩句話。」

寇仲愕然道：「閥主難道亦有這方面的遺憾嗎？」

宋缺灑然一笑，花白的鬢髮在燈火下銀光閃閃，像訴說別人往事的淡然道：「人生豈會圓滿無缺？天地初分，陰陽立判，雌雄相待，在在均是不圓滿的情態。陽進陰退、陰長陽消，此起彼落，追求的正是永不能達致的完美和平衡。男女間如是，常人苦苦追求的名利富貴權力亦不例外，最後都不外如是。」說到最後的「不外如是」，顯是有感而發，雙目射出沉湎在某種無可改變的傷感回憶中。

寇仲欲言又止。宋缺微笑道：「少帥是否想問老夫，既瞧通瞧透所有努力和追求，最後仍只不外如是，爲何仍支持你大動干戈，爭霸天下？」

寇仲道：「這只是其中一個問題，另一個問題是想問閥主那得不到的女人，是否碧秀心？」

宋缺把茶盅放回几上，淡淡道：「爲何你想知道？」

寇仲坦然道：「能吸引閥主的女人，且直至今天仍念念不忘，當然必是不凡的女子，我雖沒緣見過碧秀心，卻可從師妃暄推想她的靈秀，忍不住好奇一問，閥主不用答我。」

宋缺目光落在掛在帳壁的天刀，搖頭道：「不是秀心，但我確曾被她吸引，若非她爲石之軒生下一女，我宋缺即使踏遍天涯海角，也絕不放過石之軒那蠢蛋。哼！不死印法算是甚麼？只不過是魔門功法變異出來的一種幻術，還未被老夫放在眼裏。我在嶺南苦候石之軒十八年，可惜他一直令老夫失望，石之軒太沒種！」

寇仲聽得肅然起敬，石之軒曾親口向徐子陵說不死印法是一種幻術，而從沒有和石之軒交過手的宋缺卻能如親眼目睹的直指眞如，說破不死印法的玄虛，高明到令人難以相信。可見宋缺已臻達武道的極致，從蛛絲馬跡掌握到不死印法的奧妙。忍不住問道：「聽說慈航靜齋有本叫《慈航劍典》的寶書，寧道奇未看畢即吐血受傷，閥主不爲此心動嗎？」

宋缺出乎他意料之外的雄軀微顫，好半晌神情回復過來，苦笑道：「因爲我不敢去，不是怕翻看劍典，而是怕見一個人。」

寇仲愕然道：「天下間竟有人令閥主害怕？」

宋缺嘆道：「有甚麼稀奇，你不怕見到尙秀芳嗎？」

寇仲一震道：「原來能令閥主動心的人，竟是梵清惠。」

宋缺沒有直接答他，回到先前的話題上，道：「傳言誇大，豈可盡信。老夫第一個不相信寧老會因看《慈航劍典》受傷，知難而退卻是事實。劍典由地尼所創，專供女子以劍道修天道，祕不可測，陽剛的男性去看自是危機重重。且因其博大精深，奇奧難解，愈高明者，愈容易沉溺其中，不能自拔，動輒走火入魔，寧老能懸崖勒馬，非常難得。」

寇仲興致盎然的問道：「據傳寧道奇當時是要上靜齋挑戰梵清惠，我不信實情如此，寧道奇是那種與世無爭的人，怎會四處鬧事？」

宋缺別過頭來凝望打量他半晌，微笑道：「你不再痛苦煩惱了，對嗎？」

寇仲愕然道：「我是否心太大了？說及這些引人入勝的事時，其他的便置諸腦後。」

宋缺欣然道：「所以你是有資格和李世民爭天下的人。寧老到靜齋只因想和清惠談佛論道。解鈴還須繫鈴人，玉致的事我不宜插手，必須由你想辦法解決。還有其他事嗎？」

寇仲壓低聲音，沉聲道：「只要能奪取漢中，我有個不費吹灰之力攻陷長安的祕法。」

宋缺動容道：「說來聽聽！」

寇仲把楊公寶庫的祕密一五一十說出來，最後道：「只要我們出其不意，城內城外同時發動，攻李淵一個措手不及，我有把握在一晚內控制長安。」

宋缺雙目精芒閃閃，神情卻比任何時刻更冷靜沉著，緩緩道：「你比我更清楚長安城內的情況，照你看我們需多少兵力，始能在一晚時間內攻佔長安？」

寇仲道：「若李世民留守洛陽，關中空虛，頂多三萬精銳，我們便有收拾李淵的能力。哈！有你老人家在眞好，可以爲我拿主意。」

宋缺像沒聽到他最後兩句話，露出深思的神色，搖頭道：「你極可能低估長安的防禦力，楊廣那昏君因怕手下謀反，更怕手下開門揖敵，所以不但在城內廣置關壘，城門更是關壘中的關壘，即使你在城內發動攻擊，一時三刻仍休想控制任何一道城門。且李淵爲防李世民背叛，長期在長安附近駐有重兵，可隨時開入城內，唐宮更是三座都城中最堅固難以攻克的宮城。照我看必須把兵力倍增至六萬人，始有機會在一晚工夫在城內建立堅強的據點，寸土必爭的巷戰尚要多費幾天時間，勝利絕不容易。」

寇仲佩服的道：「閥主想得比我謹愼周詳。」

宋缺微笑道：「原因在你慣於以少勝多，以弱勝強，不過現在既有老夫助你，何須冒功虧一簣之險。既然有此攻陷長安的妙計，老夫將重新部署攻防的策略，分配人手以牢牢把李世民的大軍牽制在洛陽，而攻打漢中的事必須祕密進行，到李世民曉得漢中失陷，生出警覺，長安城已是烽煙處處，再沒有人能改變李唐覆滅的厄運。」

寇仲謙虛問教道：「那我現在該怎麼辦呢？」

宋缺啞然失笑道：「你不是主帥嗎？竟來問我？」

寇仲陪笑道：「那只是說給別人聽的，現在只有小子和你老人家，當然是由閥主話事作主。唉！首領的生涯眞不易過。」

宋缺審視他片刻，油然道：「有三件事，須你親自去辦妥，不能假手於人。」

寇仲恭敬的道：「閥主請吩咐。」

宋缺拿起茶盅，神態優閒的淺飲兩口，道：「寇仲！你可知老夫對你的鍾愛疼惜正不住增加。論聲威，今天的寇仲不在我宋缺之下，而你懷著的仍是一顆赤子之心，在你身上我察覺不到任何野心，這是不可能的，偏是你辦得到。你不怕我只是利用你，其實是我自己要坐上帝座嗎？」

寇仲赧然道：「多謝閥主讚賞。坦白說，做皇帝可非甚麼樂事，若閥主肯代勞，我會非常感激。」

宋缺大笑道：「休想我答應。」旋又正容道：「第一件事，少帥須立即趕返陳留，向下屬宣布我宋缺全力助你登上皇帝寶座，玉致則為你未來的皇后。不要小覷此事，實是至關重要，不但可穩定軍心，更令權責分明，不存在誰正誰副的問題，只有將兩軍化為一軍，同心合刀，始能發揮我們聯手合作的威力。」

寇仲道：「你老人家可否再考慮小子剛才的提議，那是我眞正的渴望。」

宋缺淡然微笑道：「自今以後，休再提起此事，當你成為一統天下的眞主，瞧著萬民在你的仁政下過著幸福快樂的生活，甚麼個人的犧牲都是物有所值。」

寇仲頹然道：「第二件事又如何？」

宋缺道：「我之所以要你立即連夜趕回陳留，正因第二件事非常緊迫，返抵陳留後少帥得馬不停蹄的直撲歷陽，說服杜伏威公布全力支持你，只要他點頭，我們不費一兵一卒即可控制大江，那時要攻襄陽，又或奇襲漢中，只是舉手之勞。當李世民聞訊後，只餘堅守洛陽一途，大利我們揮軍入蜀，攻陷關中。」

寇仲點頭道：「我正有此意，請閥主吩咐第三項要辦的事。」

宋缺道：「你要從祕道神不知鬼不覺的偷進長安，繪製一卷長安全城最準確的關防碉壘兵力分布詳圖，供我作參考之用。知己知彼，百戰不殆，長安巷戰不容有失，如何把我們的傷亡減至最輕，保存實力以應付李世民，關係到最後勝利誰屬的大問題。此事必須你親去辦妥，即使身分暴露，我相信憑你的井中月仍可從容離開。」

寇仲心悅誠服的道：「我確沒閥主想得這麼仔細周詳，三件事全包在我身上，絕不會讓閥主失望。我回去交代兩句，立即返陳留去。」

宋缺仰天笑道：「好！這才像是我宋缺的未來快婿，其他的事你不用分神去理，老夫自會在攻入關中之前，為你營造最優勝的形勢。」

陳留守軍見寇仲突然從容歸來，舉城軍民歡欣若狂，宣永、虛行之、焦宏進、左孝友、洛其飛、陳長林、高占道、牛奉義等迎他入城，百姓夾道歡迎，歡呼聲潮水般起伏，氣氛像火一般熾熱沸騰。寇仲當然擺出親民的樣子，以揮手和笑容回報視他如神明的居民，事實上連他自己也不太明白，為何陳留全城會視唐軍為洪水猛獸？

進入帥府外大門，宣永立即報告道：「收到徐爺的消息，他正和侯公子與一位姓陰的朋友乘船逆運河北上的途中，隨時到達。」

寇仲劇震停下，呻吟道：「我開始走運哩！沒有比這更好的消息了，還尋回失蹤了的陰小子。他奶奶的熊，你們可知李世民給我未來岳父擺擺姿態，就嚇得夾著尾巴溜回洛陽。」

眾人在他身後停下，聞言爆出一陣喝采叫好的聲音，任誰都曉得宋缺大軍的駕臨，把整個形勢扭轉過來，艱苦挨揍的日子終成過去。

寇仲已在少帥軍成功建立起無敵的形象。而更重要的是，少帥軍對大唐軍再沒有絲毫懼意，寇仲正是李世民的剋星。得來不易的勝利喜悅，深深感染著帥府前廣場上每一位將士，寇仲喝道：「我第一件要做的事，是論功行賞，那等於說，每一個人都重重有賞，既敘功，更賞錢，我寇仲不夠錢付，我的未來老岳會掏腰包，大家不信我也該信他。」

眾人起鬨大笑，既因受讚歡欣，更因寇仲說的方式很有趣。虛行之拈鬚微笑道：「賞厚而信，刑重而必，古語有云，信賞必罰，故有賞必有罰。兵書亦說『凡人所以臨堅陣而忘身，觸白刃而不憚者，一則求榮名，二則貪重賞，三則畏刑罰，四則避禍難』。行之為我軍定下一套賞罰的制度，只要少帥點頭同意，即可論功行賞，視過而罰，少帥明察。」

寇仲大喜道：「行之確是算無遺策，有你助我，何愁大事不成？」

宣永等欲言又止，虛行之道：「少帥請移駕大堂。」

寇仲心中暗嘆，宋缺果是料事如神，少帥軍的將士正為皇帝的寶座憂心，因為位子只有一個，論實力、身分、地位，宋缺均在他寇仲之上，所以若弄不清楚這曖昧不明的情況，軍心會大受影響。而宣永等顯然曾討論過此事，所以聽得何愁大事不成一語，有此反應。

他曉得無法迴避這問題，正容道：「我還有一事公布，宋閥主決定全力支持我一統天下，宋家軍就是少帥軍，他日我寇仲若有幸登上寶座，宋玉致是我的皇后。」

眾將士聞言所有擔憂疑慮一掃而空，歡聲雷動中簇擁著寇仲進入帥府。寇仲則是有苦自己知，在宋缺軍擊退李世民大軍前，皇帝寶座只是個遙不可及的夢，可是現在形勢大變，天下成二分之局，而他更有把握取得最後的勝利，做皇帝變成大有可能，令他頓時感到問題的迫切性和壓力。在他心中最理想當然是可另挑賢者做皇帝，他則功成身退，與徐子陵遍遊天下，享受生命。問題是他不得不尊重宋缺的意向，而宋缺表明只支持他登上帝座，而非另一個人。事情至此，別無選擇的餘地。

帆船緩緩泊岸，終抵陳留。只看陳留守軍的氣氛情況，即曉得寇仲尚在人世，使城中軍民充滿勝利的喜悅和激奮。碼頭和城牆上豎滿少帥軍的雙龍旗幟，迎風拂揚，軍容鼎盛，八面威風，令徐子陵深切感受到少帥軍再非是在敵人佔盡上風的情況下掙扎求存的弱旅，而是能問鼎天下的雄師。

把守碼頭的軍隊列陣歡迎之際，城頭上擂鼓聲起，十多騎旋風般衝出城門，風馳電掣的朝碼頭奔至，帶頭的當然是寇仲。三人再沒等待泊岸的耐性，飛身上岸。寇仲早躍下馬來，疾掠餘下的百許步距離，不顧一切的把徐子陵摟個結實，淚流滿臉，大嚷道：「感謝蒼天！他待我們兩兄弟的確不薄，陵少終於回來哩！」

帥府內堂，寇仲、徐子陵、侯希白、陰顯鶴圍桌談話，陪座者尚有虛行之和宣永。

弄清楚徐子陵那方面的情況後，寇仲大喜道：「又有這麼湊巧的，我正準備前往長安，不過先要和老爹見個面。」

轉向陰顯鶴道：「你老哥放心，懸紅尋找令妹的事包在我們身上，行之會儘量把事情弄大。」

虛行之欣然道：「只是舉手之勞，屬下會辦得妥妥當當。」

陰顯鶴道：「可是……」

寇仲以笑聲截斷他道：「大家兄弟，我有銀兩等於你有銀兩，有甚麼好計較的？」

宣永不解道：「少帥為何要到長安去？」

寇仲把宋缺的提議道出，忽然發覺徐子陵容色有異，訝道：「陵少有甚麼問題？」

徐子陵苦笑道：「待會與你說吧！」

寇仲道：「沒有問題是不能解決的。不如你們先陪我到歷陽見老爹，然後齊赴關中，途中還可以與我們的美人兒場主碰個頭說幾句私己話。此一時也彼一時也，商美人該高興見到我們。」

虛行之皺眉道：「繪製長安城內詳圖一事，可否請侯公子代勞？」

侯希白的妙筆名著天下，繪圖製畫，當然比寇仲在行。

侯希白欣然道：「這個可包在我身上。」

寇仲微笑道：「行之不用擔心，我去後，宋閥主會主持大局，只要我能說動老爹，李子通、輔公祏、沈法興、蕭銑和林士宏等殘餘何足為患。李小子則因大雪封路，不能南下，封鎖水道後，他只好在北方捱風雪。現在我們當務之急，不是南征北討，而是要訓練一支擅長近身巷戰的精銳，一矢中的地攻佔長安，那時天下將是我們囊中之物，輪到洛陽變為孤城，練軍的事交由宣永負責。」宣永領命答應。

陰顯鶴道：「何時起程？」

寇仲笑道：「我本想待今晚出發，讓你們有機會和宋閥主見面，現在看到陰兄這樣子，知老哥你再難久待，這樣如何？我們一個時辰後登船啓程。」轉向徐子陵道：「有甚麼事，上船說，如何？」徐子陵欲言又止，無奈答應。

接著的一個時辰忙得寇仲昏天黑地，他要逐一與諸將說話，既要面授機宜，更要聽取他們的意見，又得審閱虛行之準備好的諸般委任狀和宗卷，蓋章畫押，忙得不亦樂乎，初嘗當皇帝的諸般苦處。

虛行之道：「以雙龍作旗徽，是由占道和奉義提議，我們一致贊同，除非少帥別有想法，否則行之認爲該就此作實。」

寇仲笑道：「大家說好，我怎會反對？哈！想不到我和子陵兩條揚州雙蟲，竟能蛻變爲龍，直到此刻我仍有不眞實的感覺。」

虛行之道：「宋閥主到達後，我們該如何與他合作？」

寇仲微笑道：「行之似乎有點怕他，對嗎？」

虛行之嘆道：「宋缺出身顯赫，威名之盛，只寧道奇能與之比擬，更是出名高傲的人，天下誰不畏敬？」

寇仲道：「放心吧！行之可知宣布由我當皇帝，玉致爲皇后的事，是由宋缺主動提出的。他還當著我吩咐手下聲明宋家軍就是少帥軍，務要令兩軍變爲一軍，上下齊心。這方面的識見，比起他老人家，我是望塵莫及。我們現在當務之急，首先是回復元氣，在攻打關中前盡力鞏固領地，安內而後攘外。對南方諸敵的用兵，一概交由他老人家處理，我們變成他的後援。物資會從嶺南源源不絕送到彭梁，再由水路支援遠征的軍隊，當大江全在我們掌握中時，就是我們入蜀攫取漢中和奇襲長安的關鍵時刻，楊公他們的性命絕不會是白白犧牲的，每一滴血債都得討還。」

虛行之鬆一口氣道：「少帥解釋清楚，我始放下心頭大石。可是仍不明白於這等時刻，我國諸事待舉之際，爲何少帥仍一意親赴長安？」

寇仲挨到椅背，長長吁出一口氣，發呆片晌，目光迎上虛行之詢問的眼神，苦笑道：「若要說得冠冕堂皇，我會說是想身歷其境掌握長安每一處虛實，以備計算將來激烈的城內巷戰。若坦白的說，我是要暫離戰場，好輕鬆一下。不過若有人問你，行之最好提供冠冕堂皇那個答案。」虛行之還有甚麼話好說的，只好答應。

寇仲忽又興奮起來，道：「上兵伐謀，我事實上沒有偷懶，只要爭取老爹和商美人站到我們這邊來，比在戰場連勝數場更管用。何況我這次到長安只是打個轉，快則半月，遲則一月，即回陳留，尚餘兩個月的冰封安全期。」

虛行之默思半晌，終露出欣然之色，點頭道：「下屬明白哩！少帥放心去吧！」

寇仲待要談其他事時，陳長林旋風般衝進來，直抵寇仲帥座前，雙膝下跪，道：「少帥爲長林作主！」

寇仲大吃一驚，離座把他扶起，道：「長林兄勿要如此，大家兄弟，你的事就是我的事，自會盡力相幫。」

陳長林雙目湧出熱淚，悲聲道：「請少帥撥出一軍，讓我攻打昆陵。」

寇仲和虛行之愕然以對，更大感頭痛。陳長林因與沈法興父子有毀家滅族的仇恨，所以當他認爲時機來臨，再沒有等下去的耐性。可是現在形勢複雜，寇仲不能爲一些私人問題，影響宋缺的全盤作戰策略，因爲眼前最重要的戰略目標，是攻陷大唐軍的心臟要害大都長安，其他的事都要暫擱一旁。但寇仲又怎麼忍心拒絕陳長林，令他失望。

寇仲迎上陳長林的目光，微笑道：「之前我說過，你老哥的事，就是我的事。你去找宣永商量，練軍的事加緊進行，先以昆陵爲進攻目標，便把它當作是他娘的攻打長安前的熱身戰。沒有人比長林兄更熟悉江南的情況，最好藉我們現在的聲勢派人滲透昆陵，收買和分化沈法興的手下將領。凡人均熱愛功利，貪生怕死，且誰都知沈法興不是我的對手，所以肯定會搶著來歸附我們。他奶奶的熊！那我們可免去攻城戰而只打場巷戰。哈！一舉兩得，世上竟有這麼便宜的事。」

徐子陵問道：「爲何沒見無名？你竟捨得不把牠帶在身旁？」

寇仲反問道：「那爲何又不見陵少帶陵嫂來讓我見見她的廬山眞面目？你捨得離開她嗎？」

徐子陵沒好氣的道：「你的心情很好。不過你聽畢我將要告訴你的事，肯定會破壞你的情緒。」

寇仲駭然道：「不要唬我，我再也承受不起另一個壞消息。」

河風吹來，寒氣逼人。兩人在船尾憑欄說話，船是少帥軍的快速鬥艦，順運河南下，直赴大江，載徐子陵等到陳留的船則仍留在城外，船伕由少帥軍犒賞招呼。陰顯鶴和侯希白知道他們兩兄弟有要事商討，識趣的避往艙房。天上密雲厚重低垂，氣溫驟降，似是大雪即臨的景象。

徐子陵頹然道：「妃暄曉得楊公寶庫的祕密。」

寇仲失聲道：「甚麼？」

徐子陵把曾告訴師妃暄寶庫有眞假之別一事詳細道出。

寇仲恍然道：「難怪你說會破壞我的心情。可是我仍然心情非常好，因爲我有信心師妃暄不是這種人，她不會直接介入到戰爭去，製造更多的殺戮。」

徐子陵苦笑道：「可是石之軒說過，當天下之爭變成你和李世民之爭時，師妃暄再沒有別的選擇，定會出手干涉。若她洩露寶庫的祕密，李世民會猜到我們全盤的部署，設法反擊。」

寇仲道：「他娘的！縱使知道又如何，頂多大家明刀明槍硬幹一場。不過我仍有十拿九穩的把握妃暄不會是這種人。陵少是關心則亂，屆時我們只要進寶庫看看，會清楚眞相。」

徐子陵把事實說出來，心中內疚大減。

寇仲哈哈笑道：「讓我回答你先前的問題，現在我有專人侍候無名，服侍得牠妥妥當當。橫豎不能帶牠入關中，所以把牠留在軍中。嘻！你可知我們多了位可愛的小妹子，玄恕還對她相當有意思呢。」

徐子陵訝道：「小妹子？」

寇仲點頭道：「是個扮男兒的小妹子，此事說來話長，充滿奇異的因果關係，容後從詳稟上，我已答了你的問題，輪到你告訴我石青璇的事。」

徐子陵這才明白他的「不懷好意」，淡淡道：「我和石青璇似乎有點眉目，她答應到靜齋拜祭她娘後，會來找我。」

寇仲大喜道：「恭喜陵少，終於有著落哩！」旋又嘆道：「我有個很苦惱的難題，須你老哥幫忙動動腦筋解決。」

徐子陵訝道：「你的好心情原來是假裝的，看來也跟美人兒有關吧？」

寇仲苦笑道：「不要想岔，我的難題與衆美人兒沒絲毫關係，而是我不想當皇帝。」

徐子陵一呆道：「你不是說笑吧！弄到今時今日的田地，你竟說不想當皇帝，你怎樣向宋缺交代？怎樣向隨你生出入死的兄弟交代？」

寇仲毫無愧色的道：「所以我要勞煩你靈活的小腦袋，替我想個善策。見過李淵當皇帝的苦況我還能不醒覺？做皇帝等於坐皇帝監，皇宮是開放式的監牢，我若眞個做皇帝，休想和陵少蹲在街頭大碗酒大塊肉說粗話，這樣的生活哪是人過的？我的理想和陵少並無二致，是但求百姓安定，而自己則過痛快的生活，即使我將來娶妻生子，也要和陵少你作鄰居，否則沒有你的日子教我如何度過？」

徐子陵啞然失笑道：「此事恐怕沒有人能幫忙你，因爲你沒有其他選擇。你現在只能捨己爲人，一心替天下萬民打算，而不應爲自己打算。坦白說，在我心中，除李世民外，最適合做皇帝的人正是你這小子，因爲我曉得你會竭盡全力爲萬民謀求幸福，而外族更因畏你而不敢入侵。」

寇仲頹然無語。

徐子陵沉吟道：「且最大的問題仍在宋缺，你當皇帝，他的女兒成爲皇后，當然一切沒有問題。可是若你臨陣退縮，沒有人可預測到他的反應。」

寇仲苦笑道：「我根本不敢跟他說。唉！你幫我想想辦法成嗎？」

徐子陵道：「不要倚賴我，這是個神仙也解決不了的難題。」

寇仲道：「除此外，我們還有兩項事情急需解決。」

徐子陵愕然朝他瞧來。

寇仲沉聲道：「第一道難題是李大哥，無論我們多麼不滿他不娶素姐另娶他人，他總是我們的兄弟，而他正在長安，如若我們攻打長安，一時錯手把他幹掉，以後的日子休想良心得安。」

徐子陵皺眉道：「你是否想到長安後找機會見他呢？」

寇仲攤手道：「當然有此打算，而最好的辦法是面對面的向他痛陳利害，勸他離開李家。」

徐子陵搖頭道：「他是不會聽的。李靖是怎樣的一個人，你和我該清楚。」

寇仲道：「還有一個辦法是攻城前把他和紅拂女先來個生擒活捉，以保他夫婦性命，這要陵少你幫忙才成，再加上跋小子、侯小子、陰小子三大小子，該不太難辦到。」

徐子陵苦笑道：「這是沒有辦法中的辦法，且穩妥一點。這次到長安不宜驚動他，免他爲難，因爲今時不同往日，我們已成李家死敵，與李世民更是勢不兩立。另一道難題是甚麼？」

寇仲露出愉悅神色，湊到他耳旁輕輕道：「我們橫豎探訪美人兒場主，何不爲宋二哥向商美人提親？」

徐子陵失聲道：「你不是說笑吧？」

寇仲正容道：「我怎會拿這種事說笑？現在時移勢異，商美人再也不會視我們爲洪水猛獸，還樂得與我們親近。商美人既和宋二哥妾意郎情，我們只要把紅線一牽一扯，自是水到渠成。哈！還有比這更珠聯璧合的婚事嗎？既是郎有情妾有意，且世家對世家，高貴配高貴，宋缺肯定不會反對。」

徐子陵沒好氣道：「宋二哥和商秀珣只見過兩、三次，何來郎情妾意可言？」

寇仲哂道：「商美人的心性你該比我更清楚，若對宋二哥沒有興趣，哪會和他一碰面就談個天昏地暗，地老天荒。唉！你還不明白嗎？這是唯一令二哥不用終身獨處於娘埋身小谷的好方法，你有別的良策嗎？」

徐子陵搖頭道：「可是我仍覺得不宜揠苗助長，否則弄巧反拙，會把好事搞垮。」

寇仲信心十足的道：「山人自有妙計，我們暫不提親，卻要爲他們的美好將來鋪路搭橋，然後把他們弄到一塊兒，那時天打雷劈也分不開他們。」

徐子陵道：「你對別人的事總會有辦法，爲何對自己的事卻一籌莫展？」

寇仲苦笑道：「這叫當局者迷，所以要向你求教，你剛才提到石之軒，你最近見過他嗎？」

徐子陵把與石之軒先後三度相遇的情況道出，最後道：「希望我感覺是錯的，石之軒再也沒有任何破綻。」

寇仲不同意道：「至少他不會宰掉你這小子，已是很大的破綻。事實上每個人都不能例外，故強如石之軒、宋缺，總有他們的心障。」

徐子陵訝道：「宋缺有破綻？」

寇仲道：「我不知那算不算是宋缺的破綻，但他對妃暄的師尊梵清惠似乎有特別的感情，因怕見她而不敢到靜齋翻閱劍典，這算不算破綻？」

徐子陵沒好氣道：「這和石之軒的破綻根本是兩回事。」

太陽沒入運河西岸遠處山巒後，無力地在厚雲深處發散少許餘暉。

寇仲忽然問道：「憑你靈異的感覺，有沒有信心助陰小子尋回他的小妹？」

徐子陵茫然道：「我不是神仙，怎麼知道？」

寇仲笑道：「在此事上我的靈覺比你厲害，因爲我更明白因果相乘的佛門至理。以新收的小妹子爲例，還記得當年我們陪商美人到襄陽嗎？途中小妹子想來扒我的錢袋，我抓著她後不但沒怪責她，還送她一錠金子，所以她來向我通風報信，令我避過一劫，這就是因果。你的巧遇陰小子，正是冥冥中的因果循環，既有此因，定有彼果。所以肯定你能從紀美人身上得到答案。」

徐子陵點頭道：「希望如你所言吧！」

兩人忽有所覺，同時仰首望天。漫空雪花，徐徐降下。

寇仲張開大口，呑掉一朵冰寒的雪花，歡呼道：「三個月的決勝期，由此刻開始。當冬去春來，天下再不是李家的天下，而是我寇仲的天下。徐軍師快給我動腦筋，讓我避過被迫做皇帝的劫難。」

侯希白來到寇仲另一邊，欣然道：「雪會把天地同化為純白潔美的世界。咦！少帥為何苦著臉？」

徐子陵感受著雪花打在頭上的樂趣，笑道：「他正為要做皇帝煩惱。」

侯希白啞然失笑道：「這是我等蟻民沒資格去煩惱的問題。」

寇仲頹然道：「坦白說，這還不是最困擾我的煩惱，最令我傷心欲絕的，是宋玉致永遠不肯原諒我！你兩位均是過來人，小弟的前輩，可否為我想想辦法？」

侯希白正容道：「想女人原諒你，只有一個方法，就是做一件能令她感動至忘掉一切的事，通常我畫幅畫，寫首詩便足夠有餘。」

寇仲道：「我既不懂寫畫，更不曉吟詩，如何去感動她？難道把井中八法從第一法耍至第八法，又或帶她去看我打仗，這恐怕都適得其反。」

侯希白認真的道：「當然要對症下藥始能生效，宋家小姐究竟是怎樣的一個人，有甚麼喜惡？」

寇仲臉現愧色的道：「她是位堅持原則和理想，性情倔強又溫柔多情的好女子，至於她喜歡甚麼東西，嘿！小弟尚未在這方面下過甚麼工夫。」

侯希白不厭其煩查根究柢地追問道：「那她有甚麼原則理想？」

寇仲乾咳一聲尷尬道：「這純是一種感覺，她內心真正的想法我其實是一知半解。她因誤會我向她宋家提親是一項政治陰謀，故一直不肯原諒我。而在宋家中她是主和派，不願宋家捲入戰爭去。」

侯希白呆看他半晌，苦笑道：「那你是否真的愛她呢？」

徐子陵插入道：「開始時他或者立心不定，用情不足，但現在我敢肯定他是情根深種。玉致小姐是個愛好和平、厭惡戰爭的人，有副悲天憫人的心腸，所以視寇仲的好戰為惟恐天下不亂，大生反感。要令她對寇仲的觀感徹底改變，只有一個辦法。」

寇仲大喜道：「快說！」

徐子陵淡淡道：「我只是隱隱感到有回天之法，但尚未能具體掌握，待想至通透時再告訴你吧！俗語有云『精誠所至，金石為開』，只要你對她的愛經得起考驗，她總有原諒你的一天。」

侯希白拍拍寇仲肩頭道：「子陵的話深含至理。你不要擔心，我們會為你想出最好的辦法，令宋家美人對你回心轉意。」

寇仲無助的道：「我全倚賴你們哩！唉！我的心矛盾和亂得要命，既想拋開一切去見她，又怕惹得她反感。」

徐子陵道：「你現在的當務之急，是把兒女私情擱置一旁，為取得最後的勝利做足準備工夫。不要以為繪製長安城內的守禦圖是輕鬆的事，那是艱巨的任務。且李淵把重兵駐於宮城後大門玄武門的禁衛總指揮所，要到那裏踩場子是沒可能的事。所以即使能在城內發動突襲仍非必操勝券。最怕在佔領任何一道城門前，早被敵人擊垮，那時將不堪設想。」

寇仲道：「還記得當日我曾到劉政會的工部藉研究建築為名，翻看躍馬橋一帶的里坊房舍圖嗎？在圖軸室內另有秘室，以鐵鎖封門，我曾問過劉政會裏面藏放甚麼東西，他答只有李淵批准，始可進入，所以他也並不知曉。照我猜，放的定是長安城的軍事布置，所以我們只要能到祕室順手牽羊，可省去很多工夫。」

侯希白猶有餘悸道：「又要偷進宮城？那可不是說笑的。」

寇仲信心十足的道：「到皇宮偷東西當然難比登天，但外宮城卻是另一回事。」

徐子陵沒好氣道：「假設由祕道入宮，從出口摸到外皇城，不是先要經過皇宮，且是李淵守衛最森嚴的寢宮，則到皇宮或外宮城分別何在？」

寇仲道：「我屆時自會想到解決的辦法，我這小偷出身的人，偷東西比製圖在行。」

徐子陵道：「夜啦！我們好好休息，醒來時應可抵鍾離。」

寇仲嘆道：「唉！我眞的不願見美人兒幫主，她太傷我的心哩！」

侯希白道：「現在的她只是個舉目無親、孤伶無助的可憐女子，你若有憐香惜玉之心，該原諒她和好好待她。」

寇仲沒精打采的道：「小弟受教。希望今晚能有連場美夢，我太需要甜蜜的好夢來補償我在現實中的失意和無奈！」

大雪續降，兩岸白茫茫一片。

翌日，寇仲等船抵鍾離，卜天志聞信來迎，以馬車載四人祕密入城，直抵總管府。在府內大堂坐下，請來雷九指商議。

卜天志首先報告道：「現在南方形勢大變，李子通、沈法興、輔公祏、蕭銑等人人自危，怕成爲我們下一個攻擊目標。江都更是人心思變，自攻打梁都大敗，兼且失去鍾離、高郵和附近十多座城池，左將軍歸順我方，李子通手下將士，對他非常不滿，只要我們加強壓力，截斷其水路交通，李子通將不戰而潰，只餘逃命的份兒。」

寇仲想起陳長林，問起沈法興、沈綸父子的情況。

卜天志道：「沈法興和林士宏同病相憐，自宋家大軍攻陷海南，由宋智指揮僚軍，分兩路進逼沈法興和林士宏，不住蠶食其外圍地盤，令他們勢力每下愈況，再難爲患。」

寇仲笑道：「待我說動老爹公開支持我們，我敢保證他們的手下會大批的不戰而降，就像洛陽之戰的歷史重演。」

徐子陵問道：「老爹和輔公祏關係如何？」

卜天志道：「兩人公然決裂，因輔公祏以卑鄙手段殺了杜伏威的頭號猛將王雄誕，奪取丹陽兵權，又連橫蕭銑和林士宏，若非輔公祏顧忌我們，杜伏威又出奇地按兵不動，否則他們這對刎頸之交，早大戰連場。」

寇仲訝道：「蕭銑和林士宏不是敵對的嗎？」

卜天志道：「蕭銑現在最顧忌的是我們，其他均爲次要。」

寇仲沉吟片晌，問道：「志叔可清楚長林和沈綸間的恩怨？」

卜天志道：「你問對人哩！我所知的不是長林告訴我，而是側聞回來的。」

徐子陵心中暗嘆，發生在陳長林身上的事定是非常慘痛，故令陳長林不願重提。

卜天志續道：「沈法興是江南世家大族，乃父沈恪是陳朝的廣州刺史，而他子繼父業，被任命爲舊隋的吳興郡守。當年天下大亂，群雄揭竿反隋，沈法興還奉楊廣之命與太僕丞元祐聯手鎭壓江南各路義軍。長林亦是江南望族，世代造船和經營南洋貿易，雖然及不上沈法興家族的顯赫，也是有頭有臉的人。禍因始於陳長林娶得有江南才女之稱的美女夫幽蘭，令一直想染指她的沈綸含恨在心，於新婚之夜率軍攻打陳府，硬誣其爲起義軍，大殺陳族的人，陳長林與族人四散逃亡，夫幽蘭被沈綸污辱後懸樑自盡，長林的父母兄弟在此役中無一倖免，所以對沈族，陳長林是仇深如海。」

寇仲聽得義憤塡膺，狠狠道：「我從長安回來之日，就是沈綸受死之時，他奶奶的，世間竟有這種沒人性的畜牲。」

雷九指訝道：「小仲爲何在此等風頭火勢的時刻，仍要與他們一道到長安去？」

寇仲解釋一番後再問道：「韓澤南密藏起來的賬簿找出來了嗎？」

雷九指道：「事關重大，我打算親自去一趟，等你們走後我立即動身。」

寇仲喜道：「這回香小子有難啦，憑著賬簿上的資料，我們可按圖索驥的把爲虎作倀的人一網打盡，再徹底消除香家。」

侯希白道：「雲玉眞狀況如何？」

卜天志嘆道：「她住在總管府後園的獨立院落裏，與韓氏一家三口爲鄰，從不踏出院門半步，我們不敢驚擾她，只小傑兒常去逗她玩耍。」

寇仲聞言道：「我似乎不適合在這時刻去見她，對嗎？」

徐子陵知他對雲玉眞仍有芥蒂，這種事很難勉強他，聳肩道：「隨便你！」

寇仲投降道：「好吧！我和她打個招呼才到歷陽見老爹。」轉向雷九指道：「誅香大計有甚麼新的進展？」

雷九指道：「當然是智珠在握，只要你寇少帥統一天下，我們可不費吹灰之力把香家連根拔起。」

陰顯鶴沉聲道：「香貴是我的。」

寇仲笑道：「香貴是你的，香小子是我的，大家各得其所，皆大歡喜。」

雷九指道：「你們打算從哪條路線入關？」

徐子陵道：「我們尚未想過這問題，雷大哥有甚麼好提議？」

雷九指道：「賬簿的收藏地點在巴蜀的一座小城鎮，若你們經漢中進關西，大家有個伴兒。」

寇仲點頭道：「漢中已成我們攻打長安的關鍵，順道去踩場，深入了解城內的情況是必要的。」

向徐子陵道：「陵少不用陪我到歷陽去，不如你回娘的小谷走一轉，若宋二哥眞的在那裏，便設法說服他和我們去拜訪美人兒場主，肯定他到飛馬牧場後會樂不思蜀，娘在天之靈也會安心點。」

雷九指一聽下明白過來，欣然道：「那我和希白、顯鶴先一步到漢中，待你們來會面。」

寇仲長身而起，道：「就這麼決定，我要去拜訪美人兒幫主哩！」

當天黃昏，加上雷九指，五人改乘一艘普通兩桅商船，沿淮水東行，入裏運河往大江方向駛去，天氣雖清冷奇寒，白雪仍未征服眼前的大地。這一截的水道，全在少帥軍的絕對控制下，任何通過的船隻，均須申請少帥軍批核的通行證。李子通難成氣候，勢窮力蹙，勉強保著的江都危如累卵，不勞寇仲攻打，也有自行崩潰瓦解之虞。

想起李子通剛佔領江都時的威風，寇仲和徐子陵豈無感慨。寇仲和徐子陵並肩立在船首，遙想前塵往事，百感交集。

寇仲嘆道：「就是這段大江水道，我們當年為避宇文化及的追兵，從那邊的崖岸跳進江水，差些兒溺斃之際，得娘救起我們，擊退宇文化及。」

風帆進入大江，徐子陵目光朝寇仲所說的崖岸瞧去，心中湧起神傷魂斷的感覺，默然無語。

寇仲道：「從這裏去，第一座大城是丹陽。還記得嗎？娘和我們一起在城內遊逛，她還去典當東西，得到銀兩後請我們上飯館，在那裏我們遇上宋二哥，我們當時妒忌得要命。唉！若我們曉得不走水路走陸路，娘就不用……唉！」

徐子陵仰觀夜空，想起石青璇的話，心忖娘若回歸天上，哪顆星宿是屬於她的呢？

寇仲沉湎在既痛苦又感傷的回憶中，道：「想當年我們只是兩個微不足道的毛頭小子，現在卻變成跺跺腳震動天下的人物，沒有辜負娘對我們的期望。想起來，冥冥中似確有主宰，娘如此憎厭漢人，偏是對我們另眼相看，這不是緣分是甚麼？若將來我一統天下，我定會善待娘的族人，補贖楊廣這混帳傢伙對他們的惡行。」

徐子陵輕輕道：「你不是不想當皇帝嗎？」

寇仲頹然道：「想是這麼想。希望和現實總是背道而馳的兩回事，你比任何人更清楚我的處境。唉！我步上的是爭霸天下的不歸路，爲的不是個人好惡，而是天下百姓的福祉，並沒有回頭的路。正如我和致致的惡劣關係，沒人能改變。」

徐子陵道：「你爲何不把帝座讓予宋缺？」

寇仲苦笑道：「他不但不肯接受，還著我以後休要再提。」

徐子陵訝然無語。

寇仲道：「照我看，宋缺是面冷心熱的那種人。他爲的是保持漢統，不被外族入侵蹂躪，皇帝的寶座根本不被他放在眼裏。差些兒忘記，他曾提及石之軒的不死印法，指出是魔功的變異和幻法，與石之軒自己說出來的相同。你比我更清楚石之軒，對這番話有甚麼特別感覺？」

徐子陵虎軀一震，露出深思的神色。

寇仲岔開話題道：「不論如何艱難，子陵定要把宋二哥弄去見美人兒場主。」

徐子陵苦笑道：「那須由宋二哥自己決定，難道我硬架他去嗎？」

寇仲分析道：「二哥追求的只是個不存在的夢想。你和我比任何人更清楚，娘從未把宋二哥放在心上。」

徐子陵道：「問題是我不忍心向二哥揭露事實。」

寇仲點頭同意，道：「幸好宋二哥對商秀珣是眞的動心，此事仍大有希望。」

徐子陵皺眉苦思。

寇仲道：「一定有方法可說動二哥的，例如激起他的俠義心腸，令他感到自己是去拯救商秀珣，而非去見她一面那麼簡單。」

徐子陵沒好氣道：「你想我向二哥說謊嗎？謊言總有被戳破的一天。」

寇仲道：「陵少不用說謊，只要把事實誇大一點便成。唉！我和你一道去吧！」

徐子陵沉聲道：「原來你一直在找藉口不想回去探娘。」

寇仲雙目湧出熱淚，淒然道：「因爲我害怕回去，一天我不回去，娘仍似逍遙自在的活在那幽靜的小谷中。可是當要面對娘的墳塋，一切的夢幻將如泡沫般幻滅。」

徐子陵探手摟著寇仲肩頭，慘笑道：「尙未見娘，你已哭得不似人樣，過了這麼多年，宇文化及早成一抔黃土，你仍不能接受事實嗎？」

寇仲嗚咽道：「娘是永遠活著的。」

前方忽現燈火。兩人哪有理會的心情，事實上更不將它擺在心頭。昏迷的夜色裏，兩艘中型戰船迎頭駛至，且敲起命令他們停船的鐘聲。船上的少帥軍紛紛進入作戰的緊急狀態，陰顯鶴、侯希白、雷九指匆匆從船艙搶到甲板。戰士揭起掩蓋投石機、弩箭機的牛皮，嚴陣以待。雙方逐漸接近。

寇仲舉袖拭淚，不理來到他兩人身旁雷九指等人的駭然眼光，狂喝道：「老子寇仲是也，現在要去見杜伏威，誰敢阻我？立殺無赦。」

聲音遠傳開去，震盪大江，衆戰士齊聲喝應，豈知兩艘敵船，竟仍絲毫不讓的迎頭駛至。

在江戰一觸即發的當兒，敵船方面長笑聲起，道：「寇仲我兒！何事如此容易動氣？年輕人切戒小有所成而目空一切。」

寇仲從懷念傅君婥的傷痛中震醒過來，大感不好意思，應道：「原來是你老人家，請恕孩兒失態，爹教訓得好，孩兒以後會小心檢點。」

竟是杜伏威的座駕船。雷九指忙下令減緩船速，收起兵器。此時雙方逐漸接近，燈火映照下，兩艘船艦首處擠滿江淮軍，人人爭著來看寇仲的風采。

杜伏威被將領親兵簇擁在左方戰船平台上，神態欣悅，就像父親見到自己有爲的兒子，呵呵笑道：「不知者不罪，何況你是天下有數幾個夠資格這樣向輔公祏說話的人。哈！還有子陵來探我，我杜伏威不亦樂乎！」

徐子陵也不由對他生出孺慕之情，不但因他的神采丰度，更因無論杜伏威本身如何心狠手辣，但對他兩人確是特別鍾愛寵縱。一直以來，他都不太喜歡杜伏威，可是在這麼一個特別的晚上，於行駛大江的風帆上，沉醉在昔日傷痛又令人神迷的回憶的晚夜，徐子陵忘掉杜伏威的一切缺點。

三船擦身而過，寇仲和徐子陵騰身而起，投往杜伏威的船上。

「砰！」杜伏威一掌拍在桌上，整座艙廳像抖顫一下，喝道：「好！宋缺確是盛名不虛，我若說不，就不是杜伏威。」接著喝道：「人來！」

戰船掉頭追在少帥軍那艘風帆之後，三艘船逆流西進。親兵推門入來，施禮候命。

杜伏威淡淡道：「給我拿酒來。」

親兵領命去後，杜伏威向寇仲欣然道：「宋缺肯親自出馬助你爭天下，天下已是你寇仲囊中之物，爹只是錦上添花。由今晚開始，你得到爹公開的全力支持，沒有半點保留。」

三名親兵入廳爲圍桌而坐的三人上菜斟酒，然後退出門外。

「叮！」三個酒杯碰在一起。寇仲笑道：「爹不是錦上添花，而是名副其實的雪中送炭，現在北方風雪蔽天，有爹這麼一句話，南方各路人馬誰敢輕舉妄動，主動之勢全操控在孩兒手上，一洗頹氣。爹不知孩兒於洛陽之戰給折磨得有多慘，給李世民打得怕怕哩！幸好宋閥主答應爲我營造攻入關中前最優勝的形勢，孩兒才有偷懶開小差的機會。」

杜伏威皺眉道：「仲兒不怕宋缺會取爾而代之嗎？」

寇仲坦然道：「那將是孩兒求之不得的事，孩兒像爹般對做皇帝不大提得起興趣，只可惜被宋缺一口回絕。」

杜伏威點頭道：「那爹放心哩！宋缺說一就一，說二便二，出口的話從沒有不算數的。」

徐子陵問道：「爹準備到哪裏去？」

杜伏威微笑道：「爹正要到陳留見我杜伏威的兩個好孩兒，研究控制大江的策略，你們有甚麼意見？」

寇仲道：「這方面宋閥主早胸有成竹，爹不如繼續北上，到陳留與閥主碰頭，坐下來摸著酒杯底談笑間決定大江的命運，爹當然比宋缺對大江的形勢有更深入的認識。」

杜伏威哈哈笑道：「我對天刀慕名久矣，今天終有見面的機緣。」又訝道：「你們趕得這麼急？究竟要到何處去？」

寇仲湊到他耳旁，聚音成線說出取漢中直攻長安的大計，連楊公寶庫的祕密，也沒有絲毫的隱瞞。

杜伏威動容道：「你們竟有此著妙計，因緣巧合處，令人感嘆，何愁霸業不成？想起當年我為寶庫認識你兩個小子，到今天你們憑寶庫掌握天下的命運，世事之離奇變幻，莫過於此。」接著欣慰萬分的道：「你們是真的當我杜伏威是你們的老爹，否則絕不肯透露這天大的祕密。」

寇仲道：「人心險惡，孩兒們混了這麼多年，學曉不輕易信人，但爹怎同呢？我們是絕對的信任你、敬愛你！」

杜伏威親自為兩人斟酒，再盡一杯，正容道：「我兒和宋缺的結合，令天下形勢出現天翻地覆的變化，南方諸雄已不足為患，只餘被逐一殲滅的命運！現在關鍵處在於巴蜀的去向，誰能控制巴蜀，等於控制大江。巴蜀易守難攻，自古以來是戰亂中偏安之地，如被李淵得之，可以之為基地建設水師，順流沿江擴展勢力，佔領戰略據點；若我們得之，可直接威脅關中李唐的存亡。所以巴蜀不但是必爭之地，且是非爭不可。」

寇仲沉吟道：「現在洛陽落入李淵手上，若依巴蜀群雄與師妃暄的協議，巴蜀須歸附李唐，我們要控制巴蜀，必須先取漢中，才有籌碼逼解暉投降。」

杜伏威道：「據我所知，解暉仍是舉棋不定，因當地四大異族的族長均傾向宋缺，且宋家一向控制蜀郡的鹽貨，宋缺說一句不，沒有人敢運半粒海鹽到蜀郡去。在這種情況下，只要我公然表示全力助你，仲兒或可不費一兵一卒，逼解暉就範。那時仲兒可以奇兵突襲長安，不用因攻打漢中張揚其事，攻李淵一個措手不及。至於襄陽和附近諸城，可包在我身上。」

寇仲喜道：「爹所說的非常有道理。」

杜伏威嘆道：「爹自有你兩個孩兒後，心境變化很大，想起兩手血腥，便想多作點好事積積陰德。我的提議是爲蜀郡的百姓著想，解暉觸怒宋缺實屬不智，宋缺雖因女兒的關係不會要解暉家破人亡，卻肯定會逼解暉退隱，流血衝突在所難免。漢中是解暉的地盤和主力所在，攻陷漢中等於擊垮解暉。解暉眞不知自愛，宋缺豈是好惹的。」

徐子陵道：「解暉當年與師妃暄協議之時，並不曉得宋閥主會全力支持寇仲。」

杜伏威冷哼道：「可是解暉並沒有徵詢宋缺的意見，正犯宋缺大忌，而宋缺當時仍支持李密，解暉此舉擺明是見風轉舵，而宋缺最痛恨的就是這類不顧情義之徒。」

徐子陵欲語無言，想起嫁給解暉之子解文龍的宋玉華，心中暗嘆。

寇仲點頭道：「孩兒明白，我會到成都打個轉，向解暉痛陳利害，若他仍冥頑不靈，只好教他吃足苦頭。」

杜伏威道：「現在南方兵馬中，只蕭銑、輔公祏還有一戰之力，不過只要我們奪得江都，輔公祏那畜牲將被我們重重包圍，動彈不得。林士宏和沈法興正力抗宋智，誰都曉得他們不是宋智敵手，死期屈指可數。只要巴蜀落入我們之手，蕭銑只餘待宰的厄運，再破關中，天下將是我兒寇仲的天下。讓我們再喝一杯，預祝我們揮軍攻陷長安，完成不朽的大業。」

與杜伏威分道揚鑣，風帆繼續西上，船首插上杜伏威贈送的江淮軍旗幟，與少帥軍旗迎風拂揚，果然免去很多麻煩。經過丹陽水域時，遇上的不是輔公祏的水師，而是杜伏威旗下的戰船，可知杜伏威成功控制這段河道，壓得反叛他的輔公祏抬不起頭來。過歷陽後，徐子陵和寇仲告別雷九指等人，離舟登岸，依當年傅君婥領他們逃避宇文化及追殺的路線，往傅君婥埋下香骨的幽谷馳去。當到達昔年傅君婥為拯救他們，不惜犧牲性命勇退宇文化及的高山之頂，已是日落時分。寒風呼呼，不由遙想起該夜驚心動魄、令他們終身抱憾的一戰。黑沉沉的濃雲垂在低空，星月無光，山頭掉光葉子的小樹，在寒風下毫無抗拒之力地隨風扭垂，山野深處偶還傳來寒鴉淒切的哀啼，更添兩人心中愁思追憶。

寇仲頹然在一個淺洞前坐下，就是在那裏，他們偷窺傅君婥和宇文化及的生死決戰，道：「我忽然有萬念俱灰的感覺，任人如何努力，最後還不是落得一抔黃土，人生的苦苦追求，骨子裏有何意義可言。」

徐子陵移到崖緣，前方是在茫茫黑夜中起伏重疊的峰巒、呼號的北風、刺骨的寒意，令寇仲的語氣更充滿絕望、失落和無奈。沒有人比他更明白寇仲，他是個感情極端豐富的人，內心並不像他外表般的堅強，在洛陽之戰中他面對不斷的傷亡和死別，將他的情緒推至最低點，甚至後悔走上爭霸之路。此刻重回心傷魂斷的舊地，勾起久被埋藏對傅君婥之死的哀痛，遂生出心灰意冷的感觸。戰爭是個看誰傷得更重的可怕遊戲，寇仲雖得宋缺之助扭轉必敗的形勢，但已深深受到精神上的重創。

寇仲的聲音傳進他耳內道：「假若我們沒有得到《長生訣》，到今天我們仍是揚州城內的小混混。可是命運就是如此，娘因而在風華正茂時失去寶貴的生命。唉！老天爺要我們走上這樣一條崎嶇不平的路，有甚麼意思呢？」

徐子陵迎風深吸一口氣，沉聲道：「坐在這裏怨天怨地並不是辦法，因爲自古至今，從沒有人能掌握天命天意這類祕不可測、虛無縹緲的事情。唯一辦法是積極地對待已成事實的過去，勇敢闖向茫不可知的未來。過去的事永不能挽回，只要我們不辜負娘對我們的期望，令中土能和娘的祖國和平共處，娘在天之靈可以含笑安息。」

寇仲慘笑道：「子陵！我眞的很痛苦，痛苦到我根本不明白爲甚麼會如此失落沮喪？而矛盾的是最艱難的日子該成過去，但我卻半點感受不到勝券在握的快樂。反是在面對生死的戰場上，我因無暇想及其他，日子還好過點。唉！不知如何，當船駛經娘當日救起我們的水域時，我再也不能控制自己的情緒，想到即使得到天下，事實上仍無法改變已發生的任何事，而我將是徹頭徹尾的失敗者，再與快樂和幸福無緣。」

徐子陵轉過身來，迎上他熱淚滾動的雙目，嘆道：「直到此刻，我才眞正相信你是深愛宋玉致的，正因失去她，所以你感到甚麼爭霸天下，再無半丁點的意義。可是你卻再無退路，必須率領少帥軍，堅持至最後的勝利。」

寇仲熱淚泉湧，把臉埋進雙手裏，失聲痛哭，全身抽搐，受壓制的情緒，像洪水破堤般一發不可收拾。徐子陵曉得他不但爲傅君婥悲泣，爲宋玉致對他的永不諒解傷心欲絕，更是爲因他拋頭顱灑熱血壯烈犧牲的將士流淚！心中惻然，移到他身旁坐下，探手按上他背脊，柔聲道：「我明白你爲何哭得這麼淒涼，相信我，只要你有決心，曉得自己眞正的夢想是甚麼，總有辦法達到。」

寇仲抬起滿臉淚花的臉孔，停止哭泣，淒然搖頭道：「子陵不用安慰我，我已痛失得到幸福的機會。現在事情的發展，再不受我控制，我不但要對少帥軍負責，要對宋缺負責，更要對天下倒懸的老百姓負責。個人的得失在這樣的情況下，只有被擺在一旁。當日玉致離開後，我瞧著軍隊開赴東海，早把自己的處境瞧通瞧透。那時當然不敢當衆痛哭，所以要留到在娘前放肆。本想捱到娘的墳前哭個痛快，豈知到這裏已忍不住。」

徐子陵拍拍他肩頭道：「我不信你的分析，命運是出人意表的，試想想看，你有多少預測證明是對的呢？唉！我們去見娘好嗎？」

寇仲抹拭淚漬，語氣回復平靜，道：「我還想多坐一會兒。」徐子陵只好陪他默坐。

寇仲朝他瞧來，好半晌道：「我根本不是當皇帝的料子，對嗎？」

徐子陵凝望山頭上的夜空，淡淡道：「你或者不是當皇帝的料子，但你卻有治好國家的本質，因爲你沒有任何私心，看你的少帥國便明白。以後只要你選賢任能，武功又足以鎭懾塞內外，大亂後必有大治，所以我雖厭惡戰爭，仍是別無選擇的支持你，現在更要想方設法治療你受創的心靈。你很快就沒事哩！大喜大悲，在你來說是家常便飯。」

寇仲苦笑道：「還說是兄弟，又來耍我。不過哭一場後舒服多哩！你說得對！個人的榮辱得失比起萬民的苦難，算哪碼子的一回事！」

徐子陵道：「多說兩句粗話你會更舒服點。」

寇仲破涕爲笑道：「他奶奶的熊，你眞明白我。坦白說，你有沒有預感我將來會和致致有個幸福快樂的結局？」

徐子陵把他硬扯起來，勉強笑道：「從遇上你的第一天，便知道你是個有福氣有運道的大傻瓜，只可惜我不懂看相，故沒看出你竟有帝王運。來吧！別忘記我們此行是有特別的任務。」

寇仲探手摟著他肩頭佯怒道：「你要哄我也該哄得像樣子點，當我是三歲孩兒嗎？唉！我對你有個不情之請，希望陵少不要拒絕。」

徐子陵愕然道：「說吧！」

寇仲沉吟片晌，口齒艱難的說道：「我想請兄弟你幫個忙，去見致致，告訴她我深切懺悔以前的行爲，而我由始到終都是深愛著她，不能忍受失去她的內心痛苦，更不願她因我的劣行毀掉下半生。」

徐子陵皺眉道：「你認爲這樣做有用嗎？你該曉得她的性格，她對事物的觀察和判斷力，是你和我望塵莫及的。希白說得對，只有以實際的行動，表達你對她的愛意，把她感動至忘掉過去一切不愉快的事，你和她之間始能有轉機，其他一切只是徒勞。」

寇仲勉力站直虎軀，苦笑道：「何來這樣的機會呢？」

徐子陵沉聲道：「謀事在人，成事在天，你現在別無選擇，須擱下兒女私情，專心一志令天下回復統一和平。玉致小姐是明白大體的人，當認識到你所作所爲，均是爲萬民福祉，說不定會回心轉意。」

寇仲精神大振，點頭道：「對！這是唯一的方法，她因不想僚人被捲入戰爭旋渦中，所以反對宋家出兵，若我能令天下和平，她當然會有不同看法。」

徐子陵道：「眼前尚有緊迫的事，可使你和她改善關係，就是設法解決巴蜀的問題，愈少血流，玉致小姐愈明白你不是好戰和破壞和平的人。」

寇仲雙目重現光輝，仰望黑沉低壓的夜空，沉聲道：「對！幸得你提醒。戰爭太可怕哩！誰都消受不起，可免則免。坦白說，洛陽之戰後，我心中充滿復仇的意念，所以當我以為老爹那兩艘戰船是輔公祏的水師時，心中竟生出不耐煩，有大開殺戒之意。不過剛才痛哭一場後，本是充塞心中的仇恨雲散煙消，想到李世民亦是身不由己。不過無論如何，我是絕不會放過李元吉的，還有李建成，因為殺李建成是楊公死前的吩咐。」

徐子陵似聽到長安城內激烈的廝喊和戰鬥聲，在目前形勢的發展下，沒有人能改變這幾已注定的未來命運。

寇仲頹然步出小茅屋，來到在傅君婥墓碑前呆立的徐子陵旁，苦笑道：「我沒法說服他，他就像枯坐至心如死灰看破世情的老僧般，世上沒有能令他動心的事物，我還以為憑我三寸不爛之舌，怎樣都可說動他，此刻始知自己錯得多麼厲害。」

徐子陵心中暗嘆，當他見到宋師道不但為傅君婥立碑，更在墓旁自建簡陋的茅舍，擺明是要長伴心上人之旁，早知大事不妙，偏又毫無辦法。

寇仲懊悔道：「我們實在不應告訴他小谷的位置。他的爹說得對，你最心愛的女人就是你得不到的女人。這下怎辦好？」

徐子陵雙目凝望沒有寫上任何文字的空白墓碑，沉聲道：「你和二哥說過甚麼話？」

寇仲湊到他耳旁低聲道：「我說盡一切能想到的好話，例如須他幫忙勸美人兒場主站在我們這一邊諸如此類，都給他一口回絕。還說喜歡在小谷的生活，感到無比的滿足。我開始懷疑商秀珣對他的吸引力只是我們一廂情願的想法。」

徐子陵雙膝下跪，重重叩三個響頭，起立道：「我試試看！」

寇仲道：「說不動他我們只好離開，這種事是沒法勉強的，必須他心甘情願。」

徐子陵點頭答應，往亮起一點燭光的小茅舍走去。

茅舍內床几椅桌俱備，全是宋師道親手製造，簡單結實，宋師道安坐椅上，容色平靜，卻明顯比以前消瘦，令人感到幽谷清苦的生活。徐子陵在另一椅子坐下，與宋師道隔著小木几，淡淡道：「我在龍泉城街頭重遇妃暄，她一句無心的說話，把我的命運徹底改變過來，更令我在龍泉有一段畢生難忘，既神傷魂斷又是無比美麗動人的回憶。」

宋師道訝然往他瞧來，劍眉輕蹙道：「子陵當說客的本領確比小仲高明，令我不由生出好奇心，很想知道師妃暄說的一句是甚麼話。」

徐子陵搖頭道：「我不是要說服二哥去做任何事，只是害怕二哥重蹈我的覆轍。沒有妃暄那句話，我可能永遠不曉得自己錯過甚麼，辜負自己的生命倒沒甚麼要緊，因爲那是自己找的，自應承擔一切後果，付出代價，但辜負別人，卻是不可原諒的錯失。」

宋師道發呆片晌，嘆道：「說吧！師妃暄究竟說甚麼？」

徐子陵沉醉在當日美麗而傷感的回憶中，雙目射出緬懷的神色，輕柔的道：「她說我從不懂得去爲自己爭取，我卻誤以為她指我沒有追求她的勇氣。就是這個美麗的誤會，使我壓抑不下對她的愛意，與她發生一段純粹是精神上，始於龍泉、止於龍泉的熱戀。除寇仲外，沒有人曉得此事。我本不打算告訴第三個人，今晚在娘的身旁，忍不住向二哥傾訴。」

宋師道露出深思的神色，好一會吁出一口氣低聲道：「為何要告訴我？難道你認為我該去爭取商秀珣嗎？」

徐子陵柔聲道：「這只是故事的開端，妃暄這個勸告，是對我和石青璇的關係有感而發的。一直以來，我不敢對師妃暄有任何妄念，既怕被她看輕，更怕壞她清修，可是當愛火燃起時，發覺所有的人為抑制都是徒然。」

宋師道迎上他的目光，問道：「那你後來有沒有遵從師妃暄的忠告？」

徐子陵目光投往以小石鋪砌凹凸不平的地面，緩緩道：「妃暄之所以有此忠告，是因為曉得我沒有到幽林小谷見青璇，竟不辭而別，卻不知我因誤解青璇，以為她對我沒有愛意，心灰意冷下黯然離蜀！可是當我再到小谷探望青璇，才曉得自己差點錯過生命最大的轉機。若沒有妃暄的忠告，我和青璇將形單影隻的各自度過餘生。」

宋師道雙目射出複雜的神色，劍眉輕蹙道：「子陵是玲瓏剔透的人，怎會對石青璇有此誤會？」

徐子陵嘆道：「因為她告訴我要保持獨身的生活，這句話對我造成嚴重的傷害。事後想起來，我才知道自己對她的鍾情深愛，絕不在妃暄之下。我和妃暄的事已告終結，若我不去爭取青璇，只證明我對她的愛仍未足夠，真正的愛是可以推倒任何人為的障礙，並可以為對方作出任何犧牲的。」

宋師道一顫道：「我明白你這番話的用意，唉！我該怎辦呢？」

徐子陵道：「二哥勿怪我過於坦白，娘只是二哥不能自拔的一個既美麗又悲痛的夢！我和寇仲敢肯定娘對二哥很有好感，所以帶我們應邀登上二哥的船，只恨時間根本不容你們間有發展的機會。二哥和娘有些像我和妃暄，始於丹陽，止於大江。假設娘沒有死，由於高麗和我們間的民族仇恨，她恐怕會像妃暄般對二哥有同樣的忠告，現在只是由我和寇仲代她說出來。二哥到小谷隱居伴娘，為的是自己，若二哥肯隨我們到飛馬牧場，為的卻是商秀珣，而那就要看二哥對商秀珣的愛有多深。至於事情的成與敗，反是次要。」

宋師道怔怔的呆望著地面，倏地立起，雙目芒光閃閃，斷然道：「好吧！我就隨你們走一趟飛馬牧場。」

徐子陵道：「不是隨我們去，而是二哥單刀赴會，以顯出二哥的誠意和勇氣。」

宋師道為之愕然時，一直在外竊聽的寇仲旋風般衝進來，嚷道：「我為二哥收拾行裝，立即起程。」

寇仲和徐子陵把宋師道送抵飛馬牧場山道的入口處，告別分手，趕往巴蜀。寇仲尚是首次入蜀，既心儀蜀道難行的險峻奇景，又不想錯過三峽雄奇的風光，猶豫不決時，徐子陵為他作出選擇道：「將來若你一統天下，必會在巴蜀集結水師，順流攻打蕭銑，而不會自討苦吃走蜀道，所以這次還是享受穿山過嶺的樂趣吧！」

寇仲有感而發道：「自離開揚州後，我們還是第一次不用偷偷摸摸，左閃右躲的到一處地方去，這感覺是多麼動人。」

議定後兩人循徐子陵當年入蜀的路線，先抵大巴山東的上庸城，入住客棧，養足精神準備明早登山入蜀。此城本在朱粲的手上，現下因朱粲敗亡而形勢曖昧，由地方勢力主持大局，採取觀望的態度，暫保中立。

兩人到澡堂痛快地浸沐一番後，徐子陵回房打坐，寇仲則往外打聽消息，半個時辰後回來道：「謠言這東西確是千奇百怪，層出不窮，無論如何荒誕的話，總有相信的人和市場。」

靜坐一角的徐子陵瞧著神情興奮的寇仲大字平攤連靴不脫的往床上躺下，皺眉道：「這張好像不是你今晚睡的床，對嗎？」

寇仲呵呵笑道：「陵少何時變得這般愛整潔起來？定是因認識妃暄這粒塵不沾的美人兒後養成的習慣。」

徐子陵沒好氣道：「少說廢話，甚麼消息令你如此興奮？」

寇仲在床沿坐起來，欣然道：「老爹沒有誆我們，他已向天下公告全力支持我統一天下，消息轟動這個偏遠的小城，街上沒有人的說話可離開此話題，把李小子攻陷洛陽的威風全掩蓋過去。另外最多人談論的是宋缺，大部分人均相信宋缺肯兵出嶺南，天下再非是李家的天下。更精采處是我在這裏的聲譽極佳，人人都說我少帥國的人民不用納稅，不用被迫當兵。哈！不是不用課稅，只是稅額輕許多而已！」

徐子陵不解道：「這些不算得是謠言，為何你說謠言滿天亂飛？」

寇仲欣然道：「我是把謠言經我的小腦袋過濾挑選後告訴你，當然沒有人更比我曉得孰眞孰假。我不敢肯定的是巴蜀的情況，有個從巴蜀商旅聽回來的消息是解暉不理四大族的反對，一意孤行召唐軍入蜀，希望這是謠傳，否則戰亂難免。」又笑道：「若這還不夠離奇，尚有另一版本，就是西突厥與李世民暗結聯盟，對抗東突厥的頡利和我們的兄弟突利，教人聽得啼笑皆非，李世民哪有機會和西突厥扯上關係。」

徐子陵沉聲道：「你好像忘記雲帥曾到過長安。」

寇仲微一錯愕，點頭道：「我眞糊塗，雲帥是西突厥的國師，以他的手段才智，入寶山理該不肯空手回。只要透過長安聚族而居的波斯商，可神不知鬼不覺的與李世民祕密會面。」

徐子陵不解道：「這樣一則理應屬最高機密的消息，怎可能從巴蜀這風馬牛不相及的地方傳出來？」

寇仲露出凝重神色，沉聲道：「空穴來風，非是無因，據傳解暉之所以敢一意孤行，不理四大族的反對，正因有西突厥人和黨項兩大西塞異族在撐他的腰，所以現在獨尊堡不時見到大批西域人出入。」

徐子陵皺眉道：「這會大增我們說服解暉的困難度。」

寇仲拍床道：「李世民這一手眞漂亮，透過巴蜀西面的外族控制解暉，難怪解暉敢冒開罪我未來岳父之險，因他有說不出口來的苦衷。」

徐子陵搖頭道：「我從希白那裡聽過他行事爲人的作風，絕不似會受威脅屈服的那種人，內中應另有曲折，說到底我們並不了解解暉。」

寇仲點頭道：「說得對！宋缺首要攻佔的兩個目標，分別是漢中和襄陽。若取漢中，對解暉可說是不留絲毫餘地，可知他老人家沒有與解暉談判的興趣，因曉得解暉選擇站在李世民的一方。不知解暉用的是甚麼兵器？他在江湖上的名聲地位接近我未來岳父，該不會是等閒之輩。」

徐子陵道：「只從安隆對他的畏敬，可知他無論如何窩囊亦有個底限。至於他用甚麼兵器，我不清楚。」

寇仲苦笑道：「我們儘量避免流血的努力宣告完蛋大吉，只能看看誰的拳頭夠硬。」

徐子陵搖頭道：「爲了玉致和二哥的大姊宋玉華解夫人，我們怎可輕言放棄？我們更要爲無辜的百姓著想。」

寇仲陪笑道：「是小弟胡說八道，待我想想！唉！眞抱歉，我的腦子一片空白，看來只好隨機應變。」

徐子陵同意道：「我的腦袋像你般空白，唉！這叫節外生枝，頗有令人措手不及的無奈感覺。」

寇仲嘆道：「誰叫我們的對手是李世民，主動永遠掌握在他手上，此著極似他一貫的作風。唯一令人難解者，如此見不得光的事，爲何竟變成滿天飛的一項謠言？傳入李淵耳內，李淵會有怎樣的反應呢？」

徐子陵沉吟道：「我有直覺這不是無中生有，而是有人故意洩漏，目標是打擊西突厥或李世民。因爲任造謠者想像力如何豐富，仍該聯想不到李世民與西突厥的統葉護有祕密協議。」

寇仲嘆道：「假如事情屬實，李世民眞教人失望，那與勾結頡利有甚麼分別？」

徐子陵道：「當然大有分別，在塞外的草原爭霸上，西突厥的統葉護一向屈處下風，假若統葉護向頡利投降，中原將要同時應付從北疆和西疆入侵的敵人。所以支撐西突厥，以夷制夷，是戰略上的需要。」

寇仲冷哼道：「說不定李世民另有私心，見形勢不妙時可立刻溜往巴蜀，連西突厥以抗唐室中央。

他奶奶的熊，我的原則是絕不容任何外族踏足我漢土半步。」

徐子陵苦笑道：「實情如何，我們到成都弄清楚情況再說吧！或者事情並非如我們想像般那樣。」

寇仲道：「我們該祕密潛入成都，還是大模大樣的經門關入城？」

徐子陵道：「悉從尊便，成都仍非李家的天下，由解暉和四族攜手管治，諒解暉不敢隨便動粗。」

寇仲笑道：「動粗又如何？我兩兄弟再非初出道的嫩傢伙，甚麼場面沒有見過。兵來將擋，水來土掩，他奶奶的熊，若解暉敢強來，我們何須客氣？」

徐子陵道：「又來哩！小有成就立即氣燄十足，豈是大將之風，我們現在是去求和而非求戰。」

寇仲雙目精芒電閃，沉聲道：「我不是小勝而驕，只是人變得更實際，沒有強大的武力支持，誰有興趣聽你的話。能戰而後能和。我所謂的向解暉痛陳利害，『利』是指他可保家安蜀，『害』則是家毀人亡。我要他認識到縱使不是大軍犯境，我們兩兄弟也足可鬧他一個天翻地覆，不但和他鬥力，更與他鬥智。」

徐子陵默然片晌，終同意道：「我雖不願意承認，但你提出的方法可能是唯一的方法，就這麼決定吧！」

寇仲道：「假若解暉搶先一步，將漢中拱手送給李淵，那時說甚麼都是廢話，我們該怎麼辦？」

徐子陵露出凝重神色，道：「希望老爹支持你的消息先此一步傳到巴蜀，因為解暉和老爹的降唐，都是由妃暄從中穿針引線，老爹的毀諾對解暉會是一種啓示，令他三思而行。」

寇仲道：「李淵殺李密實是大錯特錯的一著，李元吉當眾處決竇建德更是一錯再錯，且顯示李世民在現今的情勢下無力維護向他投誠的人，而李淵更是毫不念情。巴蜀能否避過戰禍，決定權不在我們，而在解暉手上。」

徐子陵道：「抵成都後，我們要設法和解夫人碰個頭，這可對事情有進一步的了解，鄭石如應可在這方面幫我們的忙。」

寇仲一呆道：「你是說『河南狂士』鄭石如？他和致致的大姊有何關係？」

徐子陵解釋道：「他的心上人是我們認識的長江聯女當家鄭淑明，後者是解夫人閨中密友，鄭淑明可為我們作出妥善安排。」

寇仲雙目燃亮，道：「幸得你提醒，大江聯結合在長江混的六個有勢力的幫會門派，影響力不容忽視，若鄭淑明肯站在我們一方，對解暉會生出龐大的壓力。」

徐子陵點頭道：「你可以試試看，鄭石如是你未來岳丈的崇拜者，會對大江聯曉以利害，有利你遊說成功。更要爭取且是可以爭取的是羌、瑤、苗、彝四族，他們一向支持宋缺，有他們與你站在同一陣線，解暉應是獨力難支。」

寇仲從床上跳將起來，嚷道：「我再沒有絲毫睡意，不如找間飯館餵飽肚子立即動程，免致錯失時機。」

徐子陵長身而起，道：「好吧！」

兩人收拾好簡單的行李，離開客棧，塡滿肚子後，踏上入蜀的旅程。

第四章

仙蹤再現

第四章　仙蹤再現

寇仲為徐子陵斟滿一杯茶，欣然道：「請陵少用茶，天氣這麼冷，趁熱喝啊！」

徐子陵訝道：「為何忽然變得這麼客氣？」

兩人黃昏時完成蜀道之旅，踏入蜀境。以他們的體能也感不支，於入蜀境後毗連的一個驛站的簡陋旅舍投宿，梳洗換衣後到食堂用飯。食堂只得他們一檯客人，夥計奉上飯菜後不知溜到哪裏去，寒風呼呼從門縫窗隙吹進來，故寇仲有天氣寒冷之語。

寇仲摸摸再吃不下任何東西的鼓脹肚子，笑道：「我是感激你走蜀道的提議，使我樂在其中，暫忘戰爭之苦，另一方面是藉你來練習謙虛，免致小勝而驕，變成妄自尊大的無知之徒。唉！不知是否得不到的東西最珍貴這道理可照搬過來用在做皇帝上，我眞的愈來愈不想做皇帝，那怎及得上與陵少無拘無束遊山玩水的樂趣，當坐上那龍座時只是蓋章畫押已忙得烏煙瘴氣。」

徐子陵嘆道：「早知如此，何必當初。你現在是勢成騎虎，難道要玉致做別人的皇后嗎？」

寇仲重提道：「我眞怕漢中已落入李淵之手，事情將難以善罷。咦！有人來！」

蹄聲自遠而近，由官道傳來，值此嚴寒天時，蜀道商旅絕跡，蹄音忽起，兩人均有衝著他們來的感覺。

徐子陵細聽道：「七至八騎，趕得很急。」

馬嘶響叫，顯然是來騎收韁勒馬，在旅館外下馬。

有人低喝道：「你們在外面把風。」

寇仲愕然道：「聲音熟悉，究是何人？」

徐子陵目光投向緊閉的大門，大門「咿呀」一聲被來者推開，寒風湧入，吹得食堂數盞風燈明滅不定。

寇仲定神看去，一拍額頭與徐子陵起立相迎，笑道：「難怪這麼耳熟，原來是林朗兄！」

林朗先把門掩上，施禮道：「林朗謹代表我們烏江幫老大沙明恭迎少帥和徐爺。」

徐子陵想起當日從水路離開巴蜀，由侯希白安排坐上林朗的船，就是在那趟航程遇上韓澤南一家三口，還有雷九指，被賴朝貴騙掉身家的公良寄，他和寇仲、雷九指遂聯手為公良寄討回公道。眼前驟現故人，種種往事如剛在昨天發生，心中歡悅，笑道：「大家兄弟，說話為何這麼見外，坐下說。」

林朗哈哈一笑，欣然坐下，瞧著寇仲親自為他取杯斟茶，道：「小弟剛才是代表敝幫說話，當然要依足禮數。能認識兩位，是我林朗一生最引以自豪的榮幸。」

寇仲放下茶壺，微笑道：「我們還不是人一個，不會長出三頭六臂，且一日是兄弟，終身是兄弟，來喝一杯！」三人以茶當酒，盡勝盡興。

寇仲道：「何不把林兄的兄弟喚進來避風？」

林朗道：「一點小苦頭都吃不消，怎麼出來混？何況我們的話不宜入第四者之耳。」

徐子陵問道：「林兄的時間拿捏得非常準確，像是和我們約定似的。」

林朗道：「自雷大哥通知我們兩位會來巴蜀，我們一直密切留意入蜀的水陸兩道，還是我最有運道，只等兩天，就碰上兩位爺兒。」

寇仲故作不耐煩道：「又來哩！甚麼爺前爺後、爺長爺短的？他叫小徐，我叫小寇，你叫小林。哈！小寇有點不妥，像當小毛賊似的，還是小仲或阿仲吧！」

林朗露出受寵若驚的神情，感動的道：「能交到徐兄和少帥兩位肯念舊的朋友，確是我的福氣。」

徐子陵道：「成都發生甚麼事？為何要在我們到成都前先一步截著我們？」

林朗道：「巴蜀現在的形勢非常緊張，宋缺的水師在我離開成都的前一天以壓倒性優勢兵不血刃的進佔瀘川郡，把解暉的人全體逐出，以後任何人想從水道離蜀，都要得宋家軍點頭才成。」

寇仲和徐子陵聽得頭皮發麻，宋缺用兵確有鬼神莫測的本領，要知瀘川位於成都之南，處於大江和綿水交匯處，從那裏逆江發兵，兩天可開至成都，緊扼成都咽喉。瀘川失陷，解暉勢將被壓得動彈不得。看似簡單的行動，其中實包含長年的部署和計畫，攻其不備，令瀘川郡解暉方面的人馬全無頑抗的機會。

寇仲道：「解暉有甚麼反應？」

林朗道：「當然是極為震怒，宣布絕不屈服。現在正從各地調來人手，防衛成都。更在與四大族談判決裂後，下令四大族的人離開成都，巴蜀內戰一觸即發。雷大哥和侯公子怕他引入唐軍，又怕你們不明白情況貿然入城，所以著我們想辦法先一步通知兩位。」

徐子陵大感頭痛，難道寇仲一語成讖，巴蜀的事只能憑武力解決，看誰的拳頭硬？

寇仲沉聲道：「解暉是否意圖重奪瀘川？」

林朗露出不屑神色，冷哼道：「他能保著成都已相當不錯，豈敢妄動？不過若唐軍入蜀，形勢卻不敢樂觀，成都雖位處平原，但城高牆厚仍不易攻破。」他顯然站在寇仲的一方，從這身分角度看巴蜀的情況。

寇仲道：「入蜀前，我們聽到消息指李世民和西突厥的統葉護結盟，所以統葉護夥同黨項助李世民保巴蜀，是否確有其事？」

林朗道：「的確有這謠傳，卻無人能分辨眞假。不過巴蜀四周崇山峻嶺環繞，北有秦嶺、巴山，東爲巫山阻隔，西有岷山千秋積雪，南則武陵、烏蒙山脈綿亙，成爲隔絕的四險之地，惟只陸路的蜀道和三峽水道作交通往來，西塞外族即使有意沾手巴蜀，亦有心無力。」

徐子陵道：「那是否有大批西突厥和黨項的人出入獨尊堡呢？」

林朗道：「近日成都是多了一批西域人，但不清楚他們與解暉的關係。他們包下五門街的五門客棧，人數在五十人間，有男有女。」頓頓後冷哼道：「解暉不自量力，竟妄想對抗宋缺，令人百思不得其解。以前還說李唐聲勢與日俱增，一時無兩，宋閥偏處嶺南，鞭長莫及。可是現在少帥軍助守洛陽一戰以寡抗衆，雖敗猶榮，且沒有失去半分土地，宋缺更率大軍出嶺南支持少帥，杜伏威又公開宣布站在少帥一方，天下形勢逆轉，沒有人明白爲何解暉仍投向殺李密誅建德的李淵。」

寇仲愕然道：「消息傳播得這般快，你老哥好像比我更清楚情況。」

林朗點頭道：「確有點奇怪！以往有關蜀境外的戰爭情況，要經過頗長的一段時間事情才會逐漸清晰，但這次有關少帥征南伐北的彪炳戰績，卻是日日新鮮、源源不絕，最後且證實非是謠言。」

徐子陵暗讚石之軒掌握宋缺心意的精準，藉消息的傳播把天下人民潛移默化，種下寇仲仁義無敵的形象，蓋過李世民的鋒頭，展露李淵的不仁不義，此正兵法最高境界的「不戰而屈人之兵」精采絕倫的運用，宋缺在這方面的手段出神入化，教人嘆爲觀止。以往李世民所到處人人望風歸附的日子，在寇仲冒起後，將一去不返。

林朗續道：「尤其是杜伏威宣布江淮軍投向少帥，令解暉陣腳大亂，羌族的『猴王』奉振、瑤族的『美姬』絲娜、苗族的『鷹王』角羅風、彝族的『狼王』川牟尋聯合表態支持宋缺，導致與解暉關係破裂，到宋缺佔領瀘川，解暉不理兒子反對，一意孤行要把四族的人逐離成都，號召成都人支持他，當然是反應冷淡。聽說他下面很多人不同意他的主張，認爲巴蜀至少該維持中立。」

寇仲不解道：「他有甚麼本錢？」

林朗不屑道：「他哪來抗宋缺的本錢可言？現在成都屬他獨尊堡系統的人馬肯定不過萬人，比起宋家軍只是不堪一擊的烏合之衆。據傳解暉派人往長安求援，但遠水難救近火，李唐剛得洛陽，陣腳未穩，又要應付爲竇建德起兵復仇的劉黑闥，自顧不暇，解暉選擇忠於李淵，沒人不認爲是自尋死路。」

寇仲訝道：「你老哥眞有見地，把情況看得如此透徹。」

林朗赧然道：「這消息是由長安方面傳來的，故人人深信不疑。」

寇仲拍桌道：「我的未來岳丈眞厲害。」

徐子陵點頭同意，只有他明白寇仲有感而發的這句評語，林朗則聽得一臉茫然。

寇仲沒有向林朗解釋，只道：「成都現在情況如何？」

林朗道：「解暉嚴密控制成都，門關緊張，受懷疑者不准入城，子時後實施宵禁直至天明。雷大哥、侯公子和蝶公子在我們安排下避往公良寄在成都的老宅，所以我必須先一步通知你們，我有辦法把你們弄進城內去。」

寇仲哈哈笑道：「多謝林兄好意，不過我兩兄弟想堂堂正正的入城，愈轟動愈好。」

林朗色變道：「可是解暉人多勢衆，我怕你們會吃虧。」

寇仲瞧徐子陵一眼，見他沒有反對，膽子立即大起來，壓低聲音道：「我們甚麼場面未見過，只要做足準備工夫，我有把握一舉粉碎解暉的信心和鬥志。」

林朗皺眉道：「甚麼準備工夫？」

寇仲欣然道：「這方面由你老哥負責，只須動口而不便動手，把我們要到成都與解暉面對面談判的消息廣爲傳播，愈多人曉得愈好。我們在這裏逗留兩天養精蓄銳後始上路，希望到達成都時，成都城內沒有人不知此事。」

徐子陵淡淡道：「何不由你寇少帥親自執筆，修書一封，請人送予解暉，說你在某日某時到訪，要面對面與他作友好的交談，不是更有派頭嗎？」

林朗讚許道：「我只要把投拜帖的事傳開去，更有根有據。」

寇仲抓頭爲難道：「可是白老夫子尚未傳我如何寫信的祕訣。」

徐子陵忍俊不住笑起來道：「放著代筆操刀的高手侯公子不用，你當他奶奶的熊甚麼少帥，此叫用人之術，橫豎巴蜀沒人見過你畫押，可一併請希白代勞。」

寇仲大笑道：「我眞糊塗，就這麼決定。解暉啊！這將是你最後一個機會，不好好把握，定要後悔莫及。」

與林朗在驛站碰頭的兩天後，寇仲和徐子陵動身往成都，爲避人耳目，他們不走官道，攀山過嶺的趕路。當成都在望，天仍未亮，城門緊閉。兩人藏身在成都東面五里許外一處與林朗約定的密林中，靜候城門開放的一刻。他們盤膝坐在樹林邊沿，感受著黎明前的清寒和寂靜，默默瞧著天色由暗轉明。

寇仲像不敢驚擾四周莊嚴寧和的氣氛，輕輕道：「我現在最害怕的事，是米已成炊，解暉引唐軍入蜀，那就只餘武力解決一途。」

徐子陵搖頭道：「我看解暉不會如此不智。宋缺兵鎮瀘川，是向他發出警告，只要唐軍入蜀，他立即以雷霆萬鈞之勢攻擊成都，由於得四大族呼應，解暉確是不堪一擊。成都若入宋缺手中，入蜀的唐軍將陷進退維谷的劣局。」

寇仲皺眉道：「唐軍死守漢中又如何？」

徐子陵淡淡道：「沒有李世民，漢中何足懼哉？」

寇仲沉吟道：「巴蜀可說是關中的大後方，如入我之手，將開啟從南面攻打長安的方便大門，李淵將門出身，該曉得漢中的重要性不在襄陽之下。雖沒有李世民在主持大局，此仗也並不容易打。」

徐子陵道：「你是心中有鬼，所以生出李淵不得不護守漢中的看法。事實上李淵根本不怕你進軍長安，還歡迎你去送死。當你因攻打長安傷亡慘重時，關中各城諸路唐軍齊發，在正常情況下，少帥軍勢將全軍覆沒。若我是李淵，絕不會抽空長安兵力去守只有長安十分之一規模和防禦力量的漢中城。」頓了頓續道：「李淵既是將帥之才，該著眼全局，先全力平定北方，蕩平劉大哥的河北餘黨，待風雪過後，分兵南下，攻打彭梁和老爹，這才是正確的策略。誰想得到你有楊公寶庫此一奇著。唉！」

寇仲安慰道：「妃暄絕不是這種人，我有百分百的信心。」

破風聲起，自遠而近，來的是雷九指、侯希白、陰顯鶴和林朗，此時天色大明，城門開啟，四人出城來迎。寇仲、徐子陵起立迎接。

雷九指入林後劈頭道：「你們若不想由城門口直殺到蜀王府，最好由我們設法偷弄你們進去。」

寇仲訝道：「解暉從獨尊堡遷進蜀王府嗎？」

侯希白嘆道：「解暉接信後，把獨尊堡的婦孺和族內大部分子弟兵撤往城內的蜀王府，獨尊堡現在只得數十人留守，只是這行動，可看出解暉不惜一戰的決心。成都沒人明白解暉怎會下這麼大的決心，孤注一擲的投向李淵。」

林朗道：「我們在東門交信後，一直留意解暉的動靜，發覺他立即加強城防，還從附近調來人手，我怕他誤會寇兄是向他下戰書。」

侯希白苦笑道：「我代少帥寫的信用辭小心，給足他面子，他該不會看不懂我們求和之意。」

雷九指悶哼道：「解暉冥頑不靈，任你在信內寫得天花亂墜，他看不入眼奈何！」

徐子陵問道：「瀘川的宋家軍有甚麼動靜？」

林朗道：「瀘川宋家軍由宋家後起一代著名大將宋法亮指揮，正不住集結物資兵力，又往四周城鎮擴展，北攻成都的意圖非常明確。我們把少帥向解暉投帖問路一事廣爲傳播，四大族聞訊後宣布結成四族聯盟，聲稱歡迎少帥來蜀，弄得成都形勢更趨緊張。」

寇仲皺眉道：「四族在城內仍有據點嗎？」

林朗道：「成都一向是諸族聚居之地，四族在城內勢力根深柢固，豈是解暉說趕便趕得走的。現在城內十多個里坊仍控制在四族手上，少帥可說來得及時，令解暉暫緩向四族開戰的危機。」

雷九指道：「依我的意見，你們最好從南門入城，先和四族首領套交情，然後設法與解暉坐下來把事情解決。」

寇仲露出充滿自信的微笑，搖頭道：「這只會促成內戰，我仍堅持從東門入城，解暉若然動粗，我會教他大吃苦頭的。」

徐子陵皺眉道：「你不是準備大開殺戒吧！一旦開始流血，情況將一發不可收拾。」

寇仲從容道：「陵少放心！我們是來求和不是求戰。說到底，由於四大族在旁虎視眈眈，解暉當不敢調動全城人馬來圍攻我們，更何況解暉內部不穩，頂多調派一些心腹手下來動手，我們則進可攻，退可逃。不是我自誇，憑我兩兄弟現在的功夫，解暉仍未有留下我們的資格。」

一直沉默的陰顯鶴插入道：「還有我陰顯鶴。」

寇仲笑道：「希望不用陰兄動手助拳，你們先回城內作旁觀者，半個時辰我和陵少會堂而皇之的從東門入城，看解暉是否屬明白事理的人。」

寇仲和徐子陵談笑自若的沿官道朝東門走，徐子陵固是沒有武器，寇仲因把井中月和刺日弓藏在楚楚爲他縫製、曾飽受劫難的羊皮外袍內，表面亦是兩手空空，沒有絲毫殺伐的意味。

寇仲笑道：「生命最動人的地方，是沒有人能逆知下一刻會發生甚麼事，有甚麼變化。像我們現在的情況，入城後解暉會怎樣對付我們，或索性拒絕我們入城，想想也覺有趣。」

徐子陵嘆道：「你的膽子愈來愈大，會不會是過於自信？以現在的形勢，我們這樣入城，是逼解暉不惜一切的殺死我們，否則他威信何存？」

寇仲不同意道：「解暉終在江湖混過，俗語又有云兩國相爭不斬來使。至少解暉會和我們見個面，聽聽我們有甚麼話說。」接著苦笑道：「若非看在玉致的情分上，我定不會到城內冒險，所以有一線機會，我也要爭取，希望只須動口不用動手。」

徐子陵沉聲道：「我是因同一理由，陪你做送兩頭肥羊入虎口的傻瓜。不過仍擔心一個不好，會立即觸發解暉跟四大族的內戰。」

寇仲聳肩道：「解暉應不是如此愚蠢的人，所以危與機是兩者並存，就看我們的應對。」

城門在望，他們從外瞧去，不覺任何異常的情況，唯一令人不安的，是沒有平民百姓出入，整條官道空寂無人，只他兩兄弟悠然漫步。驀地蹄聲響起，十多騎從城門衝出，筆直朝兩人馳來。

徐子陵立定道：「帶頭的是解文龍。」

寇仲退回他旁，凝神瞧去，沉聲道：「見不到解暉嗎？」徐子陵搖頭表示沒有見到。

十多騎勒馬收韁，戰馬仰嘶，在解文龍帶頭下，十多騎同時下馬，整齊劃一，人人年輕力壯，體型壯碩慓悍，均是獨尊堡後起一代的高手。

解文龍趨前兩步，來到兩人半丈許處施禮道：「解文龍謹代表獨尊堡恭迎少帥和徐公子大駕。」

兩人聽得你眼望我眼，這樣的接待，大出乎他們意料之外，當然也可能是解暉來個先禮後兵，待他們陷入絕境時方顯露真面目。

寇仲呵呵一笑，還禮道：「解兄不用多禮，折煞小弟哩！我們不請自來，唐突無禮，解兄勿要見怪。」

解文龍忙道：「哪裏！哪裏！」說罷令人牽來兩匹空騎，道：「家父在城中恭候兩位大駕，請讓文龍引路。」

雙方踏蹬上馬，寇仲居中，徐子陵和解文龍策騎左右，在十多騎簇擁下，往東門緩馳而去。

寇仲在馬上向解文龍問道：「嫂子好嗎？」

解文龍可能沒想過寇仲會以如此親切友善的態度語氣跟他說話，微一錯愕，接著神色轉黯，頹然道：「近日發生的每一件事，均是她不願見到的，少帥認爲她近況會是如何呢？」

寇仲嘆道：「這正是我和子陵來訪成都的原因，希望化戾氣爲祥和。坦白說，直至此刻小弟仍不明白大家因何弄至此等田地？」

解文龍目注前方，木無表情的道：「有些事文龍不方便說，家父自會給少帥一個明白。」

寇仲聽得心中一沉，照解文龍的神態語調，解暉肯和氣收場的機會微乎其微。尚可慶幸的是解暉願意與他們說話，表現出與宋缺齊名的巴蜀武林大豪的氣度。徐子陵卻於解文龍說這番話時，心中湧起奇異莫名的感覺，似像在城內等待他們的，不只是解暉和他的解家軍那麼簡單，至於還有甚麼人，他卻沒法具體想出來。

三騎領頭馳進門道，守城軍列隊兩旁，排至城門入口處，每邊約五十人，同時高聲舉兵器致敬禮，揚聲致喏，回盪於門道的空間內。可是比起當日龍泉城外面對金狼軍的千兵萬馬，這種氣勢只屬小兒科。見微知著，解家軍無可否認是一支精銳的勁旅，非是烏合之衆，故能令解暉於隋亡後穩撐著巴蜀的局面，保持偏安，沒人敢來犯。而這情況終被本與解暉關係最密切的宋缺打破。連接城門出口的大街不見半個行人，店舖閉門，一片山雨欲來前的緊張氣氛。

寇仲和徐子陵的目光直抵長街遠處負手獨立，值此寒冬時分，仍只是一襲青衣，外罩風氅的中年人，比對起兩旁全副武裝的戰士，使他分外有種超然的意味。此人額高鼻挺，膚色黝黑，神情倨傲冷漢，隨隨便便的站在那裏，自有一股威鎮八方的霸道氣勢，雖稍遜宋缺那種睥睨天下、天地任我縱橫的氣概，仍可令任何人見而起敬，印象深刻。身上沒佩任何兵器，不過誰也不敢懷疑他具有凌厲的殺傷力。寇仲和徐子陵暗叫不妙，解暉正是那種絕不受威脅的人，擺出此等陣仗，表明不怕硬撼的鬥志和信心。

解暉隔遠淡然自若道：「本人解暉！歡迎少帥與子陵光臨成都。」

聲音悠然傳來，沒有提氣揚聲，每音每字均在兩人耳鼓內震鳴，單是這功力，足令兩人生出謹慎之心，不敢大意輕敵，連可從容逃退的信心亦告動搖。人的名聲，樹的影子，解暉當然非是等閒之輩。

寇仲在馬上抱拳應道：「堡主於百忙中仍肯抽空見我們兩個未成氣候的小子後輩，是我們的榮幸。」

解暉哈哈笑道：「江山代有才人出，少帥謙虛哩！現在天下誰不曉得兩位大名。」

寇仲爲表示尊敬，於離解暉五丈外下馬，其他人連忙跟隨。空寂的大街本身自有其靜默的壓力，令人有透不過氣的感受。雙方對答的音響回盪長街，氣氛沉凝，充滿大戰一觸即發的內在張力。解暉沒有分毫一言不合即動干戈的意思，雙目射出複雜難明的神色，凝視寇、徐兩人，又以徐子陵吸引他大部分的注意。

其他人仍立於下馬處，由解文龍陪兩人朝解暉走去。寇仲和徐子陵見慣場面，雖處身危機四伏的險地，仍是那副從容不迫的態度。

解暉兩眼射出讚賞的神色，大大沖淡原本鬱結於雙目的肅殺神情，微笑道：「兩位千里而來，解某準備好一桌清茶素點，爲兩位洗塵。」

寇仲和徐子陵聽得你眼望我眼，既爲解暉肯坐下來和他們說話意外，更爲是清茶素點而非美酒佳餚百思不得其解。

寇仲暗感不妥，卻沒法把握到不妥當在甚麼地方，忙道：「承蒙堡主盛意款待，大家可以坐下喝杯清茶，談天說地，人生還有甚麼比這更愜意的事？」

徐子陵一顆心則不受控制的劇動幾下，隱隱預感到某些完全在他們想像之外的事正在前路上等待他們。

解暉現出一絲苦澀無奈的笑意，微一點頭，輕呼道：「啓門迎賓！」

「咿呀！」在四人立處，左方一所原是門扉緊閉的菜館大門，中分而開，兩名解家戰士神態恭敬的從內而外的推開大門，動作緩慢穩定，逐分逐寸顯露菜館大堂的空間。本應排滿桌子的菜館大堂似乎只餘正中一桌，予人異乎尋常的感覺。可是吸引兩人注意的，卻是安坐於桌子朝街那邊椅上一塵不沾的動人仙子，她正以恬靜無波的清澈眼神，凝望街上的寇仲和徐子陵。徐子陵甚麼井中月、劍心通明全告失守，虎軀劇震。

寇仲不比他好上多少，猛顫失色驚呼道：「妃暄！」

竟是師仙子重返人世。她出現得如此突然，出人意料！像她的色空劍般令人難以招架。任他們如何思慮周詳，不錯過任何可能性，仍想不到會在城內遇上師妃暄。

徐子陵全身發熱，腦際轟然，心海翻起不受任何力量約束的滔天巨浪。曾幾何時，他是那麼地渴望可與她重聚，向她傾訴心中的矛盾和痛苦，只有她才明白的矛盾和痛苦，懇請她使出仙法營救他。曾幾何時，他曾失去一切自制力的苦苦思念她，至乎想過拋下一切，到雲深不知處的靜齋，只爲多看她一眼。沒有她的日子度日如年，可是殘酷的現實卻逼得他默默忍受，原因是怕驚擾她神聖不可侵犯的清修。在洛陽之戰自忖必死之際，他終忍不住分身往訪了空，透過了空向她遙寄心聲，希望她體諒自己違背她意旨的苦衷。

被楊虛彥重創後，徐子陵再遇石青璇，當他的心神逐漸轉移到她的身上，對師妃暄的苦思遂由濃轉淡，深埋心底，可是她卻於此要命時刻出現，還關乎到寇仲取得最後勝利的大計，造化弄人，莫過乎此。師妃暄仍是男裝打扮，上束軟頭，粗衣麻布，外披棉襖，素白襯素黃，足踏軟革靴，背佩色空劍，神色平和，令人無法測知她芳心內的玄虛。見兩人呆瞧著她，淡然自若的盈盈立起，唇角飄出一絲似有若無的笑意，柔聲道：「少帥、子陵請！」

寇仲和徐子陵像被隱形線索操控著的木偶般忘記解暉父子，不約而同呆呆地往菜館走去。本是普通不過的一間食館，立即由凡塵轉化爲仙界，全因仙蹤乍現。解暉父子跟在兩人身後，招呼他們入座。兩人呆頭鳥般依循解暉指示在師妃暄對面坐下，解暉父子陪坐兩邊。師妃暄親自爲各人斟茶，然後坐下。菜館除這席素菜和圍桌而坐關係複雜至怎也說不明白的五個人外，再沒有其他人，開門的戰士默默爲他們掩門後，退到館子外。

解暉舉杯道：「兩位不論來成都所爲何事，一天未翻臉動武，仍是我解暉的貴客，解暉就藉此一盞熱茶，敬兩位一杯。」

徐子陵避開師妃暄似能透視人世間一切事物的清澄目光，投往清茗，暗嘆一口氣，舉杯相應。

寇仲則一瞬不瞬的迎上師妃暄的目光，緩緩舉杯，目光移向解暉，回復冷靜的沉聲道：「我寇仲希望下一次見到堡主時，還可像現在般坐下喝茶。」

四個男人均是一口喝盡杯內滾熱的茶，師妃暄淺嚐一口，悠然放下茶杯，神態從容自在，似是眼前發生的事與她沒半點關係。

解文龍道：「這些素點均是賤內親手下廚做的，請勿客氣。」

寇仲舉箸苦笑道：「我本食難下嚥，但既是解夫人一番盛意，怎敢辜負？子陵來吧！我們齊齊捧少夫人的場。」

兩人食不知味的嚐了兩件素點後，解暉嘆道：「撇開我們敵對的立場不論，兩位是解某在當今之世最看重的人，單是你們在塞外為我漢人爭光，任何人也要由衷讚賞。」

師妃暄沒有絲毫發言的意思，饒有興致的瞧著神情古怪啃吃著東西的徐子陵，秀眸射出溫柔神色。

寇仲頹然道：「坦白說，我本有千言萬語，要向解堡主痛陳利害，免致我們干戈相見，兩敗俱傷，並禍及巴蜀的無辜百姓。可是妃暄仙駕忽臨，弄得我現在六神無主，不知說甚麼好，不如請妃暄和堡主賜示心意。」

師妃暄抿唇微笑，不置可否，目光投往解暉。解暉沒有望向任何人，陷進深沉的思索中，雙目射出蒼涼的神色，望著屋樑，不勝感慨的道：「我解暉縱橫天下數十年，從沒懼怕任何人，更不賣任何人的賬，只有兩個人是例外。」

解文龍垂首不語，似在分擔解暉心中的痛苦。

寇仲訝道：「敢問這兩位能令堡主不能不賣賬的人是誰？」

解暉目光移向寇仲，變得銳利如刀刃，沉聲道：「有一事我必須先作聲明，以免少帥誤解。不論兩位是否相信，權力富貴於我來說不外過眼雲煙，毫不足惜。如非天下大亂，我早退隱山林，把家當交給文龍打理，再不過問世事。所以楊廣遇弒身亡，我與巴盟締定協議，保持巴蜀中立，免百姓受戰火蹂躪摧殘，靜待統一天下的明主出現。」

聽到解暉這番說話，徐子陵忍不住往師妃暄瞧去，這仙子生出感應似的迎上他的目光，輕柔地頷首點頭，表示解暉說的是由衷之言。

寇仲卻聽得眉頭大皺，不解道：「既是如此，堡主何不繼續保持中立？」

解暉沒有答他，露出緬懷的神色，回到先前的話題，像喃喃自語的道：「在三十多年前一個炎熱的夏日，那時我還是個不知天高地厚的年輕人，宋大哥為家族押運一批鹽貨來蜀，我則代表族人接收鹽貨。我從未見過像宋大哥如此英雄了得，不可一世的人物，令我一見心折，大家結成好友，聯手掃蕩當時肆虐蜀境內的凶悍馬賊，幾番出生入死，並肩作戰，宋大哥且曾多次在極度凶險的情況下不顧生死的維護我。而我解暉之所以能有今天，全仗宋大哥為我撐腰，無論外面如何紛亂，從沒有人敢犯我境半步，皆因天下人人均知犯我解暉，必觸怒宋缺。天下誰敢開罪宋缺？」

揣測和事實可以相距這麼遠，寇仲直至此刻親耳聽到解暉剖白與宋缺的關係，始曉得自己誤解解暉。這位巴蜀最有權勢的世族領袖並非因戀棧權位背宋缺投李家，卻是另有原因，關鍵就在宋缺外解暉不得不賣賬的另一人。會是誰呢？

徐子陵在師妃暄仙蹤再現後，只有心亂如麻四個字可形容他的心情。石之軒不幸言中，當李世民陷於生死存亡的關頭，梵清惠不會坐視。在寇仲和宋缺的陣營外，只有師妃暄明白巴蜀是不容有失，若漢中陷落，寇仲可直接入關攻打長安，而楊公寶庫則可令李淵失去長安的最大優勢。師妃暄現蹤於此，是經過深思熟慮的一著。

寇仲的聲音響起道：「我明白哩！敢問堡主，另一位堡主不得不賣賬的人是誰？」

解暉沉浸在往昔的回憶中，不勝欷歔的道：「有很多事我不敢想起，現下更不願再提。一直以來，宋大哥是解暉最敬服的人，到現在仍沒有改變。若有選擇，我絕不願違逆他的旨意，何況玉華是我最鍾愛的好兒媳。」

解文龍一顫道：「爹！」

解暉舉手阻止他說下去，平靜的道：「另一位就是妃暄的師尊梵齋主，她因秀心和石之軒的事踏足江湖，而我和宋大哥亦因秀心要尋石之軒晦氣，大家相逢於道左，似無意實有緣。她與大哥的一席言談機鋒，我雖只是旁聽者，卻記得他們說的每一句話，更感受到她悲天憫人的情懷，爲萬民著想的偉大情操，不敢有片刻忘記。」

接著望向師妃暄，雙目透出溫柔之色，慈和的道：「所以當妃暄爲李世民來向我說項，解釋她選擇李世民的前因後果，我是首次在重要事項上沒徵得大哥同意，斷然答應妃暄開出的條件，爲的不是我解家的榮辱，而是天下萬民的福祉，到今天仍不後悔，只痛心得不到大哥的諒解。我最不想與之爲敵者，今天卻是我的敵人，但我心中沒絲毫怪責大哥，他有他的立場和看法，沒有人可以動搖他的信念。我當然不成，清惠亦無法辦到，我最不願目睹的情況，變成可怕的現實。」

寇仲和徐子陵終明白過來，解暉雖沒說清楚他和梵清惠的關係，顯然他和宋缺均對梵清惠曾生出愛慕之意，但由於梵清惠出世的身分，當然不會有結果，就像徐子陵和師妃暄的關係。試想換成徐子陵是解暉，師妃暄的弟子在若干年後來求徐子陵，他可以拒絕嗎？徐子陵和寇仲均對解暉觀感大改，感到他是值得尊敬的前輩宗師。

寇仲的目光從解暉移向師妃暄，嘆道：「妃暄可知事情到達一發不可收拾的地步，我雖諒解堡主的苦衷，可是我與李世民結下解不開的深仇，且非我寇仲一個人的事，而是宋家和少帥聯軍全體的願望，故一切只能憑武力解決，沒有另一個可能性。」

師妃暄微笑道：「既是如此，我們憑武力來解決吧！」

寇仲和徐子陵同告愕然，乏言以對。

師妃暄口雖說動手，神情仍是古井不波，清澄的眸神閃動著深不可測的異芒，顯示出比在塞外時更精進的修爲。但只有徐子陵明白她已臻劍心通明的境界，如石之軒般令他的靈覺無法捉摸。

寇仲啞口無言迎上她的目光，好半晌始懂，失聲道：「妃暄應是說笑吧！你豈是憑武力解決事情的人？」

師妃暄輕柔的微笑道：「話是你說的，當其他一切方法均告無效，例如解釋、勸告、懇求、威迫等等，那除武力外尚有甚麼解決的方法？妃暄是絕不會坐視巴蜀落入少帥手上。」

徐子陵嘆道：「妃暄……」

師妃暄容色平靜地截斷他的話，目光仍絲毫不讓的凝視寇仲，道：「不論子陵以前有千萬個助你兄弟寇仲的理由，所有這些理由均成過去，天下已成二分之局，子陵請勿介入妃暄和少帥間的糾紛。」

徐子陵心中一陣難過，一邊是自己仰慕深愛的玉人，一邊是自小混大的拍檔兄弟，他可以怎麼做呢？忽然間，他重陷左右做人難的苦境。

寇仲雙目神光大盛，變回充滿自信無懼天下任何人的少帥，微笑道：「請師仙子劃下道兒來。」

解暉父子望著師妃暄，露出等待的好奇神色，顯然他們並不知道師妃暄的「武力解決」是怎麼一回事。

師妃暄從容道：「巴蜀的命運，就由妃暄的色空劍和少帥的井中月決定如何？」

徐子陵、解暉和解文龍無不色變。

寇仲失聲道：「你說甚麼？妃暄不要唬我。」

師妃暄露出無奈的表情，嘆道：「這等時刻，妃暄哪還有和你開玩笑的心情。不論你是否答應，這是妃暄唯一想到解決問題的方法。」

寇仲求助的望向徐子陵，後者以苦笑回報，遂把目光再投往師妃暄，哭笑不得的道：「妃暄有沒有想過這是多麼不公平！我就算不看陵少的份上，仍無法狠下心腸痛施辣手對付你，甚至不敢損傷你半根毫毛，在這樣的情況下，我必輸掉巴蜀無疑。」

師妃暄淡淡道：「妃暄不是要和你分出勝負，而是分出生死，你若狠不下殺妃暄的心，根本沒當皇帝的資格！古往今來成大事者，誰不是心狠手辣之輩，凡擋著帝座的障礙物，一律均被清除。」

寇仲苦笑道：「那你挑李世民作未來真主時，是否發覺他有這種特質？」

這兩句話，盡洩寇仲怨憤的情緒，使得只能作旁觀者的徐子陵心有同感，更想不到師妃暄有何可令人滿意的回答。

師妃暄平靜答道：「當你視爭取皇帝寶座爲最崇高的理想和目標時，會爲此作出個人的任何犧牲，唯一分別只在你當皇帝的目的是爲滿足一己的野心，還是爲天下萬民著想。妃暄可以狠心殺你，正因我爲的是百姓蒼生，故可爲此作個人的任何犧牲，包括永遠不能上窺天道，又或終身歉疚。」

解暉擊桌讚嘆道：「說得好！只有清惠能栽培出像妃暄般的人物。」

寇仲沉聲道：「妃暄可知若在洛陽之戰時我被你挑選的小子宰掉，隨之而來的將輪到你那個李小子被人宰。」

師妃暄現出一絲充滿苦澀意味的表情，美眸輕輕掃過徐子陵，又凝視寇仲道：「那是另一個問題，妃暄只知依現在的形勢發展行事，李世民不失巴蜀，天下尚可保持二分之局。唉！少帥豈是如此婆媽的人，外面無人的長街最適合作決戰場地，就讓我們的生或死決定巴蜀和未來天下的命運吧！」

徐子陵終於忍不住道：「妃暄！」

師妃暄緩緩別轉清麗脫俗的俏臉，秀眸對他射出懇求神色，輕柔的道：「徐子陵你可以置身於此事之外嗎？妃暄爲師門使命，自幼鑽研史學，理出治亂的因果。政治從來是漠視動機和手段，只講求後果。我們全力支持李世民，是因爲我們認爲他是能爲天下謀幸福的最佳人選。你的兄弟或者是天下無敵的統帥，卻缺乏李世民治國的才能和抱負。假設妃暄袖手不管，天下統一和平的契機就此斷送。李唐從強勢轉爲弱勢，塞外聯軍將乘機入侵。這次頡利蓄勢已久，有備而來，縱使不能蕩平中土，造成的損害也會是嚴刻深遠的，百姓的苦難更不知何年何日結束，中土或永不能回復元氣。」

寇仲憤然道：「問題是現在大唐的皇帝是李淵，繼承人是李建成，最後的得益者更是與你們勢不兩立的魔門。」

師妃暄回復恬靜無波的神情，秀眸重投寇仲，一字一字的緩緩道：「故此妃暄說政治是不理動機，只講後果。妃暄絕不懷疑少帥用心良苦，而非因個人的欲望和野心，否則子陵不會和你並肩作戰。試想你們縱可成功攻陷長安，必是元氣大傷的局面。李世民則仍可據洛陽頑抗，且發動關內和太原餘軍全面反攻，那時勢必兩敗俱傷。在天下誰屬尚未可知之際，塞外聯軍突南下入侵，請問少帥，這後果是否你想見到的呢？而這正是殘酷的現實情況。」

解暉點頭道：「妃暄絕非虛言恫嚇，塞外諸族在頡利和突利的旗下結成聯盟，隨時可發動對我中土的大規模入侵，情勢危殆異常。」

師妃暄輕輕道：「現在妃暄只能見機行事，把最迫切的危機化解，少帥如能殺死妃暄，敝齋不會有人向少帥尋仇，就看少帥有沒有這本領。」

寇仲再次求助的望向徐子陵。徐子陵無奈苦笑，嘆道：「我無話可說！少帥你好自爲之，由今天此刻開始，只要李世民尚在，我會袖手旁觀。」

寇仲諒解地點頭，頹然道：「妃暄的仙法眞厲害，幾句話就把子陵從我身邊挪走。好吧！我承認鬥不過你，只有一個要求，就是在李世民成爲李唐之主前，巴蜀得保持中立，否則我無法向宋閥主交代，更無法說服他撤離瀘川，遠離巴蜀。」

徐子陵心中暗嘆，師妃暄的出現，把寇仲攻陷長安的大計徹底破壞，統一之戰再無捷徑可尋，而決定在洛陽之爭上。正如師妃暄的預測，南北分裂的情況很可能長期持續下去。

師妃暄柔聲道：「少帥很委屈啦！妃暄怎忍拒絕？」

解暉點頭道：「一切由妃暄作決定。」

寇仲竟哈哈笑道：「妃暄這一手確非常漂亮，小弟佩服得五體投地，兵不血刃的逼退我們軍隊，又不傷我們間的和氣。可是往後的形勢仍未樂觀，小弟只好捨遠圖近，先收拾大江南北，再圖北上，看看是李世民厲害，還是我寇仲了得，小陵就讓他暫時休息散心。我眞想知道，妃暄對此有何阻擋之術，可否先行透露少許消息。」

師妃暄淒然一嘆，露出黯然神色，輕輕道：「少帥快會知道。」

寇仲色變道：「原來妃暄竟是胸有成竹，我則完全想不通看不透。」

師妃暄緩緩起立，美目往徐子陵投來，露出心力交瘁的倦意，柔聲道：「少帥請和解堡主研究保持巴蜀安定的問題，子陵送妃暄一程好嗎？」

徐子陵和師妃暄並肩步出東門，守城軍肅然致敬。

師妃暄道：「子陵惱我嗎？」

徐子陵茫然搖頭，道：「妃暄不用介意我怎麼想，因爲我也弄不清楚誰是誰非。」

師妃暄嘆道：「我怎可不介意子陵對我的想法。」

徐子陵朝她瞧來，一震道：「妃暄！」

師妃暄迎上他的目光，平靜的道：「若有其他選擇，我絕不會直接介入李世民和寇仲的鬥爭中，這是我盡一切辦法迴避的事。師尊在多年前作出預言，若天下是由北統南，天下可望有一段長治久安的興盛繁榮；若是由南統北，不但外族入侵，且天下必四分五裂。這道理子陵明白嗎？」

徐子陵苦笑道：「我心中實不願認同妃暄的想法，可是聽過妃暄剛才那席話，不得不承認這可能性。」

師妃暄道：「當時我對師尊的分析並沒有深切的體會，到寇仲冒起，來勢強橫，我才眞正體會師尊的看法。試想寇仲獲勝，李唐瓦解，原屬李唐的將領紛紛據地稱王，爲李唐復仇，北方政權崩潰，塞外聯軍將趁寇仲忙於收拾殘局的當兒大舉南侵，寇仲能守穩關中和洛陽已非常難得。在這種情況下，中原會是怎樣的一番局面？」徐子陵爲之啞口無言。

師妃暄徐徐續道：「在北方的超卓人物中，只李世民具備所有令中土百姓幸福的條件，這是寇仲不敢懷疑的。他目前唯一的缺陷，是李淵沒有選他作太子，致令魔門有機可乘，讓頡利有混水摸魚的機會，假若李世民登上帝座，一切問題可迎刃而解。」

徐子陵苦笑道：「妃暄可知寇仲和李世民已結下解不開的血仇？」

師妃暄道：「在天下蒼生福祉的大前提下，有甚麼恩怨是拋不開的？戰場上流血難免，須知下手殺竇建德的是李元吉而非李世民，而李世民更爲此感到非常對不起你們，他請了空大師去勸寇仲，正顯示他對寇仲交情仍在。子陵啊！你曾說過若李世民登上帝座，你會勸寇仲退出。爲天下蒼生，子陵可否改採積極態度，玉成妃暄的心願？」

徐子陵頹然道：「太遲啦！寇仲是勢成騎虎，欲退不能，試問他怎向宋缺交代？即使他肯退出，宋缺仍會揮軍北上，攻打洛陽長安。沒有寇仲，宋缺仍有擊潰李唐的本領和實力。」

師妃暄道：「那是妃暄最不想見到的情況，宋缺長期僻處嶺南，其威勢雖無人不懼，但恐懼並不代表心服。況南人不服北方水土，兼之離鄉別井，追隨宋缺的又以俚僚兵爲主，被北人視爲蠻夷，不甘向其臣服，到那時南北重陷分裂，可以想見。」

徐子陵點頭道：「我和寇仲沒有妃暄想得那麼透徹，事已至此，爲之奈何？」

師妃暄止步立定，別轉嬌軀，面向徐子陵，微笑道：「你是我們山門的護法，自該由你動腦筋想辦法。」

徐子陵失聲道：「我……」

師妃暄探手以玉指按上他的嘴唇，制止他說下去，然後收回令徐子陵魂為之消的纖指，秀眸深深凝注地輕柔的道：「由亂歸治的道路並不易走，妃暄只能抱著不計成敗得失的態度盡力而為，可是個人的力量有限，妃暄可爭取的或能爭取的，只是一個和平的契機。當這情況出現時，子陵你須挺身而出，義不容辭，不要辜負人家對你的信賴和期望。」

徐子陵隱隱感到她的說話背後含有令人難明的深意，皺眉道：「妃暄可否說得清楚些？讓我看可如何幫忙。」

師妃暄容色平靜的輕搖螓首道：「現在仍未是時候，但很快你會曉得，子陵珍重！」說罷再對他看上充盈著溫柔纏綿意味的一眼，沒入官道旁林木深處。

徐子陵呆瞧她消失處，心底湧起的重重波濤久久不能平復。師妃暄這次為情勢發展迫降凡塵，修為更見精進，對「心」的駕馭似是揮灑自如，不再像以前般戰戰兢兢，小心翼翼。現在的她不用再壓抑內心的感覺，大大減少修行的意味，變得更入世，可是徐子陵卻感到她在心境上離世更遠。龍泉城的動人日子一去不返，他該為此鬆一口氣還是失落？他自己也弄不清楚。雙方的心境均有微妙的變化，唉！

想到這裏，寇仲的聲音在他耳旁響起道：「無可否認我們的仙子對小弟是手下留情，如她把庫有眞假的事洩漏給李世民，以李小子一貫的手段定可教我們慘吃大虧。目前則是各退一步，巴蜀中立，我們則不碰漢中。他娘的，小弟只好和李世民在洛陽城的攻防戰上見眞章。」

徐子陵苦笑道：「是我闖的禍！」

寇仲伸手搭上他肩頭，搖頭道：「不！該是你救了我才對。師妃暄可非像你我般是凡俗之人，哈！

她是仙子嘛！事實上她早從蛛絲馬跡猜到寶庫另有玄虛，只是從你口中得到證實，再推想出爲何得寶庫可得天下的道理，而我們謀取巴蜀進一步肯定她的信念。哈！幸好你有份洩祕，故她瞧在陵少份上，一併把我放過，不利用這祕密來瓦解我們攻打長安再非奇兵的奇兵。」

徐子陵心底一陣溫暖，寇仲的分析大有道理，但總是以安慰他的成份居多。自己這位好兄弟正是這種心胸豁達的人，不會把得失放在心上，勝而不驕，敗而不餒。道：「妃暄幾句話令我袖手，你不怪我嗎？」

寇仲啞然失笑道：「你老哥肯助我度過最艱苦的日子，且爲此差點送掉寶貴的小命，我寇仲早感激得涕淚交流。大家兄弟，怎會不明白對方心事，好好休息一下，到長安找紀倩那刁蠻女解解悶兒吧！唉！妃暄絕非虛言恫嚇的人，她必另有對付我的厲害手段。我擔心得要立刻趕回彭梁見宋缺，向他報告最新的變化，偷襲長安的大計宣告泡湯。勞煩陵少向雷大哥他們解釋我的不辭而別。」

徐子陵嘆道：「我也在擔心。」

寇仲雙目神光大盛，沉聲道：「天下間再沒有人可阻止我蕩南掃北的堅定決心，剛才來此途中，我把自己的處境想通想透。師妃暄有她的立場，我有我的目標理想。爲免天下淪入魔門或異族手上，個人的犧牲算他奶奶的甚麼一回事。我已狠下決心，拋開一切，全心全意爲未來的統一和平奮戰到底，愈艱難愈有意義，愈能顯出生命的眞采。長安事了後，立即回彭梁找我，說不定陰小紀早到那裏尋到她的兄長。我去啦！」

徐子陵重由東門入城，解暉撤去戒嚴，大街逐漸回復生氣，部分店舖更搶著開門營業，雖仍是人車疏落，比之剛才有如鬼域，自是另一番氣象。

解文龍換回一般武士裝束，在城門口候他，感激的道：「巴蜀得免戰火摧殘，全賴徐兄支持妃暄小姐，否則若少帥接受挑戰，情況不堪設想。」

兩人並肩漫步長街，徐子陵微笑道：「解兄只因不清楚寇仲爲人，故有此誤會，即使沒有我，寇仲也是寧退兵不會與妃暄動手的。卻不知巴盟方面情況如何？」

解文龍道：「爹往城南與四大族酋商議，事情應可和平解決，既有少帥點頭退兵，巴蜀又保持中立，大家是明白事理的人，一向關係良好，當不會出現新的問題。」接著道：「徐兄若不急著離開：……」

徐子陵剛見到雷九指現身對街，打出詢問的手號，歉然道：「我回城是爲與三位好朋友會合，然後立即離去，解兄好意心領哩！請代問候嫂夫人。」

解文龍注意到雷九指，依依不捨的道：「下回來成都，徐兄須來探訪我們，讓小弟和玉華可盡地主之誼。」

徐子陵對他的爽快大生好感，與他握手道別。

寇仲沿江全速飛馳，拋開一切擔心和憂慮，再不去想師妃暄對付他的將會是甚麼手段，而只往好的方面著想。事實上他和宋缺心知肚明，縱使有楊公寶庫的攻城奇著，要收拾李淵仍是非常艱巨和代價極高的一場血戰。正如宋缺指出，楊堅是靠篡奪前朝得帝位，怎都會對手下防上一手，楊廣更變本加厲，針對內部謀反的可能而加強城防，特別是著重於皇城反擊的力量。即使寇仲能在城內設立堅強據點，從皇城來的反攻仍會很難捱擋。一天未能攻陷玄武門的禁衛所，一天長安仍在李淵手上。

長安之戰最後的勝利或屬於他們，但傷亡必然慘重非常、元氣大傷。到時他們將要面對不再受李淵掣肘的李世民，對方不用倉卒反攻，可改向南、北擴張，以洛陽爲中心建立強大的新帝國。在這種形勢下，主動反落在李世民手上，演變爲長期的對峙和連綿的戰亂是可預知的。所以利用楊公寶庫之計被師妃暄破壞，從這角度去看未必是壞事。只要攻下洛陽，擊垮李世民，李淵將被迫死守關中，他們可從容收拾關外所有土地，待時機成熟始入關收拾再無明帥主持的關中。這想法令寇仲心中釋然，再沒有受挫的感覺。何況巴蜀可保持和平，宋解兩家不用正面衝突，致致必爲此欣悅，對他的觀感或會有少許改善。我寇仲是絕不會輸的。一聲長嘯，寇仲加速朝瀘川的方向掠去。

徐子陵、侯希白、雷九指、陰顯鶴四人正要從北門離城，後方有人喚道：「徐兄！」四人訝然回首。

徐子陵笑道：「原來是鄭兄。」

「河南狂士」鄭石如氣喘吁吁的來到四人身前，欣慰的道：「如非我消息靈通，會與子陵失之交臂。你們趕著出城嗎？我們邊走邊談如何？」

徐子陵把雷九指和陰顯鶴介紹予鄭石如認識，一起離城。雷九指三人識趣的領路前行，讓兩人敘舊。

鄭石如道：「我剛見過解少堡主，得他指引來追子陵。哈！在下沒說錯吧！宋缺一出，天下形勢立即逆轉過來。」

徐子陵點頭道：「鄭兄確是眼光獨到。」

鄭石如謙虛道：「子陵只因身在局中，關心者亂，不及我這旁觀者的一對冷眼。聽少堡主說與你們達成協議，巴蜀保持中立，你們不會碰巴蜀。」

徐子陵道：「確有此事。」

鄭石如壓低聲音道：「子陵可知胖賈安隆被解暉逐離巴蜀，不許他再踏入蜀境半步。」

徐子陵訝道：「安隆做過甚麼事？解暉對他如此決絕？」

鄭石如道：「聽淑明說，安隆與西突厥暗中勾結，還爲統葉護穿針引線，搭上李元吉。此事犯了解暉大忌，故暗中部署，一夜間接管安隆在蜀境內百多所造酒廠，更向與安隆關係密切的幫會發出最後通牒，著他們以後與安隆劃清界線。安隆在無力反擊下黯然離蜀。」

徐子陵皺眉道：「如此祕密的事，怎會洩漏出來的？」

鄭石如道：「應是與吐谷渾的伏騫有關係，他來成都拜會解暉，三天後立即發生這轟動巴蜀武林的大事。」

徐子陵一呆道：「伏騫？」

鄭石如點頭道：「正是吐谷渾酋王伏允之子伏騫，約有五十多名隨從，入住五門街的五門客棧，出入均伴在他左右的兩名蠻女長得花容月貌、體態撩人，非常引人注目，成爲近日城中談論的話題，大大沖淡巴盟和獨尊堡劍拔弩張的氣氛。」

此時衆人離城已過半里，徐子陵在官道止步停下，道：「我和伏騫有段交情，既知他在城裏，好應回去和他打個招呼。說來好笑，我和寇仲還誤信謠言，以爲他們是統葉護的人，而李世民則與西突厥勾結，原來是李元吉。」

雷九指等立定前方，看徐子陵的意向。

鄭石如笑道：「近日成都謠言滿天飛，這樣的謠言小弟略有所聞，當然是一笑置之。子陵若想與伏騫敘首，不是回城而是往前趕，伏騫一行人今早從北門出城，目的地聽說是長安，子陵趕快點，應可在漢中追上他們。」

徐子陵欣然道：「那我就在此與鄭兄告別，他日有緣，大家坐下來喝酒聊天，希望那時天下太平，再沒有令人心煩的戰亂。」

鄭石如回城去後，徐子陵向侯希白道：「這次到長安，只為向紀倩問個清楚，不論結果如何須立即離開。希白在巴蜀是識途老馬，不如陪雷九哥走一趟，到韓澤南所說藏物處起出賬簿，之後大家在漢中會合如何？」

侯希白欣然道：「我正有此意，為省時間，我們何不索性各自回梁都，到時再議定對付香家的行動。」

雷九指道：「就這麼決定。子陵和顯鶴小心點，長安終是險地，若見形勢不對須立即逃跑。」哈哈一笑，各自上路。

寇仲在黃昏時分抵達瀘川，城門的守兵認得是寇仲，慌忙派快馬飛報統軍的宋閥大將宋法亮，一邊領寇仲往帥府。瀘川是巴蜀境內著名城邑，位於大江之旁，交通發達，繁榮興盛，街上車水馬龍，沒有絲毫戰爭的緊張氣氛，更察覺不到主權轉變的痕跡，可見一方面宋法亮安撫手段高明，另一方面宋家軍紀律嚴明，沒有擾亂居民的安定生活。

宋法亮在府門外迎接他，進入大堂後，宋法亮依寇仲指示，摒退左右，到剩下兩人，寇仲問道：「法亮可立即調動作戰的戰船有多少艘？」

宋法亮還以爲他要立即攻打成都，斷然答道：「瀘川我軍水師大小鬥艦二百艘，水陸兩棲的戰士一萬五千人，只須一天光景，可以立即開赴戰場，不過……」

寇仲微笑道：「是否他老人家曾頒下指示圍成都取漢中的策略？」

宋法亮恭敬的道：「少帥明察，確是如此。不過閥主說過，少帥的命令是最高的命令，少帥只要下令，法亮不會有絲毫猶豫。」

寇仲苦笑道：「我不但失去漢中，還失去成都，所以必須找些補償，心裏才會舒服點。」

宋法亮愕然道：「我們尚未動手，怎曉得失去巴蜀？」

寇仲嘆道：「這叫一言難盡，我要你在十二個時辰內全面撤離瀘川，然後順江進軍江都，只要取得江都對岸的毗陵，李子通將不戰而潰，得江都後沈法興和輔公祏誰會先一步完蛋，將由我們來決定。」

宋法亮點頭道：「少帥要我們撤出巴蜀沒有問題，但下屬必須弄清楚巴蜀的情況，例如唐軍是否入蜀，會否乘我們撤退追擊我們，下屬始可釐定撤退的細則。」

寇仲欣然道：「我很欣賞法亮這種認眞的態度。唐軍沒有入蜀，解暉會在我們和李世民勝負未分前保持中立。」

宋法亮如釋重負的道：「解暉終能懸崖勒馬，大家可不傷和氣。」

寇仲道：「我還以爲下令撤軍會令你心中不滿，可是看來法亮對形勢的變化和發展似乎很高興哩！」

宋法亮俊臉微紅，尷尬道：「法亮怎敢對少帥有任何不滿？少帥在我們心中，是用兵如神、縱橫天下的無敵統帥，照你的吩咐去做絕不會吃虧。」

寇仲笑道：「不用捧我，大家自己人，有甚麼話不可以說的？爲甚麼撤出巴蜀反令你像鬆一口氣的樣子？」

宋法亮有點難以啓齒的嘆道：「大小姐是我們敬慕的人，只因閥爺有令，誰敢說半句話？」

寇仲啞然笑道：「閥爺！既別致又貼切，哈！我明白哩！」

宋法亮肅容道：「攻打毗陵小事一件，少帥吩咐下來便可以，法亮絕不會有負少帥。」

寇仲淡淡道：「法亮你以前有沒有領軍實戰的經驗？」

宋法亮露出崇服的神色，只有戰場的老手才曉得在這些重要關節上一絲不苟。道：「法亮得閥爺栽培，曾有連續三年在西塞領軍作戰的經驗，近兩年負責操練水師與林士宏交鋒，攻打海南島的最初籌備策略，是由我助宋智二爺擬定，然後呈上閥爺審批的。少帥明鑑。」

寇仲雙目射出銳利的神光，一瞬不瞬凝視宋法亮，試他的膽氣，沉聲道：「你清楚江都的情況嗎？」

宋法亮昂然迎上寇仲目光，心悅誠服的道：「少帥放心，就像法亮對自己水師船隊般清楚，可以數出他尚剩多少條船，每艘船上有多少人。法亮敢領軍令狀！」

寇仲豎起拇指大笑道：「我相信你，立即去辦。我要一艘船載我到梁都見你們的閥爺。」

宋法亮起立敬禮，龍行虎步的去了。寇仲瞧著他的背影，心中百感交集。從沒有一刻，他比此時更感到自己擁有的龐大力量，幾句說話，可決定一座城市的命運，且是江都這般級數的政經都會，自己的故鄉。回想當日在揚州當小扒手的自己，敢想過有此一日嗎？宋家軍確是一支精銳的勁旅。

晝夜不息急趕兩天路後，徐子陵和陰顯鶴抵達漢中城，此城關係重大，是通往關中的門戶，由解暉之弟解盛坐鎮。亦由於其優越的地理位置，爲兩地商家行旅必經之路，興旺不在成都之下。且在初雪降後，處處雪白，別有一番況味。

入城後，徐子陵正要先找一間旅館安身，再設法打探伏騫一行人的消息時，陰顯鶴道：「我想喝兩杯水酒。」

徐子陵想起他過往的不良紀錄，大吃一驚道：「陰兄大病初癒，喝酒傷身，可免則免。」

陰顯鶴堅持道：「我答應徐兄只喝兩杯，該不會出事。放心吧！爲了小紀，我懂約束節制的。」

徐子陵見左方有所酒館，道：「這間如何？」

陰顯鶴停下來，歉然道：「徐兄勿要見怪，我想獨自喝酒。長期以來，我習慣獨來獨往，想一個人單獨的想點事情。」

徐子陵拿他沒法，雖擔心他沒人監管下會縱情痛飲，卻難阻止，只好道：「你去喝酒，我去找落腳的客棧，轉頭再和你會合。陰兄請在酒館候我，不要喝超過兩杯。」陰顯鶴點頭答應，逕自去了。

徐子陵心中暗嘆，明白陰顯鶴是因即將到達長安，故患得患失，擔心白走一趟。他在找尋妹子一事上經歷無數的失敗，這心情是可以理解的。前方右邊出現一所頗具規模的旅館，金漆招牌寫著「高朋客棧」，在四盞燈籠映照下閃閃生輝。換作平時，徐子陵多不會挑選這類位於通衢大道、人流集中的旅館，此刻卻因急於回到酒館「看管」陰顯鶴，想也不想的步入院門內小廣場，朝大門走去。尚未有機會踏入棧內，一名嚷著客滿的夥計急步走出，把「客滿」的牌子掛在門旁。

徐子陵苦笑道：「漢中這麼興旺嗎？」

夥計見他外形出衆，討好的多說兩句道：「關中打仗，巴蜀的蠻夷又鬧事，生意少做很多，今天是有人預早把客棧包下來，客官可多走兩步，街口另一邊的望秦旅館在漢中僅次於我們，相當不錯。」

徐子陵心中一動道：「把貴店包下的是否吐谷渾來的客人？」

夥計皺眉道：「吐谷渾是甚麼東西？」

徐子陵解釋道：「吐谷渾是西塞的一個民族，老兄的客人……」

夥計搶著道：「他們是公子的朋友嗎？公子說得對，他們雖作漢人打扮說漢語，但我們這些做客棧生意的眼睛最利，些許外地口音都瞞不過我們。初時還猜他們來自北疆，原來是西面甚麼渾的人，我立即去給公子通傳，公子高姓大名？」

徐子陵心忖若說實話告訴他自己是徐子陵，保證可令他面無人色，還以爲少帥軍入城，微笑道：「我還有點事，辦完事再來麻煩老兄。」

正要離開，後方足音傳至。徐子陵轉過身來，雙方打個照面，均爲之愕然。改穿中土北方流行胡服的美艷夫人，頭戴五彩錦繡花渾脫帽，穿粉綠翻領袍、乳白長褲，乳黃長袖外帔、黑革靴，在四名武士和段褚簇擁下，儀態萬千的走來，俏臉瞬即回復平靜，美目閃爍著狡黠的采芒，香唇輕吐道：「竟然是徐兄，這麼巧哩！」

任徐子陵怎麼想，絕想不到會冤家路窄的在這裏遇上身分背景曖昧神祕的美艷夫人，心念電轉間已有主意，從容笑道：「夫人到中原來該先向在下打個招呼，就不用在下費這麼多工夫追查夫人的行蹤。」

美艷夫人臉色微變，顯是給徐子陵唬著，想不到他是碰巧遇上，帶著一股香風從他身邊走過，冷笑道：「原來徐兄像其他男人般是饞嘴的貓兒，見到女人不肯放過。」

早嚇得面無人色的段緒戰戰兢兢陪美艷夫人在徐子陵身旁走過，其他四名武士人人露出敵意，手按兵刃。店夥這才曉得徐子陵與他們是這種關係，打個哆嗦，第一個溜進客棧內去。

徐子陵淡淡道：「給我站著！」

正要跨檻入門的美艷夫人止步立定，緩緩轉身，嬌笑道：「人家和你開玩笑嘛！徐公子不要認眞，誰不曉得你是坐懷不亂的正人君子？」

徐子陵雙目射出銳利的光芒，平靜的道：「夫人若不立即把不屬於你的五采石交出來，我保證你會爲此後悔。」

寇仲在梁都城外碼頭登岸，坐上戰馬，在虛行之、宣永一文一武兩員大將陪伴下，悄悄入城。

問起別後的情況，宣永道：「陳留斷斷續續的連下三天雪，陳留和開封間的道路被風雪封鎖，只水路仍保持暢通，敵我雙方閉城堅守，誰都沒法奈何對方。」

虛行之道：「閥主把主力大軍調往東海和鍾離，在兩城集結水師，準備南下掃蕩李子通、沈法興之輩，照目前形勢的發展，勝利必屬我們。」

寇仲道：「長林的復仇大計有何進展？」

宣永答道：「一切依少帥指示進行，長林親赴江南，對沈法興施分化和離間的計畫，我們的水師集中高郵，只等少帥一聲令下，即可大舉南攻。」

寇仲點頭道：「我們定要好好利用三個月的光景。」

虛行之欲言又止，終沒說話，在戰士致敬聲中，在飛雲衛簇擁下，三人策馬入城。

寇仲當然明白虛行之到嘴邊卻沒說出來的話，嘆道：「事情有變，我沒有到長安去，待我見過閥主後再向你們解釋。」

宣永壓低聲音道：「慈航靜齋的師妃暄今早來見閥主，她說過甚麼話沒有人曉得，但她離開後閥主一直留在內堂，只召見過宋魯，事情似乎有點不妥當。」

寇仲劇震一下，色變道：「妃暄竟然是來見閥主。」

宣永和虛行之想不到一向泰山崩於眼前而不色變的寇仲有如此大的反應，爲之愕然，面面相覷。

寇仲心中翻起千重巨浪。師妃暄終出招啦！且是針對宋缺而來，只恨縱知如此，他仍無法猜到師妃暄的葫蘆裏賣的是甚麼藥。照道理任師妃暄舌粲蓮花，曉以甚麼民族大義，仍無法說服「捨刀之外、再無他物」，智深如海的宋缺。思索間，人馬進入少帥府，衆人甩蹬下馬，朝主堂大門走去。

寇仲沉聲道：「我要立即見閥主！」

踏上長階，一人從大堂撲出，跪倒台階上，涕淚交流痛哭道：「少帥爲玄恕作主。」

寇仲見王玄恕以這種方式歡迎他，大吃一驚，慌忙扶起，問道：「不要哭？發生甚麼事？難道小妹……」

宣永湊到他耳旁束音成線貫入道：「小妹沒事，還溜到城郊放牧無名。唉！今早傳來消息，王世充在赴長安途中一家大小百餘人全體遇難，負責護送的二百唐軍亦傷亡慘重，此事轟動長安，李淵震怒下命人徹查。」

寇仲一震道：「甚麼人幹的？」

另一邊的虛行之壓低聲音道：「屬下聽到一個較可信的說法，是押送王世充的三艘船在入關前遇襲，先以火箭趁夜焚船，再在水中對落河的人痛下殺手，翌日滿河浮屍。」

寇仲大怒道：「此事定由楊虛彥指示，楊文幹下手。玄恕須化悲憤為力量，我寇仲誓要為你討回公道。」

宣永派飛雲衛扶走王玄恕後，寇仲進入大堂立定，問道：「懸賞找尋陰顯鶴妹子一事，有甚麼發展？」

虛行之道：「我們依照少帥吩咐，在屬地內所有城池當眼處貼出懸賞告示，可是到現在仍沒有陰小紀的確切消息。」

宣永苦笑道：「假消息卻絡繹不絕，每天有人來領賞，都經不起驗證。」

寇仲皺眉道：「真沒有道理，至少當時與陰小紀一起逃離江都的女孩該站出來說話。」

虛行之道：「屬於我們的城池數目不多，待消息傳播各地，或者會有頭緒。」

「大哥！」拍翼聲起，無名掠過大堂空間，降落寇仲探出的手上，人畜親熱一番。精神煥發的小鶴兒一陣風般跑到寇仲身前，大喜道：「不是說大哥有一段時間沒空回來嗎？見到大哥小鶴兒很開心哩！」

寇仲欣然道：「見到我的小鶴兒大哥更開心。」又訝道：「小妹不曉得玄恕的事嗎？」

小鶴兒不解道：「甚麼事？」宣永和虛行之在旁頻向寇仲使眼色。

小鶴兒色變道：「他有甚麼事？噢！難怪他今天悶悶不樂，喚他去玩兒總推說沒空，快告訴我！」

寇仲明白過來，王玄恕因不想小鶴兒爲他難過，把慘變瞞著她。忙岔開話題道：「要不要把懸賞金額加重，令此事更轟動些？」

小鶴兒訝道：「甚麼懸賞？」

寇仲一呆道：「懸賞貼滿大街小巷，小鶴兒竟不曉得此事？」

小鶴兒俏臉微紅，赧然道：「人家不識字嘛！怎懂看那些貼在牆上的鬼東西？」旋又道：「待會再陪大哥說話，我去問恕哥！」又一陣風般走了。

寇仲嘆道：「這可能是問題所在，識字的人不多，只有待消息經多人之口廣傳開去，我們才有機會得到陰小紀的確切消息。」再嘆一口氣道：「待我見過閥主再說。」

美艷夫人露出一個甜美燦爛的笑容，兩手負後，令酥胸更爲茁挺，煙視媚行的移到徐子陵觸手可及處，笑吟吟的道：「五采石不在奴家身上，亦沒有帶來中原，徐公子不相信，可徹底搜奴家的身，奴家不會抗議的哩！」

徐子陵絲毫不爲她的媚態所惑，雙目神光湛湛，微笑道：「夫人可知我徐子陵是甚麼出身，說到要賴皮，我和寇仲都是此道中的祖師爺。」

美艷夫人秀眉輕蹙，「噯喲」一聲道：「誰要和你徐公子徐大俠耍賴皮，人家說的是事實，教人該怎說你才相信呢？」

徐子陵淡淡道：「我就先廢你那對睜著說謊話的招子！」

倏地伸手，兩指探出，往她雙目戳去。美艷夫人花容失色，往後飛退，四名武士紛紛掣出佩劍，往徐子陵殺來。

宋缺坐在內堂一角，名震天下的天刀放在一旁几上，對寇仲出現眼前，毫不訝異。到寇仲隔几坐下，宋缺淡淡道：「少帥回來得正是時候，我有話要和你說。」

寇仲苦笑道：「想來閥主曉得我失去巴蜀的事啦！」

宋缺若無其事的道：「天下沒有一成不變的事，得得失失事屬等閒，你不用放在心上，最重要是贏取最後一戰的勝利。」

寇仲一震道：「閥主並沒有被師妃暄說服吧？」

宋缺長身而起，踱步至堂心，仰天笑道：「我宋缺決定的事，誰能改變我？一統天下勢在必行，寇仲你要堅持到底，勿要令宋缺失望。」

寇仲頭皮發麻的道：「閥主神態有異平常，師妃暄究竟向閥主說過甚麼話？」

宋缺沒有答他，仰望屋樑，搖頭道：「眞不是時候。」

寇仲跳將起來，直趨宋缺身後，問道：「甚麼不是時候？」

宋缺自言自語的道：「若此事在我出嶺南前任何一刻發生，當是我夢寐以求的事，但值此統一有望的時刻，卻令我進退不得。寧道奇啊！你眞懂得挑時間。」

寇仲劇震失聲道：「寧道奇？」

宋缺旋風般轉過雄軀，雙目爆起前此未見過的懾人精芒，沉聲道：「師妃暄特來傳話，代寧道奇約戰宋某人，你說寧道奇是否懂挑時間，在我最不願與他動手的一刻，與他進行我宋缺苦待三十年而不得的一場生死決戰？」

寇仲臉上血色褪盡，明白過來。這就是師妃暄對付他的另一著絕活，難怪她想及此事時，露出那麼苦澀黯然的神色，因爲這兩位中土最頂級的人物的決戰，沒有人能逆料戰果。可是師妃暄爲阻止寇仲爭取最後勝利，竟使出這麼狠絕的手段，寇仲心中湧起不能遏止的怒火。

宋缺凌厲的目光化作溫柔和愛惜，微笑道：「少帥千萬勿爲此憤怒，戰爭正是這麼一回事，各出奇謀，不擇手段的打擊對手，爲最後的勝利不肯錯過任何致勝的可能。我要立即動身迎戰寧道奇，看看他的『散手八撲』如何名不虛傳。我如勝出，當然一切依計畫繼續進行，若我有不測，少帥必須堅持下去，直至統一天下。除你之外，你魯叔是唯一曉得我與寧道奇決戰之事的人。」

寇仲一陣激動的道：「讓我陪閥主去。」

宋缺哈哈笑道：「你不相信我有應付寧道奇的能力嗎？但話必須這麼說，你給我在這裏靜候三天，如不見我回來，統一天下的重任就落在你的肩頭上，明白嗎？」再一陣充滿痛快和歡愉的長笑後，到几上拿起天刀，慎而重之的掛到背上，啞然失笑道：「捨刀之外，再無他物。幸好你及時回來，使我更能拋開一切，往會能令我心動神馳的寧道奇，希望他不會令我宋缺失望。」說罷瀟灑然去了。

第五章

決戰之前

第五章　決戰之前

攔截徐子陵的武士東翻西倒，沒有人能阻延他片刻，其實美艷夫人的手下並非如此不濟事，而是因一時摸不清他的虛實和奇功異法，被他借力打力，殺個措手不及。凡被徐子陵擊中的均穴道被封，沒法從地上爬起來。他從大門追趕美艷夫人，直入客棧大堂，在他身後躺著包括段褚在內的五名美艷夫人手下，像以他們的身體標示著徐子陵行經的路線。另五名武士正在大堂閒聊，見主子被人追殺，大駭下忙掣出兵器，蜂擁來截。

美艷夫人花容失色，嬌呼道：「攔著他！」

只這一句話，足教徐子陵看穿美艷夫人的心性，若她是肯與手下共榮辱生死者，此刻無論如何懼怕徐子陵，亦應改退為進，配合手下向徐子陵反擊，而非一心只想著逃走。徐子陵冷哼一聲，右手往前隔空虛抓，登時生出強大的吸扯力道，令美艷夫人退勢減緩，接著他卻速度驟增，追貼急要開溜的美艷夫人，掌化為指，仍照她一對美眸點去。他兩指生出的凌厲氣勁，使美艷夫人雙目有若刀割針刺般劇痛，花容失色下無奈以雙手幻化出重重掌影，以封擋徐子陵似要辣手摧花的狠招。徐子陵的外袍同時鼓脹，招呼到他身上的兩刀三劍均往外滑開，此著大出攻擊他那五名武士意外之際，他一個急旋，像變成千手觀音般兩手變化，五名武士立即像狂風掃落葉般東倒西歪，滾跌地上。

當徐子陵再次面向美艷夫人，這狡猾的美女一雙玉手分上下兩路朝他攻至，一取胸口，另一手疾劈他咽喉要害。徐子陵灑然一笑，底下飛起一腳，以後發先至的閃電神速，踢向她小腹，根本不理她攻來的凌厲招數。美艷夫人大吃一驚，顧不得傷敵，只求自保，硬把玉手收回，往橫閃躲。徐子陵踢出的一腳憑換氣本領中途收回，此著又是對方完全料想不及的，哪能及時變招應付，徐子陵如影附形，與她同步橫移，右手疾探，兩指仍朝她一對美眸點去，一派不廢她那雙招子誓不罷休的姿態。美艷夫人俏臉血色褪盡，千萬般不情願下，兩手再展奇招，封擋徐子陵能奪她魂魄的兩指。「砰！砰！」

美艷夫人玉手先後重拍徐子陵右臂，卻如蜻蜓撼石柱般不但不能動搖其分毫，造成損傷，且不能減慢徐子陵出手的速度。「噢！」動作凝止。徐子陵的手最後捏上美艷夫人動人的粉頸，吐出眞勁，在剎那間封閉美艷夫人數處大穴，令這美女兩手軟垂，嬌軀乏勁，完全在他的掌握之下。美艷夫人雙目射出恐懼神色。

徐子陵木無表情的瞪視她，淡淡道：「我們來玩一個有趣的遊戲，夫人若不立即把五采石交出來，我就廢掉你那對美麗且最懂騙人的大眼睛。若我沒有猜錯，夫人逃到中土來，是因伏難陀被殺，再沒有人保護你，所以你爲保五采石，只好遠離大草原，對嗎？」

美艷夫人雙目仍射出怨毒神色，粉項在徐子陵掌握下則不住抖顫，喘著道：「你好狠！」

徐子陵曉得此爲關鍵時刻，表面不透露內心眞正的想法，沒半點表情的淡然道：「這是你最後一個機會，我徐子陵說過的話，從來沒有不算數的。爲得回五采石，我可以殺掉你們所有人，頂多費一番工夫徹底搜查你們的行囊，夫人意下如何？」

美艷夫人再一陣抖顫，像鬥敗的公雞般頹然道：「你贏哩！」

大雪茫茫，寇仲在雪原全速飛馳，拳頭大的雪花照頭照臉的撲來，瞬間化作清寒冰水，鑽進他的脖子裏，但他的心卻是一團火熱。無論從任何立場，任何的角度，他絕不應錯過宋缺與寧道奇這驚天地、泣鬼神的一戰。他並不擔心自己的忽然離開會令少帥軍群龍無首，因為有曉得內情的宋魯為他料理一切和安撫虛行之等人。

宋缺雄偉的背影出現在風雪前方模糊不清的遠處，隨著他的接近漸轉清晰。寇仲生出陷進夢境的奇異感覺，漫空雪花更添疑幻似眞的景象；或者人生眞的不外一場大夢，而絕大部分時間他都迷失在夢境裏，只有在某些特別的時刻，因某些情緒勾起此一刹那的醒悟，但他也比任何時刻更清楚曉得，轉瞬他又會重新迷陷在這清醒的夢境裏。他眞的希望眼前的一切只是一場夢。宋缺和寧道奇均是他尊敬崇慕的人，他們卻要進行分出生死的決戰，師妃暄這一著實在太忍心。

掠至宋缺身旁，這位被譽為天下第一刀法大家的超卓人物毫不訝異的朝他瞧來，腳步不緩的從容微笑道：「少帥是想送我一程，還是要作決戰的旁觀見證？」

兩人並肩在深夜的雪原冒著雪花前進，寇仲沉聲道：「兩者皆非，小子想為閥主出戰。」

宋缺忽然岔開話題，目光投往前方，輕鬆的道：「當日在小長安少帥決戰伏難陀前的一刻，你可有必勝的把握？」

寇仲點頭道：「我從沒想過會被伏難陀幹掉。」

宋缺欣然道：「那即是說你對擊敗伏難陀信心十足，可是若對手換上寧道奇，少帥仍有必勝的把握嗎？我要的是一個絕對誠實的答案。」

寇仲苦笑道：「我沒有半絲把握，但會全力奮戰到底。」

宋缺哈哈笑道：「這即是沒有信心，那你早輸掉此仗。這回寧道奇可非像上次般只是和你鬧著玩兒，而是會利用你信心不足的破綻，無所不用其極的置你於死地。少帥歸天後寧道奇仍不會放過向我挑戰，那你的代我出戰豈非多此一舉，徒令少帥軍土崩瓦解。」

寇仲愕然道：「閥主有必勝的信心嗎？」

宋缺淡淡道：「論修養功力，我們縱非在伯仲之間，亦所差無幾。可是此戰並非一般比武較量，而是生死決戰，在這方面寧道奇將欠缺我宋某人於戰場實戰的寶貴經驗，所以此仗寧道奇必敗無疑，宋缺有十足的信心。」

寇仲從他的語氣肯定他字字發自真心，絕非虛言安慰自己，奇道：「可是閥主適才獨坐內堂時神態古怪，又說寧道奇懂挑時間，使小子誤以爲閥主在爲此戰的勝負煩憂。」

宋缺沉吟片晌，略緩奔速，道：「少帥眞的誤會哩！我當時只因被這場決戰勾起對一個人的回憶，更爲我們的關係發展到這田地傷懷，所以神情古怪，而非是擔心過不了寧道奇的散手八撲。」

寇仲輕輕道：「梵清惠？」

宋缺露出苦澀的表情，語氣仍是平靜無波，淡淡道：「寧道奇是天下少數幾位贏得我宋缺敬重的人，否則我早向他挑戰。清惠是故意爲難我，試探我的決心。清惠一向算無遺策，這次卻是大錯特錯。」

寇仲忍不住問道：「閥主會不會刀下留情？」

宋缺哈哈笑道：「這是另一個宋某絕不允許少帥出手的理由，捨刀之外，再無他物，刀鋒相對，豈容絲毫忍讓。清惠啊！這可是你想見到的結果？」最後兩句話，宋缺感慨萬千，不勝欷歔。

寇仲啞口無言。宋缺倏地立定，兩手負後，仰望漫空飄雪，寇仲連忙止步，垂首道：「小子希望閥主與寧道奇決戰時，可在旁作個見證。」

宋缺往他瞧來，露出祥和的笑容，神態回復從容閒適，一點不似正在迎戰勁敵的途上，淡淡道：「人生不如意事，十常八九。當年我邂逅清惠，是一個明月當頭的晚夜，那時我像你般的年紀，碧秀心尚未出道，此事我從沒有告訴任何人。」

又望向夜空，輕嘆一口氣道：「到碧秀心爲石之軒那奸徒所辱，清惠二度下山，我與她重遇江湖，中間隔開足有十多個年頭。初遇她時我仍是藉藉無名之輩，『霸刀』岳山的威勢卻是如日中天，清惠已對我另眼相看，與我把臂共遊，暢談天下時勢、古今治亂興衰。」

寇仲說話艱難的囁嚅問道：「閥主爲何肯放過她呢？」

宋缺往他瞧來，雙目奇光電閃，思索的道：「放過她？哈！我從未想過這種字眼。我爲何肯放過她？」

徐子陵踏入酒館，見陰顯鶴神情木然的獨坐一隅，桌上一杯一罈外再無其他，放下心事。對命運他再沒有絲毫把握，因美艷夫人的延誤，使他不能迅速趕來，更害怕這麼耽擱，陰顯鶴又不知會弄出甚麼事故。所以他要親眼看到陰顯鶴安然無恙，才能輕鬆起來。

他移到桌子另一邊坐下，抓著罈口提起放下，嘆道：「你不是答應我只喝兩杯嗎？現在卻是半罈酒到了你的肚裏去。」

陰顯鶴朝他瞧來，沉聲道：「因爲我害怕。」

徐子陵不解道：「你怕甚麼？」

陰顯鶴頹然道：「我怕到長安去。當年揚州兵荒馬亂，這麼一群小女孩慌惶逃難，其前途令人不敢設想！假若紀倩確是小妹逃亡中的夥伴，卻告訴我小妹的壞消息，唉！我怎辦好呢？唉！子陵！我很痛苦！」又伸手抓酒罈。

徐子陵手按酒罈，不讓他取酒再喝，心中憐意大生。陰顯鶴平時冷酷孤獨的高傲模樣，只是極度壓抑下的幌子，當酒入愁腸，會把他堅強的外殼粉碎，露出脆弱無助的一面。唯一解決的方法，是為他尋回陰小紀，他始可過正常人的幸福生活。

陰顯鶴顯然頗有醉意，訝然往徐子陵瞧來，皺眉道：「不用勞煩你，我自己懂斟酒。」

徐子陵無奈為他斟滿一杯，聲明道：「這是到長安前最後一杯，找小紀的事不容有失。」斟罷把酒罈放在他那邊的桌面。

陰顯鶴目光投進杯內在燈光下蕩漾的烈酒，平板的道：「子陵為何不喝酒？照我看你也心事重重，離開成都後沒見你露過半點歡容。」

徐子陵很想向他展現一個笑容，卻發覺臉肌僵硬，嘆道：「因為我的內心也很痛苦。」

師妃暄的仙蹤忽現，令他陷於進退兩難的處境，這不但指他被夾在寇仲和她中間的關係，還包括他對師妃暄的感情。假若師妃暄永不踏足凡塵，那他和師妃暄當然是始於龍泉，止於龍泉，亦正是在這種心情下，他才全力去爭取石青璇。但師妃暄的出現，令他陣腳大亂，理性上他曉得如何取捨，可是曉得是一回事，能否辦到則是另一回事。人的情緒活如一頭永不能被徹底馴服的猛獸。他對師妃暄是餘情未了，師妃暄又何嘗能對他忘情。他們各自苦苦克制，築起堤防。

陰顯鶴舉杯一飲而盡，拍桌道：「最好的辦法是喝個不省人事，嘿！給我再來一杯！」

徐子陵苦笑道：「你可知我剛和人動過手，懷中尙有一顆五采石。」

陰顯鶴瘦軀一震，失聲道：「美艷夫人？」

徐子陵點頭道：「正是從她手上搶回來，她從塞外逃到這裏，當爲躲避謀奪五采石的敵人，現在這燙手山芋來到我們手上，若我們變成兩個爛醉如泥的酒鬼，後果不堪想像。」

陰顯鶴拿起酒杯，放在桌子中央，道：「讓我多喝幾口如何？我答應是最後一杯。」

徐子陵拿他沒法，爲他斟滿另一杯，心神又轉到師妃暄身上，記起之前在成都城外她說話的每一個神態。以她的標準來說，她對自己情不自禁，已無法掩飾，所以才會說出介意徐子陵對她的看法這類話。而更令他生出警覺的，是和她分手後，他有點心不由主的不斷想著她，這使他對石青璇生出深深的內疚。天啊！這究竟是怎麼一回事！辛辣的酒灌喉而入，徐子陵始發覺自己兩手捧起酒罈，大喝一口。放下酒罈，陰顯鶴正瞧著他發呆，斟滿的一杯酒出奇地完封未動。

徐子陵酒入愁腸，湧上醉意，仍有些尷尬的道：「好酒！」

長笑聲起，有人在身後道：「原來子陵也好杯中物。」

徐子陵愕然瞧去，久違的吐谷渾王子伏騫在頭號手下邢漠飛陪同下，龍行虎步的朝他的桌子走過來。

徐子陵慌忙起立，大喜道：「我正要找你們。」

介紹陰顯鶴與兩人認識後，四人圍桌坐下，夥計重新擺上飲酒器皿，伏騫隨意點了幾道送酒的小點，邢漠飛爲各人斟酒，氣氛驟增熱烈。

酒過兩巡，伏騫笑道：「我一直派人監視美艷那妮子落腳的客棧，想不到竟發現子陵行蹤，實是意外之喜。」說罷瞥陰顯鶴一眼。

徐子陵忙道：「顯鶴是自己人，不用有任何顧忌。」

邢漠飛壓低聲音道：「徐爺可知塞外的形勢自你們離開後，起了天翻地覆的變化？」

伏騫接著道：「到我們重臨中土，始知中原形勢逆轉，少帥軍的冒起，使李唐不再是獨霸之局，這也打亂我們的計畫，對將來中外形勢的發展，再沒有絲毫把握。」

徐子陵環目掃視，酒館內只近門處尚餘兩桌客人，附近十多張桌子都是空的，不虞被人偷聽他們說話，問道：「這回伏兄到中土來，有甚麼大計？」

伏騫苦笑道：「有甚麼大計？還不是爲應付突厥人嗎？你可知西突厥的統葉護透過雲帥與李建成暗締盟約，此事關乎到我吐谷渾的盛衰興亡，所以我不得不到中原再走一趟，本要與秦王好好商談，豈知形勢全非，使我們陣腳大亂。」

徐子陵恍然道：「原來消息是從伏兄這裏傳開來的。」

邢漠飛向陰顯鶴斟酒道：「陰兄？」

陰顯鶴以手封杯口，不讓邢漠飛爲他添酒，歉然道：「我答應過子陵，剛才是最後一杯。」

徐子陵向朝他請示的邢漠飛點頭，表示確有此事，續向伏騫問道：「塞外目前形勢如何？」

伏騫沉聲道：「塞外現在的形勢，是歷史的必然發展，自突厥阿史那土門任族酋，突厥日漸強大，擊敗鐵勒和柔然後，成爲大草原的霸主。從那時開始，狼軍隨各族酋的野心無休止的往四外擴展勢力，最終的目標是你們中土這塊大肥肉。楊堅的成功稱霸，令大隋國力攀上巔峰，亦正由於富強的國力，種下楊廣濫用國力致身敗國亡的遠因。當楊廣初征高麗，曾使不可一世的東、西突厥，臣服在大隋轟下，但三征高麗的失敗，耗盡大隋的國力，中土的分裂，爲狼軍再次崛起鋪下坦途，實是突厥入侵中原千載一時之機，換成我是頡利，絕不肯錯失這機會。」

探手舉杯，哈哈一笑道：「我們少有這麼把酒談心的閒情，子陵和顥鶴有沒有興趣，細聆中外以人民戰士的血淚寫成的慘痛過去呢？那你們將會對現今的形勢和未來發展的可能性，有更進一步的深入了解。」

徐子陵動容道：「願聞其詳！」

他知悉伏騫的行事作風，不會說假話，更不會說廢話，肯這麼詳述原委，必有其背後的用意，故毫不猶豫地答應。

宋缺邁開步伐，在無邊無際的雪夜不斷深進，彷似沒有特定的目的地，更若全忘掉與寧道奇的生死決戰，以閒聊的口氣道：「若你事事不肯放過，生命將變成至死方休的苦差，因爲那是任何人均力有不逮的事。告訴我，若你不肯放過尙秀芳，會有甚麼後果？」

追在他旁的寇仲一呆道：「當然會失去致致，可是閥主當年處境不同，不用作出選擇。」

宋缺苦笑道：「有何分別？我只能在刀道和梵清惠間作出選擇，假設她叛出慈航靜齋來從我，我敢肯定宋某今天沒有這種成就。捨刀之外，再無他物的境界是要付出代價的，且是非常殘忍的代價。她和我在政治上的見解也是背道而馳，若果走在一起，其中一方必須改變，但我是永遠不肯改變自己信念的。所以打開始，我們便曉得不會有結果。」

寇仲說不出話來。

宋缺朝他瞧一眼，沉聲道：「這數十年來，我一直不敢想起她。你明白那種感覺嗎？思念實在是太痛苦啦！且我必須心無旁騖，專志刀道，以應付像眼前般的形勢，我不是單指寧道奇，但那也包含他在內，指的是天下的整個形勢。練刀即是練心，你明白嗎？沒有動人的過去，怎使得出動人的刀法？」

寇仲一震道：「閥主現在是否很痛苦呢？」

宋缺探手搭上寇仲肩頭，嘆道：「你這小子的悟性令我宋缺也為之叫絕，今天是我二十年來第一次毫無保留地想她，所以你感到我獨坐帥府內堂時的異乎平常。」

不待寇仲答話，挪手負後，繼續漫步，仰臉任風雪降落找尋歸宿處，微笑道：「年輕時的梵清惠美得令人難以相信，即使眼睜睜瞧著，仍不信凡間有此人物。師妃暄這方面頗得她的真傳，那是修習《慈航劍典》仙化的現象。若我沒有看錯，師妃暄已攀登上劍心通明的境界，比清惠的心有靈犀，尚勝一籌。」

寇仲拍手叫絕道：「閥主的形容眞貼切，沒有比『仙化』兩字能更貼切地形容師妃暄的獨特氣質。」

宋缺迎上他的目光，淡然自若道：「勿以評頭品足的角度看仙化兩字，這內中大有玄之又玄的深意。道家佛門，不論成仙或成佛，其目的並無二致，就是認為生命不止於此。《慈航劍典》是佛門首創以劍道修天道的奇書，予我很大的啓示，當刀道臻達極致，也該是超越生死臻至成仙成佛的境界。」

寇仲猛顫道：「我明白哩！事實上閥主所追求的，與清惠齋主修行的目標沒有分別，閥主放棄與她成為神仙眷屬的機緣，與她堅持修行的情況同出一轍。」

宋缺搖頭道：「我和她有著根本的不同，是我並不著意於生死的超越，只是全力在刀道上摸索和邁進。我特別提醒你師妃暄已臻劍心通明的境界，是要你生出警惕之心，因爲她是有資格擊敗你的人之一。」寇仲想起在成都師妃暄向他的邀戰，苦笑無語。

宋缺目注前方，腳步不停，顯然正陷進對往事毫無保留的緬思深處。一團團潔白無瑕的雪花，緩緩降下，四周林原白茫茫一片，令人疑幻似眞。寇仲仍不曉得此行的目的地，一切似乎是漫無目的，而他頗享受這種奇異的氣氛和感覺。忽然問道：「閥主從未與寧道奇交過手，爲何卻有十足必勝的把握？」

宋缺啞然失笑道：「當每位與你齊名的人，一個接一個飲恨於你刀下，數十年來均是如此，你也會像宋某人般信心十足。寧道奇豈會是另一個例外？這不是輕敵，而是千錘百鍊下培養出來的信念。」

寇仲嘆道：「但我仍有點擔心，至少閥主因梵清惠心情生出變化，恐難以最佳狀態迎戰寧道奇。」

宋缺點頭同意道：「你有此想法大不簡單，已臻達入微的境界。清惠堅持自己的信念，不惜請出寧道奇來對付宋某人，實在傷透我的心，可是我卻沒有絲毫怪責她的意思，反更增對她的敬重，因爲她下此決定時，會比我更難受。」

寇仲道：「或者只是師妃暄的主意。」

宋缺搖頭道：「師妃暄當清楚清惠與我的關係，若沒有清惠的同意，絕不敢使出寧道奇這最後一著。」頓了頓續道：「我和清惠不能結合的障礙，除去各有不同的信念和理想外，還因我有婚約在身，此婚約對我宋家在嶺南的發展至關重要，有點像你和玉致的情況。這麼說你該明白我把家族放在最高的位置，等待的就是眼前的一統天下、揚我漢統的機會，那比任何男女愛戀更重要。不論此戰誰勝誰負，你必須堅持下去。」

寇仲道：「閥主以堅持漢統爲己任，爲何清惠齋主不支持你？」

宋缺淡淡道：「這方面眞是一言難盡，你有興趣知道嗎？」

寇仲頷首道：「我好奇得要命！」

酒館的夥計爲他們燃著店內左右壁上的燈燭，在火光掩映的暖意下，滿臉髯鬍、相貌雄奇的伏騫淺呷一口酒，目光投往杯內的酒徐徐道：「此事須由四十年前楊堅逼周朝靜帝禪讓說起，北周一向與突厥關係密切，北周的千金公主爲突厥可汗沙鉢略之妻，對本朝被楊堅篡奪怨恨極深，故不住煽動沙鉢略爲她北周復仇。而楊堅亦一改前朝安撫的政策，不把突厥人放在眼裏，故在這內外因素的推動下，突厥不時寇邊，令楊堅不得不沿邊加強防禦，修長城築城堡，駐重兵大將於幽、并兩州。於此緊張時期，出現了一個關鍵性的人物長孫晟。」

徐子陵皺眉道：「長孫晟？」

伏騫點頭道：「正是長孫晟，據我所知，此人大有可能是趙德言的師傅，奉北周皇帝之命送千金公主嫁到突厥，一方面在突厥煽風點火，勾結沙鉢略之弟處羅；另一方面則回中土取得楊堅信任，獻上挑撥離間分化突厥之策。由於他長期在塞外，故深悉突厥諸酋間的情況，更繪成塞外山川形勢圖，楊堅大喜下接納他的全盤策略，分別聯結突厥最有勢力的兩個小可汗達頭和處羅，最後導致突厥分裂爲東西兩汗國，而突厥人亦不住入侵貴國，搶掠屠殺，隋軍則不住反擊，仇恨就是這樣種下來，現在誰都改變不了，只有一方被滅，戰火始會熄滅。」

徐子陵道：「多謝伏兄指點，我和寇仲對楊堅時期的事並不清楚，從沒想過其中有此轉折。魔門的人眞厲害，先有長孫晟，後有石之軒和趙德言使出陰謀詭計，操縱局勢的發展。敢問伏兄，貴國吐谷渾現在處於怎樣的境況下？」

伏騫雙目殺意大起，沉聲道：「最直接威脅到我們的敵人是西突厥，自統葉護繼位，西突厥國力大盛。統葉護得雲帥之助，本身又文武兼備，有勇有謀，每戰必克，兼且野心極大，雖暫時與我們保持友好關係，只是因有利於他吞併鐵勒的行動。至於他肯與李建成暗締盟約，爲的是要聯唐以夾擊頡利。如大唐能一統天下，頡利當然無隙可乘，但寇仲的崛起，卻令頡利有可乘之機。若我沒有猜錯，頡利在短期內將會聯同突利大舉南侵，被狼軍踐踏過的鄉縣鎭城，休想有片瓦完整。」

徐子陵想起突厥狼軍的消耗戰術，一顆心直沉下去，忍不住問道：「統葉護勾結的是李建成，爲何伏兄卻散播西突厥勾結李世民的謠言。」

伏騫凝望他半晌，訝道：「李世民現在不是子陵的敵人嗎？因何語氣竟隱含怪責之意？」

徐子陵道：「或者因爲我從沒想過伏騫兄會使這種手段。」

伏騫苦笑道：「當強敵環伺，國家存亡受到威脅，爲掙扎求存，任何人都會無所不用其極的去對付敵人。假設勾結西突厥一事是無中生有，絕起不到甚麼作用。可是謠言假裏有眞，會生出微妙的影響，既能令李建成疑神疑鬼，又使頡利生出警惕，更可進一步分化李閥內部的團結，對少帥一方該是有利而無害。」

邢漠飛補充道：「徐爺可有想過頡利的草原聯軍入犯中土，會形成怎樣的局面？」

徐子陵道：「請指點。」

邢漠飛肅容道：「只要頡利能在中原取得據點，統葉護將在無可選擇下到中原來分一杯羹，以免頡利攻陷長安，勢力坐大，然後分從塞外和關西向他發動攻擊，那時他將陷於兩面受敵的挨揍劣局，此正是李建成和統葉護一拍即合的原因。李建成雖一向與頡利祕密勾結，一方面是懼怕頡利的威勢，另一方面是想借其力對付李世民，卻非不知頡利的狼子野心，故希望能以統葉護制頡利，但此乃引狼入室，若統葉護因李建成給予的方便成功在中原生根立足，我們的形勢將更爲危殆。」

伏騫接口道：「退一步來說，若頡利只是搶掠一番，退返北塞，而李建成卻登上皇座，他與統葉護的關係將更爲密切，統葉護沒有東疆之憂下，於滅鐵勒後會全力對我們用兵，這將是我們最不願見到的情況。」

陰顯鶴默然不語，似是對三人討論的天下大勢沒有絲毫興趣，徐子陵卻聽得頭大如斗，進一步明白師妃暄阻止寇仲進犯巴蜀的決心。伏騫比他徐子陵甚或中土任何人更了解塞外的形勢，他預料頡利會短期內南侵之語定非虛言，且目前確是北塞聯軍南侵的最佳時機，李唐內部分裂，李世民雖得洛陽，卻陷於應付兩線苦戰之局，李淵根本無力抵擋以狼軍爲首的塞外聯軍。想起突厥人消耗戰的可怕，加上在旁覬覦的統葉護，未來的發展確是教人心寒。

伏騫沉聲道：「我把這個消息洩漏出去，說不定可令頡利暫緩入侵中原，改而對付統葉護。若頡利相信勾結統葉護的是李世民，必透過趙德言令在背後操縱李淵和建成、元吉的魔門同夥加速對付李世民，所以此爲一石二鳥之計。我深切希望統一中原的是少帥而非李家，那憑著我們的交情，將輪到統葉護憂心他的存亡。」

徐子陵心中一震，表面則不露絲毫內心的情緒，說到底，伏騫的最終的目的是要振興吐谷渾，乃至取突厥人而代之，成爲塞外的新霸主。他到中原來，正是爲本國找尋機會。他的一番話雖說得漂亮好聽，但他卻感到伏騫是言不由衷。在伏騫的立場，中原是愈亂愈好，最好是東西突厥同時陷足中原，與李唐和寇仲血戰不休，無法脫身，那吐谷渾將有機可乘。在伏騫來說，為本國的利益，是無可厚非，但他徐子陵怎可坐看這樣一個局面的出現？令徐子陵對伏騫的誠意首次生出懷疑，是伏騫把消息扭曲後散播，那只會是火上添油，徒增變數。

伏騫笑道：「顧著說這些令人煩擾的事，尚未有機會問子陵為何到漢中來，是否要往長安去呢？」

徐子陵心想的卻是若伏騫如實把李建成勾結西突厥統葉護的消息洩露，收效可能更大，因為頡利對此豈敢輕忽，說不定他這邊進侵中原，那邊廂統葉護已攻打其在都斤山的牙帳，那李建成之危自解。李建成雖沒法派兵助統葉護，卻可在兵器、糧食方面向統葉護作出有力的支持。心中暗嘆，坦然道：「我到長安打個轉辦此事後立即離開。」

伏騫的一對銅鈴般有神的巨目閃過複雜難明的神色，旋即露出喜色，欣然道：「我們正要入長安拜會李淵，有我的使節團掩護，子陵可省去不必要的麻煩。」

徐子陵心中思索伏騫眼神內的含意，表面則不動聲色，微笑拒絕道：「入長安前我們尚有其他事情待辦，還是分頭入城彼此方便。」

伏騫笑道：「如此子陵到長安後務要來見伏某一面，長安事了後，我希望能和少帥碰頭，看看大家有甚麼可合作的地方。來！我們喝一杯，願我們兩國能永遠和平共存，長為友好之邦。」

宋缺領寇仲來到一座小山之上，環視遠近，雪愈下愈密，他們像被密封在一個冰雪的世界裏，再不存在其他任何事物。

宋缺雙目射出沉醉在往昔情懷的神色，輕柔的道：「我和清惠均瞧出由魏晉南北朝的長期分裂走向隋朝楊堅的統一，實是繼戰國走向秦統一的另一歷史盛事，沒有任何歷史事件能與之相比。可是對天下如何能達致長治久安，我和清惠卻有截然不同的看法，在說出我們的分歧前，我必須先說明我們對楊堅能一統天下的原因在看法上的分異。」

寇仲感到胸襟擴闊，無論從任何角度去看，宋缺和梵清惠均是偉大超卓的人，他們視野遼闊，博通古今治亂興衰，他們的看法當然是分量十足。饒有興趣的道：「統一天下還須其他原因支持嗎？誰的拳頭夠硬，自能蕩平收拾其他反對者。」

宋缺啞然失笑道：「這只是霸主必須具備的條件，還要其他條件配合，始能水到渠成。試想若天下萬民全體反對給你管治，你憑甚麼去統一天下？若純論兵強馬壯，天下沒有一支軍隊能出突厥狼軍之右，又不見他們能征服中原？頂多是殺人放火，蹂躪搶掠一番。而這正是清惠的觀點，統一是出於人民的渴求，只要有人在各方面符合民衆的願望，他將得到支持，水到渠成的一統天下。」

寇仲點頭道：「清惠齋主的看法不無道理。」

宋缺淡淡道：「那我要問你一個問題，在西漢末年，又或魏晉時期，難道那時的人不渴求統一和平嗎？爲何西漢演變成三國鼎立？魏晉分裂爲長時期的南北對峙呢？」

寇仲啞口無言，抓頭道：「閥主說的是鐵錚錚的事實，何解仍不能改變清惠齋主的想法？」

宋缺嘆道：「清惠有此見地，背後另含深意，我且不說破，先向你說出一些我本人的看法。」

寇仲心悅誠服的道：「願聞其詳！」

宋缺露出深思的神色，緩緩道：「南北朝之所以長期分裂，問題出於『永嘉之亂』，從此歷史進入北方民族大混戰的階段，匈奴、鮮卑、羯、氐、羌各部如蟻附羶的滲透中原，各自建立自己的地盤和政權，而民族間的仇恨是沒有任何力量能化解的，只有其中一族的振興，方可解決所有問題。」

寇仲一震道：「難怪閥主堅持漢統，又說楊堅之所以能得天下，乃漢統振興的成果，現在我終於明白閥主當年向我說過的話。」旋又不解道：「那閥主和清惠齋主的分歧在何處？」

宋缺雙目射出傷感的神色，苦笑道：「在於我們對漢統振興的不同看法，我是站在一個漢人的立場去看整個局勢，她卻是從各族大融合的角度去看形勢。她追求的是一個夢想，我卻只看實際的情況，這就是我和她根本上的差異。」

寇仲雖仍未能十足把握宋缺和梵清惠的分歧，卻被宋缺蒼涼的語調勾起他對宋玉致的思念，由此想到宋玉致反對嶺南宋家軍投進爭天下的大漩渦裏，背後當有更深一層的理念，而自己從沒有去設法了解，而正是這種思想上的分歧，令他永遠無法得到她的芳心，一時心亂如麻，情難自已。

雪花不斷地灑在這一老一少、代表中土兩代的出色人物身上。

宋缺察覺到寇仲異樣的情況，訝然朝他瞧去道：「你在想甚麼？」

寇仲頹然道：「我從閥主和清惠齋主的分歧想起與玉致的不協調，因而深切體會到閥主當時的心境。」

宋缺微一頷首，道：「我和清惠的分歧，確令我們難以進一步發展下去，其他的原因都是次要。清惠認爲我們漢族不但人數上佔優勢，且在經濟和文化的水平上有明顯的優越性，只要有足夠的時間，可把入侵的外族同化，當民族差別消失，民族間的混戰自然結束，由分裂步向統一，此爲歷史的必然性。

在某一程度上，我同意她在這方面的見解，可是她認爲胡化後的北方民族大融合，始是我漢族的未來發展，在此事上宋某人實不敢苟同。」

寇仲尚是首次聽到有人從這角度去瞧中土局勢的變化，頗有新鮮的感覺。北方漢族的胡化或胡族漢化，是既成的事實，像宇文化及、王世充之輩，正是不折不扣漢化後的胡人或胡化的漢人，李閥亦有胡人的血統。但要宋缺這堅持漢統的人去接受漢化的胡人或胡化的漢人，卻是沒有可能的。梵清惠和宋缺的分歧，涇渭分明，而這分歧更體現在目前的形勢上。

宋缺沉聲道：「我並不反對外來的文化，那是保持民族進步和活力的祕方，佛學便是從天竺傳過來與我漢族源遠流長、深博精微的文化結合後發揚光大的。可是對外族沒有提防之心，稍有疏忽將變成引狼入室，像劉武周、梁師都之輩，正因胡化太深，所以無視突厥人的禍害。而李氏父子正步其後塵，與塞外諸族關係密切，早晚釀成大禍。我欣賞清惠有容乃大的襟懷，但在實際的情況下，我必須嚴守漢夷之別，否則塞外諸族將前仆後繼的插足中原，中土則永無寧日。北方既無力自救，惟有讓我們南人起而一統天下，撥亂反正，捨此再無他途，否則我大漢將失去賴以維繫統一的文化向心力，天下勢要長期陷於分裂。」

接著哈哈笑道：「給清惠勾起的心事，使悶在腦袋中近四十年的煩惱傾瀉而出，宋某大感痛快。少帥現在當明白我宋缺的目標和理想，我助你登上帝座，爲的不是宋家的榮辱，而是我華夏大漢的正統。一個偉大民族的出現，並沒有歷史上的必然性，得來不易，亦非依人們的意志而不能轉移，假若沒有始皇嬴政，中土可能仍是諸雄割據的局面。我希望千秋萬世後，華夏子民想起你寇仲時，公認你寇仲爲繼嬴政和楊堅後，第三位結束中土分裂的人物。這是個偉大的使命，其他一切均無關痛癢。」

寇仲心中湧起熱血，同時明白宋缺肯吐露埋藏心底多年心事的用意，是他其實並不看好這場與寧道奇的決戰，他的破綻在梵清惠，當他以爲自己不再受對梵清惠苦戀左右之際，師妃暄卻代寧道奇下挑戰書，再勾起他當年的情懷，致一發不可收拾，使他無法保持在「捨刀之外，再無他物」的刀道至境，大失必勝之算。宋缺不但要寇仲明白他統一天下的苦心，更要他能堅持信念，縱使他宋缺落敗身亡，仍不會被師妃暄曉以大義，令寇仲放棄他振興漢統千秋大業的遺志。

寇仲肅容道：「閥主放心，寇仲會堅持下去，直至爲閥主完成心中的理想。」

宋缺長笑道：「好！我宋缺並沒有錯看你。記著我們爲的非是一己之私，而是整個民族的福祉。現在我可以放下一切心事，全心全意投進與寧道奇的決鬥，看看是他的道禪之得，還是我的天刀更勝一籌。你仍要隨我去作壁上觀嗎？」

寇仲毫不猶豫的點頭。宋缺再一陣長笑，往前飄飛，深進大雪茫茫的潔白原野。寇仲緊追其後，一老一少兩大頂尖高手，轉瞬沒入大雪純淨無瑕的至深處。

「咯！咯！」獨坐客房內的徐子陵應道：「顯鶴請進，門是沒有上閂的。」

陰顯鶴推門入房，掩上房門，神情木然的隔几坐到徐子陵另一邊。這是和酒館隔一個街口另一所頗具規模的旅館，與伏騫告別後，他們在這裏開了兩間上房。

徐子陵關心的問道：「睡不著嗎？」

陰顯鶴木然點頭，頹然道：「我是否很沒有用呢？」

徐子陵不同意道：「怎可以這樣看自己，你患得患失是合乎人情的。自令妹失蹤後，你天涯海角的去尋找她，雖然沒有結果，總有一線希望。現在令妹的下落可能由紀倩揭曉，換作我是你，也怕聽到的會是無法挽回的可怕事實，那時你將失去一切希望，甚至生存的意義，所以害怕是應該的。」

陰顯鶴苦澀的道：「你倒了解我。」

徐子陵目射奇光，道：「可是我有預感你定可與小紀團聚，我眞的有這感覺，絕非安慰你而這麼說。」

陰顯鶴稍見振作，問道：「你對伏騫有甚麼感覺？」

徐子陵呆望他片刻，苦笑道：「我不想去想他的問題，大家終是一場朋友。」

陰顯鶴道：「突利不也是你的生死之交嗎？可是在形勢所迫下，終有一天你會和他對決沙場。頡利和突利雖不時纏鬥，但在對外的戰爭上，為共同的利益，是團結一致的。我同意伏騫的說法，頡利和突利的聯軍將會在短期內大舉入侵中原，這是沒有人能改變的現實。」

徐子陵問道：「他們有甚麼共同的利益？」

陰顯鶴道：「我長期在塞內外流浪，找尋小紀，所以比你或寇仲更深切體會到塞外諸族的心態。他們最害怕的是出現一個統一強大的中原帝國，楊廣予他們的禍害記憶猶新。唯一我不同意伏騫之處，是西突厥的統葉護絕不會在這種時間抽頡利的後腿，那是他們狼的傳統，見到一頭肥羊，群起噬之，以飽餓腹。現在李閥內部分裂，中土則因寇仲冒起而成南北對峙，若突厥人不乘此千載一時之機撲噬我們這頭肥羊，一俟李閥或寇仲任何一方統一中原，他們將失去機會。」

徐子陵感到背脊涼浸浸的，陰顯鶴從未如此長篇大論去說明一件事，這回大開金口且是字字珠璣，把中外的形勢分析得既生動可怖又淋漓盡致。忽然間，他深深的明白師妃暄重踏凡塵的原因，正是要不惜一切的阻止事情如陰顯鶴所說般的發展。政治是不論動機，只講後果。寇仲的爭霸天下，帶來的極可能是更大的災難。

「子陵啊！你曾說過，若李世民登上帝座，你會勸寇仲退出。爲天下蒼生，子陵可否改採積極態度，玉成妃暄的心願呢？」

師妃暄的說話在他腦海中回盪著。當時他並沒有深思她這番話，此刻卻像暮鼓晨鐘，把他驚醒過來，出了一身冷汗。萬民的福祉，在此一念之間。

陰顯鶴的聲音在耳鼓響起道：「爲何你的臉色變得這麼難看？」

徐子陵口齒艱難的道：「我曾親眼目睹惡狼群起圍噬鹿兒的可怕情景，所以你那比喻令我從心底生出恐懼。」

陰顯鶴嘆道：「突厥人一向以狼爲師，他們的戰術正是狼的戰術，先在你四周徘徊咆哮試探虛實，瓦解你的鬥志，令你精神受壓，只要你稍露怯意，立即群起撲擊，以最凶殘的攻勢把獵物撕碎，且奮不顧身。」稍頓續道：「若我是頡利，更不容寇仲有統一天下的機會。他對寇仲的顧忌肯定尤過於對李世民，因爲沒有人比頡利更清楚寇仲在戰場上的能耐。這三個月許的冰封期，正是頡利入侵的最佳時機。」

徐子陵劇震道：「幸好得顯鶴提醒我，我並沒有想過冰封期有此害處。」

陰顯鶴道：「子陵長於南方，當然不曉得北疆住民日夕提心吊膽的苦況，突厥人像狼群般神出鬼沒，來去如風，所到處片瓦不留。」

徐子陵斷然道：「不！我絕不容這情況出現。」

陰顯鶴洩氣的道：「我們還有甚麼辦法可想？」

徐子陵皺眉道：「突利難道完全不看我和寇仲的情面嗎？」

陰顯鶴搖頭道：「突厥人永遠以民族爲先，個人爲次，可達志便是個好例子。何況有畢玄支持頡利，只要畢玄插手，突利將不敢不從，否則他的汗位不保。在這樣的情況下，甚麼兄弟之情亦起不了作用，子陵必須面對事實。」

徐子陵沉聲道：「我要去見李世民。」

陰顯鶴愕然道：「見他有甚麼作用，你們再非朋友，而是勢不兩立的死敵。」

徐子陵神情堅決的道：「你今夜這一席話，令我茅塞頓開，想通很多事情。以往我和寇仲總從自身的立場出發去決定理想和目標，從沒想過隨之而來的後果。」

輪到陰顯鶴眉頭大皺，道：「形勢已到一發不可收拾的地步，宋缺既出嶺南，天下再無人可逆轉此一形勢，子陵見李世民還有甚麼好說的？」

徐子陵道：「我不知道！可這是令中原避過大禍的最後機會。若我不盡力嘗試，我會內疚終身，更辜負妃暄對我的期望。」

陰顯鶴開始明白徐子陵的心意，倒抽一口涼氣道：「說服李世民有啥用，李世民之上尚有李淵，建成元吉則無不欲置李世民於死地，照我看子陵無謂多此一舉。」

徐子陵露出苦思的神色，沒有答他。

陰顯鶴嘆道：「寇仲再非以前的寇仲，他現在不但是少帥軍的領袖，更是宋缺的繼承者，在他肩上有很重的擔子，我眞不願見你們兩個好兄弟因此事失和。」

徐子陵道：「我沒法逐一計較得失，只知中土百姓將大禍臨頭。他們受夠啦！好應過一段長治久安的安樂日子。」

陰顯鶴點頭道：「子陵就是這麼一個只為他人著想，不計自身得失的人。可惜時間和形勢均至回天乏力的境地，縱使寇仲肯向李唐投誠，宋缺仍不會罷休。你最清楚寇仲，他在最惡劣的形勢下仍不肯屈服投降，何況是現在統一有望的時刻，他不但無法向自己交代，難向追隨和支持他的人交代，更無法向為他犧牲的將士交代。」

稍頓後續道：「我說這麼多話，不是不了解子陵的苦心和胸懷，而是怕你犯險，戰場從來是不講人情的。你若去見李世民，他會如何對付你實是難以預料，即使他念舊，李元吉、楊虛彥之輩更是絕不會放過你的。除去你等於廢去寇仲半邊身，照我看李世民不肯錯過子陵這送羊入虎口的機會。」

徐子陵深切感受到這似對所有事情均漠不關心的人對自己的擔心，感動的道：「我會謹慎行事的。」

心中想到的是李靖，他本不打算找他，現在卻必須在長安與他碰頭，再不計較此事會帶來的風險。

陰顯鶴見不能說服他，盡最後的努力道：「你若要說服寇仲投降，何須見李世民？」

徐子陵道：「若不能說服李世民，沒可能打動寇仲，我亦愧於遊說他。此事複雜至極點，牽連廣泛，一言難盡。」

陰顯鶴沉聲道：「宋缺的問題如何解決？」

徐子陵頹然道：「我不知道，只好走一步算一步，妃暄說過她會營造一個統一和平的契機，希望她真的可以辦到。」

陰顯鶴斷然道：「我陪你去見李世民。」

徐子陵道：「見過紀倩再說吧！」

陰顯鶴嘆道：「與子陵這席話對我有莫大益處，比起天下百姓的幸福和平，個人的慘痛創傷只是微不足道。」

徐子陵忽然探手弄滅小几的油燈，道：「有人來犯！」

陰顯鶴抓上背上精鋼長劍，破風聲在窗外和門外響起。

漫空風雪中，宋缺和寇仲立在伊水東岸，俯視悠悠河水在眼前流過。直到此刻，寇仲仍不曉得寧道奇約戰宋缺的時間地點。

宋缺神態閒適，沒有半分趕路的情態。忽然微笑道：「少帥對長江有甚麼感覺？」

寇仲想起與長江的種種關係，一時百感交集，輕嘆一口氣，道：「一言難盡。」

宋缺油然道：「長江就像一條大龍，從遠西唐古拉山主峰各拉丹冬雪峰傾瀉而來，橫過中土，自西而東的奔流出大洋，孕育成南方的文明繁華之境。與黃河相比，大江多出幾分俏秀溫柔。江、淮、河、濟謂之『四瀆』，都是流入大海的河道。天下第一大河稱語的得主雖是黃河，但我獨鍾情大江，在很多方面是大河無法比擬的。」

寇仲完全摸不著頭腦，不明白宋缺為何忽然說起長江來，且似對大江有種夢縈魂牽的深刻感情，語調隱帶蒼涼傷感。

宋缺續道：「我曾為探索大江源頭，沿江西進，直抵西域冰川，那裏群山連綿，白雪皚皚，龐大無比的積雪塊，在陽光下融解，沿冰崖凹處陷下，形成千百向下瀉流的小瀑布，匯聚成河，往東奔流，其使人大壯觀止處，非是目睹，不敢相信。」

寇仲聽得心懷壯闊，道：「有機會定要和子陵去開眼界。」

宋缺提醒道：「你似是忘記玉致。」

寇仲頹然道：「她絕不會隨我去哩！」

宋缺微笑道：「若換成昨天，我或會告訴你時間可沖淡一切，現在再不敢下定論。當上皇帝後，你以爲還可以隨便四處跑嗎？」

寇仲嗒然若失，沒有答話。

宋缺回到先前的話題，道：「人說三峽峽谷與寬谷相間，既有雄偉險峻的瞿塘峽、秀麗幽深的巫峽和險灘急流的西陵峽，爲長江之最，這只是無知者言。大江眞正的奇景在前段金沙江內的虎跳峽，長達十數里，江水連續下跌幾個陡坎，雪浪翻飛，水霧朦朧，兩岸雪山對峙、冰川垂掛、雲繚霧繞，峽谷縱深萬丈，幾疑遠離人世，才是長江之最。」

寇仲苦笑道：「恐怕我永無緣分到那裏去引證你老人家的說話。」

宋缺沒有理他，淡淡道：「我的船就在那裏沉掉，當我抵巴蜀轉乘客船，於一明月當空的晚夜，在艙板遇上清惠。我從未主動和任何美麗的女性說話，可是那晚卻情不自禁以一首詩作開場白，令我永恆地擁有一段美麗傷情，當我以爲淡忘時卻比任何時候更深刻的回憶。」

寇仲心中劇震，想不到宋缺仍未能從對梵清惠的思憶中脫身，此戰實不可樂觀。

來者不善，善者不來。徐子陵向陰顯鶴低聲道：「四個人！」

房門和兩扇窗子同時粉碎。陰顯鶴長劍出鞘，豹子般從椅內彈起，迎往破門而入的敵人。徐子陵看似從容從椅上站起，兩掌左右反手拍去，同時送出兩股高度集中，灼熱逼人的寶瓶勁氣，痛擊穿窗而入的兩敵。

來人全身夜行勁裝，頭包黑罩，只露出眼鼻口，可是怎瞞得過徐子陵。由正門攻來的是大明尊教的大尊許開山，從窗台攻入的分別爲段玉成和辛娜婭，唯一猜不到的是破入鄰房，誤以爲陰顯鶴仍在其中的敵人，此人武功絕不在許開山之下。與石之軒的正面衝突，令大明尊教損兵折將，元氣大傷，但剩下來的幾個人，無一不是經得起嚴峻考驗的高手，絕不可輕忽視之。到此刻，他始明白美艷夫人要逃避的是大明尊教，她從塞外攜來的五采石是隨光明使者拉摩由波斯東來大草原，建立大明尊教。五采石乃大明尊教至高無上的聖物，故許開山等絕不容其落在外人手上。

悶哼和嬌呼同時響起，段玉成和辛娜婭尚未有機會越過窗台，被徐子陵的寶瓶眞氣硬生生震得倒跌回去。徐子陵實戰經驗何等豐富，豈肯讓敵人入房纏戰，何況鄰房的敵人高深莫測，許開山更是接近石之軒那般級數的高手，倏地前衝。

勁氣交擊之聲不絕於耳，在眨眼的光景中，陰顯鶴使盡渾身解數，仍著著被許開山封死，逼得節節後退，回到房間中央處。徐子陵低喝一聲，與陰顯鶴錯肩而過，前方的空氣有若變成實質，換成在幽林小谷與許開山交手前那時的徐子陵，必如陰顯鶴般有力難施，此刻卻是智珠在握，一指點出，迎向許開山疾推而來的雙掌。「右牆！」陰顯鶴會意過來，長劍挽出朵朵劍花時，右方板間牆四分五裂，尚未現身的神祕敵人破壁而至，手上長劍挾著森厲的寒氣，閃電般直擊而來，既狠辣又凌厲無匹。

段玉成和辛娜婭重整陣腳，二度穿窗而入，使徐陰二人所處形勢更是危急。「霍」的一聲，徐子陵高度集中，卸強攻弱的指勁，透過許開山雙掌形成的氣牆，無孔不入的朝許開山攻去。底下飛出一腳，疾踢許開山腹下要害。此兩著凌厲進招，以許開山之能，亦不得不往後退開。「錚！」陰顯鶴絞擊敵劍，發出有如龍吟的激響，但他顯然在劍勁上遜對方一籌，吃不住力，往後面的徐子陵撞去。

徐子陵放過許開山，施展逆轉眞氣的看家本領，硬生生把攻勢改贈從鄰房破壁來襲的可怕敵人，哈哈笑道：「烈瑕兄不是陪尙大家到高麗去嗎？」全身被黑布包裹的敵人聞言一震，劍勢略緩，被徐子陵一指點中劍鋒，觸電般退後。

辛娜婭的短劍、段玉成的長劍，組成排山倒海的攻勢，猛攻兩人。徐子陵不敢戀戰，伸手抓著退勢未止的陰顯鶴，騰空而起，撞破屋頂，揚長而去。

寇仲問道：「閥主以之作開場白的詩，必是能使任何女子傾倒，小子就欠缺這方面的本領。」

宋缺唇角逸出一絲溫柔的笑意，目注大雪降落、融入河水，像重演當年情景的輕吟道：「水底有明月，水上明月浮；水流月不去，月去水還流。」

寇仲聽得忘掉決戰，叫絕道：「因景生情，因情寫景，情景交融，背後又隱含人事變遷的深意，沒可能有更切合當時情況的詩哩！」

宋缺往他望來，雙目奇光大盛，道：「說來你或許不相信，我第一眼看到她，便肯定她是從慈航靜齋來的弟子，踏足塵世進行師門指定的入世修行。那時陳朝尙未被楊堅消滅，清惠曉得我是嶺南宋家的新一代，遂問我南北朝盛衰的情況。」

寇仲再次被宋缺引起興趣，問道：「當時楊堅坐上北朝皇帝寶座嗎？」

宋缺點頭道：「是時楊堅剛受美其名的所謂『禪讓』，成爲北朝之主，此人在軍事上是罕見的人才，由登上帝位至大舉南征，中間相隔九年之久，準備充足，計畫周詳，無論在政治上或軍事上均遠超過南朝陳叔寶那個昏君。可是其爲人有一大缺點，就是獨斷多疑，不肯信人，終導致魔門有機可乘，令楊廣登台，敗盡家當。如今李淵正重蹈楊堅的覆轍，比之更爲不堪。」

寇仲大感與宋缺說話不但是種享受，且可開闊胸襟眼界，明白治亂興衰和做人的道理。宋缺隱伏嶺南，何嘗不是像楊堅般謀定後動，直至勝利的機會來臨，始大舉北上。道：「閥主如何回應清惠齋主？」

宋缺淡淡道：「我向她分析南弱北強的關鍵，在於人民的安定富足，南方之所以能長期偏安，皆因南方土地肥沃、資源豐富，可惜治者無能、貧富不均，致土地兼併日趨嚴重，良田均集中到土豪權貴手上，貪污腐敗隨之而來，官豪勾結，封略山湖、妨民害治，令百姓流離、餓屍蔽野，民不聊生。反之楊堅則自強不息，高下之別，一目了然。」

寇仲點頭道：「這是一針見血的見解，清惠齋主不同意嗎？」

宋缺平靜的道：「她是回到民族融合的大問題上，她指出北方在楊堅登上寶座之際，亂我中土入侵的北方諸族早融合同化，合而成一個新的民族，既有北塞外族的強悍，又不離我漢統根源深厚、廣博優美的文化。兼且北方漢族長期對抗塞外各族，養成刻苦悍勇的民風。這是生於憂患而死於安樂的寫照，即使楊堅失敗，南方終不敵北方，以北統南，將是歷史發展的必然路向。」

寇仲道：「閥主同意嗎？」

宋缺微笑道：「我身為南人，當然聽得不是滋味，卻不得不承認她的看法高瞻遠矚，深具至理。而我則指出若現時出現北方的不是楊堅而是另一個昏君，南方嗣位者不是腐朽透頂的陳後主，歷史會否改寫？說到底誰統一誰，始終是個此盛彼衰的問題，我宋缺從不肯承認歷史的發展有其不可逆改的必然性，政治、武功和手段是決定歷史的直接因素。目前的南北對峙，在某一程度上是當年形勢的重現，我要以事實證明給所有人看，歷史是由人創造出來的。」

寇仲愈來愈清楚宋缺和梵清惠的分歧，皆因立場角度有異，如果宋缺是北人，那爭議將無立足之所。以宋缺的才情志氣，絕不會甘心臣服於胡化的北方漢族之下，而他亦不信任北方的人，認為他們不能與胡人劃清界線，而劉武周、梁師都之輩的所為更強化他的定見。說到底李淵起兵曾藉助突厥之力，到現在仍與突厥關係密切，可達志的突厥兵且是李建成長林軍的骨幹，凡此種種，宋缺起兵北上，是理所當然的事。趙德言成為東突厥國師，也為魔門與外族畫上等號。不論魔門或慈航靜齋，均屬北方文化系統，而宋缺的宋家，正是南方文化的中流砥柱，堅持漢統的鮮明旗幟，宋缺與李閥的不咬弦，乃至正面交鋒，正體現南北的因異生爭。宋缺說得對，歷史是由人創造出來的，若沒有宋缺、沒有寇仲，那誰勝誰敗？幾可說是無待筮龜，也可預見。

寇仲道：「閥主既知陳後主無能，當時何不取而代之，以抗楊堅？」

宋缺啞然失笑道：「我當時仍是藉藉無名之輩，直至擊敗被譽為天下第一刀的『霸刀』岳山，始聲名鵲起，登上閥主之位。我那時立即整頓嶺南，先平夷患，連結南僚諸雄，此時楊堅以狂風掃落葉之勢蕩平南方，欲要進軍嶺南，被我以一萬精兵，抵其十多萬大軍於蒼梧。我宋缺十戰十勝，令楊堅難作寸進，逼得求和。我知時不我予，遂受封為鎮南公，大家河水不犯井水，我從沒向楊堅敬半個禮，所以楊堅駕崩前，仍爲不能收服我宋缺耿耿於懷。」

接著冷哼道：「北人統南又如何，只出個楊廣，天下又重陷四分五裂的亂局，其中原因不但因楊廣苛政擾民，好大喜功，耗盡國力，更證明我不看好胡化後的漢人是正確的。民族的融合不是一蹴可幾的事，殺楊廣者正是宇文化及這徹頭徹尾的胡人。欲要中土振興，百姓有安樂日子，必須堅持漢統，始有希望。少帥須謹記我宋缺這番話。」

寇仲點頭答應，感到肩上擔子愈是沉重，且對宋缺如此循循善誘生出不祥感覺。忍不住道：「以南統北是閥主的最高目標，其他均爲次要，既是如此，閥主大可拒絕寧道奇的挑戰，乾脆由我去告訴他你老人家沒有這時間閒心，而閥主則回去主持攻打江都的大計。」

宋缺雙目透出傷感無奈的神色，輕輕道：「我不願瞞你，你的提議對我有驚人的吸引力。可是來下戰書的是清惠的愛徒，而妃暄更令我從她身上看到清惠，有如她的化身，在在使我說不出拒絕的話。既然決定，宋缺豈會反口改變。清惠太清楚我的個性和對她的感情，此著實命中我要害。她要我表明助你爭天下的決心，我就清清楚楚以行動說明一切。天下能令我動心的事物並不多，寧道奇正是其中之一，加上清惠，教我如何拒絕？」

寇仲啞口無言。

宋缺微笑道：「讓我們以樹木野籐來造一條木筏如何？」

寇仲愕然道：「我們要走水路嗎？」

宋缺道：「寧道奇現在在淨念禪院等候我，走水路可省點腳力。既有少帥伴行，我可省去操筏之力，靜坐幾個時辰，明晚我將與寧道奇決戰於淨院，看看誰是中土的第一人。」

徐子陵和陰顯鶴連夜攀越城牆離開漢中，往北疾走，深進秦嶺支脈的山區，始深切體會到冰雪封路的眞實情況。官道積雪深可及膝，凝冰結在樹木枝椏處成爲銀白晶瑩的冰掛，風拂過時雪花飄落，另有一番情景。四周雪峰起伏，不見行人。天空黑沉沉的厚雲低壓，大雪似會在任何一刻再降下來。

陰顯鶴回頭瞥一眼留下長長的兩行足印，道：「若大明尊教的人死心不息來追趕我們，肯定不會追失。」

徐子陵關心的問道：「你沒受傷嗎？」

陰顯鶴道：「好多啦！仍有少許血氣不暢，並無大礙，烈瑕的功夫似乎比許開山更硬朗，眞奇怪！」

徐子陵道：「因爲許開山仍是內傷未癒，否則我們想脫身須多費一番工夫。眞奇怪！」

陰顯鶴訝道：「你的奇怪指那方面？」

徐子陵道：「當日在龍泉時，大明尊教的人似乎對五采石不太重視，至少沒盡全力去爭奪，現在則是不惜一切似的，令我感到奇怪。」

陰顯鶴點頭同意道：「除非他們不想再在中原混，否則不該來惹你。」

徐子陵一震道：「我明白哩！」

陰顯鶴奇道：「我這兩句話竟對你有啓發嗎？」

徐子陵笑道：「正是如此，事實上他們正是不想在中原混，還要離開塞外，到一個他們能發揚大明尊教的地方。不論塞外塞內，他們都是仇家遍地，只石之軒一個已足教他們提心吊膽，回紇的菩薩更不肯放過他們。」

陰顯鶴不解道：「他們還有甚麼地方可去的？」

兩人剛越過一處山嶺，沿官道斜坡往下走。

徐子陵道：「當然是大明尊教的發源地波斯，只有在那裏五采石最具價值和作用，他們只要編個動聽的故事，把五采石物歸原主，當可另有一番作為，否則就只有坐以待斃的下場。」

陰顯鶴欣然道：「子陵的推斷合情合理，我找不到任何可駁斥的破綻。」又道：「若五采石既成他們唯一出路和重振威風的救星，他們定不肯放過我們。」

徐子陵道：「那就最好不過，顯鶴不是要為安樂幫幫主尋一個公道嗎？我們就在到長安前了斷此事。」

陰顯鶴皺眉道：「既然子陵有此心意，剛才為何不與他們周旋到底，見個眞章。」

徐子陵道：「先前主動操縱在他們手上，你老哥又宿醉未醒，功力大打折扣，拚下去吃虧的是我們。現在我們可蓄勢以待，予他們來個迎頭痛擊，且可在戰略上靈活變化，所謂此一時也彼一時也。」

陰顯鶴失笑道：「難怪寇仲和徐子陵能名懾塞內外，與你們相處愈久，愈感到你們膽大包天，鬼神莫測種種別人難及之處。」

徐子陵道：「你的心情大有改善啊！」

陰顯鶴點頭道：「不知是否受到你的感染，我忽然對前景感到非常樂觀。事實上你的處境不比我好多少，且是近似無法解開的死結，但你仍勇敢面對。我的問題比你簡單，紀倩究竟知道小紀的下落又或不知道，到長安後自會水落石出，若老天爺不肯讓我兄妹重聚，我只好認命，然後盡力助子陵化解中原這場大災劫，希望可爲小紀積點福德。」

徐子陵明白過來，令陰顯鶴轉趨積極的原因，是自己激起他的俠士心腸，找到人生的目標。大感欣慰道：「放心吧！我有信心你可和令妹重聚的。咦！是甚麼香氣？」

陰顯鶴仰鼻嗅索，道：「唔！是很熟悉的氣味！若我沒有猜錯，該是有人在前方烤狼肉。我曾在塞外吃過幾次狼肉，肉味相當不錯。」

兩人轉過峽道，前方遠處官道旁燈火隱現，香氣正是從那方傳過來。

陰顯鶴道：「是個驛站，想不到在此天寒地凍之時，仍有人留守。」

徐子陵道：「即使有人留守，早該上床鑽入被窩尋好夢，怎會生火燒烤，且是惡狼之肉？」

陰顯鶴笑道：「子陵的思慮遠比小弟縝密。我們應筆直走過，還是進驛站分享兩口？」

徐子陵淡淡道：「過門是客，當然進去看看，顯鶴意下如何？」

陰顯鶴欣然道：「一切由子陵拿主意。」

兩人談談笑笑，朝驛站走去。雪粉從天而降，由疏轉密，整個山區陷進茫茫白雪中。

寇仲在筏尾搖櫓，目光落在面向前方河道盤膝打坐，雄峙如山的宋缺背影，雪花落到他頭上半尺許處，立即似被某種神祕莫測的力量牽引般，自然而然避過他飄飛一旁，沒半團落在他身上。大雪仍是鋪天蓋地的撒下來，木筏鋪上數寸積雪，大大增加筏身的重量，累得寇仲要多次清理。在白茫茫的風雪裏，伊水兩岸變成模糊不清的輪廓，不論木筏如何在河面拋擲顛簸，宋缺仍坐得穩如泰山，不晃半下。名震天下的天刀平放膝上，以雙手輕握，令寇仲更感受到宋缺「捨刀之外，再無他物」的境界。

宋缺此戰，實是吉凶難料。寇仲曾分別和兩人交過手，卻完全沒法分辨誰高誰低，他們均像深不可測的淵海，無從捉摸把握其深淺。假若寧道奇敗北，當然一切如舊進行，這場決戰只是統一天下之路上的插曲；如宋缺落敗身亡，那寇仲將沒有任何退路，只能秉承宋缺的遺志，完成宋缺的夢想，義無反顧。透過宋缺的話更深入了解他與梵清惠的分歧後，他再沒法弄清楚誰對誰錯的問題。大家各自有其立場和見地，不但是思想之爭，更是地域之爭。無獨有偶，秦皇嬴政結束春秋戰國的長期分裂，國勢盛極一時，卻僅傳一代而亡；隋文帝楊堅令魏晉南北朝的亂局重歸一統，也是經兩代土崩瓦解。這樣的巧合是歷史的宿命？還是思想、文化差異下強要求同的必然後果？秦之後漢朝的長治久安，隋之後的中土會不會享有同樣的幸運？寇仲在宋缺的啓發下，超越本身所處的時代，以鳥瞰的角度俯視古今治亂興衰及其背後深層的原因，令他更深入地自省身在的處境。

木筏在他操縱下往北挺進，把宋缺送往決戰的場地。這不但是中土最轟動的一場生死對決，更是決定天下命運的關鍵性決戰。寇仲深切感受到無論戰局結果如何，決戰後的中原形勢將永不會回復原先那樣子。

驛館內溫暖如春，香氣四溢，七個作商旅平民打扮的漢子圍著臨時堆砌起的火爐，燒烤一對狼腿，煙屑從兩邊破窗洩出，館內空氣並不嗆悶。見徐子陵和陰顯鶴這兩個不速之客推門而入，只目光灼灼的朝他們打量，卻沒有招呼說話，頓使他們感到頗有一觸即發殺氣騰騰的緊張氣氛。徐陰兩人跑慣江湖，見他們每人的隨身行囊呈長形且放在伸手可及的近處，均曉得內中藏的必是兵器，這七名壯漢不但是會家子，說不定更是專劫行旅殺人搶掠的盜賊。

徐子陵把門關上，置漫天風雪於門外，目光落在坐在烤爐旁面對大門一位年約二十七、八歲的壯漢身上，此人神態沉凝冷靜，雖一臉風塵仍難掩其英氣，顯非一般攔路剪徑的小賊，而是武功極高的高手。他絲毫不讓地迎上徐子陵的目光，亦露驚異神色，顯示出高明的眼力。其他人唯他馬首是瞻，均以目光徵詢他的意向，待他發令。

徐子陵直覺感到他們並非盜賊之流，遂露出笑容，抱拳問好道：「請恕我們打擾之罪，只因嗅得肉香，忍不住進來，別無他意。」

那一身英氣的硬朗漢子長身而起，抱拳回敬道：「兄台神態樣貌，令在下想起一個人，敢問高姓大名。」

他的語調帶有濃厚的塞北口音，徐子陵心中一動，坦然道：「本人徐子陵。」

包括那英偉漢子在內，人人露出震動神色，坐著的連忙起立，向他施禮，態度友善。

英偉漢子露出英雄氣短的感慨神色，苦笑道：「原來眞是徐兄，小弟宋金剛。」

徐子陵一呆道：「宋兄怎會來到這裏？」

宋金剛頹然道：「敗軍之將不足言勇，此事說來話長，我們何不坐下詳談。」

眾人圍著烤爐重新坐好，徐子陵和陰顯鶴分坐宋金剛左右，介紹過陰顯鶴，眾人輪流以利刃割下狼肉，邊嚼邊談。

宋金剛道：「能在此和徐兄、陰兄共享狼肉，是老天爺對我的特別恩寵。柏壁大敗後，我和定揚可汗被李世民派兵窮追猛打，守不住太原，惟有退往塞外投靠頡利，哪知卻中了趙德言的奸謀。」定揚可汗是劉武周，宋金剛的主子。

徐子陵皺眉道：「趙德言和你們有甚麼恩怨，爲何要陷害你們？」

宋金剛道：「問題在頡利頗看得起我宋金剛，故令趙德言生出顧忌，遂向定揚可汗進言，謊稱頡利希望我們重返上谷、馬邑，招集舊部，部署對唐軍的反擊。豈知我們依言率衆回中原途上，趙德言竟向頡利稱我們意圖謀反。爲此我們被金狼軍追擊，定揚可汗當場身死，近千兄弟無一倖免，僅我們七人成功逃出。」

另一人道：「全賴宋帥想出金蟬脫殼之計，以一位死去兄弟穿上他的衣服，弄糊他的臉孔，趙德言始肯收兵回去。」

徐子陵心中湧起早知如此，何必當初的感慨，趙德言說不定是由頡利在背後指使，因爲劉武周和宋金剛已失去利用的價值，不宜再留在世上。若公然處決兩人，會令其他依附突厥的漢人離心，故採此手段。

宋金剛再嘆一口氣道：「我們是否很愚蠢？」

徐子陵心中對他與虎謀皮，做突厥人的走狗，自是不敢苟同，不過宋金剛已到山窮水盡的田地，不願落井下石，只好道：「成王敗寇，有甚麼聰明愚蠢可言？宋兄對未來有甚麼打算？」

宋金剛道：「實不相瞞，北方再無我宋金剛容身之所，所以想往江南投靠與我們一向有密切關係的蕭銑，豈知回中原後，始知形勢大變，宋缺兵出嶺南助少帥爭天下，幾可肯定長江南北早晚盡歸少帥軍，所以打消投靠蕭銑之意，看中巴蜀偏離中原爭霸的核心，希望找得個風光明媚的隱避處終老，再不問世事。」

陰顯鶴訝道：「宋兄何不考慮投靠少帥？宋兄對突厥的熟悉會對少帥非常管用。」

宋金剛露出苦澀神色，道：「我當年對少帥立心不良，夥同蕭銑和香玉山陷害他，哪還有顏面去求他收留？罷了！金剛現在心如死灰，再沒有雄心壯志。」

徐子陵點頭道：「宋兄退出紛爭，乃明智之舉。」

宋金剛肅容道：「徐兄不念舊惡，對金剛沒有半句損言，金剛非常感激。現今塞外形勢吃緊，塞外諸族在頡利和突利的牽頭下，結成聯盟，以討李淵助寇仲爲漂亮口號，正祕密集結軍力，準備大舉南侵。另一方面則由趙德言透過長安魔門勢力，盡力安撫李淵和李建成，據說李淵對塞外聯軍的事仍懵然不覺，形勢非常不妙。」

徐子陵聽得心情更是沉重，宋金剛從突厥部落逃出來，掌握到頡利、突利的第一手情報，絕非虛言。觀乎梁師都使兒子向海沙幫買江南火器，便知魔門和突厥人正部署對付李世民的大陰謀，李世民若被害死，塞外大軍立即入侵，在戰略上高明至極。宋金剛的說話更堅定他見李世民的決心，且是刻不容緩。

宋金剛又語重心長的道：「南方諸雄中，輔公祏、李子通和沈法興均不足爲患，只提供少帥練刀的對象。唯一可慮者是蕭銑和林士宏，其中又以後者較難對付。他們若非因互相牽制，早渡江北上，擴展勢力。」

徐子陵關心的是塞外聯軍的威脅，對蕭銑和林士宏此刻哪會放在心上，可是對方一番好意，禮貌上問道：「宋兄對此兩人怎麼看法？」

宋金剛道：「蕭銑的缺點是外寬內窄，妒忌人才，對功高者鎮壓誅戮，所以內部不穩。唉！如非我走投無路，絕不會想到去投靠他。」

徐子陵微笑道：「這麼說，寇仲反幫了宋兄一個忙，讓宋兄作出正確的決定。」

宋金剛尷尬一笑，爲自己名利薰心不好意思，說下去道：「林士宏剛得馮盎率眾歸附，勢力大增，實力超越蕭銑，對他不可輕視。」

徐子陵正要道謝，心中警兆忽現，低喝道：「有人！」

寇仲想到很多事情，還想到種種可能性，最後得出一個他自己也暗吃一驚的結論，就是他必須以絕對的冷靜去應付宋缺一旦敗北所帶來的危機，作出精確和有效率的安排，而不可感情用事，讓負面的情緒掩蓋理智。他必須把最後的勝利放在最重要的位置，因爲他再非與徐子陵闖南蕩北的小混混，而是融合宋家軍後的少帥大軍的最高領導人，他所犯的錯誤會爲追隨他的人和少帥軍轄內的百姓帶來災難性的可怕後果。誰夠狠誰就能活下去，這三個月的冰封期必須好好利用，以最凌厲的軍事手段把南方諸地置於他全面控制之下，他要以行動證明給所有反對他的人看，沒有人能阻止他少帥寇仲。

想到這裏，他的腦筋靈活起來，反覆設想思考不同可能性下最有利他統一大業的進退部署。就在此刻，他終於成功把刀法融入兵法中。捨刀之外，再無他物。

「砰！」木門四分五裂，暴雨般朝圍火爐而坐的各人激射而至，若給擊中眼睛，不立即報廢才怪。風雪隨之旋捲而進，吹得烤爐煙屑濺飛，聲勢駭人至極點。以徐子陵的修爲，也爲之心中大懍。從他感應到有人接近，出言警告，到來人破門殺入，中間只是彈指的短暫時光，可知來人功力之高，不在他徐子陵之下，其行動所顯示的速度、暴烈凌厲的手法，在在表現出是頂尖殺手刺客的風格，屬楊虛彥那級數的高手。

刀光電閃，登時整個驛館刀氣橫空，刀鋒在火光反映下的芒點，疾如流星的往宋金剛迎頭痛擊，狠辣至極點。宋金剛尚未來得及從半敞的包袱裏拔出佩刀，刀鋒離他咽喉不到三尺。宋金剛不愧高手，雖處絕對下風，仍臨危不亂，往後滾開。他六名手下人人搶著起立並掣出兵器，均慢上幾步，如對方乘勢追擊，幾可肯定在宋金剛被斬殺前，他們連對方衫尾都沾不上。陰顯鶴長劍離背，欲橫劈敵刃的當兒，徐子陵從地上彈起，揮拳命中刀鋒側處。「啪！」氣勁交擊，發出爆炸般的激響。那人抽刀往大門方向退開，來去如箭，抵大門後如釘子般立定，微晃一下。

宋金剛眾手下正要衝前拚命，徐子陵大喝道：「大家停手！」

風雪呼呼狂吹，從屋外捲入，漸復原狀的爐火雖仍是明滅飄閃，已大大改善驛館內的能見度。

那人橫刀而立，厲喝道：「子陵勿要干涉，這是我們突厥人和宋金剛間的事，子陵若仍當我是朋友，請立即離開。」

宋金剛從地上持刀跳起，臉色轉白，倒抽一口涼氣道：「可達志！」

可達志雙目殺氣大盛，刀氣緊鎖館內諸人，仰天笑道：「正是本人，達志奉大汗之命，絕不容你活在世上，你以爲找個人穿上你的衣服，可瞞天過海嗎？是否欺我突厥無人？」

宋金剛冷哼道：「我在這裏，有本事就來取我性命！」

可達志目光落到徐子陵處，冷然道：「爲敵爲友，子陵一言可決。」

徐子陵淡淡道：「只要達志能說出宋兄有負於貴大汗任何一件事實，我和顯鶴立即離開，不敢干涉達志的使命。」

可達志面寒如冰，喝道：「背叛大汗，私返中原，圖謀不軌，這還不夠嗎？」

徐子陵搖頭嘆道：「這只是趙德言從中弄鬼，假傳貴大汗旨意，著他們返中原招集舊部，你們大汗給他矇混了哩！」

可達志微一錯愕，目光投往宋金剛，哂道：「你和劉武周並非三歲孩童，哪會隨便相信一面之辭，豈會不向大汗引證，即漏夜率眾潛離？」

宋金剛回復冷靜，沉聲道：「不要以爲我怕你，我是看在徐兄份上答你這個問題。大汗當時不在牙帳，我們曾向暾欲谷查詢，得他證實，始不疑有他。」轉向徐子陵道：「在這種情況下，說甚麼都是廢話，徐兄的出手令我非常感激，但這確是我宋金剛和突厥人間的恩怨，主要原因是我再沒有可供利用的地方，而我更是悔不當初。若老天注定我要埋骨於此，我沒有絲毫怨恨。徐兄和陰兄請繼續上路。」

陰顯鶴點頭道：「好漢子！」

徐子陵向可達志道：「宋兄的事是先前閒聊時得宋兄傾告，理該屬實，他在這方面撒謊有甚麼意思呢？照我看，貴大汗是怪宋兄使他損折大批將士，故心生殺機。」

可達志雙目殺意有增無減，寒聲道：「子陵勿要再說廢話，此事你是否眞的要管？」

徐子陵苦笑道：「你不是第一天認識我，該知我不會坐看這種不公平的事。」

「鏘！」出乎所有人意料之外，可達志竟還刀入鞘，往徐子陵走去，張開雙臂，哈哈笑道：「徐子陵既要管，又有陰兄助陣，我可達志還有甚麼作爲？」

在眾人瞠目結舌下，徐子陵趨前和他進行抱禮，笑道：「那你如何向大汗交代？」

可達志放開他，微笑道：「追失個把人有啥稀奇？何況又不是大汗親口向我下令，只是康鞘利向我傳遞信息，說發現宋兄逃往漢中，意圖避往巴蜀。小弟素聞宋兄功夫了得，忍不住手癢追來而已！」

陰顯鶴不解道：「你怎曉得驛館內有宋兄在？而非其他人？」

可達志灑然道：「是其他人又如何？頂多賠個禮。唉！事實上是我發現狼屍，宰割的手法是塞上人的習慣，又嗅到狼肉香氣，所以猜到宋兄是在館內進食。」

徐子陵懷疑的道：「你眞不會再尋宋兄和他的兄弟算賬？」

可達志不悅道：「你不是第一天認識我，可達志何曾說過話又不算數的。」

轉向宋金剛道：「宋兄最好立即離開，有多遠躲多遠，魔門勢力龐大，我不知道趙德言是否尚有其他對付你們的行動。」

徐子陵點頭道：「這不是逞英雄的時刻，宋兄能保命可算狠挫趙德言一記，達志的話是有道理的。」

宋金剛抱拳施禮，道：「好！兩位的恩情，我宋金剛永誌不忘。別啦！」

說罷取起包袱，與手下沒入門外的風雪去。一代豪雄，竟落得如此下場，教人感嘆。

可達志笑道：「還有剩下的狼肉，可祭我的五臟廟。」

徐子陵訝道：「你們不是拜狼的民族嗎？」

可達志道：「我們拜的是狼神，餓起來人也可以吃，何況是畜牲？坐下再說罷，我很回味在龍泉與你們並肩作戰的日子哩！」

徐子陵心頭一陣溫暖，可是想起或有一天，要和可達志決戰沙場，不由感慨萬千。造化弄人，莫過於此。

第六章

淨院之戰

黃易作品集

第六章 淨院之戰

寇仲人雖在筏上默默搖櫓，心神卻超越木筏和伊水、即將來臨的宋缺與寧道奇的決戰、甚至超越地域的局限。塞內塞外所有山川地理形勢、風土人情、民族與民族間、國與國間錯綜複雜的關係，一概了然於胸。他遍遊天下，經歷大小戰爭、守城攻城、逃亡追擊，這許多累積起來的寶貴經驗，配合宋缺多番循循善誘，使他像打開靈竅般通明透徹地掌握到敵我雙方的虛實強弱，有如他的井中月般，能透視敵人的諸般玄虛眞如。從沒有一刻他更知己知彼，統一天下的全盤戰略浮現腦際。他清楚曉得當他重回彭梁之時，他會拋開一切，包括個人的喜樂困擾乃至宋缺的生死，領導少帥軍踏上統一天下的大道。他爲的不是個人欲望的滿足，而是天下百姓的和平幸福，他們受夠哩！好該結束長期分裂戰亂的苦難。

三人圍爐火而坐，繼續享受烤狼肉宴，雪粉不住從破開的大門隨風捲入，吹得爐火明滅不定，如此風雪寒夜，別有一番令人難忘的滋味。

可達志有感而發的道：「巴蜀現在成爲很多人理想的避難所，少帥能保命離開洛陽返回彭梁，又得宋缺出兵助陣，勢力大增，南方早晚是他的天下。只要不是無知之徒，當知他和長安的鬥爭，將爲自大隋覆滅以來最激烈和牽連最廣的。除巴蜀外，中原恐怕沒多少地方能避過戰火。」

徐子陵很想問他你們突厥人是否準備大舉南侵，終沒有說出口。

可達志續道：「現在形勢對少帥非常有利，李世民雖成功消滅竇建德，又擊垮王世充取得洛陽，可是因被你們突圍逃走，劉黑闥更在范願、曹湛、高雅賢支持下再起兵反唐，他又被李建成和衆妃向李淵分進讒言，說他眷念與你們的舊情，決心不足，令李淵大爲震怒，三度傳詔逼他回長安述職解釋，聽說他如今正在回長安的路上。若我是李世民，索性率軍回攻長安，以洩心頭怨恨。你不仁我不義，父子兄弟又如何？」

徐子陵心中暗嘆，李淵這叫自毀長城，若李世民被魔門害死，突厥大軍立即發動大規模的入侵戰，李唐之勢危矣。不禁問道：「劉黑闥情況如何？」

可達志露出不屑神色，道：「李世民不在，領兵伐劉的責任落在李元吉身上，李神通副之。在我離開長安前，聽到的消息是李元吉和李神通與幽州總管李藝合兵，會師五萬餘人，迎劉黑闥軍於饒陽，雖未知勝負，可是劉黑闥名震山東，且最善雪戰，故並不看好屢戰屢敗的李元吉。」

徐子陵一呆道：「劉黑闥的勢力竟擴展得迅速至此？」

可達志道：「李元吉當衆處死竇建德乃最大失著，只李淵視如不見，此事令山東百姓極度憤慨，竇建德舊部更是萬衆一心的要爲主子復仇，血債血償。劉黑闥的戰略兵法也確是非常出色，先據漳南，再破隃縣，李唐的魏州刺史權威和貝州刺史戴元祥均被劉黑闥斬殺。這勢如破竹的節節勝利，令歸附者日衆，已投降唐室的徐圓朗拘禁唐使盛彥師後，率兵響應劉黑闥，被封爲大行台元帥。若劉黑闥能撐至少帥軍北上，長安將難逃覆亡的厄運，縱有李世民又如何？」頓了頓又道：「據傳劉黑闥和你們關係密切，是否確有其事？」

徐子陵正大感頭痛，劉黑闥的興起，使天下的紛亂更多添變數，暗嘆一聲，點頭道：「確是事實，但將來大家的關係如何發展，恐怕只有老天爺知道。」

可達志目光落到陰顯鶴身上，微笑道：「想不到陰兄會與子陵一道走，陰兄仍像龍泉時般不愛說話。」

陰顯鶴勉強擠出一絲笑意，略示友善，仍沒有說話。

可達志轉向徐子陵道：「子陵不是要到長安去吧？」

徐子陵無奈答道：「正是要到長安去辦點私事，與寇仲的大業沒有關係，可兄對我有甚麼忠告？」

可達志沉聲道：「只有一句話，是長安不宜久留。」

徐子陵明白與他雖未至於正面衝突，終是敵對的立場，可達志肯說出這句話，非常難得。點頭表示應允。

可達志道：「尚有一事，是高麗王正式向李淵投牒，說高麗第一高手『弈劍大師』傅采林將代表高麗，到長安與李淵見面，順道見識中原的武學，看來他是有意挑戰寧道奇又或宋缺，以振高麗威名，若他眞能獲勝，比打贏一場硬仗更收震懾之效。」

徐子陵心叫不妙，傅采林遠道而來，焉肯放過他和寇仲，問題在他們又絕不能讓娘的師傅有損威名，令他們進退兩難。

可達志雙目射出異樣神色，頽然道：「秀芳大家會隨他一道回來。」

徐子陵道：「我剛見過烈瑕。」

可達志虎軀一震，雙目殺機大盛，沉聲道：「那小子在何處？」

徐子陵道：「他想搶我身上的五采石，與許開山、辛娜婭和段玉成蒙著頭臉偷襲我們，所以我和顯鶴須連夜離開漢中，碰巧遇上你，冥冥中似眞的有主宰，或者是宋金剛仍命未該絕。」

可達志一震道：「許開山眞的是大尊？」

徐子陵淡淡道：「化了灰我也可把他認出來，何況只蒙著頭臉。」

可達志微笑道：「子陵是否從美艷那妮子處奪得五采石，聽說她挾石逃離塞外，幸好天網恢恢，疏而不漏，采石終回到子陵手上。」

徐子陵道：「正是如此，我往客棧投宿，想不到正是美艷夫人落腳的地方。當時該有大明尊教的人在暗中監視，見我取石而去，遂通知許開山等人，致有後來偷襲之舉。」

可達志道：「大明尊教在楊虛彥穿針引線下，得李淵首肯，可在長安建廟，豈知給石之軒痛下辣手殺得莎芳和其隨員雞犬不留，現在五采石又落入子陵手中，他們是走足霉運，不如我們到漢中湊湊熱鬧，烈瑕是我的，許開山是子陵的如何？」

陰顯鶴沉聲道：「許開山是我的。」

徐子陵點頭道：「誰是誰的我們不用分得那麼清楚，大明尊教暗中做盡傷天害理的事，只是狼盜的惡行已罪該萬死，若讓他們逃往波斯，還不知有多少人受害。唯一的難題是段玉成，他始終曾是我雙龍幫的兄弟，我不忍看著他執迷不悟下去。」

可達志問道：「子陵有甚麼提議？」

徐子陵苦笑道：「這是個難以解開的死結，他們對五采石絕不肯罷休，早晚會追上來。唉！」

可達志不解道：「有時我很不明白你和寇仲，他不仁我不義，有甚麼好說的，你下不了手，我可爲你代勞，此正是把大明尊教連根拔起的最佳時機。」

陰顯鶴發言道：「錯過這機會，我們可能永遠沒法爲被大明尊教害死的冤魂討回公道。」

徐子陵頹然道：「好吧！但玉成尚未有彰顯惡行，請兩位放他一馬。」

可達志道：「爲免有漏網之魚，我和陰兄在一旁監視，到時必可教他們大吃一驚，措手不及。」言罷與陰顯鶴從破窗離開。

剩下徐子陵一人獨對爐火，心中感慨萬千，人的紛爭就是這麼引來的，人與人間的差異，形成思想和利益的分歧，不同的宗教信仰，地域、種族、國家的紛爭，造成永無休止和各種形式的衝突，這些引起鬥爭的諸般因素，永遠不會泯滅，只能各憑力量儘量協調和平衡。他多麼希望能逃避這令人煩擾的一切，隱居在隔絕俗塵的人間淨土，享受清風明月的寧靜生活。可是此仍是個遙不可及的美夢。

自在成都重逢師妃暄後，他的心神沒法安定下來，與伏騫和陰顯鶴的兩席話，使他認識到中土即將來臨的大災禍，而解決的機會就在眼前，錯過則再無另一個機會。爲天下萬民的幸福，爲他對師妃暄的愛，他下定決心，務要排除萬難，把眼前的局勢扭轉過來，即使他徒勞無功，總是曾盡力而爲，既無愧於心，亦沒有辜負師妃暄的期望。

擺在眼前的事實，若他仍不改採積極的態度，是李世民有極大可能在李淵的默許下被李建成害死。若他對梁師都偷運火器的事懵然不知，當不會感到這方面的迫切性。李世民被迫棄下將士趕回長安，正好提供李建成、魔門諸系和突厥人千載一時除去此眼中釘的機會。李世民的大禍迫在眉睫，而他不可能袖手不管，尤其在他對天下局勢有更深入的體會和認識後。

心中警兆乍現。徐子陵收拾心情，淡喝道：「玉成你進來，聽我說幾句話，否則我就把五采石捏成碎粉。」

假若宋缺戰敗身亡，天下之爭將決定在他寇仲和李世民的勝負上，而關鍵是誰能取得洛陽的控制權。江都的陷落是早晚間的事，李子通敗亡，沈法興當難自保，那時輔公祏只餘待宰的份兒，長江的控河權將入他寇仲之手，蕭銑勢窮力蹙下，再難有任何作爲。宋智在這情勢下，更可專心一志牽制得林士宏不能動彈。他根本不用費神擊垮蕭銑或林士宏，只倚賴杜伏威，即可穩定南方，然後集結兵力，待春暖花開時，分數路北上，重演昔日李世民攻打洛陽王世充的策略，先蠶食洛陽外圍城池，封鎖水路，截斷長安與洛陽的水陸路交通，孤立洛陽。

李世民善守，他寇仲善攻。經洛陽之戰，他對這位戰場上的勁敵已有透徹的了解。不論淺水原之戰、柏壁之戰，又或洛水之戰、虎牢之戰，李世民均是以後發制人的戰略，令他長保不敗的威名。他從不打無把握之仗，善於營造機會，以逸待勞，待敵人師勞力竭，士氣低落後一舉擊垮敵人。在與李世民的鬥爭上，他寇仲不斷犯錯，亦從中不斷學習成長，到今夜此刻，他完全掌握李世民「先爲不可勝，以待敵之可勝」的戰略部署，乃至他以玄甲精兵衝陣破陣亂陣，兩軍未戰先斷敵人糧道和窮追猛打的實戰手法。李世民錯失在洛水斬殺自己的機會，將是他的軍事生涯上最大的失誤。

大雪逐漸收減，四方景物清晰起來，就像寇仲此時的心境般，空曠無礙。從沒有一刻，他更感到勝券穩操在自己手上。

段玉成出現在風雪交加的大門外，一手扯掉頭罩，露出英俊但疲乏的面容，寒比冰雪的跨步入館，直抵爐火另一邊。

徐子陵淡淡道：「坐下！」

段玉成略一猶豫，始緩緩盤膝坐下，沉聲道：「我們還有甚麼話好說的？」

徐子陵平靜的道：「我不曉得因何我對貴教的了解與玉成的看法分別可以這麼大，對我來說你的大明尊教只是個打著宗教旗號，暗裏壞事做盡的團體，亦不能代表波斯的正教。假設玉成能說服我狼盜與貴教沒有絲毫關係，安樂慘案亦與許開山沒有關係，我立即把五采石奉上。」

段玉成先露出怒意，聽到一半，眉頭皺起，搖頭道：「我不明白你在說甚麼？」

徐子陵忽然喝道：「沒有人可以接近，否則我立即把五采石毀掉。」目光仍不離段玉成，續道：「坦白告訴我，我徐子陵是否會說謊的人？」

段玉成發呆半晌，緩緩搖頭道：「你不是愛說謊的人。」

徐子陵道：「那我就告訴你，洛水幫大龍頭絕無虛假是大明尊教的人，這是可查證的事，爲何貴教的人要瞞著你？至於狼盜之首就是宮奇，你該認識宮奇，曉得他是你們的人。我徐子陵言盡於此，你若執迷不悟，就憑你的劍來取回五采石吧。」

段玉成雙目射出凌厲神色，一眨不眨的盯著他，沒有說話。

徐子陵知他隨時拔劍動手，嘆道：「你該比任何人更清楚我不是隨便誣衊別人之徒，而我更非因害怕任何人而須編造出這番話來。多行不義必自斃，只要你的大尊確是許開山，就證實我說的不是謊言。他正是安樂慘案的主謀，此事你可向『霸王』杜興求證，杜興與許開山一向關係密切，情如手足，他的話會比我更爲有力。」

段玉成微一錯愕，殺氣大減，顯然是徐子陵說的話一矢中的。

徐子陵哈哈一笑，喝出去道：「大尊若你揭開罩頭布而非是我認識的許開山，我立即把五采石無條件送給你。」

破風聲起，許開山掠至門外，沉聲道：「徐子陵竟恁多廢話，玉成絕不會被你的謊言動搖。」又左右顧盼，道：「你的朋友都到哪裏去了？」

徐子陵目光仍緊盯段玉成不放，平靜的道：「爲惡爲善，在玉成一念之間。」

段玉成垂下目光，凝望爐火，輕輕道：「敢問大尊，狼盜是否我們的人？」

許開山一震，大怒道：「玉成你怎可受他唆使，說出這麼大逆不道的話？」

徐子陵心中欣慰，段玉成終是本性善良的人，開始對許開山生出疑心。

辛娜婭在許開山身旁出現，尖叫道：「玉成！有甚麼事，待解決他再說。」

徐子陵微笑單刀直入道：「你敢否認上官龍是你們的人嗎？」

辛娜婭滯了一滯，始道：「休要胡言亂語。」

輪到段玉成軀體一顫，在他生出疑惑的當兒，而他又非低智慧的人，加上他對辛娜婭的熟悉，自然聽出辛娜婭言不由衷。

徐子陵不容許開山或辛娜婭再有說話的機會，長笑道：「請問烈兄是否在外面呢？爲何不現身打個招呼，說兩句話。」門外風聲呼呼，沒有任何回應。

可達志冷哼聲起，喝道：「這小子趁機逃掉哩！」

許開山和辛娜婭聽得面面相覷，既因烈瑕溜之夭夭而震驚，更因可達志的出現而手足無措。

段玉成緩緩站起。徐子陵目光緊鎖，完全猜不到段玉成究竟是迷途知返，還是仍要站在許開山一方。

可達志的聲音又在許開山後方遠處響起，道：「是我不好，忍不住往烈小子藏身處摸去，給他生出警覺溜掉。」

徐子陵明白過來，烈瑕因發現可達志，曉得大勢已去，又見段玉成動搖，爲保命求生，且見大明尊教日沒西山，不可能有任何作爲，遂捨許開山而去。

徐子陵霍地立起，冷然道：「爲敵爲友，玉成給我說句話。」

館內外三人目光全落到段玉成身上，等待他的答案。

段玉成倏地轉身，筆直朝大門走過去。許開山雙目閃過殺機，徐子陵從容不迫的踏前一步，暗捏不動根本印，精氣神立即遙把許開山鎖緊，若他有任何行動，在氣機牽引下，他有把握在許開山傷段玉成前以雷霆萬鈞之勢重創他。許開山生出感應，忙運功對抗。

段玉成目不斜視的直抵辛娜婭身前兩尺近處，深深瞧進她一對美眸內，然後緩緩探手，揭開她的頭罩，露出她的花容。辛娜婭俏臉蒼白至沒有半點血色，兩片豐潤的香唇輕輕抖顫，欲語還休。徐子陵心中暗嘆，辛娜婭在多方面向段玉成隱瞞眞相，欺騙他離間他，可是只看她現在對段玉成的情態，她對段玉成的愛是無可置疑的。正因害怕段玉成對她由愛轉恨，她才會這麼芳心大亂，六神無主，失去往常的冷靜狠辣。烈瑕不義的行爲，當然是令她失去常態的另一個因素。

段玉成輕輕的問道：「不要說謊！徐幫主說的話是否眞的？」

辛娜婭雙目湧出熱淚，茫然搖頭，淒然道：「我不知道！」

段玉成虎軀劇震，轉過身來，朝徐子陵一揖到地，站直後道：「玉成錯啦！無顏見少帥和其他好兄弟。」說罷就那麼轉身而去，在許開山和辛娜婭間穿過，以充滿決心一去不返的穩定步子，往外邁步。在他即將消失在徐子陵視線外之際，辛娜婭一聲悲呼，像許開山並不存在般，轉身往段玉成追去。

可達志和陰顯鶴幽靈般在許開山身後兩丈許處的風雪中現身，截斷他去路。徐子陵與許開山目光交擊，冷然道：「弄至今天衆叛親離的田地，許兄有何感想？」

許開山倏地仰天長笑，罩臉頭布寸寸碎裂，露出眞面目，豎起拇指道：「好！我承認今夜是徹底失敗，不過你們想把我留下，仍是力有未逮，只要我一天不死，就有捲土重來的一天。」說到最後一句話，往前疾衝，一拳朝徐子陵照面轟來，帶起的勁風挾著風雪捲入館內，登時寒氣劇盛，更添其凌厲霸道的威勢。

徐子陵感到他的拳勁變成如有實質的氣柱，直搗而來。此拳乃許開山爲逃命的全力出手，乃其畢生功力所聚，看似簡單直接，其中暗藏無數後著，盡顯《御盡萬法根源智經》的奇功異法。

以徐子陵之能，也不敢硬接，兩手盤抱，發出一股眞氣凝起的圓環，套上對方拳勁鋒銳之際，往左側稍移半步，氣環像無形的韌索把對方拳勁套緊，往右方卸帶。許開山本意是逼徐子陵硬拚一招，又或往旁閃避，那他可衝破屋頂而出，突圍而去，豈知徐子陵應付的招數完全出乎他意料之外，忙撤去氣勁，抽身後退，正要騰身而起，徐子陵卻原式不變的往他攻來，氣環化爲寶瓶氣，襲胸而至，若他拔身而起，保證會被徐子陵轟個正著，縱能擋格，也會往正朝驛館大門疾撲而至的可達志和陰顯鶴拋擲過去。

許開山醒悟到徐子陵的眞言手印大法已臻收發由心、隨意變化的境界，卻是悔之已晚，他終爲宗師級的高手，不敢避開，雙掌疾推，正面還擊徐子陵高度集中的寶瓶氣勁。徐子陵吐出眞言，「臨！」許開山雄軀一顫，「蓬」的一聲激響，氣勁交鋒，勁氣橫流，人卻被震得「噗！噗！噗！」的往後連退三步。徐子陵只退一步，館內勁流飆竄。可達志和陰顯鶴一刀一劍同時殺至，兩人知他魔功強橫，稍有空隙，將被他突圍而去，均是全力出手，毫不容情。徐子陵隔空一指點出，攻其胸口要害。許開山狂喝一聲，周遭空氣立即變成如牆如堵，且是銅牆鐵壁，硬捱三大高手從三個不同角度攻至的凌厲招數。

不過即使換上是畢玄、寧道奇那級數的高手，亦要在這情況下吃大虧，何況是內傷未癒的許開山？激響連起，許開山的氣牆寸寸粉碎，卻成功化去徐子陵那一指，彈開可達志的刀，陰顯鶴的劍。「鏘！」退往門左側的可達志還刀鞘內，雙目神光大盛，罩緊許開山。陰顯鶴橫劍立在門的右側，雙目射出的悲憤神色似變得舒緩，逐漸消減。徐子陵則一瞬不瞬的與許開山對視。

許開山容色沉靜，屹立如山。風雪不住從門窗捲入，狂烈肆虐，館內的四個人卻毫無動作，彷似時間靜止不移。低吟聲從許開山的口中響起，打破館內的靜默，只聽他唸道：「初際未有天地，但殊明暗，暗既侵明，恣情馳逐。明來入暗，委質推移。聖教固然，即妄爲眞，孰敢聞命，求解脫緣。教化事畢，眞妄歸根，明既歸於大明，暗亦歸於積暗。二宗各復，兩者交歸。」唸罷哈哈一笑，反手一掌拍在額上，骨碎聲應掌而生，接著往後傾頹，「蓬」一聲掉在地面，一代魔君，就此自盡棄世。

徐子陵、可達志和陰顯鶴立在許開山埋身雪林內的墳地前，大雪仍下個不休，轉眼間把墳墓掩蓋在潔淨的白雪底下，不露半絲痕跡。

可達志道：「若依我們的慣例，會把他曝屍荒野，讓餓狼果腹。他生前做盡壞事，死後至少可做點有益野狼的事。」

陰顯鶴沉聲道：「我們走吧！」

三人轉身離開，沿官道往長安方向邁步，踏雪緩行。

可達志道：「入城方面須我幫忙嗎？現在長安的城門很緊張。」

徐子陵搖頭道：「讓我們自己想辦法，最好不要讓人曉得我們和你有任何關係，那對你有害無利。」

可達志默然片刻，嘆道：「若可以的話，我想請子陵取消長安之行。」

徐子陵心頭暗震，可達志肯定是對付李世民的主力，所以知悉整個刺殺李世民的計畫，故而不願他徐子陵留在長安。想不到這麼快就要和可達志對著幹，不由心中難過，偏別無選擇。可達志當然不會懷疑他在寇仲與李世民勢不兩立的情況下，仍生出助李世民之心，可他卻不得不隱瞞自己眞正的心意，這樣對待可達志，令他感到很不舒服，說不出話來。

另一邊的陰顯鶴道：「子陵是爲探問舍妹的消息，陪我到長安去。」

可達志釋然道：「何不早些說明？讓我疑神疑鬼。」

徐子陵更覺不安，又無話可說。

可達志微笑道：「子陵請爲我問候少帥，告訴他直至此刻可達志仍視他爲最好朋友。達志要先走一步，希望在長安不用和子陵碰頭，因爲不知到時大家是敵是友。請啦！」言罷頭也不回的加速前掠，沒入風雪裏去。

在夕照輕柔的餘光下，宋缺和寇仲來到登上淨念禪院的山門前。大雪早於他們棄筏登陸前停止，銀霜鋪滿原野，活像把天地連接起來，積雪壓枝，樹梢層層冰掛，地上積雪齊腰，換過一般人確是寸步唯艱。寇仲環目四顧，茫茫林海雪原，極目無際冰層，在太陽的餘暉下閃耀生光，變化無窮，素淨潔美得令人屏息。宋缺從靜坐醒轉過來後，沒說過半句話，神態閒適優雅。可是寇仲暗裏仍懷疑他對梵清惠思念不休，不由爲他非常擔心。

宋缺負手經過上刻「淨念禪院」的第一重山門，踏上長而陡峭延往山頂的石階。「噹！噹！噹！」悠揚的鐘音，適於此時傳下山來，似曉得宋缺大駕光臨。寇仲隨在宋缺身後，仰眺山頂雪林間隱現的佛塔和鐘樓，想起當年與徐子陵和跋鋒寒來盜取和氏璧的情景，仍是歷歷在目，如在不久前發生，而事實上人事已不知翻了多少翻，當時鬥個你生我死，天下矚目的王世充和李密均已作古。

第二重門出現眼前。宋缺悠然止步，唸出鑴刻門柱上的佛聯道：「暮鼓晨鐘驚醒世間名利客，經聲佛號喚回苦海夢迷人。有意思有意思！不過既身陷苦海，方外人還不是局內人，誰能倖免？故衆生皆苦。」寇仲心中劇震，宋缺若是有感而發，就是他仍未能從「苦海」脫身出來，爲梵清惠黯然神傷，那麼此戰勝負，不言可知。他首次感到自己對梵清惠生出反感，那等於師妃暄要徐子陵去與人決戰，可想像徐子陵心中的難受。

宋缺又再舉步登階，待寇仲趕到身旁，邊走邊微笑道：「我曾對佛道兩家的思想下過一番苦功，前者的最高境界是涅槃；後者是白日飛昇。佛家重心，立地成佛；道家練精化氣，練氣化神，練神還虛，練虛合道，把自身視爲渡過苦海的寶筏，被佛家不明其義者譏爲守屍鬼，事實上道家的白日飛昇與佛門的即身成佛似異實一。道家修道的過程心身並重，寧道奇雖是道家代表，實兼道佛兩家之長，故其散手八撲講求道意禪境，超越俗世一般武學。」

寇仲曾與寧道奇交手，點頭同意道：「閥主字字樞機，我當年與他交鋒，整個過程有如在一個迷夢中，偏處處遇上道意禪境，非常精采。」

宋缺來到禪院開闊的廣場上，銀裝素裹的大殿矗立眼前，不見任何人跡，雪鋪的地面乾乾淨淨，沒有一個足印。止步油然道：「寧道奇的肉身對他至爲重要，是他成仙成聖的唯一憑藉，若他肉身被破，將重陷輪迴轉世的循環，一切從頭開始，所以他此戰必全力出手，不會有絲毫保留。少仲明白我的意思嗎？」

寇仲苦笑道：「我明白！」

宋缺淡然自若道：「所以我們一旦動手交鋒，必以一方死亡始能終結此戰，且必須心無旁鶩，務要置對方於死地。不過如此一意要殺死對方，實落武道下乘，必須無生無死，無勝敗之念，始是道禪至境、刀道之致，箇中情況微妙異常，即使我或寧道奇，亦難預見眞正的情況。」

寇仲愕然道：「這豈非矛盾非常？」

宋缺仰天笑道：「有何矛盾之處，你難道忘記捨刀之外，再無他物嗎？若有生死勝敗，心中有物，我不如立即下山，免致丟人現眼。」

寇仲劇震道：「我明白哩！」

就在此刻，他清晰無誤的感應到宋缺立地成佛的拋開一切，進入捨刀之外，再無他物的至境。

宋缺欣然道：「現在少帥盡得我天刀心法眞傳，我就說出你仍不及我的地方，得刀後尚要忘刀，那就是現在的宋缺。」

寇仲再震道：「忘刀？」

宋缺揚聲道：「宋缺在此，請道奇兄賜教！」

聲音遠傳開去，轟鳴於山寺上方，震盪每一個角落。

寒風怒吹下，氣象萬千的長安城在雪花狂舞中只餘隱可分辨的輪廓，雪像千萬根銀針般沒頭沒腦的打下來，方向無定，隨風忽東忽西，教人難以睜目。徐子陵和陰顯鶴立在一處山頭，遠眺長安，各有所思。進城後的第一件事當然是找紀倩問個清楚，接著徐子陵會透過李靖與李世民見面，後果則是無法預測。發展到今時今日的田地，李世民會不會仍視他徐子陵爲友，信任他的話，或肯聽他的勸告，實屬疑問。

陰顯鶴的聲音在他耳旁響起，暫且掩蓋呼呼怒號的風雪嘯叫，道：「這場風雪大大有利我們潛進長安，我們以甚麼方式入城？」

徐子陵道：「有否風雪並無關係，因爲我們是從地底入城。」

陰顯鶴爲之愕然，徐子陵雖向他提過有祕密入城之法，但從沒向他透露細節。

徐子陵解釋道：「楊公寶庫不但庫內有庫，且有眞假之別，假庫被李淵發現，眞庫卻只我們曉得，連接眞庫的地道可直達城外，就在我們後方的雪林祕處。」

陰顯鶴恍然道：「難怪你們取道漢中，原來是要避開洛陽直攻長安。」接著感動的道：「子陵眞的當我是好朋友，竟爲我能安全入城，不惜洩露此天大祕密。」

徐子陵微笑道：「大家是兄弟，怎會不信任你？何況寶庫作用已失，寇仲要得天下，先要蕩平南方，攻下洛陽，始有入關的機會。」

陰顯鶴道：「子陵在等甚麼？」

徐子陵淡淡道：「我在等紀倩到賭場去的時刻，那時只要我們往明堂窩或六福賭館打個轉，必可遇上她。」

陰顯鶴道：「原來她是個好賭的人。」

徐子陵搖頭道：「她好賭是因爲要對付池生春，我到現在仍弄不清楚她如何曉得池生春是香家的人，待會可問個清楚。」

陰顯鶴道：「子陵準備以甚麼面目在長安露面？」

徐子陵道：「以本來面目如何？在長安反是我的眞面目較少人認識。不過如何令紀倩信任我們說眞話，卻頗不容易。可能由於她少時可怕的經歷，她對陌生人有很大的戒心。」

陰顯鶴道：「對她來說子陵不該算是陌生人吧？」

徐子陵苦笑道：「很難說！那要看她大小姐的心情。」

陰顯鶴擔心道：「那怎麼辦好呢？」

徐子陵道：「首先我們要設法和她坐下來說話，然後開門見山的道明來意，瞧她的反應隨機應變。唉！不瞞顯鶴，這是我能想出來最好的辦法。」

陰顯鶴雙目射出堅定的神色，同意道：「就這麼辦！」

徐子陵關懷問道：「不再害怕嗎？」

陰顯鶴用力搖頭，斬釘截鐵的斷然道：「是的！我心中再沒有絲毫恐懼，無論她說出的眞相如何可怕，我只有勇敢面對，何況得失仍是未知之數。」

徐子陵道：「或者懸賞尋人的事已生效，小紀正在彭梁待你回去團聚。」

陰顯鶴木無表情的道：「現在我想的只是紀倩。」

徐子陵一拍他肩頭道：「那我們立即去見紀倩。」兩人轉身沒入雪林去。

淨念禪院靜得不合常理，此刻應是晚課的時間，剛才還敲起晚課的鐘聲，爲何不但沒有卜卜作響的木魚聲？更沒有和尚誦經禪唱？似乎全寺的出家人一下子全消失掉。明月取代夕陽，升上灰藍的夜空，遍地滿蓋積雪的廣場，銀裝素裹的重重寺院、佛塔鐘樓，溫柔地反映著金黃的月色。在這白雪和月色渾融爲一的動人天地裏，寧道奇的聲音從銅殿的方向遙傳過來，不用吐氣揚聲，卻字字清晰地在寇仲耳鼓響起，彷似被譽爲中原第一人，三大宗師之一的蓋代高手寧道奇，正在他耳邊呢喃細語道：「我多麼希望宋兄今夜來是找我喝酒談心，分享對生命的體會。只恨天地不仁，以萬物爲芻狗，任我們沉淪顚倒，機心存於胸臆。今中原大禍迫於眉睫，累得我這早忘年月、樂不知返的大傻瓜，不得不厚顏請宋兄來指點兩手天刀，卻沒計較過自己是否消受得起，請宋兄至緊要手下留情。」

寇仲心中湧起無法控制的崇慕之情，寧道奇此番說話充分表現出道門大宗師的身分氣魄，並不諱言自己暗存機心，憑此破壞宋缺出師嶺南的計畫，且不說廢話，以最謙虛的方式，向宋缺正面宣戰。宋缺只要有任何錯失，甚至答錯一句話，也可成今夜致敗的因素。高手相爭，不容有失，即使只是毫釐之差。

宋缺兩手負後，朝銅殿方向油然漫步，啞然失笑道：「道兄的話眞有意思，令我宋缺大感不虛此行。道兄謙虛自守的心法，已臻渾然忘我的境界，深得道門致虛守靜之旨。宋缺領教啦！」

寇仲心神劇震，宋缺的說話，像他的刀般懾人，淡淡幾句話，顯示出他對寧道奇看通看透，證明他正處於巔峰的境界，梵清惠對他再沒有影響力。宋缺怎能辦得到？得刀後然後忘刀。苦思後是忘念。從梁都到這裏來，對宋缺來說，正是最高層次、翻天覆地的一趟刀道修行，得刀後然後忘刀，瞧著宋缺雄偉的背影，他清楚感覺負在他身上是強大至沒有人能改移的信心。沒有勝，沒有敗，兩者均不存在他的腦海內。這才是貨眞價實的天刀。

寧道奇欣然道：「宋兄太抬舉我哩！我從不喜老子的認眞，只好莊周的恢奇，更愛他入世而出世，順應自然之道，否則今夜不用在這裏丟人現眼。」

兩人對話處處機鋒，內中深含玄理，寇仲更曉得自宋缺踏入山門，兩人已交上手。

宋缺訝道：「原來道兄所求的是泯視生死壽夭、成敗得失、是非毀譽，超脫一切欲好，視天地萬物與己爲一體，不知有我或非我的『至人』，逍遙自在，那我宋缺的嘮嘮叨叨，定是不堪入道兄法耳。」

宋缺之話看似恭維，事實上卻指出寧道奇今次捲入爭霸天下的大漩渦，到胸存機心，有違莊周超脫一切之旨。只要寧道奇道心不夠堅定，由此對自己生疑，此心靈和精神上的破綻，可令他必敗無疑。打開始善攻的宋缺已是著著進逼，而寧道奇則以退爲進，以柔制剛。

寇仲跟在宋缺身後，經過鐘樓，終抵禪院核心處銅殿所在圍以白石雕欄的平台廣場。於白石廣場正中心處的騎金毛獅文殊菩薩像前，寧道奇拈鬚笑道：「後天地而生，而知天地之始；先天地而亡，而知天地之終。故有生者必有死，有始者必有終。死者生之效，生者死之驗，此自然之道也。天行有常，不爲堯存，不爲桀亡。道有體有用，體者元氣之不動，用者元氣運於天地間。所以物極必反，福兮禍所寄，禍兮福之倚。老子主無爲，莊子主自然，非是教人不事創造求成，否則何來老子五千精妙、莊周寓言？只是創造卻不佔有，成功而不自居。宋兄以爲然否？」

寧道奇風采如昔，五縷長鬚隨風輕拂，峨冠博帶，身披錦袍，隱帶與世無爭的天眞眼神，正一眨不眨的瞧著宋缺，似沒覺察到寇仲的存在。四周院落不見半點燈火，不覺任何人蹤。寇仲識趣的在白石雕欄外止步，不願自己的存在影響兩人的戰果。寧道奇只要心神稍分，宋缺必趁虛而入，直至寧道奇落敗身亡。

寧道奇左右後側是陪侍文殊菩薩的藥師、釋迦塑像，而平均分布白石平台四方的五百銅羅漢，則像諸天神佛降臨凡塵，默默爲這中土武林百年來最影響深遠、驚天動地的一戰默作見證。文殊佛龕前的大香爐，燃起檀香，香氣瀰漫，爲即將來臨的決戰倍添神祕和超塵絕俗的氣氛。

宋缺從容自若的步上白石台階，踏足平台，直抵寧道奇前兩丈許處，淡淡道：「道兄從自身的生死，體會到天地的終始，自然之道，從而超脫生死終始，令宋缺想起莊周內篇逍遙游中背若泰山，翼若垂天之雲，搏扶搖羊角而上者九萬里，絕雲氣，負青天的巨鵬神鳥。宋缺雖欠此來回天極地終之能，但縱躍於枝椏之間，亦感自由自在任我縱橫之樂，道兄又以爲否？」

莊周這則寓言，想像力恢奇宏偉，其旨卻非在頌揚鯤鵬的偉大，而在指出大小之間的區別沒有甚麼意義，在沼澤中的小雀兒看到大鵬在空中飛過，並不因此羞慚自己的渺小，反感到自己閒適自在，一切任乎自然。宋缺以莊周的矛，攻寧道奇莊周之盾，闡明自己助寇仲統一天下的決心，故不理寧道奇的立論如何偉大，因大家立場不同，只能任乎自然。寇仲聽得心中佩服，沒有他們的識見，休想有如此針鋒相對的說話和交流。

寧道奇哈哈笑道：「我還以爲老莊不對宋兄脾胃，故不屑一顧。豈知精通處猶過我寧道奇。明白啦！敢問宋兄有信心在多少刀內把我收拾？」

宋缺微笑道：「九刀如何？」

寧道奇愕然道：「若宋兄以爲道奇的散手八撲只是八個招式，其中恐怕有點誤會。」

寇仲也同意他的講法，以自己與他交手的經驗，寧道奇的招式隨心所欲，全無定法，如天馬行空，不受任何束縛規限。

宋缺仰天笑道：「大道至簡至易，數起於一而終於九。散手八撲雖可變化無窮，歸根究柢仍不出八種精義，否則不會被道兄名之爲八撲。我宋缺若不能令道兄不敢重複，勝負不說也罷。可是若道兄不得不八訣齊施，到第九刀自然勝負分明，道兄仍認爲這是一場誤會嗎？」

寧道奇啞然失笑道：「事實上我是用了點機心，希望宋兄有這番說話。那道奇若能擋過宋兄九刀，宋兄可否從此逍遙自在，你我兩人均不再管後生小輩們的事呢？」

寇仲心中生出希望，若寧道奇能硬捱過宋缺九刀，大家握手言和，宋缺自須依諾退隱，但有自己繼承他的大業，爲他完成心願，總勝過任何一方敗亡，因爲那是他最不願見到的。

宋缺默然片晌，沉聲道：「道兄曾否殺過人？」

寧道奇微一錯愕，坦然道：「我從未開殺戒，宋兄爲何有此一問？」

宋缺嘆道：「宋某的刀法，是從大小血戰中磨練出來的殺人刀法，不是你死就是我亡，在過程中雖沒有生死勝敗，後果卻必是如此。道兄若沒有全力反撲置宋某人於死地之心，此戰必死無疑，中間沒有絲毫轉圜餘地。我宋缺今夜爲清惠破例一次，讓道兄選擇是否仍要接我宋缺九刀？」

寧道奇雙手合十，神色祥和的油然道：「請問若道奇眞能捱過九刀仍不死，宋兄肯否依本人先前提議？」

宋缺仰天笑道：「當然依足道兄之言，看刀！」喝畢探手往後取刀。

寇仲立時看呆了眼，差點不敢相信自己一對眼睛。

陰顯鶴從上林苑匆匆走出來，只看他神情，即知找不到紀倩。紀倩是上林苑的首席名妓，預訂也未必蒙她賜見，何況詐作是慕名求見。徐子陵下意識地拉下少許早蓋過雙眉的雪帽，從暗處走出，與正戴上帽子的陰顯鶴在風雪瀰漫的北苑大街並肩而行。

陰顯鶴沉聲道：「我花一兩銀子，才打聽得她這幾天都不會回上林苑，架子眞大。」

他們找遍明堂窩和六福賭館，伊人均香蹤杳然，只好到上林苑碰運氣。街上風大雪大，行人車馬零落，對面街已景象模糊，對他們掩藏身分非常有利。

徐子陵道：「尚有一處地方，就是她的香閨。」

陰顯鶴想也不想的道：「子陵引路！」

宋缺往後探的手緩慢而穩定，每一分每一寸的移動保持在同一的速度下，其速度均衡不變，這根本是沒有可能的。人的動作能大體保持某一速度，已非常難得。要知任何動作，是由無數動作串連而成，動作與動作間怎都有點快慢輕重之分，而組成宋缺探手往後取刀的連串動作，每一個動作均像前一個動作的重複鑄模，本身已是令人難以相信的奇跡，若非寇仲的眼力，必看不出其中玄妙，怎教他不看得目瞪口呆，難以置信。寧道奇仍雙手合十，雙目異光大盛，目注宋缺。宋缺的拔刀動作直若與天地和其背後永遠隱藏著更深層次的本體結合爲一，本身充滿恆常不變中千變萬化的味道，沒有絲毫空隙破綻可尋，更使人感到隨他這起手式而來的第一刀，必是驚天地，泣鬼神，沒有開始，沒有終結。刀道至此，已達鬼神莫測的層次。

當取刀的動作進行至不多一釐、不少半分的中段那一剎那，宋缺倏地加速，以肉眼難察的驚人手法，忽然握上刀柄。就在宋缺加速的同一剎那，寧道奇合攏的兩手分開，似預知宋缺動作的變化。

「鏘！」天刀出鞘！天地立變，白石廣場再非先前的白石廣場，而是充滿肅殺之氣，天刀劃上虛空，刀光閃閃，天地的生機死氣全集中到刀鋒處，天上星月立即黯然失色。這感覺奇怪詭異至極點，難以解釋，不能形容。寇仲再看不到宋缺，眼目所見是天刀破空而去，橫過兩丈空間，直擊寧道奇。天刀沒帶起任何破風聲，不覺半點刀氣，可是在廣場白石雕欄外的寇仲，卻清楚把握到宋缺的刀籠天罩地，寧道奇除硬拚一途外，再無另一選擇。這才是宋缺的眞功夫。

在天刀前攻的同一時間，寧道奇往前衝出，似撲非撲，若緩若快，只是其速度上的玄奧難測，可教人看得頭痛欲裂，偏又是瀟灑好看，忽然間寧道奇躍身半空，往下撲擊。「蓬！」寧道奇袍袖鼓脹彎拱，硬擋宋缺奪天地造化的一刀。寧道奇借力飛起，移過丈半空間的動作在剎那間完成，倏地背對背的立在宋缺後方丈許處。宋缺雄偉的身軀重現寇仲眼前，天刀像活過來般自具靈覺的尋找對手，繞一個充滿線條美合乎天地之理的大彎，往寧道奇後背心刺去，而他的軀體完全由刀帶動，既自然流暢，又若鳥飛魚游，渾然無瑕，精采絕倫。寇仲瞧得心領神會，差點鼓掌喝采。捨刀之外，再無他物。更出乎他意料之外是寧道奇沒有回頭，右手虛按胸前，左手往後拂出，手從袍袖探出，掌變抓，抓變指，最後以拇指按正絞擊而來的天刀鋒尖，其變化之精妙，純憑感覺判斷刀勢位置，令人嘆爲觀止。

指刀交鋒，發出「波」一聲勁氣交擊聲，狂飆從交觸處往四外狂捲橫流，聲勢驚人。宋缺刀勢變化，緊裹全身，有若金光流轉，教人無法把握天刀下一刻的位置。宋缺並沒有誇口，交戰至此他正施展第三刀，先前每一刀都教寧道奇不敢重施故技，只能以壓箱底的另一方式應付。宋缺似進非進，似退非退時，寧道奇頭下腳上的來到宋缺上方，釘子般下挫，撞入宋缺刀光中，竟是以頭蓋硬撞宋缺頭蓋，一派與敵偕亡的招數。如此奇招，寇仲想也沒想過，但卻感到正是應付宋缺無懈可擊的刀法唯一的救命招數。宋缺刀光散去，左手疾拍寧道奇頭頂天靈穴，寧道奇兩手從側疾刺歸中，兩手中指同時點中宋缺掌心。「噗！」宋缺風車般旋轉，化去寧道奇無堅不摧的指氣，寧道奇一個翻騰，回到原處，兩手橫放，指尖聚攏，形如向地鳥喙，油然面對宋缺往他遙指的刀鋒，重成對峙之局。

宋缺仰天笑道：「八撲得見其三，道兄果是名不虛傳，令宋某人大感痛快。」

寧道奇微笑道：「宋兄刀法令我想起莊周所云的材與不材之間。材與不材，似是而非也，故未免乎累。若夫乘道德而浮游則不然，無譽無毀。一龍一蛇，與時俱化，而不肯專爲；一上一下，以和爲量。浮游乎萬物之間，物物而不物於物，胡可得累耶！」

寇仲聽得心中一震，所謂材不材，指的是有用無用，恰是天刀有法無法，無法有法的精義，但此仍不足以形容天刀的妙處，故似是而非，未免乎累，只有在千變萬化中求其恆常不變，有時龍飛九天，時而蛇潛地深，無譽無毀、不滯於物，得刀後而忘刀，才可與天地齊壽量，物我兩忘，逍遙自在。寧道奇說的是宋缺，其實亦是他自己的寫照。正因兩人均臻達如此境界，始能拚個旗鼓相當，勢均力敵。宋缺主攻，寧道奇主守，誰都不能佔對方少許上風。勝敗關鍵處在寧道奇能否擋宋缺的第九刀。

宋缺欣然道：「難瞞道兄法眼，宋缺亦終見識到道兄名懾天下的散手八撲，其精要在乎一個『虛』字，虛能生氣，故此虛無窮，清淨致虛，則此虛爲實，虛實之間，態雖百殊，無非自然之道，玄之又玄，無大無小，終始不存。」

寇仲心中佩服得五體投地，兩人均把對方看個晶瑩通透，不分高下，戰果實難逆料。

寧道奇哈哈笑道：「尚有六刀，宋兄請！」

陰顯鶴和徐子陵在沒有燈火的廳堂會合，外面的漫天風雪稍歇，轉爲綿綿雪粉。

陰顯鶴搖頭道：「沒有人！唯一的解釋是紀倩帶同閤府婢僕出門遠行，不過衣櫃內空空如也，即使出門也不用如此。」

徐子陵道：「我看紀倩是喬遷別處，本掛在牆補壁的書畫一類的東西均不見哩，家具則原封不動。」

陰顯鶴在一旁坐下，苦笑道：「怎會這麼巧的，不如我重回上林苑問個清楚明白。」

徐子陵在他旁坐下，搖頭道：「這只會啓人疑竇，肯花錢也沒用，上林苑的人應不敢洩漏紀倩的新居所在，待我想想辦法。」

他腦海中閃過不同的人，首先想到李靖，他或者不會留心紀倩的去向，但只要他派人調查，怎樣都會有結果。可是現在情況微妙，他要透過李靖見李世民是沒有選擇的一著，但其他事則不宜牽涉李靖，因私通外敵乃叛國大罪。他又想到榮達大押的陳甫，可由他派人去查探，亦不妥當。最後靈光一閃，道：「我有辦法哩！」

寇仲看得大惑不解，自動手以來，寧道奇一直姿態閒適自然，忽然風格大改，兩手箕張，手如鳥喙，擺出架式，雖然優美好看，終是落於有爲，不合他老莊清淨無爲的風格，且主動請宋缺出招，更似有違他的作風。而出奇地宋缺不但沒有再作操控全局似的搶攻，而是把遙指寧道奇的刀回收，橫刀傲立。

宋缺嘴角飄出一絲充盈信心的笑意，道：「道兄勿要客氣禮讓！」

寧道奇哈哈笑道：「好一個宋缺！」

倏地振衣飄行，兩手化成似兩頭嬉玩的小鳥，在前方鬧鬥追逐，你撲我啄，鬥個不亦樂乎，往宋缺逼去。宋缺雙目奇光大盛，目光深注的凝望橫在胸前的天刀，似如入定老僧，對寧道奇出人意表的手法和奇異的進攻方式不聞不問。寇仲卻是倒抽一口涼氣，心想若換自己下場，此刻必是手足無措。

當日寇仲初遇寧道奇，對方詐作釣魚，一切姿態做個十足，模仿得維妙維肖，令寇仲疑眞似假，志氣被奪，落在下風。此時始知這種虛實相生的手法，原來竟是八撲中的一撲。寧道奇臉上現出似孩童弄雀的天眞神色，左顧右盼的瞧著兩手虛擬的小鳥兒騰上躍下，追逐空中嬉玩的奇異情況，寇仲且感到有一株無形的樹，而鳥兒則在樹間活潑和充滿生意的鬧玩，所有動作似無意出之，卻又一絲不苟，令他再分不清甚麼是眞？甚麼是假？何爲虛？何爲實？兩丈的距離瞬即消逝。忽然間兩頭小鳥兒多出個玩伴，就是宋缺天下無雙的天刀。

直至雙雀臨身的一刻，宋缺往橫移開，拖刀疾掃，兩鳥像驚覺有敵來襲般狠啄刀身，拉開激烈鏖戰的序幕。兩道人影在五百羅漢環伺的白石廣場中追逐無定，兔起鶻落的以驚人高速閃挪騰移，但雙方姿態仍是那麼不合乎戰況的從容大度。宋缺的天刀每一部分均變成制敵化敵的工具，以刀柄、刀身、柄側，乃至任何令人想也沒想過的方式，應付寧道奇發動的虛擬鳥擊，兩頭小鳥活如眞鳥般可鑽進任何空檔縫隙，對宋缺展開密如驟雨、無隙不入、水銀瀉地般的近身攻擊。雙方奇招迭出，以快對快，其間沒有半絲遲滯，而攻守兩方，均是隨心所欲的此攻彼守，其緊湊激厲處又隱含逍遙飄逸的意味，精采至難以任何語言筆墨可作形容。以寇仲的眼力，也要看得眼花撩亂，感到自己跟得非常辛苦。「叮！叮！」兩響清音後，兩人回復隔遠對峙之勢，就像從沒有動過手。

寧道奇雙手負後，兩頭小鳥似已振翼遠飛，微笑道：「道奇想不佩服也不成，宋兄竟能以一刀之意，擋我千多記鳥啄，使我想厚著臉皮取巧硬指宋兄超過九刀之數也不成。」

宋缺哈哈笑道：「是宋缺大開眼界才對。從無爲變作有爲，有爲再歸無爲，進而有爲而無，無爲而有，老莊法旨，到道兄手上已臻登峰造極之境。道兄留意，宋缺第五刀來哩！」

寇仲至此刻始緩過一口氣來，遏不住心中大呼過癮，兩位頂尖兒的高手無不在盡展渾身解數，如此良機實是千載難逢，令他可同時在兩人身上偷師學藝，益處之大，是他從沒夢想過的。「鏘！」宋缺竟還刀鞘內，兩手下垂，自然而然生出一股龐大無匹的氣勢，緊罩敵手，即使不是內行人，也知宋缺天刀再出鞘時，將是無堅不摧，轟天動地的駭人強攻。寧道奇仍保持兩手負後的姿態，雙目異芒電閃，是自動手以來寇仲從未見過的凌厲。宋缺沒有誇口，他確有本事逼得寧道奇不敢重施故技，因爲他直至此刻，並沒有重複自己的招式。山雨欲來風滿樓。

徐子陵在風雅閣大門外暗處等候，陰顯鶴從閣內匆匆走出，來到徐子陵旁，點頭道：「成哩！我說出爲新安郡兩位朋友送信，立得青青夫人接見，她著我們由後門進去。」

徐子陵心中欣慰，新安郡是他和寇仲遇上青青和喜兒的地方，想不到昔年恩將仇報的青樓女子，反變得如此有江湖義氣。不過如非無計可施，他絕不會打擾她。

青青親自把他們迎入內堂，秀眸發亮的道：「子陵長得眞俊秀，見著你眞好，姐姐不知多麼擔心你們，一時又說小仲戰死慈澗，一會又傳他死守洛陽對抗秦王的大軍，到兩天前始知宋缺出兵救他，此事轟動長安，弄得人心惴惴難安，究竟確實情況如何呢？」

徐子陵被她讚得大感尷尬，只好視此爲賣笑女子的逢迎作風，不以爲怪，對寇仲近況解釋一番。

青青憂心忡忡的道：「唉！又要打仗哩！我和喜兒一心逃避戰亂到長安來，怎知關中竟非安全處所，你們會護著我們嗎？」

徐子陵點頭道：「這個當然。但今天我們來此，實有一事相求。」

青青喜孜孜道：「你有事想起來找奴家，可知你心中尚有我這位姐姐，快說出來，姐姐定會盡力爲你辦到。」

徐子陵往陰顯鶴瞧去，道：「不如由陰兄自己說。」

陰顯鶴微一錯愕，曉得徐子陵是藉此機會逼他多和人溝通說話，無奈說出欲尋紀倩的原因。

青青嬌笑道：「那你們找對人哩！紀倩現在正在風雅閣。」

兩人聽得你眼望我眼，不明所以。

青青道：「道理很簡單，倩兒最討厭的一個人以重金把上林苑買下來，倩兒只好向我求助爲她清償上林苑的債項，改歸風雅閣幟下。不是姐姐誇口，除姐姐外，長安怕沒多少人敢爲倩兒出頭。」

徐子陵曉得她和李元吉的密切關係，點頭同意道：「那人是否池生春？」

青青一呆道：「你怎能猜中？此事沒多少人知道的。」

陰顯鶴道：「可否請紀姑娘來說幾句話。」

青青道：「此刻倩兒和喜兒均應邀到御前作歌舞表演，爲皇上娛賓，不到二、三更不會回來，你們長途跋涉的到長安來，不如好好休息兩個時辰，她們回來後喚醒你們。」

陰顯鶴往徐子陵望去，徵詢他的意見。

徐子陵道：「你稍作休息，我還要去辦點事，一個時辰內回來。」

「鏗！」天刀出鞘。一切只能以一個快字去形容，發生在肉眼難看清楚的高速下，寇仲「感到」宋缺拔刀時，天刀早離鞘劈出，化作閃電般的長虹，劃過兩丈的虛空，劈向寧道奇。遠在雕欄外的寇仲感到周遭所有的氣流和生氣都似被宋缺這驚天動地的一刀吸個一絲不剩，一派生機盡絕、死亡和肅殺的駭人味道。應付如此一刀，仍只硬拚一途。宋缺正是要逼寧道奇以硬碰硬，即使高明如寧道奇亦別無選擇。

寇仲曉得這第五刀是緊接而來最後四刀的啓端，絕不容寧道奇有喘息的機會，勝負可在任何一刻分出來。更使他震驚的是宋缺是毫無保留的全力出手，務要擊垮對方。寧道奇驀地挺直仙骨，全身袍袖無風自動，鬚眉飄張，形態變得威猛無儔，與狀比天神的宋缺相比毫不遜色，一拳擊出，連續作出玄奧精奇至超乎任何形容的玄妙變化，卻又是毫無僞借的一拳轟在天刀鋒銳處。「轟！」勁氣橫流滾盪。兩人觸電般退開。宋缺一個迴旋，天刀平平無奇地再往迎回來的寧道奇橫掃。

這第六刀並不覺有任何不凡處，但卻慢至不合常理。偏是作壁上觀者卻清楚掌握到宋缺此刀寓快於慢，大巧若拙，雖不見任何變化，但千變萬化盡在其中，如天地之無窮，宇宙般沒有盡極。宋缺未能在速度和內勁上壓倒寧道奇，遂改以刀法取勝，應變之高妙，教他嘆服。寧道奇卻以千變萬化的動作，似進似退、欲上欲下，雙手施出玄奧莫測的手法，迎上宋缺渾然無隙，天馬行空的一刀。寇仲暫忘可能發生的可怕後果，因已看得心神皆醉，寧道奇使的實是隔空遙制的神奇招數，仿似對宋缺不能造成任何威脅，實質上亦是沒法影響改變宋缺一往無還的霸道刀勢，但是每一個手法，均以爐火純清、出神入化的先天氣功，先一步隔遠擊中敵刃，織出無形而有實的氣網，如蠶吐絲，而這眞氣的繭恰在與敵刃正面交鋒的一刻積聚至爆發的巔峰，抵著宋缺必殺的一刀。箇中神妙變化，雙方的各出奇謀，施盡渾身解數，少點眼力都會看漏。「蓬！」寧道奇雙掌近乎神跡般夾中宋缺刀鋒，憑的非是雙掌眞力，而是往雙掌心收攏合聚的氣繭，恰恰抵消宋缺的刀氣，達致如此駭人戰果。時間像凝止不動，兩大高手凝止對立，像四周的羅漢般變成沒有生命的雕塑。

就在寇仲瞧得呼吸屏止，弄不清兩人暗裏以內氣交鋒多少遍之際，宋缺一聲長笑，天刀從寧道奇雙掌間拔起，直至頭頂上方筆直指向夜空的位置，改爲雙手握刀，閃電下劈。寇仲差些兒要閉上眼睛，不忍看寧道奇被劈成兩半的可怖景象。因任寧道奇縱有通天徹地之能，在如此情況下，勢難擋格宋缺此刀。天刀劈至寧道奇面門半尺許的當兒，教寇仲不敢相信的情況在毫無先兆下發生，寧道奇像變成一片羽毛般，不堪天刀帶起的狂飆被刮得拋起飛退，以毫釐之差避過刀鋒，眞個神奇至教人不敢相信，但確爲事實。

寧道奇在淩空飛飄的當兒，仍從容笑道：「柔勝剛強，多謝宋兄以刀氣相送，還有兩刀。」

宋缺雖徒勞無功，卻沒有絲毫氣餒又或躁急之態，天刀來至與地面平行的當兒，倏地全速衝刺，直往前方三丈外的寧道奇箭矢般激射而去，朗聲道：「道兄技窮矣！」

寇仲終忍不住撲到白石雕欄處，事實上寧道奇確處於下風，其退雖妙絕天下，頗有乘雲御氣飛龍的逍遙妙況，卻仍是不得不退，關鍵處不是他不及宋缺，而是欠缺宋缺與敵偕亡之心，否則剛才趁宋缺舉刀下劈的剎那，雙掌前擊，那宋缺雖能把他劈分兩半，宋缺亦必死無疑。宋缺是拿自己的命來賭博，因看準寧道奇難開殺戒。刀鋒筆直激射，迅速拉近與寧道奇的距離，刀氣把對手完全鎖緊籠罩，當寧道奇觸地的一刻，恰是天刀臨身的剎那，再沒有人能改變這形勢發展，包括宋缺和寧道奇兩大宗師級高手在內。寧道奇突發一聲長嘯，在空中忽然凝定，釘子般疾落錐下，釘在地面，背後正是文殊菩薩騎獅銅像。值此面對宋缺能使風雲色變的一刀，寧道奇仍是神態閒雅，以驚人的快速吟道：「人有畏影惡跡而去之走者，舉足愈數而跡愈多；走愈疾而影不離身。不知處陰以休影，處靜以息跡，愚亦甚矣。」

「蓬！」寧道奇整個人彈上半空，雙足重踏刀鋒。宋缺往後飛退，寧道奇則在空中陀螺般旋轉起來，緩緩降返地面。兩人均處於動手時的原來位置，回復對峙之局。

尚有一刀。「鏘！」宋缺還刀鞘內。寧道奇面容轉白，瞬又回復常色。宋缺英俊無匹的俊偉容顏紅光一現即斂，神態如舊，似乎從沒有和對方動手。

寇仲心知肚明宋缺剛才一刀令兩人同告負傷，不過他們功力深厚，硬把傷勢壓下去。他現在最想做的事，是撲入場內哀求兩人不要動手，可是這只會影響宋缺，卻不能改變如箭在弦的第九刀。

宋缺嘆道：「宋缺終逐一領教道兄的八撲，不瞞道兄，道兄高明處確大大出乎我意料之外。在使出第九刀前，宋某有一事相詢，道兄剛才背唸的莊子寓言，出自漁父篇，爲何偏漏去『自以爲尙遲，疾走不休，絕力而死』三句，其中有何深意？」

寧道奇啞然笑道：「我也不瞞宋兄，若把這三句加進去，我恐怕沒暇唸畢全篇，豈非可笑之極。根本沒有任何深意，宋兄誤會哩！」

宋缺大笑道：「好！若非道兄能如此精確把握宋某天刀的速度，心境又清淨寧逸至此等精微的境界，早命喪在我第八刀下。我宋缺若厚顏堅持第九刀，就有似如此蠢材，自以爲尚遲，疾走不休，絕力而死。道兄豈無深意，太自謙啦！」

寧道奇一揖到地，誠心道：「眞正謙虛的人是宋缺而非寧道奇，宋兄或許絕力而死，寧道奇則肯定要作宋兄陪葬，多謝宋兄手下留情之德。」

宋缺回禮道：「大家不用說客氣話，能得與道兄放手決戰，宋某再無遺憾。煩請轉告清惠，宋某一切從此由寇仲繼承，這就趕返嶺南，再不理天下的事。」

寇仲聽得呆在當場，不明所以。以宋缺的爲人，怎會就此罷休？

宋缺此時來到他旁，微笑道：「我們走！」

「咯！咯！」

「誰？」

徐子陵夜入李靖府第，由後牆入宅，偌大的將軍府出奇地冷清，院落大部分沒有燈光，只有主建築透出燈光，入目情況使他大感異樣。憑著建築學弄清楚主人家起居處，他輕敲窗櫺，試圖驚動李靖。

徐子陵低聲道：「驚擾大嫂！是徐子陵！」

風聲響起，紅拂女現身迴廊處，秀眉大皺道：「又是你！來找李靖幹甚麼？」

她一身勁服，顯然尚未入睡。

徐子陵聽她語氣不善，硬著頭皮道：「對不起！驚擾大嫂休息，我有重要事須見李大哥，他仍未回來嗎？」

紅拂女露出複雜的神色，帶點苦澀，又似無奈，歉然低聲道：「該是我說對不起，我的心情很壞。唉！進來說吧！」

徐子陵一震道：「李大哥是否出事哩？」

紅拂女搖頭表示非是如此，似是勉強壓下心頭的不耐煩，轉身引路道：「這裏不方便說話，隨我來！」

在她引領下，徐子陵進入書房，在漆黑中的房中坐下，紅拂女回復平靜，態度冷淡的道：「子陵有甚麼要事找李靖？」

徐子陵關心李靖，忍不住問道：「大嫂爲何心情不佳？李大哥因何不在家陪嫂子？」

紅拂女答道：「你大哥到城外迎接秦王，至於我心情欠佳，唉！怎答你好呢？因爲李靖與你們的關係，不但遭盡長安的人白眼，更遭秦王府的同僚疏遠，秦王故意不讓他參與洛陽的戰役，表面看是爲他著想，說到底還是不信任他，讓他投閒置散。李靖並沒有怪你們，只是我爲他感到心中不忿而已！」

徐子陵心中一陣歉疚，可以想像李靖夫婦難堪情況。

紅拂女續道：「子陵到長安來爲的是甚麼？難道不知長安人人欲殺你和寇仲嗎？」

徐子陵輕輕道：「對不起！」

紅拂女嘆道：「說這些話有何用？對你兩個我真不知怎辦才好？若你們是大奸大惡之徒，事情還簡單，偏偏你們非但不是這種人，且是俠義之輩；上回你們更幫了秦王府一個大忙，使沈落雁避過大難，可是也令我們開罪皇上和太子，獨孤家更是恨我們夫婦入骨。我曾提議李靖索性離開長安，隱避山林，卻遭他拒絕，說値此時刻離開秦王，是爲不義，漠視塞外異族入侵，更是不仁，可是現在我們還可以做甚麼呢？」

徐子陵聽得啞口無言，心中難過。

紅拂女心中肯定充滿不平之意，語氣仍盡力保持平靜，道：「我們一方面擔心你們在洛陽的情況，一方面又怕秦王錯失，心情矛盾非常。現今形勢分明，卻又另添重憂。唉！子陵教我們該如何自處？」

徐子陵衝口而出道：「我這次來長安，不但要助秦王渡過難關，還要助他登上皇位，一統天下，擊退外敵。」

紅拂女劇震道：「子陵是否在安慰我？」

徐子陵斷言道：「我是認眞的！」

隔几而坐的紅拂女朝他打量半晌，沉聲問道：「寇仲呢？」

徐子陵道：「我還未有機會和他說此番話。」

紅拂女道：「子陵可否說清楚一點？」

徐子陵道：「我來找李大哥，是想透過他和秦王祕密碰頭，只要能說服他肯爭奪皇位，寇仲方面交由我負責。」

紅拂女沉聲道：「你可知如此等於要秦王背叛李家，背叛父兄？」

徐子陵道：「他是別無選擇，建成、元吉分別勾結突厥人和魔門，對他心懷不軌。在路上我曾撞破梁師都的兒子從海沙幫買入大批火器，又見李建成的手下爾文煥和喬公山在附近現身，若我沒有猜錯，這批火器將是用作攻打天策府用的。」

紅拂女色變道：「竟有此事？」

徐子陵道：「我會盡力說服李世民，假若他仍堅持忠於李家，不願有負父兄，我只好回去全力助寇仲取天下、抗外敵。」

紅拂女道：「寇仲或者肯聽你這位好兄弟的話，但宋缺呢？天下恐怕沒有人能左右宋缺的心頭大願。」

徐子陵嘆道：「我只能見機行事，盡力而爲。」

紅拂女顯是對他大爲改觀，低聲道：「秦王該於明早登岸入城，子陵可否於正午時再到書房來，我們會設法安排子陵和秦王祕密見面。」

宋缺背著他盤坐筏首，整整兩個時辰沒動過半個指頭，說半句話。明月清光照著兩岸一片純白的雪林原野，寇仲在筏尾默默搖櫓，如陷夢境。

宋缺打破壓人的沉默，長長吁出一口氣道：「寧道奇果然沒有讓宋某人失望，寇仲你能親睹此戰，對你益處大得難以估量。」

寇仲欲言又止，最後只道：「我確是得益不淺，眼界大開。」

宋缺淡淡道：「你是否很想問我究竟是勝還是負？」

寇仲點頭道：「我眞的沒法弄清楚。」

宋缺平靜的道：「這將會是一個我和寧道奇也解不開的謎。」

寇仲愕然道：「這麼說即是勝負未分，閥主爲何肯放棄第九刀呢？」

宋缺淡淡道：「我不願瞞你，原因在乎清惠。」

寇仲大惑不解道：「竟是因爲清惠齋主？我還以爲動手時你老人家已把她徹底拋開。」

宋缺道：「你知不知道寧道奇有個與我同歸於盡的機會？」

寇仲答道：「那是當閥主成功從他兩手間拔起寶刀的一刻，對嗎？」

宋缺道：「那是我一意營造出來的，不過我肯定寧道奇並不曉得我可把貫注刀內的眞氣回輸自身，大有可能硬捱他一擊，所以看似是同歸於盡，事實上我有保命之法，而他則必死無疑。」

寇仲摸不著頭腦道：「這和清惠齋主有甚麼關係？」

宋缺道：「寧道奇拚著落在下風，捨棄如此擊殺我宋缺的良機，當然與她大有關係。如非清惠與寧道奇議定不得殺我宋缺，以寧道奇這種大仁大勇，不把自身放在眼裏的人，怎肯錯過如此良機？」

寇仲一震道：「閥主肯冒這個天大的險，只是爲測探清惠齋主對你的心意？」

宋缺道：「有何不可？」

寇仲爲之啞口無言。

宋缺道：「第八刀令我負上嚴重內傷，必須立即趕返嶺南，閉關潛修，你回彭梁後須盡力在這餘下的兩個多月內平定南方，待春暖花開時揮軍北上，攻陷洛陽，再取長安，完成統一的大業，勿要令宋缺失望。」

寇仲劇震道：「閥主的傷勢竟嚴重至此！」

宋缺嘆道：「我傷得重，寧道奇又比我能好得多少？我第九刀至少有五成把握可將他收拾，但寧道奇寧落下風放過殺我的機會，我怎能厚顏乘他之危？」

寇仲心中湧起無限崇慕佩服之情，說到底，宋缺雖不肯改變自己的信念，但對梵清惠還是未能忘情。

宋缺輕柔的道：「我對你尚有一個忠告。」

寇仲停手搖櫓，恭敬的道：「小子恭聆清教。」

宋缺從容自若，緩緩道：「任何一件事，其過程往往比結果更動人，勿要辜負生命對你的恩賜。」

徐子陵回到風雅閣，見陰顯鶴正在房內默坐發呆，順口問道：「爲何不趁機休息？」

陰顯鶴苦澀的反問道：「我能睡著嗎？」

徐子陵在他旁坐下，安慰道：「紀倩回來，一切自有分曉，有青青夫人爲我們穿針引線，可省去想法說服她的工夫。」

陰顯鶴岔開道：「池生春爲何要買下上林苑，自己另開一間不成嗎？他要人有人，要錢有錢。」

徐子陵道：「他的目的是顯示信心，展示實力，更是要做給大仙胡佛父女看。像上林苑這類在長安首屈一指的字號，不是有錢便買得起，還要講人面關係，少點道行也難成事。李建成一黨定是趁李世民遠征的時機，在李淵默許下迅速擴展勢力，清除異己。如我所料不差，以往支持李世民的幫會門派，又或富商大臣，若不保持中立或改投李建成的陣營，必是飽受打擊迫害。」

陰顯鶴對池生春仇深似海，聞言殺機大盛，冷哼道：「殺一個少一個，我們怎可容池生春恃惡橫行？」

徐子陵道：「小不忍則亂大謀，我們是要將香家連根拔起，殺池生春只會打草驚蛇。照現在的形勢發展，香貴極有可能舉族遷來長安，因爲長安外再無他們容身之所。」

陰顯鶴待要說話，足音響起。

徐子陵認出足音的主人，起立道：「紀倩來哩！」

陰顯鶴搶著去開門。「咿呀！」房門洞開，紀倩在青青陪同下俏立門外，烏靈靈的大眼睛朝陰顯鶴上下打量，她仍一身盛裝，明艷照人，以陰顯鶴對男女之情的淡薄，一時間亦看呆眼。

青青像介紹恩客般嬌笑道：「乖女兒啊！這位就是娘提過的蝶公子哩！」

在一旁的徐子陵聽得啼笑皆非，青青是慣習難改，她仍是年輕貌美，口氣卻如在歡場混化了的老鴇婆。

紀倩果然態度截然不同，「噗哧」一笑掩嘴道：「蝶公子？公子頗不像蝴蝶，蝴蝶見花想採蜜，愈鮮艷的花愈不肯放過，公子卻絕非這種人，倩兒一看便曉得哩！」

對著花枝亂顫，可迷死男人的紀倩，陰顯鶴手足無措，一向木無表情的瘦長臉破天荒第一次紅起來。

徐子陵知他吃不消，移到她身旁施禮道：「徐子陵拜見倩大家，以前有甚麼得罪之處，請大家恕罪。」

紀倩狠狠瞪他一眼，嬌嗔道：「原來眞是你這小子，算了！紀倩就是紀倩，不是甚麼大家，大家只有一個尙才女。你識相的就把你那幾手騙人的把戲教給我，本姑娘肯學是你的榮幸。寇仲呢？他不是和你一起的嗎？」

說罷又往正目不轉睛呆瞪著她的陰顯鶴拋媚眼道：「呆子！有甚麼好看？想變身作蝴蝶嗎？」陰顯鶴老臉更是紅透，徐子陵也招架不來。輪到青青解圍道：「乖女兒啊！不要胡鬧哩！子陵和蝶公子是有正事來找你的。」

紀倩嗔道：「人家見到老朋友高興嘛，他們還會爲倩兒出頭的。」接著把青青推走，道：「你快回去應付那些討厭的人，這邊由我接著。」

青青搖風擺柳的去後，紀倩毫無顧忌的跨步入房，嚷道：「我累死哩，坐下再說。」見房內只有兩張椅子，就那麼毫不客氣的一屁股坐在床沿，嬌呼道：「還不給我乖乖坐下，是否討打？嘻！見著你兩個大膽小子眞好，竟敢偷來長安，不怕殺頭嗎？不過我最喜歡膽大的男人，這才像男人嘛！」

徐子陵暗感不妥，他比陰顯鶴熟悉紀倩的行事作風，她適才遣走青青，他早生出警戒，現在又蓄意誇獎他們的膽量，肯定別有居心。

紀倩烏亮得像兩顆寶石的眸珠在眼眶內滴溜溜飛快左右轉動，瞇著眼盯著徐子陵道：「聽娘說你們有事來求我，這方面沒有問題，大家江湖兒女，既是友非敵，當然要講江湖義氣。不過江湖有江湖的規矩，有所謂禮尙往來，你們給我辦一件事，我紀倩必有回報，憑你們驚懾天下的武功，替我辦這事只是舉手之勞，不費吹灰之力。」

陰顯鶴沉聲道：「紀小姐請賜示！」

紀倩一臉喜色的把目光移向陰顯鶴，顯然發現陰顯鶴遠較徐子陵「誠實可欺」，拋個媚眼道：「給我幹掉池生春，那不論你們要我紀倩做甚麼，我紀倩必乖乖的聽你們的話。」

陰顯鶴爲難的朝徐子陵瞧去，徐子陵則目注紀倩，淡淡道：「池生春早列入我們的必殺名單內，但眼前卻不宜立即執行，我們這次來長安，是希望小姐坦誠相告有關陰小紀的事。」

陰顯鶴立時呼吸轉速，心情緊張。

紀倩皺起秀眉，有點不耐煩的道：「殺個人是你們的家常便飯，爲何要拖三拖四？我紀倩一向恩怨分明，有恩必報，你們不爲我辦妥此事休想從我口中問出半句話。」

徐子陵搖頭道：「不！你會說的！」

紀倩露出沒好氣的動人表情，橫他一眼道：「你徐大俠並非第一天認識我紀倩，怎能如此有把握？我最討厭自以爲是的男人。我看你又不敢嚴刑逼供，你可拿我怎樣？」

陰顯鶴欲要說話，被徐子陵打手勢阻止，柔聲道：「正因我認識小姐，明白紀倩是甚麼人，故有把握你肯說話，不忍心不說出來。」

紀倩訝道：「不忍心？眞是笑話，你當我第一天到江湖來混嗎？」

徐子陵嘆道：「因爲蝶公子的原名叫陰顯鶴，是陰小紀的親大哥，自她被香家的惡徒擄走後，十多年來一直不辭艱辛險阻，天涯海角的去尋找她，你能忍心不立即告訴他嗎？」

紀倩嬌軀劇震，目光射向陰顯鶴，愕然道：「這是不可能的，小紀的大哥早被那些狼心狗肺的大惡人活生生打死。」

輪到陰顯鶴全身劇震，熱淚不受控制的狂湧而出，流遍瘦臉，往紀倩撲去，雙膝下跪，不顧一切的緊擁紀倩修長的玉腿，嗚咽道：「求求你告訴我，小紀在哪裏，我眞是她大哥，我沒有被打死。」

徐子陵心中一酸，差點掉淚。

紀倩嬌軀再顫，垂下目光迎上陰顯鶴的淚眼，不但沒有不高興陰顯鶴抱上她的腿，且兩眼轉紅，淚花在眶內翻滾，伸手撫上他瘦長的臉龐，顫聲道：「你眞的沒有死？」

陰顯鶴泣不成聲的微微點頭，只看他眞情流露的激動樣子，誰都知他說的不是假話。

紀倩低呼道：「天啊！你眞的沒有死！」兩行清淚，滾下香腮，再非以前那不住自詡到江湖來混的長安名妓。

徐子陵道：「小紀左臂上有個指頭般大的淺紅色胎記，還有一對明亮的大眼睛和長腿，能說出這些特徵，小姐該知我們不是騙人的。」

紀倩取出絲巾，溫柔的爲陰顯鶴拭淚，哄孩子般輕輕道：「不要哭！我曉得小紀在哪裏。」

第七章

契機乍現

黃易作品集

第七章　契機乍現

陰顯鶴全身抖顫，似失去支持自己身體的力量，全賴紀倩一雙玉手從他脅下穿過，在床沿俯身抱著他瘦削的長軀。

紀倩臉蛋毫無保留的貼上陰顯鶴的頭，閉上美目，淚水卻不住漏出眼簾，悽然道：「我本不打算把過往的事告訴任何人，也沒人有興趣知道。子陵當日來問我，因我怕他是香家的人，故詐作不知。事實上小紀和小尤是我最好的姊妹，只有我們三個人能在當晚成功逃走，其他姊妹都給香家殺掉滅口。」

徐子陵沉聲道：「那晚發生甚麼事？」

「小紀在哪裏？」

紀倩陷進當年慘痛的回憶去，俏臉現出悲傷欲絕的神色，雙目仍是緊閉，死命抱著陰顯鶴，香唇顫抖的道：「那天並沒有例行的訓練，管我們的惡人逼我們留在房內，忽然外面人聲鼎沸，火光處處。當時我和小紀、小尤同房，小紀最勇敢，提議立即趁機逃走，可是其他姊妹都沒那膽子，我們三人只好爬窗離開。惡人果然馬上就來哩！我們躲在花園的草叢裏，聽著她們在屋內垂死前的呼救慘叫的聲音，就像在最可怕的噩夢中。惡人發現少了我們三個人，四處搜索，幸好此時有人破門而入，嚇得惡人四散逃命，我們趁機從後門溜走，隨人群離開江都。不要哭！先起來坐下好嗎？」最後兩句是對陰顯鶴說的。

徐子陵過來扶他起立，紀倩著他坐在床沿，又爲他拭淚。徐子陵從沒想過刁蠻任性的紀倩有這溫婉體貼的一面，心中大生憐意。

不待陰顯鶴追問，紀倩續下去道：「出城後我們慌不擇路的逃亡，當時只想到有多遠跑多遠。唉！走得我們又餓又累，幸好遇上好心人，不致餓死，直逃至襄陽才安定下來。」

陰顯鶴一震道：「襄陽！」終停止流個不休的眼淚。

紀倩點頭道：「我們三個人相依為命，沒東西吃就去乞去偷。由於怕人欺負我們是女的，只好扮作男孩子。但上得山多終遇虎，有一天作小偷時給人當場逮著，那宅子的主人是襄陽最出色的名妓，她可憐我們，開恩收我們作乾女兒。」

陰顯鶴色變道：「收你們為徒？」

紀倩沒有察覺陰顯鶴的異樣，道：「只有小紀不肯隨盈姨學藝，也幸好有盈姨作她後台，沒有人敢欺負她，後來盈姨收山嫁人，小尤和小紀留在襄陽，我則到長安碰機會，因為我曉得池生春在長安，只要有為慘死的姊妹報仇的機會，我絕不會放過。」接著淚水狂湧，泣不成聲，嗚咽道：「他們擄走我時，曾把我的二叔害死，二叔是我唯一的親人，我到長安的目的，是瞞著小紀和小尤的。」

徐小陵明白過來，此正是香家一貫的保密手段，殺人滅口，使強擄民女的消息不會外洩，別人更無法跟查。江都兵變，香家曉得無法帶著大批女孩離開，因他們一向是楊廣的支持者，遂成為宇文化及打擊的目標，為急於逃走和預防洩漏行蹤，於是下毒手盡殺擄來的小女孩，殘忍不仁至極點。沉聲道：「你怎會知道有池生春這個人，更曉得他在長安？」

紀倩道：「我被擄後帶往江都關起來，曾見過他兩次，他和手下閒談多次，曾提及長安的賭場生意，我一直記在心上。替我殺死他好嗎？算我求你們吧！」

陰顯鶴霍地立起，斬釘截鐵的道：「我要立即到襄陽去，小尤所在的青樓是哪一所？」

紀倩一把扯著他衣袖，悽然道：「先幫我殺掉池生春，我陪你到襄陽去。我不理甚麼香家、池家，只要把他碎屍萬段便成。」看她梨花帶雨的悲痛樣子，誰能不心中惻然。

徐子陵道：「我們先冷靜下來，從詳計議如何？」

陰顯鶴低頭望向紀倩，道：「我一定會爲你殺死池生春，小姐可以放心。」

紀倩仍不肯放開抓緊他衣袖的手，以另一手舉袖拭淚道：「早知你是好人哩！」

陰顯鶴回復冷靜，重新在紀倩旁坐下，向徐子陵道：「子陵有甚麼提議？」

徐子陵道：「大家目標一致，就是要池生春這喪盡天良的人得到該得的報應，問題在我要把池生春所屬的罪惡家族連根拔起，池生春只是其中之一。」

紀倩求助似的往陰顯鶴瞧去，後者點頭道：「子陵說得對。池生春的家族爲避開我們的圍剿追殺，極有可能到長安來避難，更希望能成功的在此樹立勢力和關係，池生春爲此大展拳腳，強購上林苑。」

徐子陵道：「池生春此時可能該知身分或已洩漏，所以處在高度戒備的情況下，十二個時辰由高手保護不在話下，殺他並不容易，一旦打草驚蛇，對我們全盤計畫非常不利。我有一個提議，明早倩小姐與顯鶴趕往襄陽找小尤和小紀，再赴彭梁，我們可在梁都會合。待對付香家的計畫部署妥當，倩小姐可回長安親眼目睹香家的煙消瓦解。」

紀倩目光移向陰顯鶴，這孤獨的劍客朝她肯定的點頭。紀倩呆望他好半晌，直至陰顯鶴被她望得好生尷尬，點頭答道：「好吧！你們想出來的該比倩兒想的更妥當。」

徐子陵心中湧起奇妙的感覺，一些神奇的事正在陰顯鶴和紀倩間醞釀發生，可能是建基在他們過往慘痛的經歷上，使他們能在短暫時間內產生互信和了解，也可能出在男女間的緣分和沒有道理可言的吸引力上，使兩個性格迥異的人再沒有分隔的距離。紀倩從不肯相信任何人，對陰顯鶴顯然例外。

陰顯鶴道：「要走不如立即走。」

徐子陵明白他的心情，道：「倩小姐最好在衆目睽睽下公然離城，回來時比較方便些，我會送你們一程。」

紀倩伸手抓著陰顯鶴的手臂，柔聲道：「蝶公子好好休息，倩兒去向青姨交代，收拾行裝，待會再來陪你們說話兒，小紀是個很可愛和堅強的女孩子哩！我和小尤都很聽她的話。」說罷向徐子陵施禮嬝嬝婷婷的去了。

兩人你眼望我眼。徐子陵綻出笑意，道：「現在可放心哩！很快你可和令妹團聚，還有甚麼比這結局更美滿的。懸賞尋人那一招是行不通的，因爲曉得令妹所在的兩個人都在唐軍的勢力範圍下。」

陰顯鶴嘆道：「由現在到抵達襄陽，我的日子會度日如年般難過。」

徐子陵長身而起，笑道：「恰恰相反，時間會飛快流逝，這叫快活不知時日過才對。」說畢笑著去了。

寇仲目送宋缺南歸的大船順流遠去，前後尙有護航的四艘船艦和過千宋家精銳。從此刻始，他寇仲成爲少帥聯軍的最高領袖，重擔子全落到他肩頭上。

身旁的宋魯道：「我們回去吧！」

寇仲沉聲道：「攻打江都的情況如何？」

宋魯道：「法亮成功攻陷毗陵，我著他不要輕舉妄動，江都終是大都會，防禦力強，只宜孤立待其糧缺兵變，不宜強行攻打。」

寇仲同意道：「魯叔的謹慎是對的，說到底揚州可算是我的家鄉，李子通只是外人，他怎鬥得過我這地頭蛇。唉！有沒有致致的音信？」

宋魯道：「每十天我會把有關你的消息傳往嶺南，她仍是很關心你的。」

寇仲搖頭苦笑，道：「回去再說，我要立即召開會議，冰封期只餘兩個月，我們要好好利用這名副其實的天賜良機。」

徐子陵送走陰顯鶴和紀倩，從祕道潛返長安，往將軍府見李靖。大雪於昨夜天亮前收止。天空仍是厚雲低重，長安城變成白色的世界，男女老幼均出動清理積雪，車輪輾過和馬蹄踏處污漬遍道，充盈著平常生活的繁忙氣息，但徐子陵的心神卻繫在天下的戰爭與和平的大事上，使他感到自己和周遭的人似活在兩個不同的世界裏。能否說動李世民，是第一道難關，接著尚有寇仲和宋缺兩關，其中牽涉到錯綜複雜的問題，稍一不慎，他的全盤大計會盡付流水。

他從沒上門的後院門入府，一名外貌忠厚的年輕家將在恭候他大駕，把他引進內廳。

李靖早等得心焦，招呼他圍桌坐下，道：「究竟是怎麼一回事？我不敢向秦王把話說滿，只說你祕密來到長安，有要緊事和他商量，他答應拜見皇上後，會到這裏會你。」

徐子陵道：「只要秦王肯答應全力爭取帝位，我會說服寇仲全力助他取天下。」

李靖肅容道：「寇仲知不知道你來見秦王？」

徐子陵搖頭道：「這是我和寇仲分手後的決定。」

李靖頹然道：「照我看你只是白費心機，縱使你能說服秦王，而這可能性是非常低。但寇仲怎肯在這形勢下放棄一切，他如何向追隨他的手下交代？何況尚有宋缺這一關？」

徐子陵道：「若我不能說服李世民，一切休提，我只好回彭梁助寇仲攻打洛陽，可是只要李世民肯下決心，寇仲那一關我尚有信心克服，至於宋缺，我想到一個可能性，至於能否成事，只好看老天爺的心意。」

李靖皺眉道：「甚麼可能性？」

此時家將匆匆來報，李世民來了。

寇仲在少帥府大堂南端台階上的帥座坐下，無名立在他左肩，接受久違了的主子溫柔的觸撫。右邊首席是宋魯，接著是宣永、宋邦、宋爽、邴元眞、麻常、跋野剛、白文原；左邊首席是虛行之，然後依次排下是「俚帥」王仲宣、陳智佛、歐陽倩、陳老謀、焦宏和王玄恕。其他大將，不是參與江都的圍城戰役，就是另有要務在身，故不在梁都。陳留由雙龍軍出身的高占道、牛奉義和查傑三人主持，保衛少帥國最接近唐軍的前線城池。寇仲完全回復一貫的自信從容。

虛行之首先報告道：「劉黑闥得徐圓朗之助，戰無不克，連取數城，現正和李元吉、李神通和李藝率領的五萬唐軍對峙於河北饒陽城外，勝負未卜。」

寇仲皺眉道：「李小子溜到哪裏去？」

宣永答道：「據傳李淵不滿李世民讓少帥成功突圍返回梁都，強把他召返長安解釋。」

寇仲嘆道：「李小子性命危矣！」旋又斷然道：「那北方再不足慮，我敢肯定李元吉不是劉大哥對手，他的大敗指日可期。」

宋魯道：「我們應以何種態度面對劉黑闥？」

寇仲恭敬答道：「魯叔明察，我們很快曉得劉大哥方面的情況。擊垮李元吉後，他定會派人來聯絡我們。大家兄弟，有甚麼是談不妥的？我們最重要的是增加手上的籌碼，那大家合作起來會愉快點。」

宋家和俚僚系統諸將見他如此尊敬宋魯，均現出釋然安心的神色，因為直到此刻，他們仍不明白宋缺為何忽然拋開一切的返回嶺南，心中不生疑才怪。但現在看到寇仲與宋魯融洽的情況，曉得不是寇仲和宋缺間出問題，當然放下大半心事。

寇仲道：「大家是自己人，甚麼事都沒有隱瞞的必要，閥主這次匆匆趕回嶺南，是因決戰寧道奇，雖不分勝負，卻是兩敗俱傷，必須回嶺南靜養。這消息不宜洩漏，大家心知便成。」

這番話出籠，立即引起哄動，出乎他意料，非但沒有打擊士氣，反有提升之效，因為寧道奇向被譽為天下第一高人，宋缺能和他平分秋色，無損他威名分毫。

應付過連串的追問後，大廳回復平靜，人人摩拳擦掌，待寇仲頒布他統一天下的大計。寇仲心中陰霾一掃而空，知道眾人對他的信心不在對宋缺之下，他統一南方調兵遣將的行動，將可在少帥聯軍最巔峰的士氣狀態下進行，長江兩岸再無可與他頡頏之人。轉向宋魯道：「三軍未動，糧草先行，魯叔在後勤補給的情況如何？」

宋魯微笑道：「無論少帥要征伐哪一個地方，我有把握將物資源源不絕經水陸兩路送至。」

寇仲一拍扶手長笑道：「那就成哩！我們先近後遠，先收拾李子通和沈法興，然後掃平輔公祏，再取襄陽，把蕭銑和林士宏壓制於長江之南，以蠶食的方法孤立和削弱他們，同時全力準備北伐壯舉。大家有福同享，禍則該沒我們的份兒，對嗎？」

眾將不分少帥軍或宋家班底，又或俚僚系諸將，同聲一心的轟然答應。

李世民伸手和徐子陵握緊，嘆道：「請讓世民對夏王的遇害，致以最深的歉疚。」

他孤身一人入廳，隨來近衛均留在外進大堂，以行動表達他對徐子陵的信任。

徐子陵心中暗嘆，李世民容許李元吉自把自為，以竇建德的生死逼寇仲投降，是有說不出來的苦衷。可是當寇仲躍下洛陽城牆，情況再不受控制。

李靖垂手肅立一旁。

李世民道：「子陵坐下再說。」向李靖打個眼色，李靖識趣的退出廳外，他深悉徐子陵的為人，不會擔心李世民的安全。

李世民牽著他到圓桌坐下，始放開手道：「聽說梁師都的兒子從海沙幫購入大批江南火器，而子陵懷疑此為皇兄對付我李世民的陰謀，對嗎？」

徐子陵點頭道：「梁師都大有可能是魔門的人，且爾文煥和喬公山曾在附近的巴東城現身，加上些許蛛絲馬跡，我的懷疑絕非捕風捉影。」接著把雲玉真與香玉山和海沙幫的複雜關係，解釋一遍。

李世民沉吟道：「原本我不太相信，可是經子陵如此仔細分析，此事又非沒有可能。」

然後朝他深深凝視，雙目神光大盛，道：「子陵冒險來長安，只為此事嗎？」

徐子陵默然片晌，始一字一字的緩緩道：「我這次來長安，是想問清楚世民兄的心意，究竟是坐以待斃，還是奮力還擊，爲天下蒼生，爲萬民的福祉，拋開一切，包括家族和父子兄弟血肉之情，讓天下在你手上統一，好好做一位愛國愛民的明君？」

李世民雙目神光更盛，語氣卻出奇的平靜，沉聲道：「子陵這番話，不嫌說得太遲嗎？」

徐子陵搖頭道：「不瞞世民兄，我沒法給你一個肯定的答案，只知盡力而爲。而你和寇仲的和解，是解決中原迫在眼前的彌天大禍的唯一方法。」

李世民雙目一眨不眨的注視著他，道：「寇仲是否曉得此事？」

徐子陵坦然道：「我還未有機會和他說。」

李世民霍地立起，往大門頭也不回的跨步走去。徐子陵瞧著他移遠的背影，頭皮發麻，腦海一片空白。

寇仲與手下謀臣大將商議擬定進攻江都的軍事行動和整體部署後，諸將奉命分頭辦事，先頭部隊在宋爽、王仲宣率領下立即啓程由水路南下。寇仲連日勞累，回臥房打坐休息，不到半個時辰，敲門聲響。

寇仲心中一懍，心忖難道又有禍變，暗嘆領袖之不易爲，應道：「行之請進！」

虛行之推門而入道：「青竹幫幸容有急事求見。」

寇仲忙出外堂見幸容，這小子一臉喜色，見到他忙不迭道：「李子通想向你老哥投降，小仲眞厲害，連李世民都奈何不了你。」

寇仲大喜道：「少說廢話！李子通爲何忽然變得如此聽教聽話，這消息從何而來？」

幸容壓低聲音故作神祕的道：「是邵令周那老糊塗低聲下氣來求我們的，不過李子通是附有條件。」

寇仲皺眉道：「李子通有甚麼資格和我講條件？他不知我討厭他嗎？不幹掉他是他祖先積德。他娘的！哼！」

幸容堆起蓄意誇張的笑容，陪笑道：「少帥息怒，他的首要條件是放他一條生路。哈！他娘的！李子通當然沒資格跟你說條件，你都不知現在你的名號多麼響，我們只要亮出你寇少帥的招牌，大江一帶誰不給足我們面子？曉得你沒有給唐軍宰掉，我和錫良高興得哭起來。子陵呢？他不在這裏嗎？」

寇仲啞然失笑道：「你何時變得這麼誇張失實的，子陵有事到別處去。閒話休提，李子通的條件是甚麼鬼屁東西？」

幸容道：「其他的都是枝節，最重要是你親自護送他離開江都，他只帶家小約二百人離開，江都城由你和平接收，保證沒有人敢反抗。」

寇仲愕然道：「由我送他走，這是怎麼一回事？是否陰謀詭計？」

幸容哂道：「他還有甚麼手段可耍出來？難道敢和你來個單挑獨鬥？天下除寧道奇外恐怕沒有人敢這麼做。沒有人比我更清楚江都城的情況，這是李子通一個最佳選擇，且可攜走大量財物。」

寇仲不解道：「那他何須勞煩我去護送他？」

幸容道：「因爲他怕宋缺，你的未來岳父對敵人的狠辣天下聞名，只有你寇大哥親自保證他的安全，李子通才會放心。」

寇仲笑道：「你這小子變得很會拍馬屁，且拍得我老懷大慰。好吧！看在沈法興份上，老子放他一馬。回去告訴邵令周，只要李子通乖乖的聽話，我哪來殺他的興趣。三天內我到達江都城外，叫他準備妥當，隨時可以起行，我可沒耐性在城外呆等。」

幸容不解道：「這關沈法興的甚麼事？」

寇仲淡淡道：「當然關沈法興的事，當沈法興以爲我們全面攻打江都之際，他的昆陵將被我們截斷所有水陸交通，到我兵臨城下之際，他仍不曉得正發生甚麼事呢？」

「砰！」眼看李世民跨步門外之際，李世民重重一掌拍在在門框處，登時木裂屑濺。

在外面守候的李靖駭然現身，李世民的額頭貼上狠拍門框的手背上，痛苦的道：「我沒有事！」

李靖瞧瞧李世民，又看看仍呆坐廳心桌旁的徐子陵，神色沉重的退開。

李世民急促的喘幾口氣，再以沉重的腳步回到徐子陵旁坐下，頹然道：「父皇殺了劉文靜。」

徐子陵失聲道：「甚麼？」

劉文靜是李唐起義的大功臣，曾參與李淵起兵的密謀，一直是李淵最信任的近臣之一，無論他做錯甚麼事，也罪不致死。

李世民悽然道：「劉文靜被尹祖文和裴寂誣告他謀反，父皇還故示公正，派蕭瑀和李剛調查，在兩人均力證劉文靜無罪下，仍處之以極刑，此事在我東征洛陽時發生，李剛因此心灰意冷辭官歸隱。唉！父皇怎會變成這樣子的？」

徐子陵低聲問道：「劉文靜是否常爲世民兄說好話？」

李世民點頭道：「正是如此。靜叔對我大唐有功無過，唯一的過失，或者是淺水原之戰吃敗仗，可是裴寂對上宋金剛何嘗不慘敗索原，丟掉晉州以北城鎮，父皇不但不怪責他，還著他鎮守河東。自起義後，父皇偏信裴寂，他的官位永在靜叔之上，現在更置靜叔於死地，若只爲對付我李世民，父皇實太狠心！」

徐子陵沉聲道：「令尊在逼你謀反，好治你以死罪。」

李世民一震抬頭。

徐子陵道：「世民兄不是說過回長安後要和令尊攤開一切來說嗎？有沒有這樣做呢？」

李世民兩眼直勾勾的瞧著徐子陵，卻似視如不見，緩緩搖頭。

徐子陵道：「我今天來向世民兄作此似是大逆不道的提議，目的只有一個，就是免去中原重陷分裂、外寇入侵的大禍！世民兄若點首答應，爲的也不是自己的榮辱生死，而是爲天下萬民的幸福。中原未來的命運，就在世民兄一念之間。」

李世民雙目稍復神采，道：「宋缺的問題如何解決？」

徐子陵道：「我先說服寇仲，大家再想辦法，世民兄可否先表示決心？」

李世民呆看著他。

足音驟起，李靖匆匆而至，施禮稟告道：「齊王、淮安王和李藝總管於風雪交加下與劉黑闥在饒陽展開激戰，慘吃敗仗，五萬人只餘萬餘人逃返幽州，皇上召秦王立即入宮見駕。」

李世民虎軀一震，探手抓著徐子陵肩膀，道：「有甚麼消息請來找我！」說罷與李靖匆匆去了。

徐子陵放下一半心事，但肩負的擔子和壓力卻有增無減。自己怎樣向寇仲說出難以啓齒，令他不要當皇帝這份苦差的大計呢？

寇仲在書房審閱簽押各式頒令、授命、任用等千門萬類的文件案牘，忙得天昏地暗，不禁向身旁伺候的虛行之苦笑道：「可否由行之冒我代簽，那可省卻我很多工夫，又或我只簽押而不審閱，我寧願去打一場硬仗，也沒這麼辛苦。」

虛行之微笑道：「少帥的簽押龍騰鳳舞，力透紙背，暗含別人無法模仿的法度，由我冒簽怎行？要管好一個國家，雖可放手給下面的人去辦，可是至少該了解明白，才知誰執行得妥當或辦事不力。」

寇仲失笑道：「你在哄我，我的簽押連自己也覺礙眼，這點自知之明還是有的。」

虛行之坦然道：「這個不成問題，只要是出自少帥的手，便是我少帥國的最高命令。」

寇仲苦笑道：「那我的簽押肯定是見不得人的，行之倒坦白。」

虛行之莞爾道：「我並沒有這個意思，少帥的簽押自成一格，且因是少帥手筆，任何缺點反成爲優點。」接著又道：「行之有一事請少帥考慮，事實上行之是代表少帥國上下向少帥進言。」

寇仲愕然道：「甚麼事這般嚴重？」

虛行之道：「現在時機成熟，少帥國全體將士，上下一心，懇請少帥立即稱帝。」

寇仲打個寒噤，忙道：「此事待平定南方後再說。」

虛行之還要說話，宋魯來到，暫爲寇仲解圍。

寇仲起立歡迎，坐下後，宋魯道：「剛接到北方來的消息，劉黑闥大破神通、元吉於饒陽，聲威大振，響應者日益增多，觀州、毛州均舉城投降，本已投誠唐室的高開道，亦公開叛唐，復稱燕王。各地建德舊部更爭殺唐官以響應黑闥，現在劉軍直逼河北宗城，若宗城不保，李唐恐怕會失去相州、衛州等地，那劉黑闥可盡得建德大夏舊境。」

寇仲動容道：「李小子不在，唐軍尚有何人撐得起大局？」

宋魯瞭若指掌的答道：「神通、元吉已成敗軍之將不足言勇，目前河北只有李世勣一軍尚有抗衡黑闥之力，不過宗城防禦薄弱，且易被孤立，照我看李世勣肯定守不下去。」

寇仲點頭道：「不但守不下去，還要吃大敗仗，不單因我對劉大哥有信心，更因李世民被硬召回唐京，命運難卜，所以軍心浮動將士無鬥志，劉大哥方面卻是敵愾同仇，此弱彼盛下，李世勣焉能不敗？」虛行之點頭同意。

宋魯嘆道：「我們和劉黑闥究竟是怎樣的關係呢？」

寇仲信心十足的道：「我們很快可以弄清楚，當劉大哥盡復夏朝舊地，必遣人來和我們聯絡，表達他的心意。」

宋魯沉聲道：「我明白你們交情不淺，不過人心難測，劉黑闥再非別人手下一員大將，而是追隨他者的最高領袖，他再不能憑一己好惡行事，而是必須對整體作出考慮。」

站在寇仲身後的虛行之道：「只須看劉黑闥擊退李世勣後會否立即稱王稱帝，可推知他的心意。」

宋魯讚道：「行之的話有道理。」

寇仲的心直沉下去，想起自己的處境，暗忖若自己下令舉軍向劉黑闥投誠，少帥軍不立即四分五裂才怪。苦笑道：「這些事暫不去想，事實上劉大哥極可能救了李世民一命，因李淵再沒有別的選擇，只好派李世民出關迎戰。」

虛行之道：「李淵強召李世民回長安，實屬不智，不但低估劉黑闥，還影響軍心。」

宋魯微笑道：「李淵只是惱羞成怒，他的貴妃們無不覬覦洛陽的奇珍異寶，央求李淵下敕分贈她們，豈知秦王早一步把財貨賜給洛陽之戰立下軍功者，且主要是秦府中人，此事令李淵大為不滿，弄出這件影響深遠的事來。」

寇仲大訝道：「魯叔怎可能如此地清楚唐宮內發生的事，即使有探子在長安，仍該探不到這方面的內情。」

宋魯深深注視虛行之好半晌，始道：「因為唐室大臣中，有我們的內應。」

寇仲一震道：「誰？」

虛行之識趣的道：「行之有事告退。」

寇仲舉手阻止道：「行之不用避席，我和魯叔均絕對信任你。」

宋魯道：「大家是自己人，有甚麼不可以攤開來說的，此人就是封德彝封倫。」

寇仲聽得目瞪口呆，同時心中恍然大悟，難怪封德彝的行為這麼奇怪，既是站在李建成一方，又對徐子陵特別關照；楊文幹作亂李建成受責，他又為李建成冒死求情。

宋魯解釋道：「封德彝與大哥有過命的交情，大家更是志同道合，有振興漢統之心。」接著道：「李淵強令李世民回京，尚有其他不利李唐的後果，比如本屬王世充系統投降唐室的將領，亦告人心不穩。現守壽安的大將張鎮周，曾派人祕密來見跋野剛，說少帥進軍洛陽時，他會起兵叛唐響應。照我看王世充舊部中有此心態者大不乏人。」

寇仲從張鎮周想起楊公卿，憶起他臨終前的遺願，狠狠道：「我定要殺李建成！」

宋魯和虛行之你眼望我眼，不明白寇仲因何忽然爆出這樣一句風馬牛不相及的話。

寇仲見到兩人神情，明白自己心神不屬，忙收拾情懷，問道：「梁師都方面情況如何？」

宋魯從容道：「梁師都全仗突厥人撐腰，本身並不足懼。他曾先後多次南侵，都給唐軍擊退，最狼狽的一次是攻延州，被唐將延州總管段德操大破之，追二百餘里，破師都的魏州，梁師都數月後反攻，再被德操大敗，梁師都僅以百餘人突圍逃亡。不過有一則未經證實的消息，可能影響深遠。」

寇仲訝道：「甚麼消息？」

宋魯道：「劉武周和宋金剛被頡利下毒手害死。」

寇仲失聲道：「甚麼？」

想起與宋金剛的一段交往，心中不由難過。

宋魯道：「鳥盡弓藏，古已有之。現在梁師都成爲突厥人在中原最主要的走狗爪牙，而梁師都爲保命，將會與突厥人關係更加密切，對頡利唯命是從，在這樣的形勢下，頡利的入侵指日可待。」

「砰！」寇仲一掌拍在檯上，雙目神光電射，道：「我敢包保頡利不會錯過冰封之期，透過香家，他對中原的形勢發展瞭若指掌，若錯過此千載一時的良機，頡利定要後悔。」

虛行之道：「有李世民在，豈到突厥人橫行？」

寇仲搖頭道：「勿要低估頡利，若我是他，可趁冰封期剛告結束，我們揮軍北上，李世民固守洛陽之際，揮軍入侵，視中土爲大草原，避重就輕，不攻擊任何城池，只搶掠沒有抵抗力的鄉縣，以戰養戰，然後直撲長安，捧梁師都之輩建立僞朝，亂我中土。」

宋魯點頭道：「這確是可慮。」

寇仲道：「另一法是兵分數路南下，席捲大河兩岸，此法的先決條件是先害死李世民，可惜劉大哥的起義，破壞頡利的如意算盤。」

宋魯皺眉道：「無論頡利用哪一個方法，我們均很難應付。」

寇仲想起突利，頹然道：「我們只好見機行事，不可自亂陣腳。我有項長處，是想不通的事暫不去想，一切待平定南方後再說。」

狼軍鐵蹄踏地震天撼岳的聲音，彷似正在耳鼓中轟然響起，鐵蹄踐踏處，再無半寸樂土。

徐子陵舉手正欲敲門，一個平和的女聲在耳鼓內響起道：「門是沒有上閂的，貴客請進。」

徐子陵給嚇了一跳，他完全感應不到玉鶴庵外院竟有人在，而這聲音肯定不是主持常善尼的聲音，究竟會是何人？當然絕非等閒之輩。他到玉鶴庵來，最大的心願是可立即見到師妃暄，縱使此可能性極爲渺茫，仍可打聽師妃暄的行蹤。找到她，可告訴她自己正盡力玉成她的心願。

舉手推門，跨進玉鶴庵，院內鋪雪給掃作七、八堆，院內樹木積雪壓枝、銀霜披掛、素雅寧靜。在其中一個像小山般的雪堆旁，一名眉清目秀乍看似沒甚麼特別，身穿灰棉袍的女尼正手持雪鏟盈盈而立，容色平靜的默默瞧著他。徐子陵與她目光相觸，心中湧起難以形容的奇異感覺，就像接觸到一個廣闊至無邊無際神聖而莫可量度的心靈天地。她看來在三十許歲間，可是素淡的玉容卻予人看盡世情，再沒有和不可能有任何事物令她動心的滄桑感覺。青絲盡去的光頭特別強調她臉部清楚分明如靈秀山川起伏般的清麗輪廓，使人渾忘凡俗，似若再想起院落外世俗的事物，對她是一種大不敬的行爲。

徐子陵心中一動，恭敬施禮問道：「師父怎麼稱呼？」

女尼輕輕放下雪鏟，合什還禮道：「若貧尼沒有猜錯，這位定是徐子陵施主，到這裏來是要找小徒妃暄。」

徐子陵一震道：「果然是梵齋主。」

梵清惠低喧一聲佛號，道：「子陵請隨貧尼來！」

無名穿窗而入，降落寇仲肩上，接著仍是男裝打扮的小鶴兒旋風般衝進來，不依地撒嬌道：「小鶴兒要隨大哥到江都去。」

寇仲暫停審閱敕令等文牘的苦差，嘆道：「你當我是去遊山玩水嗎？」

小鶴兒毫不客氣在他對面坐下，俏皮的道：「大哥正是去遊山玩水，人家又不是第一天上戰場，上回的表現算不俗吧！至少沒讓你礙手礙腳，還爲你負起照顧寶貝無名的責任。」

寇仲聳肩笑道：「那你要去便去個夠，去個飽吧！」

小鶴兒歡喜得跳起來高嚷道：「成功啦，打贏仗啦，我要去告訴玄恕公子。」

在她離開前，寇仲喚住她笑道：「你爲何會喚自己作小鶴兒的？」

小鶴兒嬌軀一顫，輕輕道：「大哥不喜歡這名字嗎？」

寇仲道：「小妹子的腿比男孩子長得還要長，似足傲然立在雞群內的鶴兒，我不但喜歡喚你作小鶴兒，還爲有這位妹子自豪呢！」

小鶴兒始終沒轉身，低聲道：「大哥是這世上最好心腸的人。」說罷奔跑去了。

寇仲心中湧起自己沒法解釋的感覺，似是捕捉到某點東西，卻無法具體說出來。轉瞬他又被桌上堆積如山的功課弄得無暇細想深思。

梵清惠瞧著徐子陵呷過一口熱茶，淡淡道：「我這作師傅的並不曉得徒兒到哪裏去，除玉鶴庵外，最有可能找到她的地方，是洛陽附近了空師兄的禪院吧。」

徐子陵坐在她左側靠南那排椅子其中之一，知客室四面排滿椅几，他因不敢冒瀆這位玄門的最高領袖，故意坐遠些兒。從他的角度望去，梵清惠清淡素淨的玉容融入窗外的雪景去，不染一塵。

梵清惠露出一絲微不可察的傷感神色，音轉低沉道：「是否怪我們這些出家人塵心未盡呢？我們實在另有苦衷，自始祖地尼創齋以來，立下修練劍典者必須入世修行三年的法規，我們便被捲入塵世波譎雲詭的人事中，難以自拔。有人以為我們意圖操控國家興替，這只是一個誤會。你有甚麼不平的話，儘管說出來，不用因我是妃暄的師傅諸多避忌，我們可算是一家人嘛！」

徐子陵聽得目瞪口呆，事前任他想破腦袋，也沒想過梵清惠是這麼隨和親切的一位長者，全不擺些齋主的架子。不由苦笑道：「齋主不是像妃暄般當我為山門護法吧？」

梵清惠玉容止水不波的道：「子陵可知我們上一任的山門護法是誰？」

徐子陵茫然搖頭。

梵清惠柔聲道：「正是傳你眞言印法的眞言大師。」

徐子陵愕然以對。

梵清惠目光投往對面西窗之外一片素白的園林內院，平靜的道：「山門護法不必是精通武功的人，眞言大師佛法精湛，禪境超深，他入寂前傳你眞言印訣，其中大有深意，我等後輩實無法揣測其中玄妙的因果緣分。而我們有個不成文的規矩，下一代的山門護法是由現任的護法覓選。妃暄在眞言大師入寂前，得他告知傳你眞言印法一事，所以認定你爲繼任的山門護法。不過縱使子陵並不認同這身分，我們絕不會介意。若子陵將來不爲自己挑選繼任人，就讓這山門護法的傳統由此湮沒消失也沒關係！」

徐子陵明白過來，心中湧起難以言喻的感覺。眞言大師當年傳法自己，看似隨機而漫不經意，實隱含超越任何人理解的禪機。

梵清惠又露出微不可察的苦澀神色，一閃即逝，輕輕道：「聽妃暄所言，子陵對她全力支持李世民而非寇仲一事上，並不諒解。」

徐子陵道：「是以前的事哩，到今天我清楚明白其中的情由。」

梵清惠目光往他投來，柔聲道：「嬴政和楊堅，均是把四分五裂的國土重歸一統的帝王，無獨有偶，也均是歷兩代而終，可見他們雖有統一中土的『天下之志』，卻或欠『天下之才』，又或欠『天下之效』。」

徐子陵謙虛問道：「敢請齋主賜教。」

梵清惠雙目亮起智慧的采芒，道：「天下之志指的是統一和治理天下的志向和實力，天下之才是有治理天下的才能，天下之效是大治天下的效果。秦皇有天下之志，可惜統一六國後，不懂行仁求靜，而以鎮壓的手段對付人民，以致適得其反。楊堅登位後，革故鼎新，開出開皇之治的盛世，且循序漸進的平定南方，雄才大略，當時天下能與之抗衡者，唯宋缺一人，但以宋缺的自負，仍要避隱嶺南，受他策封。楊隋本大有可爲，可惜敗於楊廣之手，爲之奈何？」

徐子陵點頭道：「妃暄選取世民兄，正是他不但有天下之志、天下之才，更大有可能同得天下之效。」

梵清惠輕嘆道：「我們哪來資格挑選未來的明君？只是希望能爲受苦的百姓作點貢獻，以我們微薄的力量加以支持和鼓勵。現在統一天下的契機，再非在秦王手上，而落在子陵和少帥手中，決定於你們一念之間。」

徐子陵嘆道：「不瞞齋主，這番話換成以前的我，定聽不入耳，但在目前內亂外患的危急情況下，始明白齋主的高瞻遠矚。我剛才曾和秦王碰頭，明言只要他肯以天下爲先，家族爲次，我會竭盡所能，勸寇仲全力助他登上皇位。」

梵清惠沒有絲毫意外神色，只露出一絲首次出現在她素淨玉容上發自眞心不加修飾的喜悅，點頭道：「我的好徒兒沒有看錯子陵。」

徐子陵苦笑道：「但我的醒悟似乎來得太遲，現在少帥軍與大唐之爭，是箭在弦上，不得不發，我並沒有挽狂瀾於既倒的把握。」

梵清惠黯然道：「子陵是否指宋缺呢？」

徐子陵點頭。

梵清惠轉瞬回復平靜，淡淡道：「我剛接到妃暄從淨念禪院送來的飛鴿傳書，道兄與宋缺在禪院之戰兩敗俱傷。」

徐子陵劇震失聲道：「甚麼？」

石之軒看得非常準，當宋缺介入爭天下的戰爭中，慈航靜齋必不肯坐視，任由天下四分五裂。只是連石之軒也猜不到梵清惠會有此一著，請出寧道奇挑戰宋缺。他終明白梵清惠爲何不住露出傷懷的神色，因爲她對宋缺猶有餘情，此著實非她所願，是逼不得已的險棋。兩敗俱傷是最好的結果，若兩敗俱亡，又或一方面敗亡，梵清惠將永不能上窺天道。

梵清惠目光重投窗外雪景，悽然道：「宋缺與道兄定下九刀之約，他若不能奈何道兄，就退出寇仲與李世民之爭。但他並沒有施出第九刀，仍依諾退出。唉！在這般情況下，宋缺你仍能爲清惠著想，教我怎能不銘感於心？」

假如寇仲在此，當知梵清惠雖沒有臨場目睹，卻是心有靈犀，完全掌握宋缺的心意。事實上寧道奇因錯過與敵偕亡的良機，落在下風，其中境況微妙至極。徐子陵卻是聽得一知半解，且被其傷情之態所震撼，不敢插口問話。此種牽涉到男女間事的眞切感受，出現在這位出世的高人身上，分外使人感到其龐大的感染力。

梵清惠往他瞧來，合十道：「罪過！罪過！物物皆眞現，頭頭總不傷；本眞本空，無非妙體。」

徐子陵仍瞠目以對，不知該說甚麼好。

梵清惠回復恬靜自若的神態，微笑道：「子陵會不會到禪院找妃暄呢？」

徐子陵有點難以啓齒的道：「我知齋主不願捲入塵世的煩惱，可是有一事卻不得不求齋主。」

梵清惠淡然道：「子陵不用爲我過慮擔憂，是否想我去說服宋缺？」

徐子陵一呆道：「齋主法眼無差。」

梵清惠平靜的道：「不見不見還須見，有因必有果，當子陵說服寇仲成此大功德之日，就是我往嶺南見舊友的時機，子陵去吧！天下百姓的幸福和平，就在你的手上。」

徐子陵在長安逗留四天，待到李世民領軍征伐劉黑闥，他方從祕道悄然離去，趕赴淨念禪院。他害怕自己見到師妃暄時會控制不住情緒，又渴望見到她，向她懺悔自己的無知；告訴她自己會竭盡全力，從另一方向爲天下盡心力，冀能瞧到她因他的改變而欣悅。李世民沒與他碰頭說話，不過從他肯再次重用李靖，任他作這次遠征軍的行軍總管，正是以行動向徐子陵顯示他肯接納徐子陵的提議。

當他抵達淨念禪院，南北兩條戰線的戰爭正激烈地進行。劉黑闥大破李元吉和李神通大軍後，與叛唐的高開道和張金樹結盟以消解後顧之憂，率師進逼河北宗城。守宗城的李世勣見勢不妙，棄城而走希圖保住防禦力強的洛州。劉黑闥啣尾窮追，斬殺其步卒五千人，李世勣僅以身免。此役震動長安。

接著劉黑闥以破竹之勢攻下相州、衛州等地，把竇建德失去的領土，從李唐手上逐一強奪回來。唐將秦武通、陳君賓、程名振等被迫逃往關中。劉黑闥遂自稱漢東王，改元天造，定都洛州，恢復建德時的文武官制，一切沿用其法。李世民和李元吉卻於此時在獲嘉集結大軍八萬人，全面反擊。劉黑闥知守不住相州，退保都城洛州。李世民取相州後兵分多路，攻擊洛州，頓令劉軍形勢異常吃緊。有識見者，無不曉得李世民是要趁寇仲這位平生勁敵北上攻打洛陽前，先平定北方。

劉黑闥破李世勣的同一時間，南方的寇仲從李子通手上接收江都，依諾放李子通逃亡。此事沈法興父子被蒙在鼓裏，茫不知江都落入寇仲之手。寇仲透過陳長林對沈法興的部署於此時完成，在被策反的江南軍將領暗助下，以雷霆萬鈞之勢，直搗昆陵。

直到少帥軍入城沈法興父子始驚覺過來，大勢已去，倉卒逃走，途中被陳長林伏擊，陳長林親手斬殺沈法興父子，報卻血海深仇。少帥軍在半個月時間內，降子通，殺法興，轟動天下，聲勢攀上巔峰，尤過李世民。林士宏、蕭銑、輔公祏三人旗下將領紛紛獻城投降，令林蕭輔三人更是勢窮力蹙。

徐子陵在淨念禪院見不著師妃暄，伊人剛於兩日前離開，臨行前留言了空要去見李世民。徐子陵失之交臂，無奈下只好前赴梁都。哪知失意事並不單行，抵梁都後不但未能與早該回來的陰顯鶴和紀倩會合，且沒這兩人半點音信。他雖擔心得要命，差點即要趕往襄陽，然權衡輕重，終放棄此念，改由宋魯派人往襄陽探消息，自己則乘少帥軍的水師船南下見寇仲。他乘船沿運河南下長江的當兒，寇仲正與時間競賽，和杜伏威會師歷陽，大舉進擊輔公祏。輔公祏作最後的垂死掙扎，遣部將馮慧亮、陳當率三萬軍屯博望山，另以陳正通、徐紹宗率三萬兵進駐與博望山隔江的青林山，連鐵鍊鎖斷江路，抵禦寇仲，在戰略上攻守兼備，恃險以抗。寇仲和杜伏威的聯軍卻先斷其糧道，把丹陽封鎖孤立，再派兵誘馮慧亮等離開要塞出擊，然後以主力大軍狂破之。障礙既去，寇仲和杜伏威乘勝攻破丹陽，輔公祏還想逃往會稽與左游仙會合，試圖反攻，被寇仲和杜伏威以輕騎追上，杜伏威親手斬殺輔公祏。

徐子陵抵達丹陽，少帥軍正在收拾殘局，修整損毀的城牆、收編降軍，盡速恢復丹陽城的秩序和居民的正常生活。負責此事的是任媚媚，知徐子陵到，使人飛報寇仲。寇仲立即來迎，隨同者尚有雷九指和侯希白，兄弟見面，自有一番歡喜。

寇仲見徐子陵心事重重的樣子，還以為他觸景生情，憶念當年與傅君婥入城的舊事，提議道：「我們不如下馬走路，重溫當年與娘入城典押東西換銀兩醫肚子的情況。」

雷九指笑道：「沒幾天休想店舖營業，我雷九指就破例一次，親自下廚弄幾味小菜讓你們大享口福之樂，為我們的重聚慶祝。」

侯希白識趣的道：「我和雷大哥去張羅材料，你們到酒家坐下閒聊，保證晚宴能在黃昏時如期舉行。」哈哈一笑，侯希白和雷九指逕自入城。

寇仲、徐子陵甩蹬下馬，自有親兵為兩人牽走馬兒。穿過城門，守兵轟然致敬，士氣昂揚至極點，充滿大勝後的氣氛，徐子陵更感要說的話難以傾吐。丹陽城景況如昔，河道縱橫，石橋處處，一派江南水鄉的特色，只是居民多不敢出戶，行人稀疏，數以百計的少帥軍正清理街道上形形式式的各類雜物，由兵器矢石至軍士棄下的甲冑靴子無不俱備，蔚爲奇景。

寇仲望向樓高兩層的酒家，笑道：「就是這家館子，孩兒們，給我兩兄弟開門。」

左右親衛搶出，依言辦妥。

寇仲搖頭嘆道：「當年我們入城，哪想到有今天的風光。忘記問你哩，陰小子不是與你一道嗎？爲何不見他呢？」

徐子陵道：「到樓上說。」

兩人登上空無一人的酒家上層，就往當年坐過的那張靠窗桌子坐下，看著「屬於」傅君婥的空椅，不由百感交集，欷歔不已。

徐子陵把陰顯鶴的不知所蹤長話短說，聽得寇仲眉頭大皺，不解道：「他沒道理仍未回來？眞教人擔心！難怪你憂心忡忡的樣子，他究竟到哪裏尋妹呢？」

徐子陵苦笑道：「這只是令我心煩的大事其中之一，唉！」

此時親兵奉任媚媚之命取酒來，打斷兩人談話。待親兵去後，寇仲目光投往街上辛勤工作的手下，道：「你究竟有甚麼心事，因何欲言又止的怪模樣？我和你還有甚麼事不可以直說出來的？即使你要罵我，兄弟我只好逆來順受，哈！逆來順受！多麼貼切的形容。」

徐子陵瞧著斜陽照射下水城戰後帶點荒寒的景象，問道：「老爹呢？」

寇仲目光往他投來，道：「他老人家幹掉輔公祏後，立即趕返歷陽主持大局，我們時間無多，必須在立春前攻下襄陽。此事我是十拿九穩，因張鎮州答應站在我們的一方。」

徐子陵苦笑道：「我們？唉！」

寇仲劇震道：「究竟是怎麼一回事，你為何會這麼說？」

徐子陵淡淡道：「我曉得宋缺和寧道奇決戰的事啦！我不但到過淨念禪院，還見過梵清惠。」

寇仲失聲道：「甚麼？」

登樓足音驀響。跋鋒寒的聲音響起道：「少帥因何捨漢中而取丹陽？小弟是因怕錯失再戰洛陽的前戲，不得不連夜趕來。」

寇仲和徐子陵連忙起立，卻是兩種心情。跋鋒寒現身眼前，雙目神光電射，一臉歡容。

寇仲呵呵笑道：「老跋知我心意，攻打襄陽之戰如箭上弦，勢在必發。至於為何捨漢中而選襄陽，卻是一言難盡。請老哥坐下先喝杯水酒，小弟然後逐一細稟，陸續而來的將是雷九指親自動手精製的小菜美食，正好同時為你老哥及子陵洗塵。」

跋鋒寒在兩人對面坐下，瞧著寇仲為他斟酒，訝道：「子陵剛到嗎？」

徐子陵見兩人興高采烈，一副對李世民摩拳擦掌的興頭當兒，自己卻要向這燃起的報復火燄驟潑冷水，心中不知是何滋味。苦笑道：「和你是前腳跟後腳之別。」

跋鋒寒一呆道：「子陵有甚麼心事？」

寇仲插口道：「這正是我在問他的問題。」

徐子陵頹然道：「我在長安見過李世民，說服他反出家族，全力爭取皇位。」

寇仲和跋鋒寒停止所有表情動作，像時間在此刻忽然凝住，面面相覷，廣闊的酒樓內鴉雀無聲，惟只街上的聲音似從另一世界傳進來。好半晌，寇仲放下酒壺，坐返椅內發呆。

跋鋒寒打破靜默，淡然道：「李世民是否害怕？」

徐子陵道：「他確是害怕，但怕的不是我們，而是他的父皇和兄弟，怕半壁江山斷送在他們手上。李淵趁李世民不在長安的空檔，以近乎莫須有的罪名處死劉文靜，只因他和李世民關係密切。」

寇仲點頭道：「這叫殺一儆百，向群臣顯示他李淵屬意建成之心。李小子若還不醒覺，就是不折不扣的蠢材。」

跋鋒寒沒再說話，凝望身前蕩漾杯內的美酒。寇仲往徐子陵瞧去，剛好徐子陵目光朝他望來，兩人目光相觸。

徐子陵嘆道：「其他的話不用我說出來吧？」

寇仲苦笑道：「若我仍是以前那個隨你孤身闖蕩江湖的小混混，你徐大哥要怎樣就怎樣，我只有乖乖聽話的份兒。可是在經歷千辛萬苦，於沒可能中建立起少帥軍，多少戰士拋頭顱灑熱血，人人爲我寇仲出生入死，現在我卻忽然跑去對他們說，老子不幹啦！因爲李世民肯答應做皇帝。若你是我，說得出口嗎？他們肯追隨我，是信任我寇仲，信任我不但不會出賣他們，更會領他們統一天下，成就千古不朽之業，留下傳頌百世的威名。」

徐子陵沉默下去，伸手抓著酒杯，雙目射出痛苦無奈的神色。

寇仲也伸手過去抓著他肩頭，肅容道：「尤其宋缺因決戰寧道奇而受傷，我更不能辜負他對我的期望。」

跋鋒寒劇震道：「宋寧決戰勝負如何？」

寇仲答道：「箇中情況微妙異常，我或可以不分勝負答你，但宋缺已依諾退出這場爭霸天下的大戰。」

徐子陵淡淡道：「梵清惠會親自去說服宋缺。」

跋鋒寒越感茫然不解道：「爲何忽然又鑽出個梵清惠來？」

寇仲放開抓著徐子陵的手，舉杯笑道：「喝杯酒再說。」

三人舉杯一飲而盡，氣氛仍是僵硬。

寇仲舉袖揩拭唇角酒漬，啞然失笑道：「事實上子陵確在爲我著想，知我最不願當他勞什子的甚麼皇帝，不過這解決方法可能沒人肯接受。難道要我少帥軍在氣勢如虹、威風八面之際，來個舉軍向李世民投降嗎？」

徐子陵露出苦澀的笑容，沉聲道：「這或者是你唯一令宋玉致對你回心轉意的辦法，就是你寇仲並非利慾熏心，爲做皇帝不擇手段的人。甚至讓她認識清楚你爲的不是個人的得失榮辱去爭奪天下，而是無私地爲中土的老百姓著想。我不是要你投降，且是要你積極地匡助李世民，助他登上皇位，反擊李淵、魔門和頡利要置他於死地的陰謀。」

寇仲聽得目瞪口呆，好一會才懂作出反應，向跋鋒寒求助道：「你老哥是我們兩兄弟最好的朋友，由你來說句公道話如何？」

跋鋒寒頹然道：「我可以偏幫哪一個呢？我的心分成血淋淋的兩半，一邊是渴求能和少帥你並肩作戰，攻入洛陽，掃平關中；另一半卻深切明白子陵高尚的情懷，明白他看到頡利入侵的大禍！而子陵更是我跋鋒寒敬愛的朋友兄弟。」頓了頓續道：「爲一個女人放棄天下，似乎是異常荒謬，不過子陵之言不無道理，只有這樣才可顯得她在你心中重於一切的地位。」

寇仲愕然道：「你在幫子陵？」

跋鋒寒舉手投降道：「我不再說啦！」

寇仲呆望跋鋒寒半晌，目光投向自己的空酒杯，忽然笑起來，由微笑變成哈哈大笑。輪到徐子陵和跋鋒寒你眼望我眼，不知他為何仍能笑得出來。

寇仲笑得喘著氣道：「斟酒！」跋鋒寒忙舉壺斟酒。

寇仲待酒斟滿，舉杯把酒倒進口內，直灌咽喉，舐嘴欣然道：「好酒！」探手過去摟著徐子陵肩頭，嘆道：「若能拋開與李世民的恩怨，子陵這一招眞夠活絕，如果成功，確可免去南北分裂的可能性。我也不用接受當皇帝這份苦差，且或可得到玉致的心。唉！他奶奶的熊，子陵是在為我好！對嗎？」

徐子陵平靜的道：「李世民與你有甚麼解不開的仇怨？」

寇仲微一錯愕，露出深思的神色。

徐子陵苦笑道：「假設情況依目前的形勢發展下去，昇平不知待到何時何日來臨？又或中土會永遠分裂下去，重現五胡亂華之局！但我卻曉得只要我們和李世民聯手，粉碎建成元吉與魔門、頡利的聯盟，由懂得治軍和理民的李世民當個愛護百姓的好皇帝，天下立可重歸一統，擊退外敵，讓天下百姓有和平安樂的日子可過。權衡輕重下，我明知要讓你為難，也不得不向你痛陳利害。」

寇仲頹然點頭道：「子陵的話永遠那麼發人深省，但你有把握梵清惠能說服宋缺嗎？過去數十年她辦不到的事，為何今天可辦到？」

「砰！」寇仲忽然放開摟著徐子陵的手，一掌重拍桌面，檯上杯盤全部碎裂，美酒遍流，大喝道：「太不公平啦！從慈澗之戰開始，我一直在絕境中掙扎求存，以鮮血去換取每一個可能性和機會，千辛萬苦取得眼前的成果，爲何不是李世民來投我，而是我去投李世民？」

徐子陵平靜的道：「你想當皇帝嗎？又眞能做個好皇帝嗎？須知你的武功和韜略縱可賽過李世民，但你有他那份文才和治理天下的政經大略嗎？」

寇仲呆瞧著滿桌碎片，右手仍按桌面，另一手抓頭道：「你這幾句話比宋缺的天刀更厲害。唉！爲何我總說不過你的？他娘的！老跋你怎麼說？」

跋鋒寒一字一字的緩緩道：「坦白說，若我是你寇仲，沒有人可以動搖我的信念，只有一個人是例外，那就是徐子陵，因爲我曉得他絕不會害你寇仲。其實做皇帝有啥癮兒？不若我們三兄弟浪跡天涯，大碗酒大塊肉地痛痛快快過掉此生了事。說到底，李世民的襟胸才識，無論作爲一個對手又或朋友，均是值得尊敬的。」

寇仲默然不語，在徐跋兩人目光注視下，他雙目神光大盛，迎上徐子陵的目光，接著又像洩了氣般苦笑道：「我給你說得異常心動，這或者是唯一逃過當皇帝的大禍的方法，兼可博美人歡心，一舉兩得。唉！他娘的！可是我仍不能點頭答應你，首先要宋缺他老人家首肯，否則我怎對得起他？其次是我要與李小子碰頭談條件，談不成就開戰，其他都是廢話。陵少勿要怪我不立即答應你，因爲我必須負起少帥軍領袖的責任。」

徐子陵凝望他片刻後，點頭道：「這兩個條件合情合理，我不但不怪你，還非常感動，因爲你並沒有令我失望。」

跋鋒寒截入道：「就這麼決定。今晚再不談令人掃興的事，大家專心喝酒，摸著杯底讓少帥詳述宋缺和寧道奇決戰的每一個細節，不要有任何遺漏。」

足音響起，侯希白興高采烈的捧著菜餚上桌，渾然不知天下的命運，已因剛才一席話改變扭轉。

第八章

三個條件

第八章 三個條件

「叮！」五隻杯子碰在一起，衆人均是一飲而盡，氣氛熱烈。桌面瀉逸的酒和碎片如戰後的丹陽般被清理妥當，擺上雷九指弄出來的九款風味小菜，色香味俱全，吃得各人讚不絕口。雷九指和侯希白得寇仲告知他和徐子陵剛達成的協議，均大感意外，想不到忽然來個這麼天翻地覆的變化。

侯希白首先叫好，道：「妃暄將因此事非常欣慰，另一位最高興的美人兒應是秀寧公主，不過她的心情會是複雜得多，該是憂喜參半。」

衆人明白他的意思，若寇仲助李世民爭奪皇位，李閥的分裂勢無可免。手掌是肉，手背是肉，李秀寧將會左右為難。

雷九指沉吟道：「此事必須小心處理，否則少帥軍會軍心不穩，甚至分裂內亂，所以首先要保持機密，只限於幾個有資格知情的人知曉。」

寇仲大訝道：「先是老跋，接著是你們，均很自然的偏向子陵的一方，這眞令我有點摸不著頭腦。」

跋鋒寒雙目殺機一閃，語氣仍非常平靜，淡淡道：「我只為自己說話，因為我眞正的敵人並非李世民，而是以畢玄、頡利和趙德言為首的金狼族，這樣說少帥明白嗎？」

雷九指則怪笑道：「小仲你或者是天下無敵的統帥，卻不是作皇帝的料子，不是說你缺乏才能或愛民之心，而是欠缺那耐性。你就像另一頭無名，硬要把你關在像籠子的深宮裏等閒不能出戶是多麼殘忍的事，等於剝奪你與生俱來喜愛四處飛翔的天性和本能。」

寇仲苦笑承認道：「自家知自家事，每次當我對著桌上堆積如山的案牘批文一類鬼東西，我立即頭大如斗，只想棄座離去。哈！棄座離去，這形容很貼切。」

侯希白笑道：「我們是爲你得脫苦海而雀躍，試問皇帝之位，怎及得上宋家小姐對你回心轉意？此正爲你可令宋家小姐忘記你以往所有劣行的壯舉，捨此之外，沒可能有更佳更偉大的方法。」

跋鋒寒啞然失笑道：「多情公子永不脫多情本色，三個理由全是與美人兒有關係。」

雷九指向徐子陵道：「尚未有機會問你，顯鶴不是和你一道到長安去嗎？爲何不見他與你同來？」

侯希白皺眉道：「應是顯鶴仍找不到妹妹，懸賞之法竟毫不見效，令人百思不得其解。」

徐子陵嘆道：「此事說來話長，幸而紀倩確是當年從香家魔爪下逃出來的三位幸運少女之一，其中一個正是陰小紀，她們輾轉流落至襄陽，得一位好心的青樓名妓收留，小紀扮成男裝到街頭混，紀倩和另一位叫小尤的則被訓練成賣藝不賣身的才女。」

寇仲劇震道：「襄陽！」眾人仍不在意。

雷九指大喜道：「那正是我們勢力範圍之外不能張貼懸賞的地方，顯鶴倘能與他妹子重聚，可眞令人高興。」

徐子陵苦笑道：「紀倩親自帶顯鶴到襄陽尋妹，可是到前天仍未依約回梁都，教人爲他們擔心，魯叔已著人到襄陽打探他們的消息。」

跋鋒寒首先發現寇仲的異樣，沉聲問道：「少帥想到甚麼？」

寇仲兩眼直勾勾瞧著前方，一字一字道：「襄陽……小混兒……長腿……小鶴兒……」

「砰！」跋鋒寒一掌拍在桌上，幸好力道方面有克制，否則桌面所有杯盤碗碟均要二度遭劫，下一刻他閃電移到窗台前，往下大喝道：「少帥有令，立即帶小鶴兒火速來見。」

寇仲捧頭大口喘氣道：「我眞蠢！明明叫小鶴兒，又有修長美腿，爲何我不多問一句？」

徐子陵、雷九指和侯希白三人你眼望我眼，驚疑不定，隱隱想到和陰小紀有關係。

跋鋒寒回來坐下，長笑道：「這叫踏破鐵鞋無覓處，得來全不費工夫。小鶴兒就是陰小紀，一直在我們身邊，所以陰兒到襄陽撲個空而須四處苦尋，當然沒有結果。」

寇仲兩手拍額，道：「我對著小鶴兒早有感覺，只是軍務繁重，沒暇細想，他奶奶的熊，希望陰小子吉人天相，能儘快回來與小紀重逢，那就謝天謝地。」

徐子陵緊張起來，道：「問清楚再說，最怕又是一場誤會。」

跋鋒寒搖頭道：「那有這麼巧的？」

侯希白欷歔道：「此正是亂世的可怕處，沒多少人能像他們兄妹般幸運。」

寇仲點頭道：「今夜直至此刻，我方是誠心誠意希望李世民能答應我講和的條件，而我的未來岳父則被梵清惠說服，百姓受的苦夠多啦！」

雷九指爲各人斟酒，呵呵笑道：「這麼多令人鼓舞的消息，兄弟們！我們再喝一杯。」衆人轟然對飮。

小鶴兒的嬌脆聲音在樓階響起，道：「我不依啊！大哥在這裏喝酒作樂，卻沒有人家和玄恕公子的份兒。」

寇仲起立大叫道：「小紀快來！怎會沒你的份兒？」

小鶴兒仍是一身男裝打扮，在王玄恕陪同下出現樓階處，聞言劇震停步，俏臉變得無比蒼白，不能置信的瞪著寇仲，口唇顫抖，說不出話來。

緊隨他身後的王玄恕一呆道：「鶴兒你是怎麼一回事啦！還不上前拜見徐大哥？」

小鶴兒只懂瞪著寇仲，顫聲道：「大哥喚我作甚麼？」

徐子陵等無不放下心頭大石，曉得眼前正是貨真價實，如假包換的陰小紀，否則不會有這種激烈的反應。

跋鋒寒長嘆道：「小紀啊！你可知令兄陰顯鶴找你找得多麼苦？」

小鶴兒嬌軀猛顫，雙目熱淚泉湧，不住搖頭，道：「不可能的！不可能的！」

寇仲早往她迎去，一把將她擁入懷裏，柔聲道：「你的真大哥並沒有被惡人打死，還與我們結爲兄弟，現在和你另一位姊妹到襄陽找你。」

小鶴兒「嘩」的一聲放懷痛哭，完全失去控制。寇仲任她發洩心中長期壓抑的傷痛，向來到身旁的徐子陵道：「看來我們要立即往襄陽走一趟，尋不著小紀，顯鶴絕不肯回梁都。」

徐子陵道：「由我領小紀和玄恕去，你則到梁都見魯叔，我們分頭行事。」

寇仲明白過來，知徐子陵會在襄陽事了後往見李世民。

寇仲探手握著徐子陵的手，深深凝視徐子陵，斬釘截鐵的道：「只要是正義和對百姓最有利的事，雖千萬人吾往矣，其他只是附帶的。兄弟！寇仲絕不會令你失望。」

跋鋒寒喝采道：「好漢子！」

寇仲把小鶴兒交給一臉茫然的王玄恕，回頭苦笑道：「眞正的英雄好漢是陵少，我頂多是一名拗不過他的跟風好漢。唉！小鶴兒不要哭哩！該笑才對！累得我也想大哭一場。」

小鶴兒在王玄恕的懷中顫聲道：「我要去見大哥！」

雷九指雙目通紅的起立，大喝道：「我陪你立即去！」

侯希白亦霍地立起，道：「我也去！」

寇仲哈哈笑道：「我們立即行動！哈！自成爲他奶奶的甚麼少帥後，我從未試過像現在般輕鬆寫意，陵少不但是我的好兄弟，更是我的再生父母！哈！再生父母！他奶奶的！」

徐子陵心中一陣激動，他從來不太喜歡寇仲一向愛蓄意誇張的說話方式，此刻卻聽得直入心肺。原本以爲要說服寇仲是難比登天的一回事，事實卻容易至出乎意料。他們的兄弟之情，確經得起任何的考驗。和平統一的契機終於在大戰爆發前最水深火熱的一刻出現。

在梁都少帥府的書房內，宋魯神色凝重的聽著寇仲詳細道出因徐子陵而引來天翻地覆的改變。

寇仲總結道：「如若成功，這將是唯一令中土擊退外敵，避過大禍，達致和平統一的方法。」

宋魯搖頭道：「我明白大哥的性格，沒有人能動搖他的信念，梵清惠以前辦不到，今天仍是無能爲力。即使你和子陵站到李世民的一邊，我們仍有足夠的實力穩霸南方，南北分裂之局勢所難免。」

寇仲色變道：「這怎辦好呢？」

宋魯嘆道：「你還忘記一個關鍵的人物，就是地位僅在大哥之下的宋智，他像大哥般有統一天下之志，不同處是大哥爲的是遠大的理想，二哥卻是要令宋家成爲中原第一世閥，故要說服他是另一難題。」

寇仲頭痛的道：「魯叔自己的想法如何？」

宋魯默然片晌，苦笑道：「坦白說，我心中認同你的作法，你是把天下百姓的幸福置於個人的榮辱得失之上。玉致早預見今天的局面，所以一直反對宋家介入紛爭。」

寇仲大感鼓舞，道：「魯叔不視我為臨陣退縮的人，對我是很大的鼓勵。」

宋魯失笑道：「包括大哥在內，誰會視你為懦夫，即使不同意你這決定，也不得不承認你寇仲是大仁大勇的好漢。任何人換上你現在的位置，豈肯說收就收，不把帝王霸業放在眼裏？」

寇仲汗顏道：「大仁大勇的是子陵，我只是認為他的話有道理。唉！魯叔教我，特別在現在的情況下，我絕不能惹閥主生氣。」

宋魯沉聲道：「這方面你反可放心，大哥答應與否是一回事，以他的修養，沒人能令他生氣至影響療傷的進展。首先要設法說服大哥，二哥方面我可盡點力，他和我一向關係密切。」

寇仲大喜道：「想不到魯叔你肯站在我的一方，使我信心倍增。」

宋魯苦笑道：「關鍵處仍在大哥，我們必須小心部署，首先暫緩攻打襄陽，改而全力掃蕩林士宏，把原屬我宋家系統的軍隊調回南方作戰，北線的軍隊變為清一色你少帥軍的原班人馬，那只要大哥肯點頭，一切即可依計行事，由你助李世民登上帝位。」

寇仲苦惱道：「若我此刻向閥主坦白說出心中的想法，魯叔猜閥主會有怎樣的反應？」

宋魯道：「最大的可能性是他會把你趕出嶺南，然後命你智叔全力鞏固南方，佔領大江兩岸所有重要城池。」

寇仲搖頭道：「這情況絕不會出現，我是負責任講義氣的人，若閥主不同意，我會依他旨意揮軍北上，盡所能完成統一天下的大業，這也是我向子陵開出的先決條件之一。」

宋魯皺眉思索，提議道：「你何不找玉致商量，她或可想到辦法。」

寇仲精神大振，道：「我立即到嶺南去。」

宋魯笑道：「不要那麼衝動，你必須留在這裏主持大局，反是玉致來見你不會令人起疑，我立即修書一封，著她到梁都來如何？」

寇仲心中湧起莫名的喜悅，贊成道：「一切聽魯叔的話，我還要向老爹打個招呼，免得他不明狀況下於此時揮軍攻陷襄陽便糟糕透頂。」

宋魯語重心長的道：「此事非同小可，暫時最好不要洩露任何風聲，可是把他們全瞞著也不妥當。所以可挑選幾個心腹大將，在適當時機徵詢他們的意見，讓他們不會生出被出賣的感覺。」

寇仲點頭受教道：「我明白！」

宋魯露出慈祥的笑容，道：「自第一次遇上你們兩個小子，我和小菁便一見投緣，難得你們並沒有讓我們失望，直到今天仍有一顆火熱的赤子之心。放心吧！魯叔會盡全力支持你們。」

此時親兵來報，師妃暄求見。寇仲和宋魯你眼望我眼，好半晌寇仲從座位彈起來，以最快的速度往見師妃暄去也。

徐子陵、雷九指、侯希白、小鶴兒、王玄恕扮作商旅，以正式文件繳稅進入襄陽城。小鶴兒像失去活潑俏皮的能量，一路上沉默不語，眾人可從她渴望和焦慮的眼神，曉得她只有見到陰顯鶴，始能回復正常。小鶴兒在前方領路，王玄恕伴在她旁，徐子陵三人在後方遠吊著他們。

忽然蹄音如雷，一隊唐軍騎兵轉入他們所在的大街，領頭的赫然是秦叔寶，徐子陵欲要躲閃已來不及，給他一眼看到。徐子陵心叫糟糕，正後悔沒戴上面具，豈知秦叔寶只向他眨眨眼睛，竟逕自去了。

徐子陵大惑不解，雷九指早拉著他續追在小鶴兒身後，問道：「他是誰？」

徐子陵答道：「秦叔寶。」

另一邊的侯希白笑道：「他不揭破你，非常夠朋友。」

徐子陵搖頭道：「他是公私分明的人，照我看應是李世民已向他透露我們的協定。」

雷九指點頭道：「有道理，李世民派他來守襄陽，是明智的部署，以免大家因誤會衝突起來。」

徐子陵大感欣慰，由於雙方關係的改變，原本因與他們關係密切而遭投閒置散的將領，一個個的再得李世民重用。

雷九指把他扯停，道：「進去哩！」

徐子陵朝對街看去，只剩下王玄恕一人，立在一所掛著「清麗苑」牌匾的青樓院門外。值此午後時刻，青樓尚未開門營業，只有像小鶴兒這類熟人，才能隨意出入。襄陽情況不比從前，街上人車疏落，可知在大戰的陰影下，大部分居民均避禍往他方去。

不片刻小鶴兒孤身走出來，領著王玄恕到他們處，沙啞著聲音道：「小尤有十多天沒回青樓，定是因大哥的事未了，嘩！」竟就那麼放聲哭起來，令路人側目。

四個大男人慌了手腳，雷九指忙道：「不要哭，冷靜點，小尤的家在哪裏？」

小鶴兒含淚指向城的南方。眾人呼一口氣，若小尤的家是在青樓內，那就非常不妙，現在則她的沒有回去，大有可能是留在家裏。

當然沒有人怪小鶴兒，因爲明白她的心情。小鶴兒不待指示，領路而行，穿街過巷，不一會抵達城南一座別致的院舍門外，規模雖不大，卻可看出小尤生活得不錯。「噹！噹！」王玄恕叩響門環。足音響起，大門「咿呀」聲中被拉開。

一名小丫環現身衆人眼前，驀見這麼大隊人馬立在門外，先稍吃一驚，接著目光落在小鶴兒身上，驚容化成喜色，接著是大喜如狂，高呼道：「小姐啊！謝天謝地！鶴兒小姐回來哩！你不用哭啦！」

寇仲在內堂見師妃暄，摒退從人，他在神情恬靜的師妃暄一旁坐下，嘆道：「妃暄可知請出寧道奇此著實險至極點，他兩人的生死只是一線之隔，差點來個同歸於盡，幸好老天爺庇祐，沒有發生慘劇。」

師妃暄往他瞧去，眼神露出罕有對他而發的溫柔神色，輕輕道：「那不但是慘劇，且是災禍！你想聽我實話實說嗎？我們已儘量高估宋缺的能耐，但從沒想過他竟有能置寧大師於死的刀法，但那時一切全然脫韁失控，幸好如少帥所說般沒有釀成不可挽回的大禍。」

寇仲整條背脊涼浸浸的，師妃暄說得不錯，假若兩大宗師同歸於盡，他寇仲唯一的選擇，就是秉承宋缺的遺志，完成宋缺以南統北的大願，與眼前的變局是截然相反的兩回事。他們的兩敗俱傷，平手收場，是最理想的結局。如此看，中土該仍有運道。

師妃暄的聲音在他耳邊響起道：「妃暄本不願驚動少帥，只因找不著子陵，不得不厚顏求見。」

寇仲苦笑道：「我們何時變得這麼像陌生人般的呢？輪到我實話實說，小弟從沒當過你是外人，子陵是我的兄弟，你卻是他的……嘿！紅顏知己。哈！我終看到仙子臉紅哩！」

師妃暄回復平靜，淡然自若道：「少帥今天的心情似乎很好。」

寇仲放軟身體舒適地挨到椅背，呻吟般道：「想到將來不用當他甚麼勞什子的皇帝，心情當然特別不同。」

師妃暄仙軀微顫，往隔几的他瞧過來，秀眸湧瀉出不能掩飾、發自眞心的喜悅，輕輕道：「少帥終肯點頭哩！是萬民之幸。」

寇仲以苦笑回報道：「仙凡有別，小子自然不及你般見識。這世上若有一個人能令我服貼聽話，那定是徐子陵。妃暄收拾他後，要收拾我還不是易如反掌嗎？」

師妃暄絲毫不介意他緊咬著她和徐子陵的關係不放，微笑道：「妃暄不知如何表達心中的快樂和暢快，那種喜悅是入世和實在的。」

寇仲鼓掌笑道：「能令妃暄像個小女孩般雀躍開心，已值回一切。子陵現應在往見秦王途中，他見不著你肯定非常失望。」

師妃暄沒好氣道：「少帥仍似要我難堪的樣子，只是表面說得好聽。」

寇仲坐直虎軀，兩手抓著扶手，向師妃暄露出陽光似的燦爛笑容，坦誠的道：「我心中的快樂眞的絲毫不下於你，因爲我們不再是敵人，而是全心全意，向某一遠大目標邁進並肩作戰的夥伴，我以後更不用爲爭霸天下與子陵不和，天下間還有比這更愜意的事嗎？」

師妃暄美眸異采漣漣，深深望進寇仲眼裏去，毫不吝嗇的微微淺笑，輕柔的道：「有一段時間，妃暄眞的懷疑少帥是爲滿足一己野心的人，妃暄要爲此向少帥致最深的歉意。少帥有把握過宋缺的一關嗎？」

寇仲苦笑道：「幸好現在彼此誤會冰釋。唉！妃暄是否想告訴我，令師並沒有說服閥主的把握呢？」

師妃暄徐徐道：「識見高的人，自有一套達致某一信念的思考過程和方式，不會輕易被動搖，誰敢說有把握說服宋缺？」

寇仲微笑道：「我忽然間對此充滿鬥志信心，這方面由我去想方設法，在有需要時再由妃暄請出令師來配合。請告訴令師，閥主對她尙未能忘情，否則淨念禪院之戰將出現另一個結局。」

師妃暄不知是否想起徐子陵，眼神一黯，投往地面，頷首道：「當閥主第一眼看妃暄時，妃暄已知道。」

寇仲道：「在得閥主首肯前，我必須和李世民碰頭見面，談妥條件，我不但要爲跟隨我的人安排出路，還要看他做皇帝的決心和大計，否則一切休提。妃暄會不會趕回北方，與子陵見個面？」

師妃暄露出一絲苦澀的表情，淡淡道：「少帥認爲妃暄該見他嗎？」

寇仲爲之愕然，一時說不出話來，只這句話，可見師妃暄縱使臻達劍心通明的境界，仍未能對徐子陵無動於衷。

師妃暄灑然起立，回復一貫的恬靜平和。

寇仲忙起立相送。師妃暄別轉嬌軀，面向他盈盈淺笑，道：「少帥貴人事忙，不用送哩！告訴子陵，妃暄和師尊會在淨念禪院等待你們的好消息。」

在小尤的院舍東廂內，小尤和小鶴兒抱頭痛哭，沒有人分得清楚哪滴淚是宣洩心中的悲楚，哪滴淚是因歡喜而流出來的。徐子陵、雷九指、侯希白和王玄恕坐在另一邊毫無辦法，只好任她們藉哭泣洩盡心中的情緒。陰顯鶴和紀倩正繼續十多天的尋人努力，尚未回來。

侯希白低聲向旁邊的徐子陵道：「我們該不該出去找他們？」

徐子陵另一邊的雷九指道：「他們肯定會到城外去碰運氣，如何找他們？」

小鶴兒嗚咽著站起來，道：「我要去找大哥。」

小尤一把摟著她臂彎，哭道：「他們會在城門關上前回來的。」話猶未已，「咯！咯！」敲門聲起。

小鶴兒不顧一切的直衝出大門，徐子陵一眾人等連忙跟隨，到外院時，小鶴兒問也不問的把門拉開，接著嬌軀一顫，極度失望的道：「你是誰？」

秦叔寶現身門外，換回便裝，目光越過小鶴兒，落在徐子陵身上，訝道：「這位小哥兒因何事哭得這麼淒涼？」

徐子陵移前道：「秦大哥請進來說話。」

小鶴兒轉身投入追到她身後的王玄恕懷內，沒有大哭，而是肩頭抽搐的飲泣。

秦叔寶邊往她瞧，來到徐子陵前，一把摟他個結實，激動的道：「我們又是好兄弟哩！」

雷九指等恍然，徐子陵沒有猜錯，李世民果然把與他們和解的事盡告幾個與他們關係密切的心腹大將，顯示出他爭皇位的決心。

雷九指把大門關上，移到小鶴兒後，探手抓上她兩邊香肩，柔聲道：「不要哭哩！哭得我快要陪你掉淚了。」

小尤也道：「你大哥快回來哩！」

小鶴兒嗚咽道：「我怕他們有意外！」

秦叔寶放開徐子陵，大惑不解道：「究竟是怎麼一回事？」

徐子陵要說話，忽有所覺。

「咯！咯！咯！」紀倩的嬌聲在大門外響起道：「快開門！」

小鶴兒嬌軀劇震，離開王玄恕的懷抱，別轉過來，面向大門，時間像於此一刻凝止不動。小尤撲前把門拉開，紀倩和陰顯鶴神疲色倦的頹然立在門外，紀倩正要說話，瞥見各人，張開的小嘴再不能合攏，只發出「啊」的一聲，陰顯鶴則瘦軀猛顫，不能置信地瞪著小鶴兒，接著渾身抖震，淚如泉湧。小鶴兒發出驚天動地的悲呼，箭矢般投入陰顯鶴懷中去。

徐子陵忍著熱淚，拍拍秦叔寶道：「我們找個地方坐下細談。」

書齋內，虛行之和宣永聽畢寇仲的說話，出奇地沒有任何激烈的反應。

寇仲仍未摸清兩人心意，總結道：「助李世民登上帝位，有兩個先決條件，首先是李世民須在各方面作出承諾，最後是要得宋缺的同意，二者缺一，一切仍依原定方向進行。」

宣永恭敬的道：「一切聽少帥指示。」

寇仲大訝道：「你竟沒有意見？」

宣永露出眞誠的笑容，輕鬆的道：「不瞞少帥，開始時我只是一心爲大龍頭報仇，從沒想過打天下，只因仰慕和崇敬少帥及徐爺，故決定捨命陪君子。坦白說，我還是較喜歡闖蕩江湖那種自由自在的生活。若大功告成，屬下希望能回去助大小姐打理生意，官場的生活實在不適合我。」

寇仲疑惑的道：「小永不是故意說這番話來令我沒那麼難過吧？」

虛行之微笑道：「行之可保證宣鎮字字發出肺腑，事實上少帥軍絕大部分將領均像宣鎮的心態，全爲少帥而賣命，所以只要少帥能作出妥善的安排，解甲的解甲，愛當官的繼續做官，各得其所，仍是皆大歡喜之局。說到底，我們雖對少帥信心十足，可是李世民亦是從沒吃過敗仗的無敵統帥，洛陽更是天下三大堅城之一，縱使我們取得勝利，接下來攻打關中仍非易事，重大的傷亡在所難免，可以避過這兩場激烈的劇戰，後果還是那麼美滿，誰會蠢得去反對？」

寇仲如釋重負，大喜道：「這麼說，行之也沒問題哩！」

虛行之欣然道：「不但沒有問題，高興還來不及。行之讀聖賢之書，若連何者爲萬民之利，何者爲萬民之害竟也分不清楚，便是愧對聖賢。行之不但不反對，且對少帥的胸懷遠志欽敬至五體投地。」

寇仲拍案嘆道：「直到此刻我才眞正放下心事，得到你們一致的支持，令我信心倍增。現在我們該怎麼辦？」

虛行之道：「在未解決少帥先前提及的兩大問題前，我們定要保密，不可洩漏任何風聲，免亂軍心，只有一個人是例外，就是麻常。」

寇仲點頭同意，因楊公卿的陣亡，麻常一系的軍隊與唐軍結下深仇，不像宣永和虛行之般沒有這感情的負擔。

宣永道：「麻常在我軍中有極大影響力，他的問題須由少帥親自小心處理。若少帥待事成後才告訴他，他會有被出賣的感覺。」

寇仲胸有成竹的道：「所以我先決條件之一是李世民必須答應我一些事，好吧！我立即和廝常說。」

秦叔寶和徐子陵在西廂坐下，前者嘆道：「幸好你和小仲肯改而支持秦王，秦王現在的形勢愈來愈不利哩！」

徐子陵嚇了一跳，道：「他擋不住劉大哥嗎？」

秦叔寶一呆道：「劉大哥？啊！你是指劉黑闥那小子。子陵誤會了！不過劉黑闥確是了得，秦王派羅士信代王君廓守洛水，被劉黑闥晝夜不停狂攻八天，不但攻下洛水，羅士信且於是役陣亡。但這只是劉軍的回光反照，其手下猛將劉十喜和張君立先於彭城慘敗，喪師八千人，被我們重奪洛水，然後秦王不理劉黑闥多次挑戰，堅壁不出，再沉其舟，焚其輜重，斷其糧道，令劉黑闥軍糧草匱乏，急於決戰。而秦王則暗派人往洛水上流築堰，引劉軍出戰後決堰放水，劉軍被淹死者達數千之衆，劉黑闥領殘軍倉皇逃走，我們則散播謠言，說他投靠突厥人去了，更指他丟棄手下逃亡，以動搖其軍心。照我看，劉黑闥完蛋哩！」

徐子陵聽得眉頭大皺，但卻無法怪責李世民，成王敗寇，戰爭就是這麼一回事，雙方各自不擇手段打擊對手。苦笑道：「那秦王該是形勢大佳才對，爲何秦大哥有先前的憂慮？」

秦叔寶嘆道：「秦王曉得劉黑闥與你們的關係，所以手下留情，放他逃生。可是由於秦王再立奇功，威望日高，使李建成愈覺受到威脅，建成遂向皇上請求領軍出征，代替秦王，皇上竟一口答應，秦王被迫撤往洛陽。唉！如讓建成撿個現成便宜擊垮劉黑闥，秦王勢被召回長安，形勢豈不是非常不妙。」

徐子陵聽得一顆心直沉下去，李建成可非李世民，絕不會放過劉黑闥的。沉聲道：「我要祕密和秦王見個面，秦大哥可否安排？」

秦叔寶拍胸道：「當然沒有問題，子陵準備何時起程？」

徐子陵道：「今晚如何？」

虛行之和宣永去後，跋鋒寒步入書齋，在寇仲對面坐下，微笑道：「看你的樣子，便知一切進行順利，得到各方面的支持。」

寇仲道：「還有一道難關要闖，就是你老哥最欣賞的麻常，我只有五成把握可說服他。若他一怒下拂袖而去，更把事情散播出來，我眞不知怎辦好。」

跋鋒寒道：「我們來個奇兵突出如何？由我這一向主戰好戰的人來說服他，效果或許會比你更好。」

寇仲大喜道：「你老哥在此事上如此積極，確教小弟出乎意料。」

跋鋒寒笑道：「還不是因爲兄弟之情，既希望能完成子陵的心頭大願，更想你可使宋家小姐回心轉意。說到底是我對李世民並無惡感，只要幹掉李元吉和楊虛彥，我已心滿意足，何況更能重重打擊頡利，明白嗎？」

此時麻常在門外揚聲道：「少帥是否要見屬下？」

寇仲起立道：「快進來！」

麻常跨步而入，在跋鋒寒下首坐好，跋鋒寒從容道：「如若我們成功攻陷關中，麻鎮最想親手幹掉的是誰？」

麻常想也不想的道：「李建成。」

跋鋒寒道：「還有其他人嗎？」

麻常道：「其他依少帥指示，屬下沒有意見。」

跋鋒寒哈哈一笑，長身而起道：「問題解決啦！其他由少帥親口說出來！」言罷悠然去了。

麻常呆在當場的瞪著寇仲。

寇仲瞧著跋鋒寒遠去的背影苦笑道：「好小子！最易說的由他包辦，難出口的卻要我去承擔，他奶奶的熊。」

麻常感到事情的不尋常，微愕道：「少帥有甚麼指示？儘管吩咐。」

寇仲坦然道：「大家兄弟，我不想瞞你，我們統一天下的大計有變。」

麻常變色道：「發生甚麼事？」

寇仲一五一十的把事情詳細道出，然後道：「李世民必須答應讓我們殺死建成和元吉，我們才會全力助他登上皇位，否則一切休提。」

麻常終弄清楚是怎麼一回事，垂首恭敬的道：「一切聽從少帥安排。」

寇仲愕然道：「你沒有任何意見嗎？」

麻常答道：「楊公臨終前，多次告誡屬下要忠心不二的追隨少帥，更何況少帥現在爲的非是個人私利，而是天下的和平統一。只要下屬能手刃李建成，其他一切均無關緊要。」

寇仲大喜道：「那我現在眞的放下心頭大石，我本以爲很難向你們交代的。」

麻常欣然道：「我們隨少帥打天下，爲的是愛戴少帥，當然也貪圖功名富貴，成不朽功業。現今少帥與李世民聯手，天下還有甚麼解決不了的問題？且我們還不用冒兵敗傷亡之險。楊公最大的心願是天下的和平統一，若李世民是李唐的太子而非李建成，說不定我們早歸降唐室。所以少帥的決定，屬下只會衷心贊成而不會反對。」

寇仲拍桌笑道：「李世民啊！你當上皇帝的機會又多幾分哩！現在就看你能否拿定主意。」

寇仲往歷陽見過杜伏威，匆匆從水路趕返梁都，一心以爲可見到宋玉致，豈知來接船的虛行之告訴他，宋玉致拒絕到梁都來。

虛行之皺眉道：「宋三爺沒有解釋玉致小姐的事，怕要少帥親自問他始肯直說。」

寇仲像給一盤冰水照頭淋下，滿腔情火湮滅無痕，苦笑道：「有沒有子陵的消息？」虛行之以頷首作答。

兩人踏蹬上馬，在親衛前呼後擁下，往城門進發。碼頭上泊著近十艘少帥軍的水師鬥艇，旗幟飄揚，在斜陽照射下，工事兵正不斷把糧貨送到船上，好運往前線的陳留城。一天李世民不是皇帝，少帥軍仍處於與大唐軍全面交戰的緊張狀態。虛行之道：「謝天謝地！陰爺終與妹子重逢，現在正在回梁都的途中，徐爺則孤身潛往洛陽見李世民，少帥此行是否有好的成果？」

寇仲嘆道：「老爹不但沒怪責我，還說到是明智之舉。做皇帝有啥癮的？若不是立意當荒淫無道的昏君，皇帝絕不易爲。不但要行規步矩，甚麼娘的以身作則，還要每天面對沒完沒了的案牘文件，更須天天早朝，主持大小廷議。他奶奶的！眞不是讓人做的。我把李小子捧上皇座，就當報仇好哩！」

虛行之啞然失笑道：「他眞的這麼說？」

寇仲道：「後半截只是我的想法，老爹的明智之舉，指的是宋缺若不參與，我和李世民鹿死誰手，尙未可逆料，最有可能是南北對峙，爭戰不斷，那會便宜突厥人，所以他支持我們的造皇大計。」

虛行之道：「關中完全控制在李淵和建成、元吉的強大勢力下，我們又不能大舉起兵，即使閥主肯點頭，前路仍是困難重重。」

寇仲微笑道：「怎都該比攻打有李小子鎭守的洛陽城輕易些。呀！差點忘記告訴你，我和志叔提過此事，他說到時只要賞他做個刺史或統鎭過過管治城池的癮兒，便心滿意足。」

虛行之欣然道：「行之就在他當官的城池經營書院，讓學子們修讀聖賢書好哩！」

寇仲想起白老夫子，喜道：「你那書院最好是不收費的，讓窮家子弟有入學的機會。」

虛行之露出憧憬未來的神色，旋記起另一事，道：「跋爺收到邊不負在林士宏地頭出現的消息，昨夜匆匆趕去，說回來再和少帥喝酒。」

寇仲嘆道：「邊不負啊！你也好事多爲哩！應有此報！」

兩人穿過城門，來到城內大街，街上行人見到寇仲，無不歡欣雀躍，高呼萬歲。

少帥府內堂。宋魯呷一口熱茶，道：「你不必緊張，玉致只是因不明情況，故不願來見你。因爲我總不能把這麼機密的事書於信內，一旦出岔子會弄出軒然大波。」

寇仲苦笑道：「與李世民談妥條件後，我只好親到嶺南走一趟。唉！她對我的誤會太深哩！竟吝嗇一見。」

宋魯道：「玉致一向是這樣的脾性。師道派人送一封信來，我怕有甚麼急事，所以代你拆看。」說著從懷裏掏出一封書函，遞給寇仲。

寇仲接信後納入懷內，問道：「有甚麼好消息？」

宋魯道：「你不會自己看嗎？」

寇仲道：「我有點怕信內寫的是我不願看到的事，例如他仍要堅持回娘的小谷隱居諸如此類。」

宋魯欣然道：「你大可放心，師道現在是如魚得水，樂不思蜀，大哥若曉得此事，必非常高興。」接著往他瞧來道：「如師道肯積極繼承大哥閥主之位，消去大哥橫亙心頭的憂慮，對我們能否說服他會有很大的幫助。」

寇仲喜道：「此事該交由陵少去辦，他對二哥比我要有辦法。北方情勢如何？」

宋魯道：「換作以前，我會說形勢大好，現在卻只能說頗爲不妙。劉黑闥被李世民擊敗後，在高開道、徐圓朗和鎮守山海關的霸王杜興支持下，又重整陣腳，捲土重來，連破唐軍。但建成爲爭軍功，在李淵首肯下，率軍迎擊劉黑闥。」

寇仲哂道：「李建成怎是劉大哥的對手？」

宋魯道：「小仲勿要像其他人般見識，因李建成無顯赫軍功而低估他，事實上當年攻打舊隋關中，李建成顯示出他的軍事才能，並不在李世民之下，非元吉之流可比。且這回李淵指令魏徵作建成的軍師，此人謀略出衆，李密之能縱橫一時，大部分賴他出謀獻策，有魏徵助他，建成將如虎添翼。兼之劉黑闥本身的班底，已被李世民殲滅幾盡，故我對劉黑闥並不樂觀。」

寇仲色變道：「那怎麼辦才好？李建成若得勝，劉大哥肯定沒命。」不由想起寧道奇批劉黑闥祿命的可怕預言，整條脊骨涼浸浸的。

宋魯道：「若勝的是你的劉大哥，當然一切沒問題，假若李建成得勝，李世民將立即陷於最危險的處境。我們現在唯一可以做的事，是儘快取得大哥的同意，將計畫付諸行動。」

此時親兵來報，徐子陵正在入城途中，寇仲登時煩惱稍減，立即出迎。

寇仲在帥府的外廣場遇上徐子陵，他正與陳老謀和任媚媚兩人說話。

徐子陵見他來到，笑道：「上馬！我們有祕密任務。」

寇仲會意過來，著手下牽來駿馬。此時天剛入黑，帥府廣場火把處處，廣場上聚集著許多接受夜訓的飛雲衛精銳，正等待寇仲的指示。

陳老謀皺眉道：「你們兩個走了，他們怎麼辦？」

徐子陵明白過來，曉得寇仲正積極訓練手下，以應付將來大有可能發生在長安城內的激烈巷戰。

寇仲笑道：「今晚交由謀公和媚姐負責。謀公可傳授他們開鎖入屋等祕技，媚姐則教他們暗器迷香一類本領，哈！」

任媚媚拋他一個媚眼道：「少帥要訓練他們去偷香竊玉嗎？」

寇仲踏蹬上馬，哈哈笑道：「差不多哩！」與徐子陵策馬出府，離城而去，沿大運河北上三十餘里，始放緩騎速。

寇仲欣然道：「李小子在哪裏？」

徐子陵道：「他會在任何一刻出現，我們到前方那座小丘等待他。」

寇仲道：「你可知劉大哥形勢頗爲不妙？」

徐子陵點頭道：「我從李世民處得悉情況，李建成採魏徵之策，對劉大哥兵將和民衆採取安撫和離間，力圖分化和瓦解各路支持劉大哥的力量。而劉大哥更有糧荒的問題，不得不往北後撤。另一方面，李神通和李世勣則對徐圓朗發動攻擊，令他不能支援劉大哥，形勢對劉大哥確實非常不利。」

兩人來到小丘頂下馬，運河兩岸全被積雪掩蓋，馬兒疾走這麼一段路，早勞累不堪。

寇仲道：「劉大哥或乏力擊退李建成，自保該沒有問題，對嗎？」

徐子陵掃視對岸雪原，苦笑道：「希望如此，雪地不宜行軍，若劉大哥退往北方，應可穩守一段時日。」

寇仲目光投往運河北端遠處，再上五十多里就是少帥軍最前線的城池陳留，問道：「李世民該是走陸路來吧？」

徐子陵搖頭道：「不！他走水路。」

寇仲一呆道：「他怎麼過陳留那一關？」

徐子陵淡淡道：「我把事情知會占道、奉義和小傑，他們是最早追隨你的人，如此重大的事，怎可瞞著他們？」

寇仲道：「他們有何反應？」

徐子陵欣然道：「開始時當然大惑不解，當我解說清楚，立即得到他們沒有保留的支持，事實上中土不論是當軍的又或平民百姓，均瀰漫著厭戰和渴望和平的情緒，對攻打洛陽更沒人有十足把握。我向占道他們保證官可繼續當下去，占道和奉義非常滿意，只小傑另有要求，就是希望能和喜兒在一起。」

寇仲大喜道：「那我又放下另一件心事，你和李世民談得是否投契呢？」

徐子陵道：「李世民最信任的人不是我，當然亦非你寇仲少帥，而是妃暄，他和妃暄詳談後，更堅定他的立場。」

寇仲雙目神光大盛，沉聲道：「待會要由我來試探他的立場堅定至何等程度。」

徐子陵道：「來哩！」

一艘外表看來只像商船的兩桅風帆，出現在河灣處。

艙廳內，李世民和寇仲、徐子陵對坐正中圓桌，李世民身後立著李靖、尉遲敬德、長孫無忌、龐玉四個得力心腹大將。倏地李世民伸出雙手，寇仲連忙握著，雙方眼神交流，都沒法說出片言隻字，從初識到此刻，其中經歷的恩恩怨怨、喜恨交織，有若千百世的輪迴，縱是天下妙筆，仍難盡述。李靖等均露出感動的神色，顯是無人不為兩人化敵為友而激動。

李世民終於開腔，艱難的道：「唉！寇兄請說出你的條件，希望不是太難接受。」

寇仲放開李世民的手，雙目精芒電閃，毫不眨眼的盯著李世民，沉聲道：「我的條件世民兄心中該有個譜兒。」

李世民頹然道：「大約猜到點，請少帥直說。」

寇仲道：「第一個條件是秦王必須以行動來表明為天下百姓不惜犧牲一切的決心，包括家族在內。

只有如此，我寇仲才感到有毫無保留支持世民兄的意義。」

李世民勉力振起精神，回敬他銳利的目光，道：「其中是否有轉圜餘地？」

寇仲堅決搖頭道：「世民兄該比我更明白甚麼是成王敗寇，你若不懂把戰場的一套搬回長安，一切將徒勞無功。突厥依舊覬機入侵，天下仍將是四分五裂，而我更無法說服宋缺，甚至無法說服自己。現今形勢毫不含糊，不但建成、元吉一意置你於死，令尊亦不會對你念父子之情，這該是你醒悟的時刻。」

尉遲敬德、長孫無忌等全現出震駭的神色，因猜到李世民和寇仲爭論的關鍵。徐子陵神色靜如止水，不發一言，心中只想到跋鋒寒那句「誰夠狠誰就能活下去」的話。

李世民神色數變，最後道：「少帥請說下去！」

寇仲冷哼道：「你不仁我不義，他們既不念父子兄弟之情，世民兄何須抱婦人之仁？令尊李淵必須遜位，建成、元吉則殺無赦，這是先決條件，世民兄請三思。」

雖明知寇仲有此條件，從他口中直說出來，仍令李世民和手下四將同時色變。李世民求助似的往徐子陵瞧去。

徐子陵誠懇的道：「秦王必須狠下決心，長安城是你父兄的勢力範圍，兼之有魔門和突厥人參與，我們除非不發動，否則必是雷霆萬鈞之勢，一舉粉碎所有抵抗的力量，在這種情況下，是沒法留餘手的。」

李世民垂首沉吟。

寇仲沉聲道：「撇開個人恩怨不論，一天留下建成、元吉，一天禍患仍在。只有清除所有這些障礙，我們才可萬眾一心的迎擊即將入侵的塞外聯軍，使天下重歸一統。這叫大義滅親，否則就讓他們來滅你，時間一瞬即逝，世民兄必須立作決定。」

李世民倏地抬頭往寇仲望來，又環顧四將後絲毫不讓地回視寇仲，一字一字的緩緩道：「我是否眞的別無選擇，我想聽敬德你們的意見。」

尉遲敬德全身劇震，「砰」一聲雙膝著地，熱淚泉湧道：「秦王明鑑，少帥和徐爺所說的，字字金石良言。」

李靖等三人全體下跪，廳內氣氛沉凝至極。風帆泊在河灣一隅，夜空又降下飄飛的雪粉，鴉雀無聲下，河水輕柔地拍打兩岸石灘，天地靜待李世民決定中土未來命運的答案。

李世民長長吁出一口氣，道：「好！我答應你。」

「砰！」寇仲一掌拍在桌面，嘆道：「大家又是好兄弟哩！他娘的！」

李世民接口道：「你們起來！」李靖等依言起立。

李世民回復神采，道：「還有甚麼條件？」

寇仲道：「第二個條件對世民兄只是輕而易舉，當世民兄登上皇座，小弟當然功成身退，與子陵重歸江湖作老資格的大混混，不過我的手下若有想當小官兒的，世民兄可否讓他們過過官癮？」

李世民點頭道：「這個當然沒有問題。」

寇仲默然片刻，在眾人注視下，苦笑道：「第三個條件，也是最後一個條件，說難不難，說易不易，卻關係到能否成事，實爲最重要的關鍵。」

徐子陵訝道：「竟有這麼一個條件？」

李世民等大奇，徐子陵想不到的條件，究竟是怎樣的條件？

李世民皺眉道：「少帥請說。」

寇仲瞥徐子陵一眼，嘆道：「要說服宋缺他老人家，甚麼舊情也不管用，硬的不行，軟也不行。唯一的辦法，是以有力的論據說服他，管治天下造福百姓，世民兄是比我更合適的人選，只要他老人家相信在世民兄治理下，不但天下昇平、蒼生幸福，且能振興漢統，把事實放在他眼前，由他作定奪，始有機會得他點頭。」

李世民一震道：「你要我去見他？」

李靖等無不露出震駭神色。

長孫無忌忍不住道：「秦王……」

李世民舉手阻止他說下去，沉聲道：「不用擔心我的安全，若寇仲、徐子陵不可信任，我還可以信誰？」

寇仲道：「秦王答應哩！」

李世民苦笑道：「我有別的選擇嗎？」

李靖沉聲道：「少帥有多少把握宋閥主不會加害秦王？」

寇仲微笑道：「我和秦王齊去拜見宋閥主，是表示對他的尊重。他曾明言只以天下爲重，若眞是如此，他理該接納我們。『天刀』宋缺乃非常人，他會比任何人更明白所發生的事，作出最明智的判斷。秦王最好孤身一人隨我到嶺南去，我寇仲以頭顱保證秦王的安全。」

李靖等欲言又止，不敢說話。

徐子陵道：「世民兄能否抽身？」

李世民淡然道：「就說我去了開封吧！」

龐玉一震道：「秦王……」

李世民斷然喝止龐玉道：「我意已決，一切依少帥提議。」

寇仲唇角的笑意像漣漪般擴散成爲一個燦爛的笑容，讚嘆道：「好一個李世民，既是我寇仲的最大勁敵，又是肯對我推心置腹的知心好友。由此刻開始，我和子陵將全力助你一統天下，爲百姓帶來和平與幸福。」

徐子陵生出創造歷史的動人感覺，前路儘管仍是步步維艱，卻是充滿光明和希望，而他們正攜手朝遠大的目標邁進，再沒有任何人事可阻撓他們。

在黎明前雨雪紛飛的暗黑中，兩艘船艦駛離梁都，載著當今天下舉足輕重的三個人——李世民、寇仲、徐子陵。宋魯親自隨行，少帥軍暫時交由軍師虛行之與大將宣永一文一武主理。兩艦合共一百五十名飛雲衛，是少帥軍中最精銳和忠於寇仲的親兵，不虞因他們而洩漏風聲。徐子陵和寇仲坐在船尾的一排裝載食用水的貨箱上處，正輪番閱讀宋師道遣人送來的信函。

徐子陵看罷把信交回寇仲，笑道：「我們的工夫沒有白費，宋二哥雖沒有一字提到與美人兒場主的發展，但觀乎商美人肯留下他，請他鑑辨飛馬牧場寶庫內的珍藏品，可見商美人對他是大有好感。」

寇仲欣然道：「他們既是一見如故，又有機會培養感情，自然是水到渠成。我們派遣特使往見宋二哥，告訴他現在的情況，著他向商場主正式求親，然後請示閥主，那就大功告成。哈！事情比我們預期的更理想。」

徐子陵道：「我也想問你一個問題，你究竟有多少成把握可說服你的未來岳父？」

寇仲道：「那要看李世民是怎樣的一個人，能否像我般得閥主青睞。」

徐子陵道：「你是否有甚麼應變的計畫？」

寇仲苦笑道：「若閥主不同意，事情將非常棘手，所以我們必須盡一切努力去說服他。」

足音響起，李世民來到船尾，在寇仲另一邊坐下，嘆道：「我沒法入睡。」

徐子陵同情的道：「世民兄心中定是充滿矛盾和痛苦。」

李世民頹然道：「事情怎會演變至這田地的？我心中現在彷似有千頭萬緒、無窮無盡的疑慮與痛苦，很想大醉一場，把冷酷無情的現實忘掉。」

河風夾著雨雪打來，寒氣逼人。

寇仲沉聲道：「你老哥先答我三個問題。」

李世民愕然道：「又是甚麼問題？」

寇仲道：「第一個問題，世民兄是否認爲令弟一心要置你於死？」

李世民發呆半晌，點頭道：「確是如此。」

寇仲續問道：「令兄呢？」

李世民苦笑道：「一天我不死，對他的皇位會構成很大的威脅，這回他搶著出征，正是要壓下我的戰功。」

寇仲道：「我要一個肯定的答案。」

李世民頹然道：「是的，王兄要殺我。」

寇仲道：「這兩個答案天下無人不知，第三個問題是最重要的關鍵，世民兄必須坦誠回答，令尊是否對你動了殺機？」

李世民臉上現出不可名狀的悲傷，兩眼射出一切希望盡成泡影的絕望神色，投往雨雪深處，嘆道：「當我曉得父皇處決靜叔，我對父皇最後一線期望終告破滅。我一心一意為李家打江山，從沒想過回報的問題，可是形勢的發展，卻一步一步把我逼到死角。我更害怕若我出事，父皇會把一直追隨我的人誅家滅族，而我麾下在外鎮守的將士會起兵自立，使我李唐江山四分五裂。唉！」

寇仲拍腿道：「世民兄確是明白人，你現在的形勢，是退此一步，即無死所。所以為你自己，為你的妻兒親眷，為你的手下及其家人，更為天下的老百姓，你須撇開一切疑慮，全力與和你只有父子兄弟之名，而無父子兄弟之情的人周旋到底，爭取最後的勝利。套用老跋的名言，誰夠狠誰就能活下去。」

李世民一震道：「誰夠狠誰就能活下去？」

寇仲探手摟上他肩頭，道：「大家既重新做兄弟，我們當然處處為你著想。讓我們設想一下將來會出現的情況，假設令兄成功擊退劉黑闥，自是凱旋回朝，賣弄他的才能不在你之下。而由魔門控制的妃嬪將慫恿令尊行最後一著，就是把你召回長安，褫奪你的兵權，到你全無抗力時，把你處死。我和子陵會陪你入長安，看他們如何耀武揚威、肆無忌憚，著著進逼。當他們最得意忘形時，我們就以雷霆萬鈞之勢，把長安所有反對你的勢力徹底粉碎。小弟保證你屆時不但不會有絲毫內疚的感覺，還大感痛快，因為你受夠哩！哈！這更是個最好的機會，看看誰是忠於你的心腹或朋友。」

李世民慘然道：「只是王兄王弟的聯軍，已非我天策府應付得來，何況禁衛軍給父皇牢牢控制在手上，且有獨孤和宇文兩閥的高手支持，我怕會牽累你們。」

寇仲往徐子陵瞧去，道：「我應該說嗎？」

徐子陵道：「大家是兄弟，有甚麼好瞞的？」

李世民露出錯愕不解的神色。

寇仲呵呵笑道：「世民兄可知楊公寶庫不但庫內有庫，且庫有眞假之別，此庫實爲當年楊素爲要謀反，請魯妙子設計的得意傑作，內藏大批精良兵器，且有通往城外的祕道。只要我們運用得宜，可在庫內部署一支三千人的奇兵，這方面由我供應，保證全是以一擋百的高手，哪還怕他甚麼娘的長林軍禁衛軍。」

李世民全身劇震，不能置信的道：「竟有此驚人之事？」

徐子陵道：「此事千眞萬確，絕無戲言。」

李世民瞠目結舌好一會後，朝寇仲瞧來，道：「若你揮軍巴蜀，取得漢中，豈非可輕易攻入長安？」

寇仲苦笑道：「這正是我們原本的計畫，可惜被我們的師仙子破壞，妃暄沒對你說嗎？」

李世民茫然搖頭，沉聲道：「她沒說！我只知道寇仲你放過擊垮我李唐的機會，改而助我，如此胸懷，我李世民自問拍馬難追。」

徐子陵笑道：「說感激話的該是小仲，他正爲會當皇帝頭痛，難得你肯代勞哩！」

李世民雙目射出堅定的神色，沉聲道：「我想通哩！你們是眞的對我好，若我李世民仍婆婆媽媽，成事不足敗事有餘的，怎配作你們的兄弟？」

雨雪隨天亮終止，三人聚在艙廳的圓桌，共進早點，頗有點優閒寫意的味道。宋魯因不願在宋缺同意支持李世民前，與他關係密切，故乘的是另一艘戰船。

寇仲忽然笑道：「世民兄可知爲何我不畏冒大險要你到嶺南去？」

徐子陵和李世民明白他的「冒大險」，指的是若此事洩出，李世民將難逃勾結外敵的叛國大罪。

李世民放下稀飯，訝道：「難道不是你所說的是爲表示對宋閥主的尊重，以行動說明我的決心和親自說服他這三個原因嗎？」

寇仲岔開道：「世民兄是否有胡人的血統？」

李世民微一錯愕，坦然道：「我李氏祖輩世代爲武將，跟西北外族關係密切，娘的先世更來自西北。我現在的妻子長孫氏，其先世爲北魏皇族拓跋氏，因擔任過宗室長，故改姓長孫。所以若說我帶有胡人血統，我絕不否認。」

寇仲看著北方民族大融合這眼前實例，微笑道：「宋缺和清惠齋主的分歧，在於究竟是北方與外族融合的民族、抑或是南方的純漢系，才是我們中土的未來帝主這爭論上。而唯一可說服宋缺的方法，必須由此最關鍵的一環入手，由世民兄親作示範，向宋缺展示胡化的漢人可以是如世民兄般優秀，且可吸納外族民風文化用以振興和壯大後世的漢統。」

李世民老臉一紅道：「給你說得我很不好意思哩！希望效果不是適得其反。」

寇仲欣然道：「這個你可放心，宋缺眼力的高明，會出乎你意料之外，他的說話就像他的天刀，幾個回合即可把你摸個通透。宋缺既看大局，也重視個人，曾說過歷史是由人創造出來的，所以我有信心他會作出最正確的選擇。唉！」

徐子陵不解道：「既是信心十足，因何嘆氣？」

寇仲苦笑道：「不要誤會，我嘆氣是因想起致致，想起天下事物陰陽相對，愛的另一面是恨，愛有多深多複雜，恨便有多深多複雜，故心生感慨。」

李世民低聲問徐子陵道：「是否宋家二小姐玉致？」

徐子陵微微點頭，安慰寇仲道：「不要多想，只要你肯把心掏出來，精誠所至，定可挽回玉致對你的感情。」

寇仲朝李世民瞧去，忽然問道：「秀寧公主好嗎？」

李世民愕然點頭，爲寇仲這突如其來的一句話乏言以對。寇仲目光投向窗外，露出黯然神色，再嘆一口氣。

李世民不知想起甚麼，有感而發的道：「我愈來愈信緣分，試想若當初不是兩位到我的船上來偷東西，怎會有後來的所有事，今天更不會坐在這裏，爲一統天下群策群力。唉！緣分來時，沒法推掉，緣來緣去，誰都捉摸不著。」

徐子陵想起龍泉城與師妃暄的相逢，一句言語上的誤會，把他們的關係扭轉過來，莫非也是緣分的一種形式？

「咯！咯！咯！」徐子陵應道：「進來吧！我還未睡。」

寇仲推門入房，見徐子陵呆坐一隅，在他旁隔几坐下，嘆道：「明天黃昏時可抵嶺南，唉！我眞有點擔心。」

徐子陵道：「擔心哪一方面？」

寇仲苦笑道：「哪一方面都擔心，既擔心宋缺震怒下不肯接見李世民，還把我們轟走，又害怕致致對我說覆水難收，著我像乞兒般另到別家，乞求全不管用。我怕作噩夢，故不敢睡覺，來找你聊天。」

徐子陵道：「你不過分樂觀，我反安心點兒。到嶺南後第一步棋最難走，好的開始至關重要，如何令宋缺平心靜氣的見世民兄，乃關鍵所在。」

寇仲道：「我和魯叔商量好，先由他向宋缺陳情，唉！這好像有點不妥當，是否該由我親去見他呢？」

徐子陵皺眉道：「可是若你和他鬧僵，事情再無轉圜餘地。」

寇仲苦思道：「有甚麼奇招可想？或者我先和玉致說，再由她向她爹說項？」

徐子陵道：「以南統北為唯一振興漢統的想法，在他老人家心中是根深柢固，沒有奇招，很難一下子把他這想法改變過來。」

寇仲拍腿道：「不如由你先去見他如何？」

徐子陵一呆道：「我去見他？有甚麼好處？」

寇仲道：「好處在於他是首次見你，當有新鮮的感覺，在弄清楚你是甚麼人前，不會把你掃出磨刀堂，他該有興趣想摸通你是怎樣的一個人，為何有這種想法？諸如此類。」

徐子陵苦笑道：「這該是義不容辭的。唉！輪到我害怕哩！怕有負重託。」

寇仲鼓勵道：「不要小覷自己，你和我最大的分別，是明眼人一看便知你是那種淡泊無求的眞正老好人。哈！你自當混混開始，就從來不像混混。氣質是天生的，裝不來的。」

徐子陵無奈點頭答應道：「我盡力而為好啦！」

寇仲順口問道：「你剛才在想甚麼？想師妃暄還是石青璇？」

徐子陵微笑道：「這回你猜錯哩！兩者皆非。」

寇仲愕然道：「你難道不為此煩惱？」

徐子陵點頭道：「在理性上，我已想通此事，只要我能完成妃暄的心願，讓她繼續專志天道的追求，便是我對她深愛的最高體現，我不應再干擾她的清修。唉！我和青璇雖沒有甚麼海誓山盟，但我們在一起時，整個天地都像改變了，幸福的感覺是那麼實在，她和我的距離愈來愈接近，我若仍不懂選擇，不但害苦妃暄，更辜負青璇，你認為如何？」

寇仲欣然道：「絕對贊成，我們不但要順從心的指引，更要作出明智的抉擇，像我既向致致提出婚約，自應此心不渝的堅持承諾，何況她確是我的夢想。」

徐子陵訝道：「你不再為尙秀芳煩惱嗎？」

寇仲慘然道：「坦白說，心中不為此傷痛就是騙你。不過我對著尙秀芳時，仍會不時記起玉致，對著玉致時卻是忘記一切，可知我心中最重視的仍是致致。唉！我眞對不起秀芳，她是這麼一位值得敬愛呵護的動人女子。」

李世民的聲音在門外響起道：「我可以進來嗎？」

寇仲跳起來，拉開房門，著李世民在他原本的位子坐下，自己則坐到床沿去，道：「世民兄也睡不著嗎？」

李世民苦笑道：「我很少胡思亂想，但自登船後，竟想起很多以爲早已淡忘的事，包括年少時在那裏長大位處渭水之旁的武功別館，娘對我的教誨似還言猶在耳。我從小不愛讀書，只好騎射。娘常說我的性格過於倔強剛烈，或者就是這種性格，不喜逢迎別人，令父皇愈來愈不喜歡我。」

寇仲見他說時雙目漸紅，忙岔開道：「世民兄該比我們熟悉長安，若要打一場宮城巷戰，你可有把握？」

李世民皺眉道：「長安城內的布置關防每隔一段日子會作出調動改變，這是沿用舊隋的城防法，這方面的事只有禁衛軍的四大統領和父皇清楚。」

寇仲想起老朋友常何，不過他是李建成的人，要他和自己合作並非易事。

李世民嘆道：「儘管我們有楊公寶庫此一奇著，尚未能穩操勝券。長安的兵力集中在宮城內，玄武門長期駐重兵。而若要讓我們的人神不知鬼不覺的潛入寶庫，人數絕不可太多，照我看三千人是極限，且要在一段頗長的時間內化整爲零的分散入關。所以比起長安城的二萬禁衛和數千長林軍，我們的力量微薄得可憐。」

寇仲點頭道：「所以我們須以智取，不能硬撼，一天控制不了玄武門，一天不能算成功。」

徐子陵問道：「傅采林是否要到長安來，世民兄有沒有聽過此事？」

李世民道：「父皇正式接納傅采林來訪的請求，傳聞傅采林有意向寧道奇和宋缺下挑戰書。」

寇仲一震道：「竟有此事，爲何不早點說出來？」

徐子陵苦笑道：「我不想破壞你良好的心情。」

李世民一呆道：「你們不是和傅采林關係密切嗎？」

寇仲頹然道：「此事一言難盡，遲些告訴你吧！看來長安還有很多難以猜估的變數。」

李世民道：「尚有一個變數，是皇兄向父皇提議邀突厥的『武尊』畢玄來訪，希望透過他龐大的影響力，與突厥人修好，舒緩北方的壓力，好應付你們和宋閥主。」

寇仲和徐子陵同時失聲道：「甚麼？」

李世民道：「無論接受傅采林來訪，又或邀畢玄至長安，都是針對你們的策略，最理想的是他們挑戰宋缺或寧道奇，若他們不肯應戰，在聲勢上就會給比下去。」

寇仲和徐子陵聽得面面相覷，寧道奇和宋缺均身負內傷，天下還有誰可應付這兩位外來的武學大宗師？跋鋒寒或會因畢玄前來而欣悅，他們卻要為他擔心得要命。有這兩大宗師坐鎮長安，他們已是舉步維艱的造皇大計，將更添變數。未來再非在他們掌握中。

第九章

兼愛如一

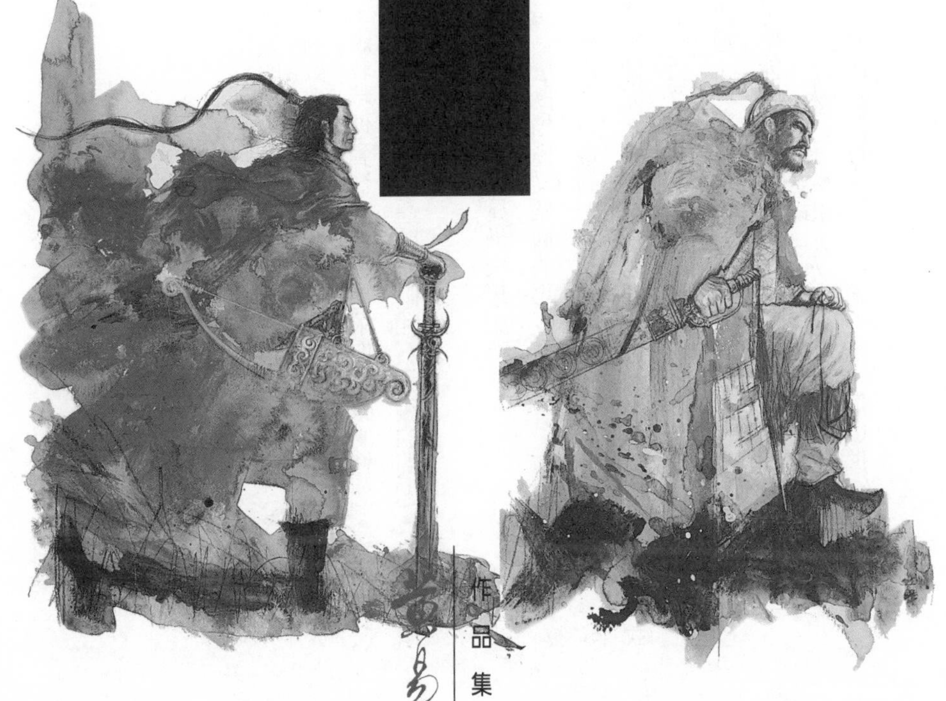

第九章 兼愛如一

晨光照耀下，徐子陵卓立船首，欣賞南方秀麗動人的山水。

寇仲來到他旁，道：「尚有兩個許時辰，我可見到致致，第一句話說甚麼好呢？例如說我有一份大禮送給你。不！這太市儈哩！該學寧道奇般謙虛點，說我特地到嶺南來，是求取致致的寬恕。唉！這又似乎不太像我一貫的作風。咦！你為何不答我，我曉得啦！你是在想師妃暄和石青璇的問題，唉！這叫知易行難，我明知不該想尚秀芳，可是我的心卻不爭氣。」

徐子陵沒好氣道：「人在剛起床後，總會樂觀和積極些。世民兄仍未起床嗎？」

寇仲笑道：「不要岔開話題，你的小腦袋想的是甚麼既積極又樂觀的事呢？」

徐子陵露出深思的神色，道：「我在想石之軒常愛掛在口邊的一句話，就是『入微』這兩個字。」

寇仲一呆道：「原來你在想武學上的問題，算我錯怪你。我也聽石之軒說過，不過卻是用來嘲弄我的功夫未到家。我也曾聽宋缺提起過。哼！入微？指的究竟是甚麼？」

徐子陵朝他瞧來，雙目閃爍著智慧的異芒，淡淡道：「那應是指一種與人身隱藏著的那寶庫結合後玄之又玄的境界，只有像石之軒、宋缺那級數的高手始能明白的境界。」

寇仲一震道：「說得好，宋缺常說天、地、人合一，人不就是指這人身的寶庫嗎？有法而無法，得刀然後忘刀，天地人結合後，人再非人，那才算得上是井中月的境界。非虛非實，非眞非幻。」

徐子陵動容道：「你這小子的刀法似乎有突破，至少在境界上比以前高些。」

寇仲道：「事實上我們很久沒討論和研究武學上的事，因爲戰爭令我們沒有那種閒情，心全放在千軍萬馬的爭戰之道上。可是現在形勢逆轉，不是我自誇，寧道奇和我未來岳父擺明不再理世事，故而當今武林是剩下我們兩個和老跋充撐場面，要應付的卻是石之軒、畢玄、傅采林、宇文傷、尤婆子那種高手，若仍未能把握入微的境界，會仍像過去般落得只剩挨揍的劣局。」

徐子陵道：「我們必須先過宋缺這一關，才可拋開一切，專志武道。」

寇仲信心十足道：「只要讓他老人家見到李小子，肯定能解開死結，宋缺是具有慧眼的人，否則不會看上我，哈！」

徐子陵皺眉道：「我總覺得這樣由我去見他，有點不妥。」

寇仲道：「那索性我們三個人直踩進磨刀堂去見他，來個奇兵突襲如何？」

徐子陵沉吟道：「這會是個壞的開始，我們絕不能讓宋缺感到我們對他施用心術計謀，而應是以赤子的眞誠，求取他的認同。」

寇仲嘆道：「你的說法很有道理，那就讓我們到磨刀堂外恭候他恩賜的接見，由魯叔進去請示。我們則聽天由命，唉！眞教人頭痛。」

兩艘宋家的戰船此時迎頭駛至，宋魯出現在與寇徐同行的船艦上，向駛來的宋家水師船打招呼。終於抵達嶺南。

宋魯待兩船接近，騰空而起，落到甲板上，寇仲和徐子陵迎上去。

宋魯神情古怪的道：「我們入廳說話。」

李世民立在艙門外，見兩人隨宋魯入艙，打個招呼，隨他們入艙。

在艙廳圍桌坐下，宋魯道：「大哥早曉得你們到嶺南來，這兩艘船等待了一天。」

寇仲、徐子陵、李世民三人聽得面面相覷。

徐子陵道：「閥主是曉得寇仲到嶺南來，還是清楚世民兄的事？」

宋魯在懷裏掏出一封信函，在桌面攤開道：「你們看吧！」

三人目光往信函投去，上面寫著「帶他到磨刀堂來」七個充滿書法味道的字，沒有上款，沒有下款。

寇仲抓頭道：「這是不可能的，難道風聲外洩？」

李世民和徐子陵聞言色變。

宋魯道：「正如小仲說的，這是不可能的！大哥是如何曉得的呢？」

李世民一震道：「難道梵齋主先我們一步去見閥主？」

徐子陵搖頭道：「她並不曉得我們會到嶺南去。」

宋魯道：「我想到這可能性，所以問過他們，最近嶺南並沒有外客來訪。」

寇仲吁一口氣道：「管她有沒來過，這樣也好，可省去我們很多工夫，現在整件事全掌握在閥主手上，我們一起到磨刀堂恭聆他的指示好啦！」接著欲言又止，最後終沒說話。

宋魯微笑道：「玉致到了鄱陽去，今晚應會回來的。」

寇仲心中暗嘆，今晚見到宋玉致時，他極可能再非宋家的未來快婿。

在宋魯的安排下，三人坐上密封馬車祕密登上山城，來到磨刀堂外。寇仲重遊舊地，憶起於此受教於宋缺作出刀道上的突破，別有一番滋味。

宋魯道：「你們進去吧！」

寇仲見他神色凝重，心中暗嘆，領路前行。徐子陵和李世民跟在他身後，均被磨刀堂的氣勢景象震懾，生出對宋缺崇慕之心。三人沉默地踏上磨刀堂的長石階，過大門、抵大堂。

宋缺淵亭嶽峙的立在磨刀石前，深邃不可測度的眼神先落在寇仲身上，然後轉移到徐子陵，最後凝定李世民。三人連忙施禮問好。宋缺一言不發的負手往三人踱步而來，在李世民旁經過，至大門止，往夕陽斜照下的前園望去，淡淡道：「你們或會奇怪，爲何宋某人竟能像未卜先知般曉得秦王大駕光臨？」

寇仲背著他點頭道：「我們是百思不得其解。」

宋缺柔聲道：「因爲我收到梵清惠一封信，四十年來的第一封信，這樣說你們明白嗎？」

寇仲直至此刻仍無法揣摩宋缺的心意，道：「可是清惠齋主並不曉得我們會到嶺南拜見閥主。」

宋缺輕嘆一口氣道：「清惠沒有提及你們兩兄弟會偕秦王來見我，只是提及當年往事，有關你們的只是寥寥數句，希望我能體諒你們的苦心。」說罷仰天再嘆一口氣。

忽然又踱步回來，從徐子陵那邊走過，在三人身前十步許處背他們立定，沉聲道：「若我猜不到你們會聯袂來見我，宋缺還是宋缺嗎？換句話說，若秦王不肯親自來見宋某人，還有甚麼好說的？」

寇仲一震道：「那麼是有商量的餘地哩！」

宋缺旋風般轉過身來，雙目神光大盛，來回掃視三人，冷哼道：「你們可知道，現在你們立在我眼前，正是我和清惠四十年來暗中較量的決定性時刻，只要我一句拒絕的話，清惠立即輸掉這場角力。」

三人均聽得頭皮發麻，縱有千言萬語，卻說不出半句話來。

宋缺目光落在徐子陵身上，出乎三人意料之外地，竟露出第一絲笑意，油然道：「子陵憑甚麼認為秦王會是位好皇帝？」

三人同時生出希望，因為宋缺至少有興趣認識李世民。

徐子陵心知一句答錯，可能會出現截然不同的結果，恭敬答道：「晚輩在很久前心中已產生世民兄會是個好皇帝的想法，回想起來，當是因世民兄的天策府儼如一個朝廷的縮影，在那裏世民兄無時不和手下謀臣將士研究治理天下的方法，而在實踐方面的成績，更是有目共睹。」

宋缺喝道：「答得好！為君者首先要有治道，始可言實踐推行。秦王請答我，你有何治國良方？」

李世民迎上宋缺可洞穿革木金石的銳利眼神，謙敬答道：「世民縱觀三代以來歷朝興衰，得出一個結論，君主必須推行開明之治，納諫任賢，以仁義為先，則人民從之。然而周、孔儒教，在亂世絕不可行；商、韓刑法，於清平之世，變為擾民之政。所以世民認為，要達到天下大治的目的，必須以仁義為本、理法為末，尊禮德而卑刑罰。」

宋缺訝道：「秦王推崇的竟是孔孟的仁政，確出乎我意料之外。那我再問你另一條問題，自古帝王者，雖武功足以平服我中土華夏，卻從不能服戎狄，秦王在這方面有何獨特與眾不同之見？」

寇仲和徐子陵聽得面面相覷，此可為從古至今誰都沒法解決的難題，教李世民如何回答？可是若答不了，說不定三人會立即被宋缺掃出磨刀堂。

豈知李世民不慌不忙，從容答道：「我華夏自古以來，明君輩出，能嘉善納諫，大度包容者，比比皆是。惟獨在處理外夷上，均貴華夏而賤夷狄，令其心生怨恨，寧死不屈。世民不才，如能登上帝位，那時不論華夏夷狄，均兼愛如一。不服者征之，既服之後，則視如一國，不加猜防，可於其地置羈縻州府，任其酋爲都督刺史，予以高度自治。此爲世民愚見，請閥主指點。」

宋缺雙目一眨不眨的盯著李世民。寇仲和徐子陵則心中叫苦，宋缺一向仇視外族，李世民如此見解，肯定與宋缺心中定見背道而馳。但兩人同時心中佩服李世民，他們曾到塞外闖過，比任何人更了解漢族和塞外諸族間的仇恨，皆因中土君主賤夷狄貴華夏而起。所以李世民的兼愛政策，切中問題核心所在。

李世民感覺到異樣的氣氛，苦笑道：「雖明知閥主聽不入耳，但這確是世民心中眞正的想法，不敢隱瞞。」

宋缺一言不發的緩緩轉身，邁步移至磨刀石前，從容平靜的輕輕道：「寇仲告訴我，你爲何有膽量帶秦王來見我宋缺？」

寇仲嘆道：「首先因爲秦王狠下決心，肯掃除一切障礙，爲蒼生造福，而另一個先決條件是必須得你老人家首肯，否則一切作廢。唉！現在的形勢……」

宋缺截斷他道：「不要說廢話，我宋缺比任何人更清楚目前的形勢，更沒有絲毫怪責你的心，只會更清楚你寇仲是個怎樣的人。」接著轉過身來，正視李世民，一字一字的緩緩道：「秦王是否決定誅兄殺弟、逼父退位？」

李世民全身劇震，垂首道：「世民答應少帥，絕不反悔。」

宋缺仰天笑道：「好！這對任何人來說都是一個痛苦的決定，可是你並沒有其他選擇，然而你如何收拾此殘局？」

寇仲和徐子陵均感愕然，皆因他們從未想過收拾建成、元吉後的問題

李世民毫不猶豫的答道：「一切以穩定爲最高目標，首先要實行寬大政策，凡肯從我者酌才任用，絕不計較是否東宮或齊王府舊屬，且追封王兄王弟，一切以和解爲主。」

宋缺徐徐漫步，來到李世民身前，淡然自若道：「秦王想得仔細周詳。」

李世民頹然道：「正如閥主所言，世民是別無選擇。」

宋缺仰望屋樑，雙目射出緬懷傷感的神色，柔聲道：「宋某人開始明白清惠爲何會支持你。」

寇仲大喜道：「閥主肯考慮我們的提議嗎？」

宋缺目光投往寇仲，道：「事實上我早退出天下紛爭，一切由你寇仲繼承，拿主意的該是你而非我，何用來徵求宋缺的意見？」

徐子陵道：「沒有閥主首肯，小仲絕不敢妄行其是。」

宋缺淡淡微笑，凝視李世民，道：「世民可以眞正打動我的話，是視夷狄與我漢人如一的態度，這是宋某人沒想過更做不來的事。所以我開始明白清惠說的我中土未來的希望寄於胡漢融合的新一代之語。我仍不知此法是否可行，卻確知世民這想法爲前人所無；而此亦正爲世民超邁前古之處。究其因由，皆因世民爲北朝胡化的漢人，夷夏之念薄弱，與宋某人大相逕庭。」

寇仲見宋缺態度大爲緩和，進言道：「閥主說過歷史是由人創造出來的，那我們可否不理任何爭議，憑我們的努力創造出天下大一統長治久安的盛世！讓天下老百姓不論南北，均有安樂的好日子過

呢？」

宋缺哈哈一笑，轉身負手朝磨刀石走去，悠然道：「若論管治天下，寇仲你肯定及不上李世民，我還有甚麼好說呢？李世民你要謹記著，得天下絕不可奢言仁義，那只是婦人之仁；但治天下必須仁義爲先，施行德政。不能嫉勝己、惡正直，而須賢者敬之，不肖憐之。楊廣之亡，你要引以爲誡，水能載舟，亦能覆舟。論武功，誰能凌駕嬴政之上？可是至子而亡其國。天子有道則人推而爲主，無道則人棄而不用。所以爲君者必須以古爲鏡，居安思危，世民愼之。」

寇仲大喜道：「閥主同意我們哩！」

宋缺油然轉身，雙目神光電射，淡淡道：「我是權衡利害，不得不作出與楊堅外另一個妥協。寇仲你有得天下之力，卻無治天下之志，有世民代勞，自可令我安心。假若我搖頭說不，天下勢成南北對峙之局，致令外夷覷隙入侵，紛亂戰火不知何時方休。說到底仍是清惠贏哩！若非因與寧道奇之戰，有我宋缺主持大局，何事不可爲？罷矣罷矣！天下事就交由你們這些年輕人去處理吧。現在你們得到我全面的支持，可放手去完成你們的夢想。可是一天你們未能控制全局，此事必須保持祕密，去吧！我要獨自一人靜心思索一些問題。」

三人大喜拜謝，退出磨刀堂。

宋魯早等得不耐煩，見三人面帶喜色，奇道：「大哥竟肯點頭？」

寇仲點頭道：「閥主答應全力支持我們。」

宋魯大喜道：「謝天謝地！」

宋缺的聲音忽從堂內傳出來道：「寇仲進來！」

寇仲呆了一呆，轉身舉步朝磨刀堂走去。

宋魯瞧著寇仲沒入門內的背影，道：「大哥有甚麼指示？」

李世民答道：「閥主指示此事必須嚴保祕密，不可洩漏任何風聲。」

宋魯點頭道：「你們該先避到船上，待小仲見過玉致後，立即離開。」

徐子陵和李世民交換個眼色，心中均湧起對宋缺崇慕之情，雖是初識宋缺，但宋缺高瞻遠矚的智慧，有容乃大的胸襟，深深打動他們。

寇仲來到正凝望磨刀石的宋缺身後，恭敬道：「閥主有何指示？」

宋缺淡淡道：「李世民這個人，我留心他久矣！」

寇仲想起封德彝，點頭道：「閥主曾說過，除小子外，最欣賞的人是他。」

宋缺默然片晌，沉聲道：「若我剛才一口拒絕你們的提議，你猜天下會是怎樣一個局勢？」

寇仲欣然道：「幸好事實非是如此，那時我只好繼續北伐，而世民兄則被他父兄聯手宰掉，跟著頡利大軍南下，北方陷於四分五裂之局。」

宋缺緩緩搖頭，道：「李世民絕不會如此窩囊，他會以洛陽為基地，樹立他的勢力，憑他的聲望政治武功，終有一天能統一北方，逐走突厥人。李世民有一項你及不上他的長處，就是堅持到底的耐性。若你不能一鼓作氣的攻陷洛陽，你會因此輸掉最後一場仗。所以若我不同意你們，你能否成功，只是五五之數，這還未把你的心魔計算在內。」

寇仲苦笑道：「閥主看得很準，若我得不到閥主首肯，只能勉強自己繼續作戰。可是自家知自家事，我再也不能像以前般心無掛礙的全心投入爭霸之戰去，而子陵也不會理我。」

宋缺緩緩轉過身來，凝望著他，平靜的道：「坦白告訴我，你肯這樣冒開罪我之險來求我，究竟有多少是為了玉致？」

寇仲一震垂首道：「至少佔五成的比重，另五成是因子陵，至於其他則全無關緊要。我有信心可克服一切，我根本不怕塞外聯軍，亦不懼怕李世民，我有信心在李世民站穩陣腳別樹一幟前把他摧毀，天下間再沒有人能擋著我，因我已成功把閥主教導兩人對壘的刀法，融合在千軍萬馬爭勝沙場的戰法內。」

宋缺仰天長笑，欣然道：「寇仲畢竟是寇仲，你終成功建立戰場上必勝的信心。難得是你對名位權力全無野心，玉致應為你感到驕傲，我宋缺亦後繼有人。」

寇仲想起宋師道，忙道：「閥主當然後繼有人，二哥他正在飛馬牧場為商場主鑑定場內珍藏，短期內還會向商場主求婚，只要閥主欽准，將可締結姻盟。」

宋缺雙目神光倏盛，沉聲道：「竟有此事？」

寇仲道：「此事千真萬確，他們在長安一見鍾情，可是因形勢所限，未能進一步發展，現在一切障礙不再存在，自然是水到渠成。哈！閥主不知我和子陵在此事上費了多少心思，令有情人可成眷屬。」

宋缺雄軀微顫，點頭道：「師道終迷途知返，此事你和子陵做得很好。」接著從懷中掏出一個火漆密封的竹筒，交到寇仲手上，道：「你代我把此信送給梵清惠，至於如何助李世民登上帝位，由你全權作主，我必須心無旁騖的全力療傷，不能參與你們的事。去吧！李世民是一個理想的選擇，清惠不會看錯人，我宋缺也絕不會看錯他。」

三人聚在船上徐子陵的艙房，心情大是不同。得到宋缺的支持，前路清楚明確，只看他們以何種手段策略，以達至目標。

坐於床沿的寇仲道：「我們之間首先要設立迅快祕密的聯絡網，好讓彼此清楚對方情況，配合得天衣無縫。」

李世民點頭同意，道：「這方面沒有問題，龐玉一向負責情報的蒐集，只要他篩選手下，換上絕對忠誠聰敏者，可以達到少帥的要求。」

寇仲欣然道：「這方面我不大在行，魯叔卻是專家，讓龐玉去見魯叔，當可研究出最可行和有效的辦法。」

李世民道：「返開封後，我立即遣龐玉來見魯叔。」頓了頓沉聲道：「你們能否祕密潛入關中是成敗關鍵所在，這方面我可作出安排。」

寇仲微笑道：「如須你老哥幫忙，我們當然不會客氣。不過我現在的想法是你目前不宜沾手這方面的事，那即使我們被識破，你仍可推個一乾二淨。我們會經漢中入蜀，表面則大張聲勢，有實有虛。實者攻打林士宏和蕭銑是也；虛者則佯裝分別進軍巴蜀和襄陽，讓人不致起疑。」

徐子陵提醒道：「我們曾進軍巴蜀，忽然退走，必有人對此生疑。」

李世民道：「子陵不用擔心，我們曾爲此開會研究，只想到是因宋缺和解暉的關係，令宋家軍暫緩攻蜀。」

徐子陵嘆道：「我最擔心的是石之軒此人智慧通天，識見非我和寇仲能及，只要給他稍窺得蛛絲馬跡，說不定可推斷出我們合盟的事，那時事情的發展，將不由我們控制。」

寇仲點頭道：「石之軒確教人頭痛，換成是別人，我們還可不擇手段的先幹掉他，對石之軒則此等方法全派不上用場。而要祕密遣三千精銳經漢中潛入關中，至少需兩個月許的時間，在這段時間內，我們的關係與行動絕對不可以曝光。」

李世民道：「縱使我回到洛陽，立即被父皇召返長安，我仍可以種種藉口拖延十天半月的時間。」

寇仲皺眉道：「你曾拖延過一次，這回不宜重施故技，何況征伐劉大哥的事由你皇兄全權主持，你哪來拖延的理由。最糟是你老爹以違背皇命治你以罪，褫奪你兵權，這對我們的計畫會是最大的禍患，所以你必須乖乖的聽教聽話，讓你老爹無從降罰。」

李世民微笑道：「我忽然生出嚮往江湖草莽的生活情趣，自父皇登基，又將兵權予我後，手下均惟我之命是從，從沒有人敢像少帥般對我說話，使我聽得既感新鮮又有樂趣。」

寇仲欣然道：「你的心情比來時好多哩！」

李世民眞心誠意的道：「我雖或會失去兩個親兄弟，但有你兩位眞兄弟補上，大家目標一致的爲天下百姓竭盡心力，尙有何憾？」

徐子陵伸出手，沉聲道：「一日是兄弟！」

寇仲和李世民分別探手，三手緊握一團，齊聲道：「終身是兄弟！」

三人各自哈哈一笑，這才分開。

寇仲道：「無論如何，世民兄入長安之日，就是我和子陵抵長安之時，至不濟可保世民兄和家人從寶庫逃命。當然希望事情不會發展至那地步，且這可能性幸好是微乎其微。不論貴父皇如何討厭你，也不敢在冰封期即過的危險時刻，冒大唐國四分五裂之險置你於死地，他只會逐步進逼，而我們則兵來將擋，水來土掩。他娘的，我們可否仍以司徒福榮作幌子入城招搖撞騙？」

徐子陵一呆道：「司徒福榮？那豈非硬是予石之軒一個揭破我們的機會嗎？」

李世民早從李靖方面清楚此事，不致因此一頭霧水，不知其所云。

寇仲道：「此正爲測試石之軒最直接的方法，看他會否念在青璇份上，不揭破我們，且可引蛇出洞。以石之軒的爲人，兼之他又被以趙德言爲首的派系排擠，該不會輕舉妄動，到他來煩我們時，我們隨機應變的和他周旋，來個大解決。他娘的！我寇仲現在眞的不怕他。」

徐子陵沉吟道：「我們和石之軒的關係曖昧微妙，但這個險是否値得冒呢？一旦出事，會牽連很多無辜的人。」

寇仲道：「只要青璇肯到長安來，石之軒的問題將不存在。」

徐子陵苦笑道：「我不想她被捲進此事內。」

寇仲道：「那就告訴石之軒他女兒會到長安找你，這可是青璇親口說的，童叟無欺，哈！」

徐子陵道：「我們能瞞過可達志嗎？」

寇仲頹然道：「那是沒可能的。還有是畢玄，以他的眼力，只要看過我們一眼，無論我們如何裝神弄鬼皆只徒惹笑柄。唉！只好偷偷摸摸，像耗子般晝伏夜出，又或索性躲在世民兄的臥房裏，不過這既不能保護世民兄，且處於完全被動的劣境，大大不利我們的計畫。」

李世民正容道：「兩位可知在冬季長安慣例不會有任何馬球的賽事。」

寇仲和徐子陵立即精神大振。

寇仲道：「這麼說，我們只要能避開可達志和畢玄，可保平安。」

李世民不解道：「即使畢玄眞的到長安來，你們遇上他的機會也是微乎其微，可達志則很難說，為何不先一步把他刺殺，一了百了。」

徐子陵苦笑道：「我們辦不到，因為他是曾與我們並肩作戰、出生入死的兄弟，我們還要求世民兄放他一條生路呢。」

寇仲道：「還有一個人不得不防，就是楊虛彥，幸好他少有公開露面，碰上他的機會不大。如若世民兄能提供他的行藏，我們會很樂意活宰他。憑我和子陵，或再加上個老跋，保證他一旦入局，任他練成不死印法或甚麼勞什子的御盡萬法根源智經，亦插翼難飛。」

李世民斷然道：「不冒點險，如何成大事？只要我們擬定可在種種不同情況下的應變計畫，加上隨機應變，定可逢凶化吉。試想你們有哪次是順風順水的呢？你們還可在南方營造種種假象，讓人以為你們身在關外。」

寇仲哈哈笑道：「還是世民兄夠膽色，他奶奶的熊，就這麼決定。從這裏回梁都，有充足的時間讓我們湊個諸葛亮出來。」

足音響起，宋魯的聲音在門外道：「小仲！玉致來哩！」

寇仲渾身劇震跳將起來，見李世民和徐子陵呆瞪著他，挺起胸膛道：「情場如戰場，小弟打仗去也，希望不用為國捐軀吧！」

宋玉致一身勁裝，秀髮在頂上攏起來結成雙髻，下穿長馬靴綁腿，背掛寶劍，顯是剛從遠地趕回來，甫下馬立即來見寇仲。看到她倚桌靜坐，一臉風塵的模樣，寇仲憐意大生，忘掉靜靜避退的宋魯，甚至忘掉此地之外的任何人與事，在她秀眉輕蹙帶點冷漠神色的美眸注視下，坐到桌子另一邊。兩人目光糾纏。寇仲心中倏地翻起千重巨浪，想起以前種種，不論兩人生死對決，又或千軍萬馬對決沙場；甚麼個人名位權力榮辱，乃至一統天下成不朽的霸業，說到底仍是『心的感受』，不會多一分，不會減一毫，問題在是否滿足。而此刻他的心只盈滿對眼前受盡自己折磨創傷的玉人，其他一切不關重要。

宋玉致淡淡道：「三叔不肯說你爲何要到嶺南來，定要由我親自問你，値此風雲四起的時刻，少帥仍有暇分身嗎？」

寇仲一顆心「卜卜卜」的跳躍著，體內熱血沸騰，若能令眼前美女幸福快樂，生命尚有何求？在這一刻，他衷心地感激徐子陵，若非得他當頭棒喝，他寇仲會把中土弄得天翻地覆，分崩離析。現在既目標明確的將會與李世民以同一步伐達致天下和平統一，更可挽回宋玉致對他的愛，那可是他一直渴望得到的生命最珍貴的東西。

宋玉致秀眉鎖得更深，有些不耐煩的輕輕道：「少帥變成啞巴嗎？」

寇仲強壓下撲過去把她緊擁入懷，感受她香軀顫震的衝動，咽喉乾涸沙啞著聲音道：「致致不肯來見我，我只好到嶺南來。」

宋玉致現出責怪的動人神色，嗔道：「少帥似不知身負重任，怎可隨便丟下正事，不怕爹怪你嗎？」

寇仲深吸一口氣，道：「我這次到嶺南來，是正式向致致求婚，因爲前定的婚約已然作廢，如今我寇仲再沒有機會成爲天下之主，只是一個平民，致致肯否委身下嫁，全在致致願不願意點頭。」

宋玉致俏臉倏地轉白，嬌軀劇顫，道：「你在說甚麼？不要發瘋！爹……」

寇仲正心誠意的道：「在我的生命裏，從沒有一刻比現在更清楚自己在幹甚麼，更清楚我渴想得到的東西，那就是和致致共度只羨鴛鴦不羨仙的寫意美滿生活。我立誓今後放下一切爭逐霸業的行動，只盡心全力令致致得到最大的幸福和快樂，執子之手，與子偕老。今天我像個迷途知返的浪子，直至不久前，始曉得家鄉在何方何地。從沒有一刻，我更了解致致不願嶺南被捲進天下紛亂的大漩渦的想法，因為我正身在其中，深切體會到未來種種令人懼怕的可能性。」

宋玉致雙目射出不能置信的神色，咬著下唇，好半晌後垂下螓首，低聲道：「不要胡鬧，少帥以為現在仍可抽身而退？」

寇仲道：「為了致致，我可以做任何事。在這艘戰船上，除我外尚有子陵和另一個致致怎都猜想不到的人。」

宋玉致愕然朝他瞧來，掩不住訝色，瞪著他道：「你竟是認眞的！」

寇仲長身而起，移到她身旁，單膝跪下，左手按胸，右手握上扶手，凝望宋玉致道：「事關我們的終身幸福，我怎敢胡鬧？那個你猜不到的人將會是未來統一天下的眞主，我和子陵會用盡一切努力辦法助他登上帝位，因為我們深信他是當皇帝的最佳人選。」

宋玉致口唇輕顫的問道：「他是誰？」

寇仲一字一字的緩緩道：「李世民！」

宋玉致嬌軀劇震，道：「爹怎肯答應？」

寇仲沉聲道：「我們得到他老人家全力支持。」

宋玉致嬌軀再顫，雙目湧出熱淚，探出抖顫的手，撫上寇仲的臉龐，嗚咽道：「寇仲！啊！寇仲！你……」

寇仲珍而重之的以雙手捧起她香軟的玉手，嘴唇輕柔地親吻她掌心，魂爲之銷的道：「我的老天爺，原來能令致致感動至忘掉我以往所有過失是這麼動人的一回事，待長安事了後，我就回來和致致洞房花燭，哈！噢！」

宋玉致猶掛喜淚的俏臉現出紅暈，一臉嬌嗔的神態說有多吸引人就有多吸引人，垂下螓首，啐道：「我答應嫁給你了嗎？」

寇仲得而復失，本是一臉失望的瞧著被宋玉致收回去的玉手，旋又嘻皮笑臉道：「你宋二小姐若不嫁我，試問誰夠膽子娶你？因那要過得我寇仲手上的井中月和少帥軍才成。且未來的皇帝又是和我寇仲肝膽相照，恩怨交纏的兄弟，你不嫁我嫁誰？相信我，我們會是天下間最好的一對。」

宋玉致白他一眼道：「看你哩！仍是那副德性，大言不慚。」

寇仲感到身上每個毛孔不約而同的一起歡呼，他終於得到宋玉致。他對此曾陷於絕對的失望，深受有心無力的感覺苦苦折磨，現在本似沒有可能的事終於發生，宋玉致從未以這種神態和他調笑。啞然失笑道：「這正是小子獨到之處，曉得二小姐你正爲人人對你一本正經的打躬作揖悶得發慌，所以小子投你所好，否則如何能贏得你的芳心呢？唉！我要走哩！讓我喚子陵和秦王過來與你打個招呼如何？我可否把你介紹成本人的未婚嬌妻？」

宋玉致倏地從椅內飄起，落到出口處，盈盈別轉嬌軀，淚漬猶是未乾的俏臉現出又喜又羞，又沒好氣的苦惱而喜悅神情，柔聲道：「致致甚麼人都不想見，好好的活著回來見我，勿要逞強，一切以大局爲重。知道嗎？寇少帥！」說罷一陣香風般去了。

寇仲與李世民和徐子陵在梁都分手，李世民和徐子陵繼續北上。李世民當然要趕回洛陽，徐子陵則爲宋缺送信予梵清惠，並向她和師妃暄報告最新的情況。寇仲甫登碼頭，來迎接他的虛行之和宣永均一臉凝重神色。

寇仲踏蹬上馬，在親兵護翼下朝城門馳去，問兩人道：「是否有很壞的消息？」

宣永沉聲道：「劉黑闥給李建成殺了。」

寇仲色變失聲道：「這是不可能的。」

另一邊的虛行之嘆道：「劉黑闥圍攻魏州，城守田留安看準劉黑闥缺糧，閉城堅守，待李建成派兵來援，劉黑闥因糧草問題，更怕李建成和田留安裏應外合夾擊其軍，撤往陶館，一邊背水立陣，一邊在永濟渠上架橋，唐軍尾隨而至，劉黑闥大軍渡橋時中途橋折，令劉黑闥損失慘重。當劉黑闥率領餘部抵達饒陽，那饒州刺史諸葛德威假意出迎，當劉黑闥入城時，以伏兵四起突襲，劉黑闥受創被擒，諸葛德威執劉黑闥投降唐軍，李建成遂斬殺劉黑闥於洛州，還把他的首級送返長安。同一時間李神通和李世勣攻打徐圓朗，後者孤立無援下棄城逃走，途中遇害。劉軍是徹底的垮台哩！」

寇仲雙目湧出熱淚，仰望夜空，道：「劉大哥你放心去吧！我不殺諸葛德威和李建成，誓不爲人。」

諸葛德威是劉黑闥的拜把兄弟，當年隨劉黑闥在滎陽城內與他們相遇，大家的交情從那時建立起來。當時雙方共六人，包括素素在內，現在只剩下他、徐子陵和狼心狗肺、賣友求榮的諸葛德威，能不教人感慨激憤。

穿過城門，蹄聲乍起，兩騎迎面衝至。寇仲抹掉淚漬，定神一看，赫然是紀倩和回復女裝打扮的小鶴兒陰小紀，兩人神采飛揚，更出乎他意料之外的是陰小紀的美麗竟不在紀倩之下。寇仲勉強壓下心中悲痛，迎了上去。

徐子陵在開封附近下船，從陸路趕往淨念禪院，李世民則由守候的唐室戰船載返洛陽。

夜空開始雨雪飄飛，徐子陵在一望無際的雪原放步疾掠，雖處此天寒地凍的冰雪世界，他的心卻是一團火熱。經過這麼多年來的轉折，他終可毫無愧色的面對心愛的師妃暄，肯定地告訴她自己沒有令她失望。

他雖不能與師妃暄結成鴛侶，卻可爲她完成心願和師門的重託。而他們間的愛是眞實地存在雙方內心深處，既傷感又美麗，正因沒有結果，所以自有其永恆動人的滋味。對他們來說，這該是最好的結局。任何妄求只會帶來災禍痛苦。人生至此，復有何求？

「咯！咯！」跋鋒寒的聲音在房內響起道：「少帥請進！」

寇仲推門入房，嘆道：「應付那些堆積如山，陸續而來的文件，比應付千軍萬馬更頭痛，到此刻才有時間來拜見你老哥，輕鬆一下。」

盤膝坐在床上的跋鋒寒瞧著他在床沿坐下，淡淡道：「邊不負完蛋哩！」

寇仲一震道：「成功啦！你有沒受傷？」

跋鋒寒若無其事道：「他當時陪林士宏出巡，要刺殺他怎能不付出些代價，終於了結琬晶的一樁心事。」

寇仲道：「我們似乎開始有點運道了，宋缺答應支持我們。」

跋鋒寒動容道：「這確出乎我意料之外，我還以爲你會碰壁而回的。」

寇仲道：「關鍵處在我們抵嶺南前宋缺收到梵清惠給他的一封信，使他肯接見我們，而李世民確是了得，對答如流，充分顯示他當未來眞主的資格和才幹。」

跋鋒寒沉聲道：「你的劉大哥給奸人害死了。」

寇仲雙目殺機倏現，道：「李建成因此事聲威大振，李淵召李世民回長安好褫奪他兵權一事已成定局。我們必須立即趕往長安，用盡一切手段辦法以保著這未來帝主。據李世民說，在李建成提議下，李淵會正式邀畢玄到長安來，這擺明是針對李世民的厲害手段，前路尚多荊棘。」

聽到畢玄之名，跋鋒寒雙目神光大盛，沒有燈火的房內仍見閃閃爍動，平靜的道：「你有甚麼部署？」

寇仲道：「我準備在寶庫內密藏一支三千人的精兵，憑寶庫內的武器舉事，發動突襲，以雷霆萬鈞之勢把長安的控制權奪過來。」

跋鋒寒皺眉道：「三千人是否太少呢？即使加上李世民的親兵，仍不過是六千許人，只李淵的禁衛軍已有數萬人，還未把長林軍計算在內。」

寇仲道：「三千人是寶庫可容納的人數極限，且要神不知鬼不覺潛入關中，人數愈多，愈易洩露行藏，剛才我便是和雷大哥等反覆研究這方面的難題。」

跋鋒寒道：「這三千人必須是一等一的好手，忠誠方面更要絕對沒有問題。照你看，須多少時間來完成部署？」

寇仲道：「最少一個月的時間，還有件事告訴你，傅采林亦會來長安。」

跋鋒寒露出笑容，道：「事情似乎愈來愈有趣，再加上個神出鬼沒的石之軒，這場仗將會是我們最艱苦和最沒有把握的一場硬仗。」

寇仲苦笑道：「明天我和你，加上侯小子、陰小子，出發往巴蜀，經漢中入關，這裏其他的事，交由雷大哥和行之負責，希望老天爺確站在我們的一方，而李小子眞的是眞命天子。」

跋鋒寒淡淡道：「最後的勝利將屬於我們，我有克服一切的信心。」

寇仲心神飛越到偉大的長安城內，耳鼓彷似響起千軍萬馬廝殺吶喊的激烈戰鬥聲。

跋鋒寒雙眼亮起智慧的燄光，沉聲道：「還記得『楊公寶庫、和氏寶璧，二者得一，可統天下』這首歌謠嗎？」

寇仲點頭道：「當然記得，只在字眼上有一字半字之差，意思則一。」

跋鋒寒道：「和氏璧由你我和子陵三人瓜分，楊公寶庫目前更是我們最重要的籌碼。我們並非二者得一，而是兩者兼得，假設這就是天命，天下不是由我們所得還可落在甚麼人手上？」

寇仲欣然道：「二者得一，確可統一天下，像李小子現在等於得到寶庫，所以天下將是他的。我們兩者並得，似過份了些，所以只能間接透過他去得天下。哈！眞有趣。但想想則教人心寒，難道確有天命這回事？」

跋鋒寒點頭道：「寶璧見光即死，故有等於無，而李世民卻是眞的得到寶庫。師妃暄的看法很準，你們中土天下的未來是屬於胡漢混融後的新一代，你和子陵雖是純粹的漢人，我卻是胡人，我們同心合力，是另一種的胡漢合一。」

寇仲露出深思的神色，道：「你該是漢化的胡人才對，因你厭惡本族人那種掠奪殘忍的作風，所以到中土來尋求文化上的答案，很多時我已完全忘記你胡人的一面。更精采是李小子是胡化的漢人，令民族的界限變得模糊。宋缺指出李小子正因胡化頗深，故對塞外諸族能行兼愛的政策，此亦為其超越宋缺之處。」

跋鋒寒低唸一聲宋缺後，緩緩道：「我尚未有機會問你關於嶺南之行的情況細節。」

寇仲道：「與宋缺的見面，是個沒有廢話的對話，李……」

跋鋒寒笑道：「我只關心你和宋玉致的事。」

寇仲微一錯愕，接著露出燦爛的笑容，道：「她對我完全改觀，忘記我以前所有過錯，至少沒半句拒絕的話，還要我保住性命活著回去見她。」

跋鋒寒道：「尚秀芳又如何？」

寇仲神色一黯，苦笑道：「我不敢去想，想又如何？」

跋鋒寒道：「男人三妻四妾是平常事，你難道沒想過兼收並蓄嗎？」

寇仲發呆片刻，嘆道：「這方面我和子陵想法接近，心中的愛只能投在一個人身上，否則對方心中只有你，而你心中卻並非只有她，這是不公平的。」

跋鋒寒道：「你的想法與眾不同，但我卻是從劍道領悟到同一道理，只有專志於一，始可達到劍道最高境界，愛情亦然，三心兩意的話，絕不能體會到愛的眞諦。」

寇仲道：「多謝老哥這番提示，人生難免有遺憾，唉！」

跋鋒寒微笑道：「這種事決定後不要多想，晚了！不如我們各自尋夢，明天我們將起程往長安，看看天下是否眞的由我們去決定其未來的命運。」

淨念禪院登山的山門出現在雪粉飄飄的前方，出乎徐子陵意料之外，一身素白外罩長淺黃披風的師妃暄悄悄立在門旁，似在恭候他的來臨。

師妃暄一陣風般在他身旁掠過，道：「隨我來！」

徐子陵像中了仙咒般追在她身後，掠過雨雪飄飛的草原，來到一座小山之巓，與她並肩而立，前方遠處矗立著中都洛陽城，在風雪中仍能予人燈火輝煌的感覺。這不知是徐子陵多少次遙觀此偉大的城池，可是均遠比不上這一次的深刻，或者是因爲師妃暄，又或者是因他爲守洛陽差點送命的經歷，更可能是因與李世民和解合作。他和師妃暄間再無任何心的障隔。

徐子陵苦笑道：「沒有一刻我比現在更厭倦誰夠狠誰就能活下去的可怕日子，只恨如不堅持狠下去，天下將沒有和平統一的一天，所以只好繼續狠下去，直至世民兄登上帝座。」

師妃暄容色平靜，美眸散發著神聖的光芒，輕吁一口氣，甜甜淺笑，橫他一眼，語帶相關的道：「天下沒你們辦不來的事哩！」

徐子陵從未見過師妃暄吁氣甜笑像個天眞小女孩的動人仙態，呆盯她好半晌後，道：「坦白說，宋缺之所以肯同意，並非因我和寇仲有辦法，而是因令師先行一步的信函和李世民本身管治天下的識見，打動宋缺，使他拋開成見，作出肯定是最明智的選擇，因爲妃暄的目光絕對錯不了。」

師妃暄深深凝望他，沒有保留地表達出心中的喜悅，柔聲道：「子陵啊！你還記得妃暄說過的情關難過嗎？」

徐子陵心中湧起難以形容的感覺，師妃暄是否要和他談情愛呢？想想又該非如此，因爲他清晰無誤她正保持在「劍心通明」的境界上。點頭道：「怎敢忘記？」

師妃暄現出一個沒好氣的動人表情，啞然失笑道：「有時我眞的覺得你頗有寇仲的作風。」

徐子陵從容道：「我和他有同一的背景和出身，江湖習氣會不由自主在某些情況下顯露出來。」

師妃暄欣然道：「我們一邊散步，一邊閒聊好嗎？我有個問題想問你的。」

徐子陵因師妃暄出奇地平易近人而生出奇妙和受寵若驚的感覺，點頭道：「請妃暄引路。」

師妃暄別轉嬌軀，朝北面丘坡走去，漫不經意道：「可以告訴我有關石青璇的事嗎？」

徐子陵苦笑道：「若我不是深悉妃暄是怎樣的一個人，我會誤以爲妃暄是在試探我和她的情況。」

師妃暄淡淡一笑，別過俏臉白他一眼，道：「記得那句差點令我萬劫不復的話嗎？」

徐子陵灑然道：「當然記得，只是從沒想過萬劫不復這形容詞，更沒想過對妃暄情況會嚴重至此。」

師妃暄柔聲道：「你可知爲何有那句話？」

徐子陵平靜答道：「是爲青璇說的，對嗎？」

兩人離開小山，在雪原朝洛陽的方向漫步。師妃暄凝視風雪迷茫處掩映透來的燈火，輕輕道：「這個你早弄清楚，我指的是我爲何會爲石青璇給你這麼的一個忠告？」

徐子陵搖頭道：「直到今天我仍不明白，依妃暄一向行事的風格，該不會介入這類兒女私情上，何況是別人的兒女私情。妃暄不介意我說得這麼直接沒有顧忌吧？因爲對你更大逆不道的話我早說過。」

師妃暄徐徐而行，道：「當日子陵擊殺『天君』席應後，不告而別的匆匆離開巴蜀，妃暄只好到幽林小谷告知石青璇，當她見到我時，驀然整個人變得輕鬆自如似的，妃暄直覺感到她是因你徐子陵不是與我一道離開而放下心事。更從而掌握慣於隱藏心內感情的石青璇對你是情根深種，所以在龍泉忍不住提醒你，因怕你是個不解她心意的大傻瓜，豈知卻惹來自己的難以自拔。人家這麼說，夠坦白嗎？」

徐子陵一震往她瞧去，失聲道：「妃暄！」

師妃暄止步立定，目光投往洛陽城，雪粉不住落在兩人身上，天地被雪徹底淨化，遠近疏林變成模糊的輪廓。

師妃暄柔聲道：「就是在這城市一座大橋上，妃暄首遇子陵，那時我心中生出微妙的感覺，我並不明白那與男女之情有任何關係，只感到你是個與衆不同的人，一個會不住在我心湖浮現沒法忘記的人。後來你到淨念禪院來找我，我站在禪院後山高崖遙觀洛陽，當時想的正是在那裏初識子陵的情景。」

徐子陵劇震一下，雙目射出不能相信的神色，師妃暄竟向他吐露眞情。

師妃暄容色靜若止水，淡淡道：「所以妃暄在龍泉始會破例介入你和石青璇間的事上，豈知因退反進，惹來焚身之禍，實非所料能及。不過妃暄沒有絲毫後悔，因爲對妃暄來說，龍泉的經驗等於一趟輪迴歷劫的經驗，是妃暄生命裏最重要的片段，感受到全心全意愛上徐子陵的滋味，生的經驗再無欠缺。若非有此愛的禪悟，妃暄可能永無機會上窺劍心通明的境界。現在妃暄再不須苦苦克制，一切任乎自然，所以厚著臉皮，探問你的私隱。」

徐子陵深吸一口氣，感慨萬千的徐徐道：「妃暄肯向我吐露心聲，我徐子陵將永遠心存感激。生命同時包含永恆和短暫這兩個極端而矛盾的特性，像眼前此刻，就有種永恆不滅的味道，但我們又曉得這一切均會很快成為過去，所以對妃暄坦承曾愛上我，我已大感此生無憾，若還貪心強求，只會辜負妃暄對我的期望。」

師妃暄搖頭道：「我不是曾愛上你，而是直至此刻仍感到我們在深深熱戀著，那是一種永恆深刻純粹精神的愛戀滋味，永遠伴隨著我。妃暄雖不能像世俗般嫁與你為妻，但在精神上並沒有分別。徐子陵啊！你可知自己是唯一能傷害我的人，妃暄曾為你感到傷痛，幸好一切已成過去，現在只希望你能像妃暄般把龍泉的愛戀視作前世的輪迴，好好的對待石青璇，讓她得到女兒家能得到最大的幸福。」

徐子陵仰望雪花紛飛的夜空，道：「蒼天待我徐子陵眞的不薄，此刻就像在一個最深最甜的美夢至深之處，本身具備圓滿自足的境界，不作他想。妃暄放心吧！我完全明白你的心意，不會令你失望。」

師妃暄「噗哧」嬌笑，向他展露風情萬種的一面，欣然道：「閒聊完畢，輪到我們談正事哩！」

徐子陵灑然道：「正事？哈！我竟全忘記呢！該由哪裏開始？」

師妃暄往他靠過來，把尊貴的玉手送入他的掌握裏，一切出乎自然的拉著他朝禪院的方向走回去，螓首輕垂有點兒不勝嬌羞的道：「會議由師尊主持，人家只負責帶你到她身前去，徐子陵勿要說話，讓我們靜靜走完這段路好嗎？」

徐子陵感受到她的仙手在手裏脈動抖顫，至乎感受到她全身的血脈，無有遺漏。他們間深刻眞摯的愛正從兩手相牽間來回激蕩，哪還說得出半句話，乖乖隨她起步，踏著厚厚的積雪，在白茫茫的風雪中攜手邁進。

淨念禪院知客室內，一身尼服的梵清惠看罷宋缺的密函，納入懷裏，神色平靜的目光掃過坐在右邊的愛徒師妃暄，再落在左方的徐子陵處，油然道：「閥主在信內提出一句很有深意的話，是我們的世界正不斷找尋新的起點。當李世民登上帝位，高門大閥總攬政治和經濟的局面勢被徹底粉碎。李世民雖出身最有權勢的門閥，卻是因爲破除門閥權勢而始能得位，故門閥制度雖因他攀上巔峰，亦因他損毀破落，影響所及，魏晉南北朝至乎舊隋的最重要政治因素再不復存，新朝將有全新的氣象。」

師妃暄問道：「宋閥主既有此看法，他本身有甚麼打算？」

梵清惠欣慰的微笑道：「宋兄是從來不受名位權勢羈絆的智者，他會待天下統一安定後，解散宋家震懾南方的勢力。」

徐子陵心中一震，更添對宋缺景仰之情。宋缺的做法確不負梵清惠智者的美譽。一天有宋缺在，又或寇仲、徐子陵仍在生，宋家的權勢是絕不會出問題的。可是政治是無情的，大一統後的新朝不會容許有其他任何龐大武裝力量的存在，所以當宋缺、寇仲等一一作古之後，僅存的宋閥倘仍保存雄據一方的妄念，將會大禍臨頭，宋缺此著，確是目光遠大，把未來對宋家子孫的災禍化解於無形。

梵清惠道：「我特別說出此事，是希望子陵深悉此中利害。子陵在李世民登上帝位前，先一步告知他宋兄此一心意，會生出更大的效用。」

徐子陵明白過來，宋缺在仍可有力扭轉乾坤、左右天下大局的時刻，決定這個有關宋閥命運的做法，比甚麼話都更有力地表示他對李世民統一天下的支持，使李世民去卻耿在胸臆的心事。因李世民的得天下是因宋缺和寇仲大力相助，他對宋家自是感激，卻也深存忌憚，宋家若由此坐大，會在他施政上生出嚴重的梗阻。新的朝代，自該有新的制度。宋缺這句話，正式宣布門閥制度的死亡。

梵清惠再淡淡道：「宋兄很多想法均是從刀道的刻苦修行中領悟出來，此著亦若如他天刀般大有一往無還的架式，只有如此才有機會永久的化干戈為玉帛，也了卻我一件心事。」

徐子陵心中佩服得五體投地，不論是宋缺或梵清惠，其思考方式均是從整個大時代和全局著眼，故能見人之所不能見，像他和寇仲便從沒有考慮過李世民得天下後宋家勢力會影響新朝的問題。

梵清惠又道：「宋兄在信中另有一個提議，若李世民成功登位，希望他萬勿改變國號，仍須沿用唐號，如此對安定民心，可起關鍵作用。」

師妃暄現出罕見的嬌癡神態，秀眉輕蹙道：「師尊啊！閥主在信中沒提起其他事？」

梵清惠微笑道：「暄兒想知道？」

師妃暄美眸往徐子陵飄來，問道：「子陵想知道嗎？」

徐子陵突然生出與師妃暄似是小夫妻打情罵俏的醉人感覺，她此刻只像向恩師撒嬌的小女孩，雖然事實上他並沒有任何意圖去知曉梵清惠和宋缺間的私隱，卻不得不表示與師妃暄有同一心意，只好勉強點頭。

師妃暄嫣然一笑，白他一眼，大有「算你識相支持」的意思，轉向乃師梵清惠道：「如今是二對一，師尊說吧！」

徐子陵湧起奇異的感覺，他對梵清惠的第一個印象是她沒有擺任何齋主的架子，平易近人，到此刻他更感受到她們師徒間的親暱關係。

梵清惠不但不以為忤，且微笑道：「暄兒既想知道，為師告訴你又如何？宋缺邀為師到嶺南與他見面。」

師妃暄平靜的道：「師尊意下如何？」

梵清惠淡淡道：「在返靜齋前，爲師會到嶺南一行。」

轉向徐子陵道：「子陵對長安之戰有多少把握？」

徐子陵苦笑道：「我們的唯一優勢是藉楊公寶庫發動突擊，所以必須一戰功成，否則永無另一個機會。問題是長安目前的形勢異常複雜，李淵得其他兩閥高手的助力，實力倍增，若正面硬撼，只他的禁衛軍便非我們所能消受，且長安宮城等於內長安城，攻打宮城跟正式攻打長安城沒太大分別，所以實不敢有何自信。更何況對付禁衛及長林軍外，我們發動時，畢玄和傅采林均大有可能身在長安，會更添變數。」

梵清惠輕嘆道：「凡事有利必有弊，於今寧道兄和宋兄兩敗俱傷，無法於此關鍵時刻出力，重責將落在你們新一代的肩膊上，所以宋兄始有世界正不斷找尋新起點的感慨。子陵勿要忘記你們最大的優勢，除楊公寶庫外，尚有少帥、秦王和子陵等你幾個人的影響力，可發揮意想不到的作用，千萬勿輕忽視之。」

徐子陵聽得心領神會，頷首受教。

師妃暄輕輕道：「暄兒最擔心的還是石之軒。」

徐子陵心頭暗震，由於自己與石之軒因石青璇的存在而有著曖昧微妙的關係，使他對石之軒提防之心遠沒師妃暄般強烈。而事實上不論才智、武功、識見、陰謀手段的運用，天下能全面勝過石之軒的人根本不存在，如非有石青璇這破綻，在與石之軒的鬥爭上自己和寇仲早敗下陣來。假設石之軒值此緊要關頭，全力對付他們，他們肯定一敗塗地。

梵清惠問他道：「子陵在這方面有甚麼看法？」

徐子陵暗嘆一口氣，沉聲道：「我們到長安後，第一件要辦妥的事，是先要清除石之軒這障礙，否則一切休提。」

寇仲跨進燈火通明的內堂，雷九指、侯希白和陰顯鶴三人圍坐堂心圓桌，似乎正在爭執。隨在他身後的跋鋒寒留在入門處，斜挨門廊，兩手環抱，饒有興趣地瞧著堂內四人。

寇仲來到侯希白和陰顯鶴後方，探手搭上兩人肩頭，訝道：「你們吵甚麼？」

雷九指嘆道：「我和小侯費盡唇舌，也不能說服他留在這裏。」

侯希白苦笑道：「你與失散十多年的妹子重逢到現在有多少天？怎可貿然到長安冒險？你不爲自己著想，也不要令小鶴兒擔心。」

雷九指愈說愈氣道：「問他非去長安不可的原因，他卻死不肯說。」

寇仲移到三人對面坐下，上下打量陰顯鶴好半晌，哈哈笑道：「我猜到陰兄非到長安不可的原因哩！」

陰顯鶴立即老臉一紅。

寇仲拍桌喝道：「我眞的猜中哩！」

遠在堂門處的跋鋒寒嘆道：「陰兄中了寇仲的奸計啦。」

雷九指和侯希白恍然而悟，寇仲第一句純是唬哄陰顯鶴，而因他臉紅的反應，推測出眞正的原因。

侯希白明白過來，啞然失笑道：「有個這麼好的理由，陰兄何不早說？還要令我和雷大哥煩足半晚。」

雷九指向寇仲豎起拇指讚道：「還是你行。因爲紀倩要回長安去，所以陰兄忍不得兩地相思之苦。」

陰顯鶴頹然道：「我正是怕你們這樣調笑我。」

足音響起，小鶴兒像一頭快樂的小鳥般直飛進來，經過跋鋒寒時還向他扮個可愛的鬼臉，氣喘喘的來到寇仲旁坐下，道：「我要隨寇大哥到長安去。」

陰顯鶴劇震色變道：「你不准去！」

小鶴兒立即雙目通紅，含淚瞧著陰顯鶴道：「玄恕公子要爲父報仇，我怎可以不出力？不要小看我，我很懂得如何打聽情報的。」

「噗！」衆人往大門瞧去，王玄恕淚流滿面的跪在內堂進口處，悲切道：「少帥請准玄恕隨行往長安。」

寇仲瞧瞧小鶴兒，又望望王玄恕，皺眉道：「玄恕快起來！」

王玄恕嗚咽道：「請少帥先答應玄恕。」

寇仲抓頭道：「我忽然感到很不妥當，究竟是因何而起？」

跋鋒寒悠然走過來，道：「少帥感到不妥當，是有道理的。這次長安之戰，其凶險處不下於千軍萬馬對決沙場，只是把場地搬進城內去，同時包括巷戰和攻打宮城的激戰。打仗就有打仗的規矩，絕不能含糊，否則我們將輸掉這場決定性的大戰。」說到最後一句，在小鶴兒另一邊坐下。

寇仲拍桌道：「鋒寒說話例不虛發，果是句句金玉良言。」

小鶴兒淚花滾動的往跋鋒寒瞧去，問道：「甚麼是打仗的規矩？」

跋鋒寒淡淡道：「首先是上令下行，我們有天下最善攻的寇仲，最善守的李世民，肯定可擬出最完美的攻防戰略，可是若上有命令，而下面的人各有自己主張，甚麼戰略頓成徒然。所以一切行動及每個人的任務，均須由少帥分派，你可提出意見，卻必須由少帥作最後決定，不得異議，否則如何能發揮我們最大的戰力？」轉向王玄恕喝道：「玄恕公子還不起來？」

王玄恕劇震一下，垂首起立，慚愧的道：「玄恕知罪！」

寇仲道：「玄恕放心，我定會讓你有出力的機會，但不必斤斤計較是否能親自手刃楊文幹或楊虛彥，整體的勝利才是最重要。否則我們縱能脫身或取得一時的勝利，天下仍勢成南北或關中關外對峙的局面，百姓還不知要受多少苦痛！個人的恩怨在這種情況下理該放在次要的位置。」

雷九指點頭道：「理該如此！」

寇仲往陰顯鶴瞧去，道：「我們採取分批前往長安的步驟，我、老跋和小侯先行，弄清楚形勢，然後輪到陰兄和紀倩姑娘到長安，玄恕該是最後一批入城的人，小鶴兒須留在這裏，乖乖的待我們控制整個長安後，再接你去與陰兄和玄恕聚首。」

小鶴兒欲言又止，終不敢再有異議。

眾人鬆一口氣時，宋魯來了。寇仲知他有密事要和他商討，遣走王玄恕和小鶴兒，恭請宋魯坐下。

宋魯沉聲道：「二哥已曉得此事。」

眾人同時心中暗震，宋智是宋閥第二把交椅的人物，更是宋家內主戰派的代表，他的同意與否關係極大。目光全集中到宋魯身上。

徐子陵和師妃暄來到禪院山腳下，依依惜別。

師妃暄柔聲道：「子陵曉得東大寺在哪裏嗎？」

徐子陵點頭道：「就在玉鶴庵旁，我是在那裏首次見李淵的。」

師妃暄道：「了空大師會在那裏落腳，盡力助你們完成大事，只要你找到主持荒山大師，便可見到他。他的禪功已臻出神入化的境界，應可對石之軒有很大的威脅。」

徐子陵一呆道：「妃暄不打算到長安去嗎？」

師妃暄俏皮的道：「誰說過人家不去呢？不過妃暄要辦妥一些事，始能起行，屆時自然有方法見你徐子陵。」

徐子陵瀟灑一笑，往後飛退，揚聲道：「妃暄不用送哩！長安城見！」

師妃暄瞧著他消失在風雪深處，掉頭返回禪院。

宋魯道：「沒有人曉得大哥和他說過甚麼話。只知大哥把他召回去後，兩人在磨刀堂內談了個把時辰，接著二哥重返戰線，與林士宏繼續作戰。」

寇仲鬆一口氣道：「看來智叔該沒有問題。」

宋魯點頭道：「應是如此。消息是玉致以飛鴿傳書送來，還提到大哥有令，要我從宋家子弟和俚僚將士中精選一千五百人，與少帥軍的精銳合組成長安之戰的部隊，這一千五百人首先要在忠誠上全無問題，其次必須是能以一擋百的好手。大哥還有提示，我們這三千精銳潛往關中，不可攜帶武器，以免暴露身分。」

雷九指欣然道：「這個包在我身上，我會爲他們假造文件身分，以掩人耳目。」

宋魯笑道：「何用大費周章，大哥已通知解暉，我們的人可獲他發給的正式身分文件，扮作是巴蜀的商旅，如此更萬無一失。」

寇仲喜道：「此中的細節，請魯叔和雷大哥仔細研究，否則忽然間數千商旅從經漢中往關內的蜀道湧入去，教人看到仍是不妥。幸好人人武功高強，可攀山越嶺，神不知鬼不覺的偷進去。」接著長身而起，道：「明天起程的，現在回去好好休息，希望長安之戰是中土最後一場決定性的戰爭。」又移到宋魯身後，俯身低聲道：「致致有否在信內提到小弟？」

宋魯啞然失笑道：「差點忘了哩！她向你問好，這是破題兒第一遭。」

寇仲歡喜得哈哈大笑，心滿意足的與跋鋒寒和侯希白去了。

徐子陵朝洛陽的方向飛馳。

他曾多次在夜色掩護下潛赴洛陽，這次的感覺卻特別不同，再不會有矛盾和猶豫，目標清晰明確，心底紮實。洛陽的燈火在風雪漫天的前方愈趨明亮，一隊人馬出現在前方丘坡上，徐子陵毫不遲疑的直迎過去，近三十騎發現他的蹤影，奔下山坡馳至。

帶頭的是李靖，喜道：「子陵來哩！」

雙方在坡腳雪原會合，李靖與手下們甩蹬下馬，在李靖指示下，四名親兵爲徐子陵換上唐軍軍服。

徐子陵問道：「情況如何？」

李靖道：「果如所料，皇上下詔召秦王返長安述職。」

徐子陵道：「有沒有限制秦王回長安時帶領的兵將人數。」

李靖道：「不但沒有限制人數，還特別指示天策府的主要將領須隨隊返回長安，好讓皇上當面論功行賞，李世勣也在名單上。」

徐子陵嘆道：「這是要一網打盡。」

親兵牽來戰馬，衆人飛身登馬，朝洛陽馳去。

《大唐雙龍傳》（全套二十卷）卷十八終

新人間叢書125

大唐雙龍傳修訂版〈卷十八〉

作　者—黃易
主　編—葉美瑤
編　輯—邱淑鈴
校　對—余淑宜・黃易・陳錦生
企　畫—王嘉琳
董事長
總經理—趙政岷
總編輯—余宜芳

出版者—時報文化出版企業股份有限公司
10803台北市和平西路三段二四〇號三樓
發行專線—（〇二）二三〇六—六八四二
讀者服務專線—〇八〇〇—二三一—七〇五・（〇二）二三〇四—七一〇三
讀者服務傳眞—（〇二）二三〇四—六八五八
郵撥—一九三四四七二四　時報文化出版公司
信箱—台北郵政七九～九九信箱

時報悅讀網—http://www.readingtimes.com.tw
電子郵件信箱—liter@readingtimes.com.tw
印　刷—盈昌印刷有限公司
初版一刷—二〇〇二年十二月十六日
初版十刷—二〇一七年四月十四日
定　價—新台幣二五〇元

時報文化出版公司成立於一九七五年，
並於一九九九年股票上櫃公開發行，於二〇〇八年脫離中時集團非屬旺中，
以「尊重智慧與創意的文化事業」爲信念。

ISBN 978- 957-13-3811-7
Printed in Taiwan

國家圖書館出版品預行編目資料

大唐雙龍傳修訂版／黃易著．--初版．-- 臺
北市：時報文化， 2002〔民91-　〕
冊；　公分．--（新人間；125）

ISBN 978-957-13-3811-7（卷18：平裝）

857.9　　　　　　　　　　　　91013842

【時報悅讀俱樂部】會員邀請書

☑要！我要加入【時報悅讀俱樂部】，我可以獨享以下各項權益及贈品優惠。

我要加入的是：(請於括弧內打　)

會員身分	會員費	贈品（請勾選）		會員權益
□輕鬆卡	2300元		我的人生+公事包（RC2004056）	1、一年內可挑選時報出版600元以下好書10本 2、會員優惠購書
			跟我去阿拉斯加+公事包（RC2004058）	
□VIP卡	5000元		我的人生+公事包（RC2004057）	1、一年內可挑選時報出版600元以下好書24本 2、會員優惠購書
			跟我去阿拉斯加+公事包（RC2004059）	

＊本公司於贈品送完後留更換贈品之權利。

＊選書方式：一次選二本或二本以上，免費宅配或郵寄到府。

＊每二個月贈讀書雜誌〈時報悅讀俱樂部專刊〉，免費贈閱一年。

＊總代理的外版書不列入選書範圍。＊信用卡請款通過後，立即免運費寄出贈品及選書。

＊相同書籍限選2本。

以下是我的個人基本資料：

姓名：＿＿＿＿＿＿＿＿＿＿

性別：□男□女　婚姻狀況：□已婚 □未婚　生日：民國＿＿＿年＿＿＿月＿＿＿日（必填）

身份證字號：＿＿＿＿＿＿＿＿＿＿（必填）

寄書地址：□□□＿＿＿＿＿＿＿＿＿＿

連絡電話：(O)＿＿＿＿＿＿(H)＿＿＿＿＿＿　手機：＿＿＿＿＿＿

e-mail：＿＿＿＿＿＿＿＿＿＿

（我們將藉此通知您最新的重要選書訊息，請填寫能夠確定收到信函的信箱地址）

閱讀偏好(請填1.2.3順序)：□文學□歷史哲學□知識百科/自然探索□流行/語文□漫畫□生活/健康/心理勵志 □商業

※我選擇的付款方式：

1.□劃撥付款　**劃撥帳號：19344724　戶名：時報文化出版公司**　(請直接至郵局填寫劃撥單，並在劃撥單上註明您要加入的會員類別、姓名、地址、連絡電話、生日、身份證字號，贈品名稱)

2.□信用卡付款

信用卡別 □VISA □MASTER □JCB □聯合信用卡

信用卡卡號:＿＿＿＿＿＿＿＿＿＿ 有效期限西元＿＿＿年＿＿＿月

持卡人簽名：＿＿＿＿＿＿＿＿＿＿（須與信用卡簽名同字樣）

統一編號：＿＿＿＿＿＿＿＿＿＿

※如何回覆

傳眞回覆：塡妥此單後，放大傳眞至 **(02) 2304-6858**　時報悅讀俱樂部24小時傳眞專線

●時報悅讀俱樂部讀者服務專線：(02)**2304-7103**

週一至週五AM9:00～12:00　PM13:30～5:00

編號：AK0125	書名：大唐雙龍傳〈卷十八〉
姓名：	性別：＿＿＿＿ 1.男　2.女
出生日期：　年　月　日	身份證字號：
＿＿＿＿ 學歷：1.小學　2.國中　3.高中　4.大專　5.研究所（含以上）	
＿＿＿＿ 職業：1.學生　2.公務（含軍警）　3.家管　4.服務　5.金融　6.製造　7.資訊　8.大衆傳播　9.自由業　10.農漁牧　11.退休　12.其他	
地址：＿＿＿＿縣（市）＿＿＿＿鄉鎮區＿＿＿＿村＿＿＿＿里＿＿＿＿鄰＿＿＿＿路（街）＿＿段＿＿巷＿＿弄＿＿號＿＿樓　郵遞區號＿＿＿＿	

（下列資料請以數字填在每題前之空格處）

＿＿＿＿ **您從哪裡得知本書／**

1.書店　2.報紙廣告　3.報紙專欄　4.雜誌廣告　5.親友介紹
6.DM廣告傳單　7.其他＿＿＿＿

＿＿＿＿ **您希望我們爲您出版哪一類的作品／**

1.長篇小說　2.中、短篇小說　3.詩　4.戲劇　5.其他＿＿＿＿

您對本書的意見／

＿＿＿＿ 內　　容／1.滿意　2.尚可　3.應改進
＿＿＿＿ 編　　輯／1.滿意　2.尚可　3.應改進
＿＿＿＿ 封面設計／1.滿意　2.尚可　3.應改進
＿＿＿＿ 校　　對／1.滿意　2.尚可　3.應改進
＿＿＿＿ 翻　　譯／1.滿意　2.尚可　3.應改進
＿＿＿＿ 定　　價／1.偏低　2.適中　3.偏高

您的建議／

＿＿＿＿＿＿＿＿＿＿＿＿＿＿＿＿＿＿＿＿

＿＿＿＿＿＿＿＿＿＿＿＿＿＿＿＿＿＿＿＿

＿＿＿＿＿＿＿＿＿＿＿＿＿＿＿＿＿＿＿＿

請沿虛線撕下後對折裝訂寄回，謝謝！

請沿虛線摺下裝訂，謝謝！

廣　告　回　信
台北郵局登記證
台北廣字第2218號

時報出版

CHINA TIMES PUBLISHING COMPANY

尊重智慧與創意的文化事業

地址：10803台北市和平西路三段240號3樓
讀者服務專線：0800-231-705・(02)2304-7103
讀者服務傳真：(02)2304-6858
郵撥：19344724 時報文化出版公司

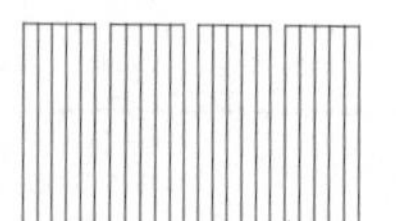

請寄回這張服務卡（免貼郵票），您可以——

●隨時收到最新消息。

●參加專為您設計的各項回饋優惠活動。

新人間

新感覺・新人間・文學的新版圖

寄回本卡，掌握新人間系列的最新訊息